［俄］尼基塔·米哈尔科夫　著

李璇　翻译　／　吴江　校审

爱之疆域

米哈尔科夫
回忆录

文化艺术出版社
Culture and Art Publishing House

Никита Михалков

尼基塔·米哈尔科夫

Территория моей любви

爱之疆域

Издание подготовлено при участии редакционно издательского центра «АРИАДНА»

阿利亚德纳编辑出版中心参与本书筹备工作

Фотография Н. Михалкова на обложке С. *Короткова*

封面照片：尼基塔·米哈尔科夫　　谢尔盖·卡罗特科夫　摄

Литературный редактор М. *Крупин*

文学编辑：米哈伊尔·克鲁宾

亲爱的读者！

　　首先，我为我的这本自传在你们这个伟大的国家出版感到十分高兴，而这个伟大的国家与我个人又有着深厚友谊与长久合作！你们能够了解我的创作生涯中的某些阶段对我来说也是弥足珍贵和十分重要的。同时，我也可以凭借此书与大家分享我职业生涯中的一些思考。我非常希望通过本书的阅读，能够让你们感受和理解我多年来生活、工作的环境和氛围。我一直抱有希望与你们美丽国度的电影爱好者再次相聚，并随时乐于研读有关共同合作的建议。

尼基塔·米哈尔科夫

Дорогие читатели!

　　Во-первых, я очень рад, что моя книга выходит в вашей замечательной стране, с которой меня связывает большая дружба и довольно долгая работа. Мне очень дорого и важно, что вы сможете ознакомиться с некоторыми этапами моей творческой жизни. И я смогу поделиться в этой книге некоторыми соображениями относительно моей профессии. Я очень надеюсь, что, прочтя эту книгу, вы сможете почувствовать и понять атмосферу, в которой я жил и работал все эти годы. Не теряю надежды на личную встречу с любителями кино вашей прекрасной страны и всегда с удовольствием рассматриваю предложения о совместной работе.

Н. Михалков

尼基塔·米哈尔科夫自传式回忆录《爱之疆域》
─
中文版序言

─

　　2016 年岁末，我在莫斯科读到米哈尔科夫的这本刚出炉的自传式回忆录，就有些爱不释手。一是出于对这位时年 70 岁的俄罗斯电影大师的景仰之情，二是多年观摩大师的影像作品，对他的手法风格很有心得，但真正如此走近大师个人的情感和生活世界，这还是第一次。

　　尼基塔·米哈尔科夫的家族可谓是名正言顺而又名声显赫的艺术世家。不仅因为其外曾祖父苏里科夫是 19 世纪最著名的俄罗斯天才画家、巡回画派两大代表之一，其父谢尔盖·米哈尔科夫亦是著名儿童文学作家、诗人、苏联国歌的词作者；还因为这个家族与电影的关系：其叔叔彼得·格列波夫是著名的电影演员，1957 年版的《静静的顿河》里格里高利就是由他出演；其兄安德列·米哈尔科夫-康查洛夫斯基更是苏联著名的电影导演、编剧、俄罗斯人民艺术家，最新一部作品是荣获 2014 年威尼斯电影节最佳导演奖的影片《邮差的白夜》。他也曾是苏联电影导演安德列·塔尔科夫斯基的搭档。诞生在这样一个家族，就像米哈尔科夫自己所说："不知不觉中，我已经吸取了所有美好且富有创意、承载着俄罗斯文化的养分。"

　　米哈尔科夫的电影生涯始于表演，14 岁就开始在他哥哥的影片中粉墨登场，而第一个正式的角色则是在 18 岁出演的《我漫步在莫斯科》男主角。从那以后的 50 多年中，他陆陆续续扮演过几十个角色。大大小小，各式人等。给中国观众印象较深的应该是他在梁赞诺夫《两个人的车站》里饰演的那个列车员，鲁莽而狡黠，追逐性爱时的急不可耐让人忍俊不止。当然还有他在自己的影片《12 怒汉》《太阳灼人》等中栩栩如生的人物造型。在史楚金戏剧学校上到 4 年级因为违反校规制作电影而被校方除名，却因祸得福考上莫斯科电影学院导演系，师从电影大师罗姆。从此打开了50余年逐梦于他称之为"爱之疆域"的电影世界的大门。

自1967年执导的第一部影片《女孩与她的东西》直至2014年制作完成的《中暑》，米哈尔科夫在其70寿辰之前连同纪录片一共制作了20多部电影作品。其中大家熟知的《黑眼睛》《套马杆》《西伯利亚理发师》《12怒汉》《太阳灼人》等早已享誉世界，为这位俄罗斯的电影大师载誉无数。在这本回忆录中米哈尔科夫对自己的这20余部作品每部都有重点回顾、重点描述和重点评价。但在文字表达的字里行间，我们最深切的感受是作者对电影艺术的那种一往情深，对电影创作无比的痴情、执着和热爱，并由此折射出这位电影大师对人的无限关爱和无比情怀。这就是在这本叫作《爱之疆域》的回忆录中作者想要真正表达和明确揭示的主题。它每一个章节无不流露出对电影的真情实感，对自己同行的爱的付出及被爱的感动。对家人和亲人的真情流露从第一章"爱的根系"便跃然纸上。此后全书便贯穿着爱的记忆、爱的历程。因爱而产生对家族的崇敬、对大自然的敬畏、对传统文化的敬重、对人性的洞悉。就像谈到对演员的爱，米哈尔科夫说："演员应该得到关爱，不仅是对他们的赞美，更重要的是要在片场关注、关怀每个演员的日常生活。这种关爱是无微不至的……因为不仅是导演，就连演员本身也不知道自己的潜力和极限，如果演员感受到自己被爱，就会主动地、充满尊重地对待自己的劳动和心血。"

1968年米哈尔科夫制作了自己第一部短片《我要回家》，开启了他通往电影殿堂的启蒙之旅。1970年，作为毕业作品，他导演了短片《战争结束时平静的一天》，展露出他初生牛犊的艺术才华。1974年他作为编剧并导演了自己平生第一部故事长片《敌中有我，我中有敌》，影片秉持俄罗斯电影的厚重美学，又不乏大胆创新和突破。影片可以清晰地感受到西方电影手法与技巧的熟练运用，并有意识地融入格斗等类型片的商业元素。1976年，米哈尔科夫的第二部故事片《爱情的奴隶》则为他奠定了国际声誉。影片中极富浪漫主义的影像手法和精致的语言镜头将他最为热爱的俄罗斯经典作家契柯夫作品以"契柯夫式的忧郁、机智与幽默"呈现银幕，这也是米哈尔科夫自己很在意的一次向"经典致敬"。米哈尔科夫凭借此片获得了德黑兰电影节最佳导演奖。据说美国大牌影星杰克·尼克尔森在看完影片后，将自己的一张照片赠送给米哈尔科夫，赠言是"送给影片《爱情的奴隶》的导演，我已成为该片的奴隶"。

1987年，米哈尔科夫另一部向契柯夫致敬的作品《黑眼睛》问世，这是一部里程碑式的作品。它标志着米哈尔科夫的创作在依然闪耀着俄罗斯电影美学光芒的同时，已经博采东西方电影的叙事手法之长，呈现出国际化的影像形态，并开始形成个性化的创作理念和风格。与国际电影大腕和国际电影公司的合作，也开启了米哈尔科夫电影创作的国际化视野，熟悉国际接轨的电影制作中的技巧和规则。这为他今后的一系列国际合拍片积累了取之不竭的经验和教训。

本书是米哈尔科夫50年电影艺术生涯的个人回忆录，它不是一部自我电影概念的陈述或解读，更不是关于电影的学说或说教。他所有关于电影创作实践的真知灼见彰显在他对创作实践和转型过程的思考中。很多时候就是一位每日身临拍摄现场第一线的摸爬滚打的导演的临场感受。我们在书中随时会被置身于像在《套马杆》那样的内蒙古草原黄昏最迷人的风景而又最提心吊胆的拍摄现场，紧张得不能自拔；置身于《西伯利亚理发师》5000人外景拍摄地——湖冰开裂、命悬一线的惊心动魄，以及置身于《太阳灼人》中米哈尔科夫在沼泽中提枪冲锋、误入炸点、满脸流血的奋不顾身之中。而正是在这些鲜活的场景的记录和真实描述中，我们听见和感受到了大师对于电影表现能力及艺术手段、对艺术真谛的冥思苦想和无限追求以及对人生、对信仰、对宗教、对战争与和平以至于对生命价值的思索。

除了电影故事片的创作，米哈尔科夫还在回忆录中大量提及他所钟爱的纪录片创作。除了众所周知的《安娜成长记》及《父亲》《母亲》等家庭的人物纪录片，米哈尔科夫还制作了许多涉及苏联和俄罗斯历史、文化及艺术的纪录片。20世纪90年代米哈尔科夫拍摄了纪录片《祖国的感性之旅：俄罗斯绘画的音乐感》，从这部影片中你会发现，米哈尔科夫的观念和创作手法往往与众不同。这部片子看上去是一个科普影片，面向观众尤其是年轻人，介绍了俄罗斯经典画家的经典绘画。他为此营造了一个专门的拍摄氛围：通过夏季、别墅、茶炊等轻松地介绍作品。但在讲述完艺术家和作品之间故事后，米哈尔科夫突然改变了叙事手法，开始用油画中的情景讲起了故事。他先用镜头"掠过"画面，然后局部放大扫描，最后窥其全貌。在这个过程中配之以米哈尔科夫的"御用"作曲家爱德华·阿尔乔姆耶夫谱写的音乐，而画作里所描绘的人物和情节则由演员用"旁白"来述说，就像一出广播剧。这样，顷刻间一张油画仿佛成为一部影像版的故事片，里面既有演员的表演，还配之以音乐和剪辑过的镜头。米哈尔科夫的这种解读方式遭致多方评说，但这种使绘画"跃然纸上"的方法却是他匠心独具的创造，后无来者。

2003年，尼基塔·米哈尔科夫制作了一部7集的纪录片，名为《尼基塔·米哈尔科夫：俄罗斯的选择》。每一集讲的都是革命时期的一些人物和故事。纪录片充分代表了米哈尔科夫个人的历史观和对一些历史问题的看法。纪录片表现了革命时期俄罗斯移民的悲惨命运，记录了像邓尼金、弗兰格尔和高尔察克这些俄罗斯当时的名人，以及以"白军"军官为主的数以千计的普通人，在他们被驱逐俄罗斯之后的命运和遭遇。在这部纪录片中米哈尔科夫实际上将他后来在 2015 年完成的故事片《中暑》中的情节和意境提前揭示了出来。纪录片中对历史档案的阅读产生的震撼比米哈尔科夫之后的电影更加强烈。

对于米哈尔科夫而言，那个时代的"白色"军官恰恰是贵族、是知识分子、是国家最优秀的人才，没有这些人才祖国就失去了血液。纪录片呈现的是一出怀旧又悲愤的历史悲剧，同时也是一场感伤的历史旅程。米哈尔科夫期望，这部影片能唤起人们对复兴"伟大俄罗斯"的信念，建构起对历史人才的民族记忆。将俄罗斯的未来与过去建立起神圣的关系。

俄罗斯 20 世纪早期的历史主题至今不断激发米哈尔科夫的创作动力。他成为一系列历史人物的纪录片的导演、作家或主持人。例如，《俄罗斯哲学家伊万·伊林》《彼得·斯托雷平：聚焦俄罗斯，20 世纪》《伊万·布宁的轻松呼吸》等。所有这些影片延续了很久以前开始的对历史以及思想的探讨和对话。它们的主题相互契合和延伸，都是在触及现代化过程中的新悲剧和新出路。影片《55》《异域》《自己的土地》中米哈尔科夫也在孜孜不倦地找寻，是否真的存在某种与俄罗斯当代社会不同的智慧，以及以何种形式来实现并解决时代的困惑。他在历史中回望并将目光指向过去，指向"老"俄罗斯的神话般的黄金时代。他敏锐地察觉新人的身上凸显着旧人的痕迹，而在两者之间，米哈尔科夫尽其多年努力试图克服这道世纪的深渊。

本书最为难能可贵的是大师对自己从艺 50 余年对电影导演和演员经验的总结与传授。无论是电影叙事、影像风格、呈现手法还是导、表演的处理艺术等米哈尔科夫都展现了自己与众不同的思考和独到的见解。在"电影是一种生活方式"这一章节中，大师对包括演员艺术、导演艺术、试镜、演员的挑选、生物性记忆、营造氛围、长镜头、电影音乐、剪辑等电影创作的每一个环节都毫无保留地一一揭秘：揭开自己数十年的心得和积累，生动鲜活，如数家珍，历历在目。可谓一部生动又凝练的电影教科书和百科全书。

作为俄罗斯当代最杰出的电影导演之一，中国读者可以从他的这部自传中感受到俄罗斯艺术薪火相传的文化传统，看到从苏联到俄罗斯国家的政体变迁中电影行业兴衰起伏的历史缩影。我们可以从书中清晰地了解到当今俄罗斯电影产业化的初创和进程，了解到俄罗斯电影如何在走向市场，并重新走向国际视野的复兴之路所经历的坎坷和艰辛。更重要的是，通过这部大师自传的阅读，我们将最终理解这个被称为"不是经济动物的民族"是如何坚守自己传统电影美学，永远以制作满足本民族电影欣赏为最高追求的价值观和理想信念。

本书是中国艺术研究院以科研课题方式立项引入版权、出版和发行，得到俄罗斯俄中友协与米哈尔科夫团队的大力协助而成功在国内面世。作为本项目主持人，我对米哈尔科夫先生对我们团队的信任表示由衷感谢，对俄中友协的朱文博先生以及本书的译者李璇女士表示由衷感谢！

吴 江

一

目 录

一

第 1 章　爱的根系　 /　1

家族　/　1

康查洛夫斯基家族　/　8

与母亲相伴的幸福时光　/　11

父亲　/　18

苏维埃领导和知识分子的会面　/　23

我的米沙叔叔（米哈伊尔·弗拉基米洛维奇·米哈尔科夫）/　25

第 2 章　童年　/　28

童年忆往　/　28

包装带　/　30

关于教育　/　31

碘酒　/　34

孩提时的信仰　/　34

上学　/　35

情窦初开　/　36

毕业考试　/　40

哥哥　/　41

第 3 章　大学时代　/　46

职业规划的难题与我绝缘　/　46

师从米哈伊尔·伊里奇·罗姆学导演　/　48

阿纳斯塔西娅·维尔金斯卡娅　/　53

第 4 章　太平洋舰队服役　/　63

"我曾宣誓……"　/　63

"就这样，我要入伍了……"　/　64

为谦逊而战　/　69

冰上探险　/　72

电影中断的第三个原因　/　78

第 5 章　我的房子，我的家　/　80

如生活在天堂般的婚姻　/　80

塔尼娅的智慧　/　88

孩子们是我的至爱　/　92

我的孙辈们　/　102

尼科林山，莫斯科公寓和谢巴契哈的木屋别墅　/　103

第 6 章　电影是一种生活方式　/　111

演员艺术　/　112

导演艺术　/　125

试镜　/　131

挑选演员　/　132

生物性记忆　/　135

营造氛围　/　136

长镜头　/　140

关于电影音乐　/　142

剪辑　/　143

结论 / 147

第 7 章　关于自己的角色 / 148

儿童角色 / 150

《我漫步在莫斯科》(《Я шагаю по Москве》)(格奥尔基・达涅利亚导演，1963 年) / 151

《呼唤》(《Перекличка》)(达尼尔・赫拉布罗维茨基导演，1965 年) / 154

《贵族之家》(《Дворянское гнездо》)(安德烈・康查洛夫斯基导演，1969 年) / 156

《驿站长》(《Станционный смотритель》)(谢尔盖・索洛维约夫导演，1972 年) / 157

《西伯利亚叙事曲》(《Сибириада》)(安德烈・康查洛夫斯基导演，1978 年) / 159

《两个人的车站》(《Вокзал для двоих》)(埃利达尔・梁赞诺夫导演，1982 年) / 161

《残酷的罗曼史》(《Жестокий романс》)(埃利达尔・梁赞诺夫导演，1984 年) / 164

《巴斯克维尔的猎犬》(《Собака Баскервилей》)(伊戈尔・马斯连尼科夫导演，1981 年) / 168

《不受欢迎的人》(《Персона non grata》)(克里日托夫・扎努西导演，2005 年) / 171

《死人的骗局》(《Жмурки》)(阿列克谢・巴拉巴诺夫导演，1984 年) / 173

第 8 章　我的电影 / 175

从演员到导演的转型 / 175

《女孩与她的东西》(《Девочка и вещи》)(1967 年) / 176

《我要回家》(《...А я уезжаю домой》)(1968 年) / 178

《战争结束时平静的一天》(《Спокойный день в конце войны》)(1971 年) / 179

《敌中有我，我中有敌》(《Свой среди чужих, чужой среди своих》)(1974 年) / 180

《爱情的奴隶》(《Раба любви》)(1975 年) / 187

《一首未完成的机械钢琴曲》

(《Неоконченная пьеса для механического пианино》)(1976 年) / 193

《五个夜晚》(《Пять вечеров》)(1978 年) / 197

《奥勃洛莫夫一生中的几天》

(《Несколько дней из жизни И. И. Обломова》)(1979 年) / 201

安德烈・阿列克谢耶维奇・波波夫在《奥勃洛莫夫》中出演角色 / 205

《亲戚》(《Родня》)(1981 年) / 209

《没有证人》(《Без свидетелей》)(1983 年) / 215

《黑眼睛》(《Очи черные》)(1987 年) / 217

《顺风车》(《Автостоп》)(1990 年) / 220

《套马杆——爱之疆域》(《Урга — территория любви》)(1991 年) / 222

　　　草原 / 228

《烈日灼人》(《Утомленных солнцем》)(1994 年) / 228

《安娜成长篇》(《Анна от 6 до 18》)(1993 年) / 232

《西伯利亚理发师》(《Сибирский цирюльник》)(1998 年) / 234

《父亲》《母亲》(《Отец》《Мама》)(2003 年) / 245

《十二怒汉》(《12》)(2007 年) / 246

《烈日灼人 2 上：逃难》(《Утомленные солнцем. П редстояние》)(2010 年)

《烈日灼人 2 下：碉堡要塞》(《Утомленные солнцем. Ц итадель》)(2011 年) / 253

　　　构思剧本 / 253

　　　事实与记录 / 259

　　　体现方式 / 262

　　　片尾字幕 / 274

《中暑》(《Солнечный удар》)(2014 年) / 276

代结尾 / 284

第 1 章

一

爱的根系

一

在我内心深处有种归属感从未消失。即使在我尚未意识到它的存在的时候也是如此。我认为，这种感觉就像是供给养分的汁液在树木中流淌时发出的声音，仿佛不论源头有多远，树木都能够感觉得到。

母亲、父亲、祖父和延绵几个世纪的家族……这就是爱的根系，它支撑起家族的每一个分支，不论你转向世界的任何方向，你都可以遇见它。

也许，这也是种抵抗力……它非常重要。你知道你可能在呼啸的狂风下被吹弯，也可能在冰冷的严寒中被冻结，甚至可能像片黄叶随秋风飘落。

但这就是最重要的东西，它伴随你一生。你知道你从何而来，因此你并不孤单。

家　族

我们对自己的家族发生兴趣还是在不久之前的事。曾经有一段时间，对于大多数难以忘记家族史的人们来说保持沉默是不错的选择。我的父亲就特别忌讳这个话题。必须承认，小心谨慎的态度在一定程度上可以保护我的家族。我的祖父弗拉基米尔·亚历山大洛维奇·米哈尔科夫是世袭贵族，也是莫斯科、科斯特罗马和雅罗斯拉夫尔省[1]多处庄园的继承人。这样的身份虽然是事实，但在那个年代是不可能逃过各种镇压的。幸运

---

[1] 从 18 世纪沙皇俄国起至苏联 1929 年前的行政单位。

的是祖父适时地辞世了。

但父亲的同胞兄弟曾在德国身陷牢狱，虽然多次逃过劫难，但战后还是被定罪并送到了集中营。不过，跟成千上万的无辜囚犯相比，他还是幸运的，他最终从集中营中活着回来了。

* * *

我的家族史对了解俄罗斯历史而言可以说提供了一个不同的视角。只有我们一户的资料在档案馆里保存了 300 年……近日，一位历史学家朋友告诉我，我的两个祖先曾参加过库里科沃战役 [1]。顺便说一句，这二位先辈在战役中都幸存了下来。

我父亲的祖先来自立陶宛。最近，有人给我带来了伊凡雷帝时代的祖先（米哈尔科夫家族）留下的精神遗嘱。这是一篇令人感动的文字！其中还提到了遗产赠予：我要把佩剑赠予一名家族后裔，而母牛还有兽皮等则分配另一个继承人。另外还应该给祖先留下两块呢子布料。因此家族后裔同样有义务收回已逝祖辈在外的一切债务。如果有人欠债，可允许其用他的牛来抵债……总之，有关遗产、债务和个人财产的问题祖先都要严肃对待。

我手里有一张由罗曼诺夫王朝的第一任沙皇米哈伊尔·费多罗维奇授予的向贵族米哈尔科夫、他的兄弟及后代赐予土地的圣谕。

在雅罗斯拉夫尔，我高祖父米哈尔科夫是家族最后一位贵族首领。当时几乎所有的米哈尔科夫家族都以谢尔盖和弗拉基米尔命名。

我的家族诞生了多位军政长官。或许，我也可能继承了家族的"军事头脑"。**当战火燃起，全身血液就如香槟泡沫般沸腾**。战斗让我兴奋起来，并激发出内心勇猛彪悍的一面。如果没有成为导演，我一定会是一位军人或者一名律师，因为这种职业也拥有司法和审判的力量，可以与人展开一对一的交锋。

我母亲的家族成员大都是知识分子。其中有著名医生，有历史学家。我母亲的父亲——彼得·彼得洛维奇·康查洛夫斯基是一位著名的画家。

---

[1] 库里科沃之战（Куликовская битва）是公元 1380 年罗斯各邦于金帐汗国势力逐渐衰落时，起来反抗蒙古人统治的战争中的一次战略决战。在这次战斗中，德米特里率领罗斯一方以少胜多，击溃了鞑靼的大军。这场战斗被认为是罗斯走向完全独立的一次重要标志。

全家福。摄于 1954 年

上排（从左到右）：叶卡捷琳娜·谢苗诺娃（娜塔莉亚·彼得洛芙娜·康查洛夫斯卡娅第一次婚姻所生之女）、娜塔莉亚·彼得洛芙娜·康查洛夫斯卡娅、米哈伊尔·彼得洛维奇·康查洛夫斯基的儿子——阿列克谢·米哈伊尔·彼得洛维奇·康查洛夫斯基之妻——埃斯佩朗莎、米哈伊尔·彼得洛维奇·康查洛夫斯基、安德烈·米哈尔科夫 - 康查洛夫斯基

下排（从左到右）：米哈伊尔·彼得洛维奇·康查洛夫斯基的女儿——玛尔戈特、彼得·彼得洛维奇·康查洛夫斯基之妻——奥尔嘉·瓦西里耶夫娜、彼得·彼得洛维奇·康查洛夫斯基、米哈伊尔·彼得洛维奇·康查洛夫斯基的儿子——拉夫连季、尼基塔·米哈尔科夫、谢尔盖·弗拉基米洛维奇·米哈尔科夫

而我母亲的祖父则是俄罗斯天才画家瓦西里·伊万诺维奇·苏里科夫。

因此，如果在地图上标注母亲的家族，那会是在西伯利亚和法国。因为苏里科夫的妻子是奥古斯特·萨尔的女儿，萨尔是古老的法国家族。

我永远记得我著名的外曾祖父，这位曾经的西伯利亚哥萨克将他的一生都贡献给了"艺术"。16 世纪时，苏里科夫的祖先随叶尔马克[1] 从顿河来到西伯利亚。他祖父的表弟——亚历山大·斯捷潘诺维奇·苏里科夫是叶尼塞河哥萨克军团的首领。亚历山大·斯捷潘诺维奇力大无穷，他在风暴中驾着哥萨克木筏驶离河岸冲入河里，如史诗中赞颂的英雄，紧抓岸边的绳索将木筏拉上岸。为铭记他的功勋，将叶尼塞河中的岛屿命名为"阿塔曼岛"[2]。

---

[1] 叶尔马克·齐莫菲叶维奇（Ермак Тимофеевич），哥萨克领袖，俄罗斯民间英雄和西伯利亚探险家。

[2] 阿塔曼为沙俄自由哥萨克队伍中选出的最高首领。

瓦西里·伊万诺维奇·苏里科夫自画像

伊丽莎白·阿芙古斯托芙娜·苏里科娃（本姓萨尔），画家的妻子，尼基塔·谢尔盖耶维奇·米哈尔科夫的外曾祖母，摄于 19 世纪 70 年代

而艺术家的祖父，瓦西里·伊万诺维奇·托尔果什，曾担任图鲁汉斯克哥萨克军队的百人长 [1]。

说到这里，我的叔叔，彼得·彼得洛维奇·格列波夫，曾扮演过许多角色，其中包括《静静的顿河》中的格里高利·梅列霍夫，这个角色也是来自一个哥萨克家族。

而我的心里也住着一个哥萨克人，对此我感到欣喜。这就是我内心深处根植的东西，一种很难解释的情愫。

瓦西里·伊万诺维奇·苏里科夫是一位性格有些极端的人，他不喜欢模棱两可的表达。"温和"一词，他就很讨厌（比如短语"温和的关系"）。他常说："温水只能洗碗。要么热、要么冷；灵魂不是茶水，不能忍受温热！"母亲接受的也是这样的教育，因此她也拥有西伯利亚人的性格——一种大陆气候，像克诺斯诺亚尔斯克凛冽的寒风般，心胸宽广、大度豁达的性格。

苏里科夫虽在意大利游历多年，但再也没有一位俄罗斯历史画家能创作出像《女贵

[1] 旧时俄罗斯哥萨克部队里的官职，相当于正规军的中尉。

彼得·格列波夫在电影《静静的顿河》中扮演格里高利·梅列霍夫，拍摄于 1957 年

族莫洛佐娃》和《近卫军临刑的早晨》[1] 这样的作品。是的，他曾经复制过委拉斯凯兹、埃尔·格列柯 [2] 的作品，也曾在马德里的普拉多博物馆流连多时，但回到祖国，他仍能创作出《斯捷潘·拉辛》《叶尔马克征服西伯利亚》《苏沃洛夫越过阿尔卑斯山》或是《攻陷雪城》[3] 这样的经典。

我第一次来到位于克拉斯诺雅斯克的瓦西里·伊万诺维奇·苏里科夫的故居博物馆是跟家人们一起，与母亲和他的弟弟，也就是我的舅舅，出色的艺术家米哈伊尔·彼得洛维奇·康查洛夫斯基。（他辞世时享年 94 岁，我母亲比他早 10 年离世。）此后我都会

---

[1] 著名画家苏里科夫的两幅代表作。油画《女贵族莫洛佐娃》1884 年动笔，1887 年完成，反映改革与传统的冲突这一题材，以沙皇阿列克谢·米哈伊洛维奇时代俄罗斯教会分裂为主题。是 "取材于俄罗斯历史的一切绘画作品中的第一流作品"。《近卫军临刑的早晨》是画家 1879 年创作的著名历史画。以彼得大帝于 1698 年镇压近卫军兵变这一历史事件为背景创作。形象地表现了近卫军的妻子在告别上断头台的亲人时那种痛苦心情，画家在创作过程中忠实地遵循了现实主义的写实手法。

[2] 委拉斯凯兹（Velazquez，1599—1660），17 世纪巴洛克时期西班牙画家。埃尔·格列柯（El Greco，1541—1614）出生于希腊的克里特岛，是西班牙文艺复兴时期著名的幻想风格主义画家。

[3] 苏里科夫的作品《斯捷潘·拉辛》《攻陷雪城》《叶尔马克征服西伯利亚》《苏沃洛夫越过阿尔卑斯山》等，都着力表现了人民和统治者之间的矛盾及历史人物的悲剧命运。

《攻陷雪城》（局部）瓦·伊·苏里科夫绘

独自回到这座城市，而现在回去的次数更是频繁，只要有可能便会去外曾祖父的房子看上一眼。

这个地方与一段对我来说非常重要的经历有关。在《西伯利亚理发师》（《Сибирский цирюльник》）这部电影开拍之前，我请求过柳德米拉·帕夫洛夫娜·格列琴科，她是外曾祖父故居博物馆的馆长，请她允许我在故居里过夜。虽然不清楚原因，但我觉得必须在这栋房子里独处一回，在这里我能感受到祖辈的灵魂，而这正是我在开拍前要寻找的动力。**我想，还有什么地方，能如俄罗斯伟大艺术家、我们最杰出的历史画家的故居一样，可以带给人精神力量和创作激情呢？**

经过那一夜之后，这种感觉变得越加明显。我无法解释从这次与故居的接触中自己在期待什么。我被安排在我的外曾祖父瓦西里·苏里科夫的表弟——亚历山大的房间。他们说，我跟他很像。其实，这不难验证，只要仔细看一下瓦西里·伊万诺维奇的《攻陷雪城》这幅画便可知道。从画的右侧能看到一位留着胡子的男人轮廓，他就是亚历山大·苏里科夫。

夜幕降临时似乎有些可怕。故居拒绝接纳我，它呻吟着，叹息着，发着牢骚……"这是谁啊？这个人为什么会出现在这里？"故居似乎想弄明白。于是我从床上起来，在昏暗的房间内徘徊，踩得地板吱呀作响，呼吸着房间的味道……不过故居还是没有接纳我。我站在餐厅红色角落的圣像画前：在这昏暗的角落里我只是隐约地感觉到它们的存在，

瓦·伊·苏里科夫生前居所

《母亲的画像——普拉斯科维亚·苏里科娃》。瓦·伊·苏里科夫绘于 1887 年

因为只有从小窗透进来的并不明亮的光线洒在神龛上闪烁出些许光泽。

在圣像画前面摆放着已熄灭的油灯。我摸索到一把硬椅子，把它往挂满圣像的墙壁方向推了过去。油灯里的蜡已经干涸了，甚至似乎结上了蛛网。当然，要在博物馆里找到蜡油和火柴是不可能的事，这一点我是知道的，但还是开始找起来。最不可思议的是，我竟然找到了，两样东西都有。我把蜡油塞进灯里，调整了下灯芯，划了根火柴。温暖的光柔和地点亮了古旧、暗淡的圣像画。看起来，房间里什么事也没发生，什么也没有改变。但实际上一切都变了。房间被某种未知的生气填满。角落里的圣像前散发出的油灯光晕让整间屋子生机盎然，充满着亲人的气息，只是在这个房间里亲人们已不见了身影。

直到此刻，令人意想不到的是，故居接纳我了，我敢肯定这一点。它感觉到我是自己人，它平静下来，甚至……对我露出了微笑。我躺在外曾祖父表弟小小的硬硬的床上就这样进入了梦乡。此时已是早上 6 点钟。

7 点钟我便醒来，奇怪的是，我很清醒，而且很平静、精力很充沛，就像安睡了一整晚的感觉。在外曾祖父的故居喝过热茶，吃了些西伯利亚小圆饼，就这样，没有丝毫的迟疑、毅然决然地"投入"到电影中，一拍就是 3 年……

瓦・伊・苏里科夫与外孙娜塔莉亚和米哈伊尔・康查洛夫斯基，摄于 20 世纪 10 年代

《女儿的画像——奥尔加・苏里科娃》(尼基塔・米哈尔科夫的外祖母) 瓦・伊・苏里科夫绘于 1888 年

康查洛夫斯基家族

康查洛夫斯基对我来说首先是家族庄园，从窗户看出去的形状、样子，这里的气味和感觉一直存在于我的生命里。只要提到庄园生活，不论是契诃夫的、布宁的、托尔斯泰的、列斯科夫的、冈察洛夫或是屠格涅夫的，我都会立即想起自己家族庄园的样子，我的外祖父曾在那里居住，他劳作的身影停留在那间作坊里，还有那里的马厩和花园……

康查洛夫斯基对我来说是一只盛着热水的牛奶罐，罐底扔了一块洗衣皂，我和表哥就是用它清洗画笔，然后给画笔涂上松节油。

康查洛夫斯基对我来说是一根自家腌制的西班牙火腿。

它又是一把西班牙长折刀，非常锋利。外祖父单用大镰刀的刀刃就能把它做出来。

还有皮质雨靴，里面塞满燕麦的话很快就能变干。因为燕麦能吸收水分。

彼得·彼得洛维奇·康查洛夫斯基（米哈尔科夫的外祖父）居所，位于布格雷

艺术家彼得·彼得洛维奇·康查洛夫斯基，尼基塔·米哈尔科夫的外祖父

* * *

外祖父的房子坐落在奥布宁斯克市下辖的布格雷庄园。那里甚至没有一个像样的村庄，就只有一幢房子。除了房子还有一座巨大的花园，因此这座花园必须具备"所有自给自足的"生活所需。

我的外祖父，就是画家彼得·康查洛夫斯基，他的生活方式完全就是地主的样子——建造一个完美的、几乎自给自足的世界。自己打野兔，猎杀野鸭……

庄园里没有电（至今那里仍然没有电）。不过有煤油灯，还有鸡、猪、牛……熏火腿和安东诺夫苹果的芬芳气味，吱吱作响的地板，还有一直飘荡在空气中的颜料味，别忘了外祖父可是位画家。

晚上，外祖父会点一盏煤油灯，坐在钢琴前演奏莫扎特的作品，也会整页整页地背诵普希金的著作，或是唱起某部歌剧中的咏叹调。（我想，我会称赞他是一位有天赋又有情趣的人。）

外祖父有一双大手，我小时候他只需一只手就能托住我整个屁股，那时候他就是用那只大手托着把我高高举起来的……

房子的味道和房子里的感觉依旧保留至今。事实上，**外祖父的这幢房子是之后出现**

在我电影里的所有庄园的原型。没错，一直都是它！

外祖父也很好客，著名的"康查洛夫卡"酒就是外祖父发明出来的独特配方。还有用西班牙长折刀切出的西班牙火腿。

即便到现在，我还能闻到那些安东诺夫苹果散发出的甜美香味，就是保存在那幢木制的房子里，秋天时摘下来贮藏着用来过冬的苹果。

＊＊＊

我还记得外祖父给我画肖像的情境。蚊子、苍蝇围着我嗡嗡作响，但我却不得不摆出一副安稳乖巧的孩子样。

这就是在一个拥有强大、紧密联系的大家庭中的日常生活。有很长一段时间我不能理解，为什么当我早上在学校诚实地向老师解释，迟到是因为里赫特[1]弹琴弹到凌晨3点让我没法入睡时，班级同学用惊讶的眼光看着我。我不明白，这有什么特别的吗？

要知道在我们举行追忆会时，这样的名字可不少：谢尔盖·拉赫玛尼诺夫[2]、巴维尔·瓦西里耶夫[3]……

韦利米尔·赫列布尼科夫[4]，按照母亲所言，曾经睡在我们家的钢琴上，外婆则将马雅可夫斯基从楼上赶下来过，说不让他再到家里来。而这一切对于我家而言似乎是司空见惯的事情。

幸运的是，直到现在，外祖父在布格雷的这幢别墅仍然由我们家族保管。他的儿子——艺术家米哈伊尔·康查洛夫斯基在那里住过很久。当我在写这本书的开头几页时，

---

[1] 斯维亚托斯拉夫·特奥菲洛维奇·里赫特（Святослав Теофилович Рихтер），1915 年 3 月 20 日出生于乌克兰，钢琴演奏家。他被公认是 20 世纪最伟大的钢琴大师之一，以极广的演奏范围，举重若轻的技术以及富有诗意的分句闻名，他的演奏曲目如同全科百书一样广泛。令人赞赏的演奏技巧，与对各个作品深邃且独特的了解，使得他在录音或是现场音乐会上的每次演出都称得上是传奇。代表作有 C 大调流浪者幻想曲、C 大调幻想曲。

[2] 谢尔盖·瓦西里耶维奇·拉赫玛尼诺夫（Сергей Васильевич Рахманинов，1873—1943），生于俄罗斯，是 20 世纪世界著名的古典音乐作曲家、钢琴家、指挥家。

[3] 巴维尔·尼古拉耶维奇·瓦西里耶夫（Павел Николаевич Васильев，1909—1937），生于莫斯科，是苏联著名诗人。

[4] 韦利米尔·赫列布尼科夫（Велимир Хлебников，1885—1922），俄罗斯诗人和散文家，俄罗斯先锋派最著名的代表人物之一。

他还在世。

与母亲相伴的幸福时光

随着年龄的增长，我慢慢察觉到母亲在我生命中拥有举足轻重的意义。我不知道她能否理解她对我来说有多么重要。我觉得，她应该不会理解。其实我更是如此。现在，我才惊讶于她的智慧、单纯和令人钦佩的本真。

娜塔莉亚·康查洛夫斯卡娅，摄于 1950 年

得益于父亲的支持，母亲有机会按照自己的意愿生活——第一件事，就是保留了家族的房子，并保持其原状。因此，很幸运，我们兄弟俩从小就生活在与很多同龄人完全不同的环境下。

在我们家永远不会有激烈的党派之争，不像在别人家那样，这使得我们兄弟免受"仇恨教育"。

不知不觉中，我已经汲取了所有美好且富有创意、承载着俄罗斯文化的养分——康查洛夫斯基的绘画，之前提到过的里赫特的钢琴即兴伴奏曲，还有来我们家做客的作家们……当沙利亚宾[1]与拉赫玛尼诺夫结伴来康查洛夫斯基家时，我母亲认识他们所有的人，与他们结为朋友，并且直接用"你"来称呼彼此。

这一切都是天性使然。

* * *

母亲比父亲大 10 岁。她一直没有入党，但总会去教堂祷告，她去忏悔，也会在家里悬挂圣像。一旦出现"问题"，父亲会巧妙地装作结巴跟上级说，"您看您，您到……到底想怎样，她 1903 年……出生的，革命成功时，她已经十……十四岁了！"

---

[1] 沙利亚宾（Фёдор Иванович Шаляпин，1873—1938），俄罗斯著名歌剧家、男高音歌唱家。对世界歌剧艺术产生了重大影响。同时从事绘画和雕塑艺术，也出演电影。

因为母亲，忏悔和弥撒成为我生活中不可或缺的一部分。虽然我的头脑清楚地知道，这在苏联是几乎不可能做的事，必须非常小心。我记得在复活节那天曾发生过一件令我很羞愧的事。那年我大概十二三岁。在教堂里，有人悄悄地靠近我，在我耳边说："我们在大衣里面画十字吧！"这是真事。此后我久久不能摆脱那令人难堪的羞愧。虽然与它同时到来的还有一种甜蜜的滋味……就好像发现了基督教的地窟。

* * *

母亲教导过我："如果你只是想得到些什么，而且不需要任何付出就能伸手可得，要想一想，10个人中有几个难以抗拒这样的诱惑。如果答案多于5个人，那么拒绝吧。应当跟随少数人选择的道路。"抑或是说："永远不要把炉灰掏尽，以免听到刮板刮过炉底的噪声。"

正是这些思想让我在《一首未完成的机械钢琴曲》（《Неоконченная пьеса для механического пианино》）取得成功后抵御住了立即再拍一部契诃夫作品的诱惑。虽然想法已经成型，但是我知道，昨天的经验和成功只能复制过去，所以我们放弃了。直到我们陆陆续续拍摄完四部影片后，我跟萨沙·阿达巴什扬才决定再次回归到安东·巴甫洛维奇的作品上，根据他的小说《带小狗的女人》改编而成我们的电影《黑眼睛》（《Очи черные》）的脚本。

母亲还曾教导过："永远不要埋怨！如果有人故意冒犯你，不要让他得逞，但如果别人不是故意的，总是可以被原谅的。"

她生我的时候年纪相当大了——那时已经42岁，我记事时她已经步入中年。但从始至终，直到生命最后时刻，仍能感受到她身上巨大的能量和用之不竭的好奇心，对新知识的渴望和分享这些知识的需求。我的完美主义也是遗传自我的母亲，直到现在我还保留着这一特质。

母亲一直是我们家的主心骨——一个强大、有力并有创造性的支柱。由于受东正教的教育，母亲总是展现出极强的人本主义思想。也是因此，母亲任何时候都表现得充满激情。这是一种威严且易怒的（当然，不记仇的！）西伯利亚—苏里科夫式性格，与外祖父一脉相承。如果她不喜欢的事，你不得不费很大力气才能说服她。但她也非常勇敢，任何突如其来的转变都能让她从全然的不接受转变为处理新状况时的满腔热忱、理解和赞赏……

从左至右：安娜和阿尔乔姆·米哈尔科夫与父亲，其身后为塔季扬娜·米哈尔科娃，娜塔莉亚·彼得洛芙娜·康查洛夫斯卡娅，安德烈·康查洛夫斯基，其身后为耶戈尔·康查洛夫斯基

我从未见过母亲有不会做的东西。从来没有！

她从未感到过生活枯燥。有时写些东西，或翻译些什么，掌管家务，缝缝补补，改制衣物，翻地耕种，生火做饭，自己腌制小菜、炮制家酿酒……她做一切事情都是带着让人难以置信的热情。不论是为歌剧写译文还是学习烘烤牛角面包的技艺，她在做事情的时候，都会建立一个基本的学术基础。

她还会治疗鼻窦炎，会给人打针，甚至还知道如何检查肝脏。她尽可能学习新的东西，确保即便是在家里，没有任何人帮助，她也能游刃有余地处理好一切事情。我记得小时候生病，比如感冒了——像冷敷、拔火罐，捂上被子喝热茶……一切必要的治疗手段母亲都会亲自操作！

母亲的适应能力很强，即便什么东西都没有，她也能按自己的方式安排好生活。无论是在医院，或是疗养院，她身边都会出现各种在她看来很珍贵的东西，像小匣子、书本、织物，她能很快营造出自己的味道、自己的世界——清晰的、强而有力的，也许并不太时尚，但功能性极强，而且令人惊讶地精简。

她不知不觉地在自己周围制造了极具吸引力的人性光环。在她身边有条极为奇特的轨道，各家的新娘、妻子、孩子、孙子总是不停歇地绕着她打转……房子里总是装满了客人：有艺术家、音乐家……虽然这并不是"沙龙聚会"，但她的身边总会有很多朋友。

例如，杰出的外科医生维什涅夫斯基是我们乡间别墅的邻居，他从不跟我们客套，经常穿着拖鞋来访。他非常喜欢我母亲自己用红醋栗[1]酿制的伏特加"康查洛夫卡"（而这美味的饮品正是来自她父亲的创意，就是我在前面提到过的）。

＊　＊　＊

我从不会让别人生活中的琐碎日常占据我的时间。我从不会去搜集八卦和流言蜚语，而我们的浪荡派[2]最是热衷于此。我讨厌去探究别人的私生活，因为我本人的生活已不止一次成为别人好奇心追逐的对象。

从这个意义上来说，母亲是我的榜样。她不止一次接到来电，听筒中传来充满阴谋的问句："你知道你的丈夫现在在哪里，跟谁在一起吗？"她回答道，"拜托，请不要再拨这个电话号码了。永远不要。"我不认为母亲真的像看起来那样波澜不惊、无动于衷，但她就能这么轻轻地、平静地说出那番话。或许，之后她跟父亲曾有过一些"澄清误会"的过程，但我从来没有听到过。

母亲生命中的最后 20 年是在郊外的别墅中度过的，仅在必要的时候才会到莫斯科。我和哥哥的朋友们——其中有演员、制片人、作家，他们总是很欣然地接受邀请到母亲家做客：对他们来说，真正让他们高兴的是期待能见到母亲。

在任何一个人身上，哪怕是最普通、最简单的人，母亲也能找到她认为有趣的地方，并与每个人平等地交流。这不是宽容，不是玩民主游戏。她鄙视、讨厌虚伪。

康查洛夫斯基家族健康的生活方式从母亲的性格中完完全全体现出来。母亲身体强健，但她还是保持每天做运动，坚持步行。她会烹饪美食，而且我从未见过水池中摞着脏盘子……

母亲身上有种令人惊艳的气质。带有苦行的味道，但极其精致、深刻，而且非常

---

[1] 红醋栗是醋栗科、茶藨子属，红色果实成串地生长在果枝上。醋栗是重要经济树种之一，果实香甜可食，可做罐头、果酱、酿酒、饮料等，具有很高的经济价值，还可作观赏树种。红醋栗可用作解乏，是治疗视力障碍、皮肤病以及关节炎的药物。

[2] 主要指资本主义社会某些文艺界人士，如演员、音乐家和美术家等。

娜塔莉亚·彼得洛芙娜与孙女
安娜

娜塔莉亚·彼得洛芙娜·康查洛夫斯卡娅与苏联人民演员薇拉·彼得洛芙娜·玛列茨卡娅，摄于 1975 年

俄罗斯——体现出这个词最广义、最美丽的内涵。这种内涵并不排除其广博的语言知识（母亲能流利地说法语、英语、西班牙语、意大利语），也不排除其丰富的旅行阅历，但母亲将其中一切西方文化的属性都过滤掉了——就像经过一种特殊的、非常重要的过滤——经过一种纯俄罗斯的感知。

母亲根据自己的年龄和她本身对时尚的理解来穿着打扮。身上从来没有多余的修饰，而且积攒了一些私人衣物。虽然不多，但品质都很好……她不属于"抱狮子狗的女人"那一类型，那种花瓶一般的女士，将狮子狗仅作为一种装饰，并给它们穿衣打扮。"带小狗的女人"是母亲所排斥的。她不喜欢无所事事的人，也不喜欢徒有其表好逸恶劳的动物，那些被关在屋子里只为"美观"而存在的动物。

而这种静观其变的个性，母亲是欣然承认的。比如，一边坐下喝喝茶，一边听布谷鸟啼叫……这并非是一般的闲散慵懒，而是一种"日积月累的精神积淀"，是一份平凡生活中的享受。这其实很接近精神上的修行和劳作，只是从外而观，精神上的劳作与游手好闲之间界限模糊难辨罢了……可那绝非是普通人眼中的懒惰和乏味！那些说自己无聊的人，母亲很容易就能用自己的方式将他们讽刺得无地自容。

* * *

有一天，母亲跟娜佳[1]吵架了：母亲那时已经 80 岁高龄了，而我的女儿才只有 1 岁半。我惊讶于她们对待这场争吵的严肃性。

两个人开始各做各的，故意装出一副完全没有注意到对方的样子，但不断地试图打量对方的眼睛，以再次证实彼此之间的不屑一顾。试想：一个 80 岁，一个 1 岁半，但她们对待两人关系的这种态度却格外深刻并且极其"严肃"。

* * *

两个老太太正漫步在乡间别墅——母亲和她的好朋友伊娃·米哈伊洛夫娜。一位 82 岁，另一位 87 岁。

我坐在门廊上，正在写脚本。那是一个春天的夜晚。布谷鸟的叫声远远传来，透过清新的空气，清晰可闻。有什么东西分散了我的注意力——是一个单调重复的声音。仔细倾听：是母亲的声音。她静静地数着数："26，27……"

多么令人激动！这两位老太太岁数加在一起有 169 岁了，可她们正站在院子里计算着——布谷鸟还能活多少年…… 母亲说："32，33……"这是什么意思？傻了？老年痴呆？不，绝对不是。这是永恒的希望，是信仰，是生活！这是俄罗斯伟大的传奇，永远期待奇迹的存在。

一位俄罗斯女士也曾对我说过："你不应该惧怕任何东西，张开怀抱，迎接生活。无所畏惧地、平静地、从容地走向生活——所有的箭会从你身边呼啸而过；你会感到压抑、会恐惧，会小心翼翼地前行——但一定不要迷失自我。"

* * *

母亲一直到生命结束都是一个独立的女人。她的晚年过得很轻松，既没有古怪的脾气，也没有病痛缠身。随时随地都保持着自己的尊严。即使在老态龙钟的时候，虽然她

---

[1] 尼基塔·米哈尔科夫的小女儿。

已经 80 多岁了，可从来没有见过她穿得很随意。即使她觉得不舒服，也不会邀请任何人来家探望，因为她觉得那是没什么大不了的事。

即使在生命的最后一天——她那时在医院，准确地说是接受重症监护。我永远也不会忘记，当我靠着她，而她抬起已经变得混浊的眼睛，伸出手抚在我的脸颊上说："是啊……你都剃光了，可我没有……"她指的是下巴上的毛发，通常她会拽掉，但是这里没有人这么做。在这一刻，她很担心自己会看起来不太得体。

娜塔莉亚·彼得洛芙娜·康查洛夫斯卡娅，摄于 20 世纪 80 年代

上帝没有让她面对死亡的折磨，而是匆匆离世。她的一生过得幸福、热情和充实。去世时她 84 岁，她累了，于是悄悄地走了，带着尊严离开了我们。

* * *

我脑海中的记忆有多少，她对我的影响就有多久。成年以后，我也一直能感受到母亲一如既往的活力，即使是那些她不在身边的日子。

我工作后，经常要外出很久。我们能几个月不见面，而且很少通电话……但我每时每刻都能感受到她的存在。这是一种强有力的信心，它的存在意味着，一切都很好，很稳固，很持久。

而现在，一切都没有改变。母亲依旧活在我的生命中。而且，我希望不仅仅是活在我的生命中。

还有……从失去母亲的那一刻起，孤寂将陪伴左右。所以请珍惜自己的母亲。

父　亲

父亲的特别之处就在于，他是个非常有正义感的人。一旦有让他觉得不公平的事情发生，他会毫不迟疑地出头替人打抱不平，甚至是为那些素不相识的人。他不喜欢别人任何形式的回报，有时候甚至都记不起他曾经帮过和救过的人。

哪怕面临再严肃、生命中再重要，甚至是危险的事情，父亲都能够随机应变。他是一个举重若轻的人，上帝保佑他在性命攸关的时刻，也都能全身而退。所以，当克格勃档案公开时，记者们一拥而上想找到诋毁他的材料，结果却令他们大失所望。父亲是个正直勇敢的男人，90 年代他在拜访位于哥里 [1] 的斯大林故居时，在参观留言簿中写道："我相信他，他也信任我。"他从不否定生活中发生过的事情，这是他诚实面对自己的见证。

父亲擅长写儿童诗歌，只有童心未泯的人才能为孩子们写出轻松快乐的诗歌。

母亲说过，父亲的心理年龄一直都是 13 岁。孩子们对同龄人是不会小心翼翼、战战兢兢的，对他就像是普通大人对孩子那样，还会嫉恨般喊："还给我，你干吗拿这个？"父亲确实如此，在生活中他从来不会表现出和我们很亲昵，他受不了娃娃腔。孩子们会很友好地玩耍，但过一会儿就会敲打玩伴的头，但这种行为并非出于恶意，是天性使然、纯真的表现。他的言语仍然保持着童真："我不怕打针，要是需要，那就打吧……""我又是三十六度五了……"

反应绝妙、迅速、敏捷！

他的名言警句广为传播。他可以两分钟内即兴写出一首四行诗。他的反应迅速多样。比如，记者们话中带刺却又故作无知地问他："请问您如何做到在斯大林、赫鲁晓夫和勃列日涅夫时期一切都安然无恙的？"父亲毫无迟疑地回答："在任何一个时代，伏尔加河的河水都依然在流淌。"

我总是在说，他的反应如拳击手出拳般干脆利落。

他个性十足。有人问他关于被妒忌的问题，他回答说，"宁愿被妒忌，不愿被同情"。从年轻的时候他就遭受他人妒忌，这种妒忌伴随了他这一生。又怎能不妒忌他呢？高大、有才华、幽默又有领袖般的气质，还出身于贵族世家（虽然这点当时没有公开讲过）。

---

[1]　哥里位于格鲁吉亚库拉河畔，是什达－卡尔特州的首府。苏联领导人约瑟夫·斯大林于 1878 年出生于哥里。

你们承认与否，我依然是个诗人。

你们读我的诗歌与否，都会表达你们
的不满。

你们羡慕那些

自己取得不了的成功与荣誉。

你们埋怨、恼恨、诅咒我的朋友们，

也不能离间我和他们的关系。

要让你们大失所望了，

我没打算和你们斗争。

你们的谎话、声明，

还有你们本人，我都不屑一顾。

我尽我的本分生活着，

努力不让自己卷入肮脏的旋涡。

即使我将死，却仍然会努力活下去，

让你们气愤的是，我将继续为国家效力。

谢尔盖·弗拉基米洛维奇·米哈尔科夫在塞瓦斯托波尔机场，摄于 1944 年

这首诗写于 1944 年，当时谢尔盖·米哈尔科夫仅仅 31 岁。可以想象，他是在怎样的环境下写出这样的诗句来。

但最重要的是，他从不记仇，从来没想过回应、报复，怀恨于心并以牙还牙，不管是他人的恶举还是自己的善行，他都不记于心。

他的内心不受他人褒贬的影响。我觉得，我也具有部分这些品质。第一次遭到他人的嫉恨，那种感觉我至今难忘，父亲的心态给我树立了很好的榜样，最重要的是：上帝有这样的安排，让我学会不要妒忌他人。这种有害的、腐蚀心灵的感觉与我擦肩而过。

敖德萨和伊兹梅尔州的都主教阿伽梵克尔说过：妒忌是见不得别人快乐而产生的痛苦。最不幸的人就是生活中总觉得痛苦的人。

父亲非常有主见。他从不怕事，虽然经历过"宫廷外交"残酷的经历。他从不迫害他人，我认为，与生俱来的把握人际关系的分寸感和敏锐感让他顺利走过自己这一生。

执政者总能引起父亲的兴趣，但他对他们从来不抱有幻想。人际交往中他像 X 光一样能看穿对方，做出的结论向来都是准确无误的。

这些优点，加上天生的悟性使他善于让领导相信自己做事的正确性和公正性。

比如，阿索斯山[1]上的一座俄罗斯修道院得感谢谢尔盖·米哈尔科夫，因为它不用转为由君士坦丁堡普世牧首司法管辖。当父亲作为第一个苏维埃人来到那里时，修道院敲响了钟声迎接他的到来，那是何种级别的礼遇啊！那里有七八个修道士，最年轻的都已年过七旬了。希腊人就那样静静地等待最后一个来自俄罗斯的修道士去往另一个世界，以便占领俄罗斯修道院的土地和它的财产（一座非常古老的图书馆，它是人类文化遗产的杰作，具有不可估量的价值）！

一回到莫斯科后，父亲就立即找到了勃列日涅夫，告诉他这座几近荒芜的俄罗斯修道院的存在，希望他尽快派年轻的东正教修道士去那里。一开始父亲谈历史传统、灵魂遗产……但勃列日涅夫没有听懂诗人想从他那里得到什么。

父亲很快明白，总书记只是很难理解另一种文化概念，父亲立刻改变了自己的说辞，"那里有数不清的珍宝！"并生动描述了修道院那些将要流入希腊人手中的财富。

勃列日涅夫一下子就明白了，拿起电话，下达命令：立刻派年轻的修道士去希腊，扩充阿索斯山上这座修道院的人员队伍。

我不是想表达我父亲从未犯过错，但在对待自己和他人的重要、根本性问题上他从未犯过错。我深信，这些都要归功于他的出身和教育，以及正确清晰的自我认知。

19世纪存在着这样一种概念：坚持原则的人。这类人有两种：第一种人会干脆地拒绝不道德的命令并直截了当地说出真相——我同意走到了今天，但是接下来我不会再干了，请你们给我免除职务吧。这些人会大声公开宣布："受够了，我不干了！"并因此惹来杀身之祸。第二种人不执行命令并会保持沉默地离开，从而保全了性命……有些人会自愿站在断头台上，我欣赏这样的人。但与此同时，我不能谴责那些不敢发表自己的言论，但也没做坏事得以保命的人，我父亲就属于后者。

说了这些让我内心觉得轻松，不用强迫自己寻找原谅他的理由。任何时候我都必须要学会原谅，因为原谅他人是正确的选择。

我很幸运地遗传了父亲对待生活的快速反应，我们有一致的幽默感，听我说事的时

---

[1] 阿索斯山全称阿索斯山自治修道院州，希腊北部马其顿的一座半岛山，被东正教认为是圣山。20间东正教修道院包含于此世界遗产中，并于希腊共和国的主权内组成自治州。宗教上，阿索斯山是由君士坦丁堡普世牧首直接管辖。

在红场，少先队员们给谢尔盖·米哈尔科夫系上红领巾，摄于 1959 年 5 月 19 日

谢尔盖·米哈尔科夫在办公桌旁，摄于 1968 年

候，他会哈哈大笑，而听他讲的时候，我也会笑得前仰后合。我们还有相似的地方——生性懒惰、十分不愿意参与他人的生活，却又总是强迫自己站在需要帮助的人的角度尽可能地去帮助他人。

在外人看来，作为谢尔盖·米哈尔科夫的儿子应该是衣食无忧的。但这并没有带给我一丝快乐，反而是一堆棘手的问题：那些不喜欢我父亲却又拿他没办法的人会把自己的厌恶转移到他的子女身上。

在这一点上我和哥哥是深有体会。但后来我们和父亲几乎交换了角色，如果在童年、少年和青年时代因为别人对父亲的憎根而让我遭受到了委屈，那么后来他也因为别人对我的憎恨遭受到刁难，但这点事如蚊子那令人厌恶的嗡嗡声，对他毫无影响。

成年后的我和他沟通起来越发的困难，也发生过严重的争吵。

某些时候父亲会忽然对我严厉起来。有一天，我们坐车去别墅，当时正值世界杯足球赛，我迫不及待地想要快点看上电视。可忽然间为这事那事争吵了起来，我说："行了吧。'汤姆，汤姆的孩子们在家里哭呢。'你写的这些都是胡扯……"他停下车，说："不管怎样，是我写的那些东西养活了你、你哥哥和整个家，你给我下车。"然后眼都不眨一下，把我扔下后就开车走了。我站在马路中间，差不多步行了 12 公里才到家。说实话，很多事我心里明白，但也不怕会受罚，只是想，这真是赤裸裸的现实：如果批评你的人是你的衣食父母，哪有什么自由言论？要么你离家出走，要么就全盘接受。

父亲从没给过我们压力。只有现在回忆起他的时候，我才明白什么是真正的贵族。

他冷静沉着，坚忍地面对所有的问题。"不拒绝职务、不讨要职务"是他生活的原则，并把这原则教授予我们。他像接受客观的事情一样接受发生的一切，不参与和自己意愿相悖的事，他率性的言行至今都让人惊叹和赞赏。

父亲从不参与我的职业选择，对此他保持着距离，这让我和哥哥能够变得独立起来，只有在必要的时候才会参与其中。

他甚至不知道我在 1972 年具体哪天去哪里参军的（有人说，他想让我免予参军，给国防部长打了电话——这样的流言完全没有根据）。他收到我入伍宣誓后写的第一封信，他才惊讶地知道：我在太平洋，在堪察加半岛。

我和父亲多年都是分开居住的。我们在电话里交流，但不常见面。或许因为这个原因，现在他不在了，我却感觉不到，总觉得他与我同在。

父亲去世时，夜里他的棺木被放置在救世主大教堂，修道士们轮流为他祷告。第二天举行安魂弥撒，前来悼念的人把教堂围得水泄不通，不断有人来与父亲告别，没有阴沉和死亡的感觉，相反，让人感受到了祥和与光明。再也没有可以称为"爸爸"的人，但这一天是每个人都会迎来的。我们很幸运，他曾陪伴我们走过了漫长的岁月。

几年前（感觉像是不久前），我们全家正在庆祝哥哥的生日，父亲接到别人打的电话，他说："先不跟你们多聊，我已经等不及要给我儿子过 70 大寿了。"而 70 岁的安德隆此时坐在节日的餐桌前，对别人说："我们等等，爸爸马上就过来了。"这是件很难得很幸福的事。

* * *

童年时我从未读过父亲的书，这就是所谓的身在福中不知福吧。

我从来没见过严肃学者般模样的父亲。他是个空中飞人，总是行色匆匆。"嘘，爸爸在工作"这样的话在家里是听不到的。他有别的更重要的事——作家联合会，他总要去些地方，去谁家里，就会思如泉涌地创作出新诗或剧本来。

而在准备父亲的 95 岁大寿时，我才真正拜读了父亲所写的儿童诗歌。打开书，选晚会上要读的内容，我惊呆了：那些在我看来是一般的、再普通不过的诗歌竟是如此的美妙。这正是验证了那句真理：拥有的时候没有珍惜，失去了才感到悲伤惋惜。

我没有感觉到他的离开。或许在某些时候我心情不好——比如天气的缘故，还有疲

第二届莫斯科国际书展商务会晤俱乐部会议，谢尔盖·弗拉基米洛维奇·米哈尔科夫（左二），摄于 1979 年

倦——却是和父亲的离世有关。他像高山岩石般坚不可摧。我不想说在某些时候他会守护和保护着我，我只是单纯有这样的感觉：我那年迈、敬爱的父亲仍然伴我左右……

母亲的离世对我的影响更加明显，那时我还年轻。而现在总感觉自己与父亲有着某种联系。我能听到他的声音，闻到他的气息！这些绝不是什么匪夷所思的感受，而是真实鲜活的存在。

苏维埃领导和知识分子的会面

记得一次父亲带我参加在政府别墅里举办的苏维埃领导和知识分子的"圣神"会面。

进入之前警卫员问道："带武器了吗？"我拿出玩具枪，说："带了！"父亲完全蒙了，说："你到底在说什么，啊？"我还记得这件事，虽然当时不知道这意味着什么。

我们走了进去。父亲把我带到坐在别墅外林边空地中一把沙发椅上的赫鲁晓夫跟前，有些口吃地说："这，这就是尼……尼基塔·谢尔盖耶维奇，我们家也有个尼基塔·谢尔盖耶维奇。"[1] 赫鲁晓夫亲亲我的额头，我一下喜欢上了他：这位爷爷可真是和蔼啊……

接下来的故事让人难以预料。主席团桌子在凉棚下摆成一个大大的"Π"形，横向

---

[1] 赫鲁晓夫的名字叫作尼基塔·谢尔盖耶维奇·赫鲁晓夫。此处暗示他的名字和父称同本书作者一样，是种幽默感。

桌子中间是带有六个麦克风的架子，是给主席准备的，也就是与我重名的人发言时使用的。在场邀请了很多客人，所以一部分椅子都摆到了凉棚外面了。

天气很闷热，用餐前赫鲁晓夫发表了讲话，他说的话我听不懂也不感兴趣。我只记得，他坐在离我和父亲很远的地方，但他的声音如同在身边响起，好像从凉棚的麻布顶部传下来。还记得刀叉碟盘酒杯不断的碰撞声，时不时从随处安装的麦克风中传来响亮却又模糊难辨的用餐交谈声。我觉得超级无聊，十分惋惜被警卫员没收了的玩具枪。

但我的无聊感很快便消失了。因为忽然间下起了大雨，是那种热带的倾盆大雨，伴随着可怕的雷声。这下有的看了！坐在帐篷外的人惊慌地向坐在里头的人挤靠，雨水瞬间顺着篷布直接流到桌子上，警卫员和非常委员会的工作人员根本来不及用棍子捅掉帐篷顶上的积水。电闪雷鸣，感觉帐篷马上就要破裂了。当大人们用棍子捅帐篷顶部时，上面的积水如瀑布般从身后倾泻而下，让人觉得惊心动魄又欢喜万分。

当时还发生了件更让人意想不到的事情。与我重名的那个人声音越来越大说着祝酒词，突然兴奋地宣布："顺便说一下，比起有党派作家玛丽埃达·莎吉尼扬[1]，我更信任无党派作家索波列夫[2]。"他话音一落，周围出现了死一般的沉寂，桌前所有人都吓得一动不动。说实话，那时我不明白是怎么回事，但从人们的脸上能感觉到要发生很重要、令所有人感到恐惧不安的事情。

接下来发生了令人更吃惊的事情。一开始，索波列夫和莎吉尼扬的心一下子就揪了起来，紧接着几乎同时倒地昏了过去，又双双躺在同一辆车里（**肖洛霍夫的吉斯车**[3]）被送往克里姆林宫医院。

刚把文学巨匠们送走，雨就停了。大家都有些喝高了，随意聊起天来。那个坐在我身边的书记（过后父亲告诉我，他的姓是莫斯科夫斯基）向我使了个眼色，在我耳边说："一起钓鱼去。"我高兴地答应了，然后我们走出那沉闷的帐篷。

湖边空气清新，大大的水滴不断从树上落下。我们从警卫员那里要了艘座椅潮湿了

---

[1]　玛丽埃达·谢尔盖耶夫娜·莎吉尼扬（1888—1982），出生于亚美尼亚，苏联著名幻想派女作家。

[2]　莱奥尼德·谢尔盖耶维奇·索波列夫（1898—1971），苏联作家，社会主义劳动英雄，斯大林二级功勋奖章获得者，最高苏维埃主席团成员。

[3]　吉斯轿车（ЗИС）为苏联时期的高级定制轿车，特点为宽大舒适，动力充沛，配置豪华且不作为社会化商品销售。其中"吉斯110"作为苏联中央委员特别定制的高级轿车，并作为馈赠外国共产党领导人的贵重礼物。"吉斯110"也是新中国成立后中国领导人们的第一代座驾。

尼基塔·谢尔盖耶维奇·赫鲁晓夫（右边）和女
作家玛丽埃达·莎吉尼扬（左边）在节日餐桌
旁。摄于 1958 年

身着海军上校制服的尼基塔·米哈尔科夫，
摄于 1952 年

的小船，带上为客人准备的鱼竿和蚯蚓，开船离开了河岸。

直到很久以后我才觉得这次钓鱼就像做了场梦。钓鱼收获满满：金鲤鱼一条接一条地扑通地摔进桶里，这是见证我们一起钓鱼的声音！而此时主席台上的六个麦克风传出酒杯刀盘碰撞声、祝酒词、窃窃私语、倒酒的声音一波接着一波在大公园的上空弥漫着、神奇般多次回响着、交错重叠着。在一片如幻觉般的吵闹声中响起了妮娜·彼得洛芙娜·赫鲁晓夫[1]生气的低沉声："够了！……好啦！……"接下来是含混不清的私语、敬酒碰杯声、不知是叉子还是刀碰到了麦克风上发出类似开枪的响声。"同志们！"和我重名的人兴奋地说，开始了又一轮的祝酒词……

但后来发生了件让我委屈到眼泪都掉下来的事。我们靠岸后，把船上装满鱼的水桶稳稳地交到警卫员伸出来的手上。可他却面不改色地把我们所有捕获的鱼全一股脑儿地倒回湖里了。

我的米沙叔叔（米哈伊尔·弗拉基米洛维奇·米哈尔科夫）

有时候我觉得，我那亲爱的叔叔，也就是我父亲的亲兄弟，米哈伊尔·弗拉基米洛

---

[1] 赫鲁晓夫第三任妻子。

米哈尔科夫三兄弟：亚力山大、谢尔盖和米哈伊尔

维奇·米哈尔科夫在四年战争中经历了他终其一生必须经历的一切，在战争中他体会到了战争前后未经历过的人生的大起大落。他曾3次中枪，12次从德军战俘营中逃脱，战争第一天他在布列斯特，后来的四年时间他都在寻找自己人的征途中……

有一天，叔叔接我放学回家，我们绕过一个坑，他对我说："走，走快点。"我问："为什么？"而他回答："垃圾坑，我看不得垃圾坑。"

当我们回到家，我依然缠着要他解释，为什么他那样说。

在米沙叔叔身上发生过这样一件事情。他和来自格鲁吉亚的同窗好友在乌克兰一个集中营里用木质钝刀刮着集中营食堂的桌子。司务长忽然走了进来，用德语问了些话，米沙叔叔用德语面无表情地回答他（在父亲的家里，每个人从小就会这门语言）。在集中营中掩藏会德语的事实是被严格禁止的，当时司务长是来传达这一违规条例的。

值班军官匆匆跑进来大声喊，吓坏了的米沙叔叔做出一副听不懂的样子，可怜的格鲁吉亚人的确是听不懂，只眨眨眼睛。看是毫无收获，值班军官简单命令司务长："把他俩都毙了吧！"司务长把俘虏们带到集中营围墙边，这些战俘们在柔软密实的黑土里为自己挖坟墓。挖的过程中，米沙叔叔还抱着某种希望，当土坑挖到胸部的位置时，从里头跳出来已经是不可能了，他才悄悄对格鲁吉亚好友说："永别了，兄弟，我们马上就要被枪毙了，原谅我吧。"

可怜的格鲁吉亚人吓得两腿发软，差点晕了过去。这时从远处传来值班军官的尖叫声："怎么样，泔水坑挖好了没？"司务长回答："挖好了。"

当米沙叔叔明白，他们走运了，无以名状的幸福感涌上心头，他抱着格鲁吉亚的好

米哈伊尔·弗拉基米洛维奇·米哈尔科夫（米沙叔叔）

友，开心地在他耳边说："太好了，我们不是为自己挖坟墓，挖的是泔水坑。"这时可怕的事情发生了，格鲁吉亚人觉得自己被无情地捉弄了，他挣脱米沙叔叔的手，奋力怒吼，抓起尖锐的铲子向一个同志的头砸去，枪声响了，格鲁吉亚人举着铲子直直坐了下去，是目睹这一切的司务长把他杀了。然后他骂了一句，把瘫痪无力的米沙拉出坑来，下令把可怜的格鲁吉亚人的尸体埋了，并下令午饭后在这旁边挖一个新的泔水坑。

关于这段经历对他的余生所造成的影响，我的叔叔是这样表述的："经历过这些可怕的事情后，我不再感到恐惧了。因为这是极限，我不再感到害怕，随时随地做好死亡的准备。但是，很多年过去了，甚至是现在，每当看到垃圾坑，我就会两腿发软，心绪不安。"

真的令人心惊肉跳……

后来他成功逃回了俄罗斯。一开始他被关押在单人囚房，接着被送到了集中营。米沙叔叔在给自己的兄弟，也就是我父亲的信中写道："我逃出了德军集中营，可现在我该逃去哪里呢？对我来说，逃离我们的集中营并不难，因为德国人的防卫更为森严。可现在我还能跑去哪里呢？！"

这只是一个家庭生活中的"小插曲"，而纵观整个俄罗斯又有多少类似的故事发生过？

第2章

—

童年

—

童年忆往

记得裤子上的冰凌，潮湿的手套……

夏日凉台上咖啡的味道，别墅里的厚碗具，美妙透明的阳光，特别是在清晨时分……

回想起某些物品或是它们的某些轮廓，感觉它们之间没有太多的联系，但某些细节却能让人想起整个童年时代。

莫斯科的房间地板散发着光芒……我们住在沃罗夫斯基大街（现在的波瓦尔斯卡娅大街），在此之前我们住在果戈理大街（现在的特维尔大街）。我在沃罗夫斯基度过大部分的童年和少年时光，然后搬了出来，和家人分开住，但童年基本的印象就是别墅和莫斯科的公寓。

尼科林山 [1] 上的别墅——这里是我的小故乡。我基本从出生就住在那里，从 5 岁开始就住在那里……

当我自己的孩子们还小的时候，我带他们从别墅往下走，来到田野里，在河对面的岸上、教堂的后面是一轮夕阳。我平静地说："孩子们，这就是你们的家乡。"从那以后的每个晚上，他们都请求我带他们去看家乡，直到后来我们搬去城市生活。

---

[1] 尼科林山（Николиная Гора）位于莫斯科州奥金佐沃区，是莫斯科郊区最著名的别墅区之一。

在 12 岁之前我和西班牙保姆兼家庭教师胡安妮塔一直都住在尼科林山，胡安妮塔是在 1937 年西班牙发生国内战争时带孩子们坐船来到苏联的。在我出生之前她就已经在我们家里工作了，也不知为何她偏偏只喜欢男孩子。她说，如果生的是女孩子，她就不留在这里了，要是男孩子就留下来。我出现了，她便留了下来。

尼基塔和安德烈兄弟以及尼基塔的西班牙女家庭教师胡安妮塔，摄于 1946 年

12 岁前我基本都说西班牙语，所以有时候父亲不明白我在说什么。后来我的语言变成了西班牙语和俄语的混合体了。

胡安妮塔是个小个子的西班牙女人，她的手掌很硬实。小时候我的屁股真的是被她揍惨了。她非常严厉，在我看来却又很亲切。她爱得深沉却又不失西班牙式的热烈。后来我才知道，她甚至会因为我对我母亲的爱而吃醋。我的父母不会常来别墅，春汛时总是烟雾笼罩，整个春天我们都见不上面，他们住在莫斯科，而我们住在别墅。**童年都是在无限期待父母的到来中度过的。**这里有乡镇商店和拉尼斯[1] 村，后来我在《烈日灼人》这部电影中把拉尼斯村重新命名为赫拉姆[2] 村：艺术家、文学家、演员和音乐人新村。

童年早期我的生活和狗是分不开的。在尼科林山上一直都养着牧羊犬。我记忆中的第一只狗是一只灰色的大型牧羊犬奈达，它非常聪明，很是喜欢我。冬日里的一天，胡安妮塔、4 岁的我，同住在我们在建中房子里的女裁缝苏拉一起玩捉迷藏。苏拉捂住眼睛，我和胡安妮塔藏起来。"一、二、三、四、五，我开始找了啊。"在游戏过程中苏拉经过我的身边，我从树后跳出来，直奔那个敲打点，苏拉在身后追着我，奈达看到了，猛然从狗棚里跳出来，挡住我的路，接着一跃而起，用牙齿咬住我皮衣的领子，拖着我向它的窝走去。冲向我的胡安妮塔和苏拉被可怕的犬吠轰赶，她们只能往后退。

奈达把我拖到它的狗窝，然后将我拖到里面去，它就坐在入口处。可怜的女人们叫

---

[1] "拉尼斯"为俄语单词"科学""艺术工作者"每个单词首字母缩写 РАНИС 的音译。

[2] "赫拉姆"为俄语单词"艺术家""文学家""演员"和"音乐人"每个单词首字母缩写词 ХЛАМ 的音译。

尼基塔和奈达在尼科林山上的别墅，摄于
1952 年

尼基塔和母亲，摄于 20 世纪 40 年代末

着、骂着，想让它离开狗窝，回应着她们的是牧羊犬的吠声，在用干草堆成的温暖狗窝里，我睡着了。有趣的是，它拖着我的时候，我没有丝毫的恐惧，相反，我很喜欢它拖着我、吓唬着胡安妮塔，我没有想过要逃离它。

父母赶来了，奈达只允许母亲把我带走。心有余悸和愤怒的父亲想惩罚奈达，我哭着请求他不要惩罚它。

直到现在我还记得，这是我第一次请求让奈达进屋，它和我们一起坐在烤炉旁，或许它已经感觉到这跟它今天的所作所为有关。它不但不会因此得到惩罚和责骂，相反，它的爱和忠诚得到了赞赏。

包装带

我依然记得，我和妈妈在位于斯托雷施尼科夫巷中最有名的甜品店里的情景。一位身胖肤白套着白大褂的阿姨往薄硬纸做成的盒子里放各种"克拉萨塔"（一种点心），"克拉萨塔"是由两块中间带有草莓的"科尔吉诺齐卡"（一种点心）、两块"卡尔托施卡"（一种点心），带有熬煮过的巧克力奶油和表层裹着白糖的奶油卷以及多层"拿破仑"（一种点心）组成的。我在旁边站着，咽着微微泛起甘甜的口水，都已感受到神仙般的快乐了。最后这位白衣阿姨用白色盖子把整个盒子盖住，系上纸带，但这时有人和她说话，她一边机械般不停地打结，一边和别人聊天。

她不停打着结，我站着吃惊地对她喊："你在干什么啊？……我们要把这个你打了40多个结的盒子带回家吗？这是什么啊?!"

拿起剪子或刀剪开纸带，一下子把甜点打开？不，在家里我和姐姐哥哥是不允许剪掉商品和礼物上用来打包的纸带和绳子的（我记得，厨房的餐具橱里有个抽屉，里面放着盒子，盒子里头装着各种这样的绳子和纸带）。要是指甲断了，那就用针把这些带子挑开、解开。

这是何必呢？为什么要这样？

因为圣天使的萨罗夫说过："服从胜于斋戒和祈祷。"这对我们来说是真正的教育，学会忍耐——做事要有始有终。

就如同我们解开这些包装带，这期间，我们可以思考很多事情。甚至有时候当带子被解开后，我们却不想吃里头的甜点了。

关于教育

我的母亲经常说："躺在褪褓之中的时候就应该开始教育，等到竖着坐起来的时候就晚了！"

因此应该带孩子去教会，去主日学[1]**，给他们讲俄罗斯童话**。这样等他们长大一些，就会体会到自己是伟大祖国的一分子，是其历史文化的一部分。

教育最重要的意义在于培养民族的免疫力。

如果从小就接受培养，那么生活中任何的"骤变和丑恶"都不足为惧。你总是在摇摆不定和犹豫不决的时候去找寻那段家庭和童年的宝贵经历。

我认为，不论父母"有意识地"采用何种方法来教育我们，特殊的家庭环境会潜移默化地影响我们，并在此后的生活中顺其自然地将它带入我们新家庭悉心营造的氛围当中，开始养育自己的孩子。我也希望，我们的孩子同样可以通过自己的家庭将这种难以察觉的家庭氛围继续传承下去。

---

[1] 现代主日学由英国人创办，是基督教教会于星期日早上在教堂内或者一些专门开辟的场所进行的宗教教育，主要教授儿童基督教传统和信仰，内容包括诵读《圣经》，通过故事进行道德教育，与此同时还传授儿童基础知识和自然科学。

总之，关于教育莫衷一是——要么这样教育，要么那样教育。要么溺爱娇宠，满足一切要求；要么严加管教，事事插手加以阻挠。但我认为，最关键的是要完全合乎情理。经常出现这种争论：打，不打，罚，不罚？我不知道普遍的规则是什么。

至于我个人的经历，没错，我被打过；而且很疼，很委屈。但是那个时候我就明白了：我被罚从来不是因为大人想要证明他们比孩子更有优势。**最严厉的惩罚应该是因为撒谎**。这其实已经成为我们的家规了。

但最重要的是，所有奖罚（包括最严厉的惩罚）的基础都要源于尊重和爱。

我记得，有一天我回到家（我大概 13 或 14 岁），我父亲闻到了孩子身上不该有的味道——酒味。我没有喝酒，基本没沾。在外面有人给了我一口啤酒，我尝了一下，就没再喝。父亲问我："你喝了什么？"我答道："只是啤酒而已。"

"什么，学生还去喝酒？"父亲的话音刚起我就挨了一个耳光。现在这一耳光在我的记忆里就只剩下伟大的俄罗斯文学了——我沿着书架飞奔，一个个姓氏一闪而过：托尔斯泰[1]、陀思妥耶夫斯基[2]、契诃夫[3]、阿赫玛托娃[4]……

后来，在生活中，我经常回想起这记耳光。不是因为它永远地将我与俄罗斯文学联系起来，而是因为，有时在面对我自己的孩子时，也会碰到类似我父亲当年的情境，我才彻底醒悟，总会出现一些情况，需要问题得到快速、出人意料的解决，以便让孩子明白，他的所作所为对我和他而言是多么的重要。

在我看来，类似的方法没什么不好。俄罗斯人已经习惯了。我们有的不是自由而是意志，而它们是截然不同的概念。因此，鞭子和蜜糖的交替——非常重要。然而更重要

---

[1] 列夫·尼古拉耶维奇·托尔斯泰，19 世纪中期俄国批判现实主义作家、思想家、哲学家。代表作有《战争与和平》《安娜·卡列尼娜》《复活》等。

[2] 费奥多尔·米哈伊洛维奇·陀思妥耶夫斯基，俄国作家。代表作有《白夜》《被侮辱和被损害的》《罪与罚》《白痴》《群魔》《卡拉马佐夫兄弟》等。陀思妥耶夫斯基的小说戏剧性强，情节发展快，接踵而至的灾难性事件往往伴随着复杂激烈的心理斗争和痛苦的精神危机，以此揭露出资产阶级关系的纷繁复杂、矛盾重重和深刻的悲剧性。

[3] 安东·巴甫洛维奇·契诃夫，俄国的世界级短篇小说巨匠，19 世纪末俄国现实主义文学的杰出代表。代表作有《套中人》《小公务员之死》《变色龙》《草原》《凡卡》、戏剧《樱桃园》等。其作品的两大特征是对丑恶现象的嘲笑与对贫苦人民的深切同情，并且无情揭露了沙皇统治下不合理的社会制度和社会的丑恶现象。

[4] 安娜·安德烈耶夫娜·阿赫玛托娃，苏联俄罗斯女诗人，被称为"俄罗斯诗歌的月亮"。代表作有《黄昏》《念珠》《没有主人公的叙事诗》《安魂曲》等。

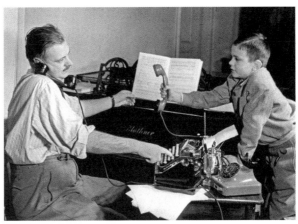

音乐会上的尼基塔和谢尔盖·弗拉基米洛维奇·米哈尔科夫　　工作中的谢尔盖·弗拉基米洛维奇和尼基塔·谢尔盖耶维奇·米哈尔科夫

的是要凭直觉准确地把握好什么时候该用什么。

要时刻记住：有人信任你，也有人不信任你，有人给予尊重，也有人欠奉。这是一种心理上的关联：你可以几个月甚至几年看不到亲人却不想念，因为你会不自觉地想到，他们就在某处生活着、微笑着，而且仍将是你生命中的一部分，这可能才是最重要的。而为了命名日[1]和每年的生日都写一张明信片，然后恼于没收到同样的卡片作为回报，这种简单的情感维系完全无法和上述情感相提并论。

在这种情况下，完全不需要时时刻刻在近旁的守护。你需要做的只是在非常时刻、在真正需要的时候出现。

这不仅适用于家庭关系，也适用于真正的历久弥新的友谊。对你而言只要自己所挂念和爱着的人还活着，哪怕远隔重洋，只要你在他的灵魂里、他的生命中仍有一席之地也就别无他求了。这可能就是人与人之间最强大也最诚挚的联系。

随着年龄的增长我意识到的另一件重要的事情——是和谐的价值。我们的母亲试图把我们培养成和谐的人。而和谐是一种稳定、融洽的内部状态。是一个人欲望与能力的高度协调。许多人的经历告诉我，人们变得不快乐的原因是，尽管他们做着所向往的事，却无力做好。（如果出于某种特殊的原因，需另当别论。）

---

[1] 命名日是与本人同名的基督教圣徒的纪念日，在东正教和一些天主教国家，人们给孩子起名的时候会参考日历，孩子出生离哪位圣徒的日子近就给孩子起相应的名字。它曾经是对于个人来说比生日更重要的日子。

我认为,"教育"的含义在于培育一个人对在其一生中面临的外界危险的免疫力。而这种免疫恰恰植根于他的家庭、家族和他的祖国······

碘 酒

这也来自童年的记忆,不是因为磕破的膝盖和手肘。

妈妈把这种棕色的液体滴在一小杯牛奶里,每日服用,或许是由于甲状腺疾病······

孩提时的信仰

就是我的母亲。

我们每天早晚做祷告,读赞美诗第 90 首"在上帝的庇护下生活······"每逢大斋期 [1],我们都会反复诵读四福音书 [2]。

父亲从不干预这些,也不会出言讽刺,也许,家里可以有东正教,而党的会议上宗教残余则成了个人事务。这使得我母亲在意识到父亲是体制内较高级别人物后努力将教会相关的一切与他隔绝。神父来我家倾听忏悔的时候,父亲通常都不在家。虽然在家里也会围绕着许多其他问题(共产主义、赫鲁晓夫、勃列日涅夫)发生"激烈的会战",可他从未与任何人争论过关于信仰的问题。

妈妈是一个无党派人士,她也从来没有向任何人强加自己的宗教观点。一切都顺其自然。我的母亲有着极佳的品位和分寸感,这使她显得超凡脱俗。

在家里,信仰始终是安全的,但我知道在外面的世界里它必须深藏于内心。我离开家入伍的时候,神父送给我一个十分漂亮的圣徒尼基塔像,我把它缝在行李里藏好。那时候有一种感觉,仿佛周围分裂成两个不同的世界。我不无惊恐地想象着爸爸因此被开

---

[1] 大斋期是正教会礼仪年中最神圣的节日之一,是复活节的预备期,长达 40 天,对食物有严格要求。

[2] 四福音书是分别由耶稣基督的门徒马太、约翰以及彼得的门徒马可和保罗的门徒路加写的四部介绍耶稣生平事迹的书。

除党籍，而我被开除出共青团。这种感觉是可耻的，但它的确存在。

我还记得 18 岁时在涅日丹诺娃大街上的教堂里庆祝复活节的情形。我至今仍然记得那种恐惧感，连在教堂里手画十字都不是件容易的事。

但对于我的孩子们，信仰已经完全是一件再正常不过的事情。我们有一次去圣彼得堡圣尼古拉·摩尔斯基教堂做祷告，6 岁的乔马[1] 消失了，后来我在一群穷人里找到了他，他坐在其中一人的膝头。我突然意识到，现在已经没有任何恐惧了，我不必忧虑他会为此而遭受什么。这让我受到了极大的触动。

我的职业也加剧了我的恐惧感，我的职业决定了我的公众属性，受人关注。我时常在做祷告的时候感到困惑，我很难对自己解释清楚，这一切到底是为了什么，特别是在青年时——为什么要站在这里，做祷告，读福音书？

当然，随着时间的推移，这个问题渐渐隐没了，因为总能遇到一些不可思议的事情。于是有了这样的解释就一切都说得通了：上帝让你在这个时候听到问题的答案，让那些动人的话第一次听到却仿佛早已熟知。

比如，如何面对新的诱惑？马太福音里关于忌妒的一个比喻：被葡萄园的主人雇来干活儿的工人前来领他们的薪水。先来的人说："怎么回事？我们从早上一直工作，可这些后来的人只干一小时的活儿，得到的报酬却一样多。"主人回答道："你们担心的不是我给你们付得少，而是我给他们付了多少。"

上　学

如果我做噩梦，那么一定是关于学校的……

有一天（是在第 20 中学，我的孩子们后来也在这所学校学习）我被叫去"爬黑板"。据同学们讲，我当时带着一副不同寻常的轻松表情站起来。我走上黑板，看见方程式，拿起粉笔。突然我感觉到，我不仅不会解答，而且根本不明白写的是什么。当我听到背后同学们笔尖清脆的沙沙声时，我真切地感到我正站在深渊的边缘。而且令我印象最深刻的不是我不会，而是同学们都会，而我不会！

---

[1]　尼基塔·米哈尔科夫的二儿子阿尔乔姆·米哈尔科夫的昵称。

带着这种尴尬的心情，我失去了意识。醒来后，我看到了老师脸上讥讽的表情。她相信我是在"伪装"，但是仍然准许我回家。然后过了很多年，我得知，当时教员休息室的所有老师透过窗户等着看热闹：看吧，现在米哈尔科夫正急着逃跑呢。而我也的确是用手扶着墙吃力地走着，腿只能勉强迈开，大脑一片空白。

小学四年级之前我学习非常好。在那之前，在精密科学方面还没有必要"绞尽脑汁"。最开始只是错过一些重要的"系统时刻"，而且很难补上，再之后——错过的更多。在七年级的时候我最后一次"开窍"——我突然明白了几何原理，学会了，并举起了手，但是……老师点了另一个得了"五分"[1]的同学。

从那之后数学的"帷幕"对我而言永远地落下了……

数学得三分我已经很满足了，最主要的是——尽快毕业，成为演员！甚至没有其他的选择。这是我从小的梦想。

但是除了数学之外，基本所有的科目，例如文学、地理、历史甚至生物对我而言非常容易。当开始上社会科学的时候，我竟然以不可思议的速度给老师们"洗脑"。应该承认，我的想象力确实不错。

有一次，我在完全不知道之前布置的课堂材料内容的情况下，就跟历史老师评论起了党史，说布琼尼[2]率领第一骑兵军打到了贝尔格莱德！说出这句话之后，看到老师惊讶的表情，我瞬间明白我说错了，但是已经没有退路了，所以我自信地补充道："刚刚出了一本书。"老师甚至还记下了这本不存在的出版物的出版信息。但这已经是大学时候的事情了。那时候更加肆意胡闹。

情窦初开

大概长到 12 岁的时候，某种多多少少算是重要的变化发生了。

正如此前所写，我没有"第一次上一年级"的经历，因为我是在尼科林山的别墅长

---

[1] 俄罗斯的学校实行五分制计算成绩，最高分是五分，然后是四分，三分是及格，三分以下是不及格。

[2] 谢苗·米哈伊洛维奇·布琼尼（1883—1973），三次"苏联英雄"称号的获得者，1935 年第一批被授予苏联元帅军衔的 5 人之一，一生 90 年中整整有 70 年从事戎马生涯，参加过包括两次世界大战在内的四次大的战争，屡建奇功。

大的，每天从那儿去莫斯科上学并不现实——在路上就得花半天。所以刚开始我是在当地一位老师家里接受私塾教育。

当我搬到莫斯科跟父母一起生活时，我进入了位于柴可夫斯基大街（现在的诺温斯基林荫大道）美国大使馆旁边的男子中学。一开始还实行男女分校教育，但是很快我们就和女生们合校了。这是一个真正意义上的"创举"，甚至让人大为震惊。直到最后一刻我们都不敢相信，我们将和女孩们成为同桌，和她们在走廊结伴而行……

我们看着她们，她们也看着我们。就在那个时候萌发出了最初最稚嫩的爱慕之情，不带任何情色欲望。吸引我们的对象发生了变化，但是折磨人的竞争意识依然存在，那就是争夺姑娘们的注意。但是，更明确和清晰的情感大概在三年后才出现……

那个时候吸引我的是比我大一些的姑娘。我爱上了国内战争中的传奇英雄邵尔斯[1]的孙女。她比我高两年级。而她所有的朋友都比我大。但是，因为我不想在任何方面（包括年龄）输给他们，所以"不得不"让自己的年龄凭空长了两岁。因此，跟他们在一起时，我随时都要做个有心人。

他们的父母都是名人，甚至可以说，是位高权重之人。

我们经常聚集在她家，那是一所位于著名的滨河街大楼[2]11 层的公寓。

我通常会非常紧张，因为听不懂他们的谈话，甚至关于学校课程的话题（我连学习自己年级的课程都很吃力，更别提要假装自己在更高两年级里学习，完全力不能及）。因此我会做些其他事：弹吉他唱歌，讲故事。但是基本上，他们对我非常宽容。

有一天，我完全忘记了在我们中间有传奇元帅儿子的事，开始唱起根纳季·什巴利科夫[3]的歌：

> 战马心绞非常痛，
>
> 而它俯首又顺从。

---

[1] 尼古拉·亚历山大罗维奇·邵尔斯（1895—1919），俄帝国军官，乌克兰起义部队指挥官，俄国内战争期间红军指挥官，1918 年秋加入共产党。

[2] 滨河街大楼（Доме на набережной）（正式名称是政府官员住宅大楼，又被称为苏维埃第一居民楼）位于莫斯科河畔，总共 12 层，面对着谢拉菲莫奇大街和别尔谢涅夫大街。苏联时期这幢大楼里居住着党政活动家、高级将领、著名专家学者和文化艺术活动家等社会精英。现在这所大楼被认定是俄罗斯文化遗产，受到国家的保护。

[3] 根纳季·什巴利科夫·费多罗维奇（1937—1974），苏联诗人、电影导演和剧作家。

滨河街上的传奇大楼

战马检阅强忍疼，

未告元帅得疾病。

元帅感染猩红热，

痛苦不堪受折磨，

元帅坚韧好男儿，

未告战马有病魔。

我唱起了这首歌，没有任何别的用意……

一片安静，然后元帅的儿子和他的两个朋友——同样来自显贵家庭，静静地从座位上起身，请我从客厅出去。我来到门廊，他们把我的大衣塞给我，然后非常有礼貌地把我推到了门外。总之，没有使用任何暴力。

很难想象我的境况，我不想树敌。我身前是方形的楼梯通道，从11层看上去深不可测。巨大的屈辱感席卷而来。怎么能忍受?! 就这样离开? 坐电梯，回家，然后上床睡觉? ……我简直不能想象，将怎么再活下去!

接下来发生的事情简直像梦游一般。我还没想好该怎么做，就按下了公寓的门铃。保姆打开了门，我走进门廊，挂上大衣，又进入了客厅。他们仍然坐在桌子旁原来的位置，对我的出现表现得非常平静，没有任何愤怒。只是饶有兴趣地看着，我将要做什么。

我穿过客厅，走进厨房。那里，我记得有一个不大的阳台。我打开了阳台的门……

莫斯科的天空已经破晓。当时是早春……

我向随我来到厨房的人说："你们谁敢来？"——我走到阳台，爬过栏杆，用手抓住（而且抓住的不是上面的横梁，而是下面，那里非常不好抓，因为有非常细的四角杆）悬在半空。

然后我又放开了一只手——**一只手抓着，悬在 11 层的半空。**

我从他们眼中看到了恐惧——远比我感受到的恐惧强烈得多。因为我完全没有感受到恐惧。

他们冲向阳台，向我伸出手。我喊着："走开！否则我就松手！"

他们开始后退……

然后我思考了很长时间——我怎么能坚持下来？这个小孩子的手和被握在手里的四角杆是如何支撑住我的？

我用另一只手再次抓住阳台的四角杆，把身子向上攀，爬进了阳台。

阳台上所有人都非常惊恐，这是自然。我仍然沉浸在自己沸腾的感情里，不过在这些感情当中，胜利的感觉已经绝对占据了上峰！

我穿过厨房走进客厅。从桌子上拿起还没有用过的杯子，里面盛着非常浓的东西。然后用力一摔……我没有告别，拿起自己的大衣，走出公寓，之后再也没去过。

后来我清楚地回想起当时情景下的很多瞬间。例如，从那些随我来到阳台，向我伸出手的人们的表情中，能很明显地看出，他们担心的不是我可能会跌落或者摔死，而是我是从著名的滨河街大楼里的公寓——还是传奇英雄后人的公寓摔下去的；而且在这个不幸的时刻，他们所有人都在。我想，有可能亲历这一丑闻——这对当时的他们而言是最不愉快的事了。

几年之后（我已经参加了电影拍摄，在史楚金艺术学校[1]学习）我在尼科林的浴场看见了他们。他们从我身边经过时，我正在读一本书。他们没有看见我，我不由自主地观察他们……

---

[1] 史楚金（1894—1939），苏联演员，第一个列宁形象的塑造者，苏联人民艺术家（1936），1941 年被追授斯大林文艺奖金。史楚金戏剧学校，隶属于叶甫盖尼·瓦赫坦戈夫国立模范剧院，成立于 1914 年10 月 23 日，至今已有 100 多年的历史，培养了很多著名的戏剧和电影演员。

完全还是那些笑话，那些乏味又傲慢的谈话，那种力量分布和相互间的关系……我再次为我当时的行为感到高兴。我庆幸，我当时没有加入他们"英勇的队伍"，而是永远地离开了滨河街大楼的公寓，走我自己的路。

毕业考试

在我毕业的青年工人舞蹈学校里发生了好笑的事情。

是的，我一直退步，退步，最后进入了工人舞蹈演员学习的学校，但是他们经常出国巡演。他们只需要接受中等教育。

当时在那里学习的还有塔吉扬娜·塔拉索娃——有着苗条身材的姑娘。所有人都爱慕她……

校长加琳娜·伊万诺夫娜，一个美丽的女人，对我非常温和。但是她明白，我通不过毕业数学考试的。我向她真诚地坦白："加琳娜·伊万诺夫娜，我发誓，我考不过的！……加琳娜·伊万诺夫娜，"我说，"我要这个数学来做什么？算工资？我就现在这种水平工资也能算对。"我当时已经在斯坦尼斯拉夫斯基剧院[1]工作了，表演舞台剧。我认为，我的命运已经定格了……一天，她把我叫到办公室并问我："一张考签[2]上的题你能背会吗？"我回答："一张还是可以的。""你想要哪张？""第7张。"（7是我喜欢的数字。）

我把第7张的题全部背熟了，就像学习祈祷文。但是我还是把小抄儿塞进了所有的口袋——万一突然忘记怎么办。她提前告诉我：你的考签将是左边第3个。

我在第一个5人考试小组，以便谁也不会在我之前抽到第7张考签。老师旁边坐着

---

[1] 斯坦尼斯拉夫斯基（1863—1938），俄国苏联演员、导演、戏剧教育家、理论家。斯坦尼斯拉夫斯基系统总结了"体验派"戏剧理论，他的一整套戏剧教学和表演体系被称为"斯坦尼斯拉夫斯基体系"，是世界三大表演体系之一，对各国戏剧影视舞台表演产生深远影响。斯坦尼斯拉夫斯基戏剧学院成立于1948年。

[2] 俄罗斯学校的考试多数是口试。学生需要从老师准备的考签中抽取一张，然后面对老师回答考签上的问题以及老师的附加问题。

区教育处的学监，一个留着胡子精神抖擞的老头，就像电影《春天》(《Весна》)[1] 里那位旧时代的教授。

阳光灿烂，所有的窗子都开着。无论是学生还是老师都很紧张。我的数学老师说："米哈尔科夫，你还是晚点儿再来吧？何必丢咱们学校的脸？"我说："不，我第一个来。"

她顿时脸色惨白。

我走到桌子旁，拿起左边第 3 张卡：第 7 张考签。坐下然后不慌不忙写下了所有的公式，答完习题并按照小抄确认了一遍，之后我便起身去答题了。我按照书上写的一字不差地回答。然后是方程式，考题。学监说："尼基塔，为了完全获得 5 分，还需要回答额外的题目。"我不假思索地回答道："不需要。"他说："什么?！您回答得这么好！您难道只愿意得 4 分？"我说："不愿意。"学监非常奇怪，问："那您想要什么？"我不由自主地脱口而出："我想尽快离开这里！"

突然我的数学老师醒悟过来（我完美的回答把她吓住了），加入我们的谈话。她向教授大喊，现在这一切都是最不可能发生的事情！她所教的我什么都不懂，所以应该得 3分！……这并没有引起我哪怕一点点的反对。受到惊吓的老爷子完全搞不清状况，最后给我打了 3 分，然后我带着幸福的神情离开了。

总之，我就是这样应付学业的。

哥　哥

哥哥——这是一个严肃的称谓，更别提如果他比你整整大 8 岁！你出生时，他已经上学。你 8 岁时，他已经是 16 岁的青年。而你 16 岁，他已经 24 岁，到了谈婚论嫁的年龄……

这总是会使你对他本人和他的生活隐私发生一种难以消退的兴趣。更何况他和你的关系主要建立在你的需求之上：带你来，带你走，看护你，在电话里跟你胡扯点儿什么。

---

[1] 《春天》是 1947 年上映的苏联电影，属于音乐喜剧题材。导演是格里戈里·亚历山大罗夫·瓦西里耶维奇。

但这一点都没有让我感到苦恼，因为这种依赖使我能够顺理成章地进入他的朋友和熟人圈。

想想这些年：最初的"第聂伯"牌录音机，最初的爵士乐唱片，第一次在索科尔尼基公园[1]举办的美国展览，充满魔力的词语"百事可乐"，禁止我喝的神秘饮料——威士忌，它就出现在哥哥房间的杂志桌上。**那是一个所有人都在谈论的充满希望和某种神秘感的"自由"年代。**虽然这种自由跟我没有任何关系（我只是不知道，大人们指的是什么），但是它的新奇一直吸引着我……

哥哥圈子里的朋友聚集到他房间里的时候，我很喜欢待在那里。当然，我不是都能听明白，也没有意识到这些人对我们社会曾经有过（或者很快将有）的意义。但是，这些人的到来，每个人所具有的独特的个人魅力、幽默感，还有他们大声的争论像一块吸铁石一般吸引着我。他们是热尼亚·乌尔班斯基[2]、尤利安·谢苗诺夫[3]、安德烈·塔尔可夫斯基[4]、柳德米拉·古尔琴科[5]、塔吉扬娜·拉夫罗娃[6]、因诺肯季·斯莫克图诺夫斯基[7]、恩斯特·涅伊兹韦斯内[8]、作曲家斯拉瓦·奥夫钦尼科夫[9]、电影摄影师瓦季姆·尤

---

[1] 索科尔尼基公园位于莫斯科东北部的索科尔尼基区。

[2] 叶甫盖尼·乌尔班斯基（1932—1965），苏联电影演员，俄罗斯联邦功勋艺术家。

[3] 尤利安·谢苗诺夫（1931—1993），苏联和俄罗斯作家、电影剧作家、记者、诗人。创办杂志《侦探和政治》《绝对机密》。

[4] 安德烈·塔尔可夫斯基（1932—1986），苏联导演，其电影获得多项国际性大奖，代表电影作品有《伊万的童年》《牺牲》《安德烈·卢布廖夫》等。

[5] 柳德米拉·古尔琴科（1935—2011），苏联和俄罗斯戏剧和电影演员、导演、编剧、作家。苏联人民艺术家（1983），俄罗斯国家奖章（1994）获得者。代表电影作品有《两个人的车站》《没有战争的二十天》等。

[6] 塔吉扬娜·拉夫罗娃（1938—2007），苏联和俄罗斯戏剧和电影演员。俄罗斯苏维埃联邦社会主义共和国人民艺术家。代表电影作品是《一年中的九天》。

[7] 因诺肯季·斯莫克图诺夫斯基（1925—1994），苏联和俄罗斯戏剧和电影演员，苏联人民艺术家（1974），社会主义劳动英雄（1990），列宁奖章（1965）获得者。代表电影作品是《士兵》《一年中的九天》《哈姆雷特》。

[8] 恩斯特·涅伊兹韦斯内（1925—2016），苏联和俄裔美籍雕塑家。其最有影响力的作品是赫鲁晓夫的墓碑。

[9] 斯拉瓦·奥夫钦尼科夫（1936—　），苏联和俄罗斯作曲家。俄罗斯苏维埃联邦社会主义共和国人民艺术家（1986）。

安德烈·米哈尔科夫-康查洛夫斯基，
摄于 1962 年

安德烈·米哈尔科夫和尼基塔·米哈尔科夫兄弟，摄于 1949 年

索夫[1]、钢琴家尼古拉·卡普斯京[2]，甚至，原谅我，还有——普里马科夫[3]，他当时和尤利安·谢苗诺夫关系非常好。我认为，上面这些人中的任何一个到场都足以让任何群体的活动变得饶有兴趣和意义深远，而不管其他人是谁。

每当他们聚会又允许我在场的时候，我总是情不自禁地陶醉在这种氛围中——友好和谐，共同创作，即兴幽默和开诚布公……而且我完全是潜移默化地受到熏陶。如果要问我他们谈了什么，我确实回忆不起来了。

……热尼亚·乌尔班斯基正在追求塔吉扬娜·拉夫罗娃……尤利安·谢苗诺夫还没有娶我的姐姐，但是我隐约感觉到，他们之间存在着一种隐秘的关系，所以妒忌地看着这个明显想要带走姐姐的人……

那些情景，那些铭记在心的生动的速写画，那些生活绘制的美好草图突然涌现……

想起了恩斯特·涅伊兹韦斯内的那些进展缓慢却扣人心弦的故事，和普通人不同，他总是习惯像士兵那样用手攥着烟头抽……

可以想象我是多么珍惜手足情，总担心不小心破坏了夜晚的气氛，他们就不会再让我进入他们的圈子，那么我就不能再静静地坐在角落里享受观察那些有意思的陌生人的

---

[1] 瓦季姆·尤索夫（1929—2013），苏联和俄罗斯电影摄影师和教育家。俄罗斯苏维埃联邦社会主义共和国人民艺术家（1979），获得列宁奖章（1982）、苏联国家奖章（1984）、"金鹰"荣誉奖章（2013）。

[2] 尼古拉·卡普斯京（1937—　），乌克兰和俄罗斯作曲家，爵士乐钢琴家。

[3] 普里马科夫（1929—2015），苏联和俄罗斯政治家，叶利钦时期第 5 任俄罗斯联邦总理。

讨论电影剧本《安德烈·卢布廖夫》(《Андрей Рублев》) [1] 的安德烈·塔尔可夫

斯基和安德烈·米哈尔科夫 - 康查洛夫斯基 [2]，摄于 1964 年

乐趣了。**对我来说，对哥哥的崇拜之情是这一切的基础**。当然，他可以这样做，他本人给予我的比我想得到的更多。我从来没有认为哥哥和我之间是一种卑躬屈膝、居高临下的关系，或者对我的掌控欲，虽然……现在我回头想想其实最后一点多少是存在的。

　　另外一个决定了我们之间关系的最重要的因素——是忠诚。（当然，他对我的责任是有条件的，但我对他却有着更清晰、不可辩驳的责任。）

　　我记得有一天，哥哥说他会带朋友回家，而当时家里只有我一个人，所以他让我出去散散步故意把我支开。当然，他会带谁来激发了我强烈的好奇心，但是我已经答应在他们来公寓之前就离开，我只好出去走一走，按照约定应该一个半小时以后再回来。但是，我回家的时候却没人给我开门。我又去外面的电话亭打电话给哥哥。当时天寒地冻，我脱下一只手套去摁冰冷的金属盘上的数字。电话那头没有人接。而且仿佛故意跟我作对似的，机器吞下了两戈比。我手里只剩下最后的一枚硬币了。我再打过去，依旧徒劳，只听见长长的忙音。我最后一次拨出号码，把听筒夹在毡帽下，在下巴底下缠起了电话

[1] 《安德烈·卢布廖夫》是 1966 年安德烈·塔尔可夫斯基拍摄的历史戏剧片。电影分成了 8 个故事片段，讲述了修道士、圣像画家安德烈·卢布廖夫看到的 15 世纪初期（1400—1423）罗斯混乱局面。

[2] 安德烈·米哈尔科夫 – 康查洛夫斯基（1937—　），尼基塔·米哈尔科夫的哥哥，苏联、俄罗斯和美国电影导演和剧作家，社会和政治活动家。俄罗斯苏维埃联邦社会主义共和国人民艺术家（1980），电影学院"尼卡"主席，两次获得威尼斯电影节"银狮奖"。

谢尔盖·弗拉基米洛维奇·米哈尔科夫和两个儿子

线。就这样，我站在外面，和着那一声声绵长的鸣音，酣甜地睡着了，就靠在电话亭磨砂玻璃板上……我半梦半醒间突然听到哥哥那惊恐的呼喊声，立即开心得不得了，醒了过来。原来，他去送那个姑娘的时候忘记把钥匙留给我了，刚刚才回家。最令人惊奇的是我没有怨恨，也没有生气，相反却满是自豪和喜悦，因为我完成了他要求我做的所有事情：我离开家不去妨碍他，耐心地等着，既不因太长时间而焦灼，也不惧外面的严寒。

我被他的关心深深地感动了，以至于我感激他似乎更甚于他感激我。他抱住我，搓热我的耳朵和双手，给我喝热茶，笑着让我原谅他。对我来说，他的道歉比什么都珍贵。

我在部队的时候，总是会把当时那个困难时期里令我困惑不安的事情用书信的形式跟哥哥分享，他成了我最忠实的听众。被无常的命运抛到远东的我为很多事而心潮澎湃，而且最有意思的是，我不求回信。因为，当我体会到一个人写下的东西不会消失而是永远留在所爱之人的记忆里时，将这一切写下来绝非空忙一场。

第3章

—

大学时代

—

职业规划的难题与我绝缘

我的父亲从未"参与规划"我的人生轨迹、为我"提供"便利条件或是"指明"人生方向。他从来没有"帮助"过我考入大学或是脱逃兵役……从来没有！

我的父母没有对我的选择施加过任何影响。他们既不鼓励也不禁止，所以我讲不出任何感人至深、狄更斯式的故事：例如我是怎样歇斯底里、狂热地追求某件事情，可是他们不允许，于是我就光着脚在满是积雪的大街上跑之类的剧情。当然，拥有这样的故事我会很高兴，但我的真实经历的确平淡无奇。

我是先当演员，然后再从事导演工作的，这对一个年轻人来说是很自然的事情。在此之前我还学过音乐。遗憾的是（也或许是幸运），我没有成为音乐家，但是音乐教会了我很多。因为当你在构思电影的时候，内在的音乐感是非常重要的。难怪著名演员及表演教育家米哈伊尔·契诃夫（即安东·契诃夫的侄子）曾说过，任何一种艺术形式都与音乐十分相像。细想起来，这还真是个惊人的发现。的确，任何一种艺术形式：文学、建筑、造型艺术、戏剧和电影，都与音乐存在趋同性。由此可见接受音乐教育会使人受益匪浅，比如获得激情饱满且富有表现力的舞台表演语言张力的可能性。总之**对我来说，影片里的一切声音——包括脚步声和风吹树叶的沙沙声——都是音乐**。我感激命运给了我接受音乐教育的机会。

摄于 60 年代初

俄罗斯苏维埃联邦社会主义共和国人民演员鲍里斯·扎哈瓦[1]（中）和史楚金戏剧学校的学生们在一起，摄于 1964 年

在进入史楚金戏剧学校[2]之前，我就已经在剧院工作了。我当时在斯坦尼斯拉夫斯基剧院表演，在他们的艺术学校学习。

中学时我在作家亚历山大·克隆[3]的一部名叫《492116 号来福枪》（《Винтовка 492116》）的小话剧里演过一个流浪儿。当然，按现在的眼光看，我当时演得非常糟糕，但我的确加倍努力地即兴表演和模仿过了，努力表现流浪儿无所事事的样子。

我是在 1962 年拍摄《我漫步在莫斯科》（《Я шагаю по Москве》）的那年夏天考入史楚金戏剧学校的。在我转入苏联国立电影学院（ВГИК）后，我才完全意识到，这是一所多么棒的大学。

我在史楚金戏剧学校的入学考试上朗读了米哈伊尔·斯维特洛夫[4]的《那不勒斯的

---

[1] 鲍里斯·叶甫盖尼耶维奇·扎哈瓦（1896—1976），苏联人民演员，苏联著名演员、导演、教育家、戏剧学家。

[2] 史楚金戏剧学院，俄罗斯高等戏剧学院，隶属俄罗斯国立瓦赫坦戈夫模范艺术剧院，培养电影演员和导演等专业人才。史楚金，苏联演员，苏联人民艺术家。1920 年在瓦赫坦戈夫领导的莫斯科艺术剧院。在《列宁在十月》《列宁在 1918》等影片中塑造了列宁形象，获苏联国家奖。

[3] 亚历山大·克隆（1909—1983），苏联作家。

[4] 米哈伊尔·斯维特洛夫（1903—1964），苏联诗人、剧作家，1967 年被追授列宁奖。

小伙子啊！你在俄罗斯的原野上留下了什么？》，还读了普里希文 [1] 的散文《三色堇》（《Иван-да-Марья》）和谢尔盖·米哈尔科夫 [2] 的寓言。当时的我就已经向个性独立迈出了惊人的一步：说实在的，我为什么要读别人的作品呢！

我的主考官是一个姓别宁鲍伊姆 [3] 的人。考官是莱奥尼德·莫伊谢耶维奇·施赫马托夫 [4] 和薇拉·康斯坦丁诺芙娜·利沃娃 [5]。

四年级时我因私自接拍电影被赶出了学校。（史楚金戏剧学校严禁在校生拍摄电影。）

我们当时已经开始独立排戏剧了，而我却被禁止进入学校。所以我是偷偷完成演出的……

在此之前，我就已经萌生了转去导演专业上学的想法。我很清楚，如果我在史楚金戏剧学校毕业，那还必须要在学校分配的剧院里工作三年，之后才能去别的学校上学。

所以我没有请求时任校长鲍里斯·叶甫盖尼耶维奇·扎哈瓦撤销开除我的命令，虽然别人在私下里跟我说他很想那样做。当然，他也不能平白无故地撤销命令——我总是要有所动作，比如去求他原谅，求他不要开除我。别人一直跟我说："你倒是去找他呀！"可我却装出了一副屈辱的样子。于是史楚金四年级刚开除我，我就考入了苏联国立电影学院二年级学习。

师从米哈伊尔·伊里奇·罗姆 [6] 学导演

他的课程（本身就很有吸引力）对我来说很重要，不仅是因为教材，而且因为还有罗姆的个性和他所有创作之间的有机联系。

---

[1] 米哈伊尔·米哈伊洛维奇·普里希文（1873—1954），俄国/苏联作家、散文家、政论家。主要作品有《梅花鹿》《人参》。

[2] 即本书作者的父亲。

[3] 即亚历山大·萨比宁（1932—2005），苏联著名话剧演员。

[4] 莱奥尼德·莫伊谢耶维奇·施赫马托夫（1887—1970），苏联演员、戏剧教育家，1946 年获"俄罗斯苏维埃联邦社会主义共和国功勋演员"称号。

[5] 薇拉·康斯坦丁诺芙娜·利沃娃（1898—1985），苏联演员及戏剧教育家。

[6] 米哈伊尔·伊里奇·罗姆（Михаил Ильич Ромм，1901—1971），苏联伟大的电影导演、剧作家、教育家、戏剧导演。5 次斯大林奖章获得者，苏联人民艺术家。

每次上课的时候我们就像着了魔一样，在仔细观察一个可爱、极具个人魅力的职业电影人那神奇而又无与伦比的转变过程，然而始终都没能理解这种闪电般的转变是如何做到的。当时我们把全部经历都投入学习中，想多读、多看、多了解。

当时都产生过这样的想法：难道我们要做出点什么了吗？

很遗憾，上大学的时候并不是一直都有创作的激情。很多时候，我们并没有料到，自己正在奔向某种职业的平庸，畏惧从众人中凸显，不做那普通的芸芸众生。

这就是我极为感激我的导师的原因，他会以自身的魅力逐渐引导我们避免雷同、寻找自己的个性。

最重要的是——罗姆敦促我们学习，鼓励发展自学的能力。

我们这一届是米哈伊尔从头至尾手把手带出的最后一届。当时他的身体状况已不是很好，来上课的次数比往年渐少。这种状况导致在每次他的课开始前我们都会忐忑万分。

他交往起来特别平易近人，以至于每次大家都在期待他的出现就像最初的相遇——等他的时候大家都很紧张，但总是迫不及待地想快点见到他。

米哈伊尔·伊里奇的课程极具吸引力，甚至已经不能称其为课程，而是和天才交流，并不是教谁什么，因为导演不是教出来的，而是取决于本人天生的资质。他的课程中很少有总结概括性的话，很多都是强劲有力、紧张激烈的思想脉动，他的话是那么生动、形象、富有感情。所有的现象，甚至是那些和课堂任务毫无关系的现象，他都会把它们用作课堂主题。而且这一切米哈伊尔·伊里奇都做得十分轻松和优雅，没有人知道这些是怎么做到的，也不知道这些连接我们熟悉的世界和课堂主题的隐形衔接是从哪里来的。他可以用任何一个生活场景、状态——日常的、精神的、瞬时的状态 ——作为主题激发出整体拍摄计划、色调、声音等所有电影元素的设计灵感。

他的讲座，更准确地说是从文学、电影、话剧中带有实例的出声思考，在开始可能只与相对狭窄的专业问题相关，但是课堂对话会引申出全人类的主题。**这是因为罗姆并不在职业和个性之间划清界限，他想在我们每个人中激励并培养个性。**对他来说，导演是可以通过电影拍摄展现自己观点和立场的人。

米哈伊尔·伊里奇说过："导演并不是那些想随波逐流之人，而是追求与众不同的人。"导演是那些说"我的设想是这样或那样的人"。而且为了自己关于世界的设想导演应该承担个人的责任！为他的每句话负责！虽然人们可以赞同或者不赞同他的观点，但

谢尔盖·爱森斯坦 [1]（左）和米哈伊尔·伊里奇（右）在莫斯科电影制片厂电影摄影棚，摄于 1940 年

米哈伊尔·罗姆，摄于 20 世纪 60 年代

是可以相信他所说的话。

罗姆厌恶只贪图眼前利益的做法，尤其是对待艺术创作。例如，"我是专程来看一眼您的电影的，请您给我展示一下"，或者"我来这里学习的时间并不多，所以请您多关照，教教我"。他要求我们要一直像弹簧一样，一分钟都不能懈怠。也许是因为这些年他的课越来越少，他不想我们浪费时间，而他的时间也所剩无几了。

大家很爱戴罗姆，非常爱。而这种爱是如此真诚，毫无阿谀奉承的色彩。而这并非是出于单纯对一位大家普遍喜爱课程的艺术指导的尊敬之情。大家很爱他而且尽量爱得不被察觉、委婉，因为不想让他有不适感，他是一个极为谦逊的人。

他能够一直坚持做自己。人极有可能会在不经意之间出现片刻的虚伪和不真诚。然而哪怕五分钟前在课间你说了一些话或做了一些事来伪装真实的自己，都会让他觉得是件非常羞愧的事情。

最主要的是——米哈伊尔·伊里奇在同学们面前分析自己拍的，在他看来有错误的电影的时候从不紧张或不好意思。这种坦荡让大家更加爱戴他。

你可能不折服于他的魅力之下。而他笑得多棒啊！非常棒！而且，差一点要笑过的

---

[1] 谢尔盖·米哈伊洛维奇·爱森斯坦（Сергей Михайлович Эйзенштейн，1898—1948），苏联电影导演和电影艺术理论家，世界电影的先驱，蒙太奇风格大师，他拍摄了三部经典的影片《战舰波将金号》《亚历山大·涅夫斯基》《伊凡雷帝》。他将电影艺术提升到前所未有的高度，通过隐喻等手法，赋予电影全新的表现力和复杂性。

时候，他会根据可笑的场景的情况用自己的出众智慧把玩笑继续发挥到戏剧效果。所以听众还在哈哈大笑的时候，他已经笑哭了。

罗姆不仅仅是在开玩笑。幽默感，尤其是自嘲是他本性中不可分割的一部分。我甚至觉得，他很难和那些没有幽默感的人打交道。

米哈伊尔·伊里奇不会让人产生畏惧心理。他极少因为疏忽和差错大动肝火。对我们来说最可怕的惩罚就是具有杀伤力的罗姆式的嘲笑——总是很细微、很准确的嘲笑，直击现象本质。经历这种嘲笑可能终生难忘。但是学生绝不会因此记恨罗姆，因为在他的话语中，哪怕是最刻薄的话都永远不可能只有欺人的恶意。他只是对自己嘲讽，这种嘲笑使人们解除武装并且制造出共同信任和友善的氛围。

他在课堂上或私下交流中说的很多话都成为名言警句。

我们年级人数相当多，将近 20 人。而每位学生都觉得罗姆的课是为自己定制的。

我们大家都有事没事地盼望着能到他家去拜访。夏天在别墅，米哈伊尔·伊里奇终于可以专注于自己的工作而不用看见我们的脸了，但是总是不断有学生来找他。他们带来了一堆《电影剧作学》或者某种文学书籍，最好这些是他们朋友的作品，而他们带来的更多是自己的创作。每逢这种情况罗姆总是耐心地和每一位学生座谈。

在学校的最后一年我们看到米哈伊尔·伊里奇的机会就更少了……一方面，电影《今日世界》(《Мир сегодня》)的拍摄工作占用了他大量的时间；另一方面他也深知自己的病情。大家总是很需要他，而他的精力却越来越少……

我们学生有这样一个传统——总是去迎接他进教室。当罗姆来上课的时候（我们事先会知道），我们其中一个这次获此殊荣的学生会下楼走到门廊陪他一起进教室。

有一次这种幸运就落到了我头上。

罗姆来的时候看起来很累，那时候他已经病得不轻了。我帮他脱掉大衣，然后我们开始爬楼梯到四楼。所有同学都在快速穿行，有人上，有人下，大家向他打招呼"您好！""上午好！米哈伊尔·伊里奇！您感觉怎么样？"他微笑着回应，礼貌地向每个人点头行礼。不断有人往他手里递材料，说："就看一眼。"我在一旁心中感叹道："罗姆的生活多么有意思啊！这一切都太有趣了！"

就这样我们来到了四楼，到了教室的门口，突然他转向我，轻声说："上帝，我太厌倦这一切了，什么时候才是个头啊？"他说话的内容和方式中有一种极度的、超出常人能够忍受的疲惫。我永远不会忘记他的话"我真是受够了……"不能忘记他说话的简单

"电影之家"举办纪念米哈伊尔·伊里奇一百周年诞辰的晚会，摄于 2001 年

和真诚。

当天他要给我们上课。我非常紧张，他会如何表现自己：只有我知道他可怕的秘密，这个秘密只属于我，只有我听到了这句话，知道这句话是如何破口而出的。

罗姆进入教室，坐下来，沉默了一会儿。吸了口气，说道："我生病了，今天去了趟医院。"

我想："我的天啊！他接下来要说什么？难道课程要取消了吗？难道他真的感到很不舒服吗？"罗姆接下来继续说："我坐在走廊等着看医生，有一个护士经过我身边。我看着她，她首先从远景[1]走过来，走到我旁边，又走向远景，已经是背对着我了。当她正走近我的时候，我努力在猜测她在想什么，当她走到我跟前的时候，我明白了——不，她想的不是这个……我用目光送走她，根据她的背影我突然明白了……"

很难表达我的吃惊：在诊所无聊的等待中开始设计镜头

[1] 指拍摄电影时在较远位置拍摄大景和整体布局的情况。

内部蒙太奇的绝佳方式。"她从远处走来……那她正在想什么呢？……走近了……我看到她的脸了，她想的不是这个……现在看到背影……"等等。

整堂课是关于镜头内部蒙太奇的运用，这是我们专业的基础之一。而熟练掌握镜头内部蒙太奇手法只能通过个人经验的积累。

这也是罗姆。

应该说，罗姆和我的关系稍微有点特别，因为米哈伊尔·伊里奇和我的母亲是朋友，甚至在母亲还没有孕育我之前他们就已经亲密地称呼对方小米沙和小娜塔莎了。

我不会忘记有一次我到他家找他抱怨一件极不公平的事，不是关于我的教学工作就是关于场景片段的评价。我只记得当时我大体的想法是：像往常一样有什么不顺心的事或者有人做错的话，都固执地认为错不在自己。我告诉他这让我感到焦躁不安。他认真地听着，然后说："这就是车轮……"我立刻就明白他的意思了。他继续说道："你明白吗，我们的生活就像马车车轮。而我们呢——好比轮毂上的苍蝇。当车轮滚动暴露在阳光之下，苍蝇就认为，太阳会一直照耀大地，它可以永远趴在轮毂上晒太阳，可后来突然遇到积水和泥泞，它心想太糟糕了！但是没过多久太阳又出来了，苍蝇又回到轮毂上了，再次认为这里会永远光明和温暖。之后突然咕咚——又是泥泞……所以重要的是，马车驶向何方。"

我始终记得这个比喻，后来每逢我的生活中出现抱怨和伤心的事情，我都会想起罗姆关于车轮的比喻并平静下来，就这样我挺过了所有那些会取代阳光的泥泞和肮脏。

阿纳斯塔西娅·维尔金斯卡娅

我同女人们的关系一向还算顺风顺水，从未有过古典文学里常常详尽描述的所谓相爱相杀的桥段。我的恋情一般都是两情相悦，即使最后无疾而终，也是双方感情渐渐淡了。既没有谁摔门而去，也没有之后提着箱子回来这样的事情发生过……

我和娜斯佳·维尔金斯卡娅 [1] 是史楚金戏剧学院的同班同学（那时我还没有被学校开除），但我们入学之前就已相识。

我哥哥安德烈当时正在追求娜斯佳的姐姐玛丽安娜，但他同时又很喜欢妹妹。我可

---

[1] 娜斯佳是阿纳斯塔西娅的昵称。

怜的哥哥可忙坏了，像只双头鹰，一会儿追着姐姐，一会儿盯着妹妹。

玛丽安娜是个落落大方，十分活泼开朗的姑娘。娜斯佳在姐姐身边就显得有些拘谨内向。也许是因为当时的娜斯佳已经开始拍戏并渐渐走红，敏锐地感受到了声名大噪总是要付出代价的，一直和粉丝们保持着距离。

我与娜斯佳第一次约会的情景早已记不清了。我唯一记得的就是我被拒绝了，更确切地说，不是被拒绝，而是直接被忽略了，好像根本没我这个人一样。当时，我们可以说是根本不在一个水平线上……娜斯佳在《红帆》[1] 电影上映后迅速红遍全苏联。那时候她无论出现在哪里，周围都会迅速云集一群群情绪高涨的粉丝。很快娜斯佳又在电影《两栖人》[2] 中扮演古蒂艾烈。这个角色形象也非常鲜明，丝毫不逊于她在《红帆》中饰演的阿索莉。当时娜斯佳经常与创作团队四处巡演，几乎走遍了整个苏联。而且娜斯佳已经开始筹备电影《哈姆雷特》的拍摄，满脑子想的都是莎士比亚、科津采夫 [3]、奥菲莉亚 [4]……

反观那时的我是什么状态呢?《克罗什奇遇记》(《Приключений Кроша》) 和《博尔斯克上空的乌云》(《Туч над Борском》) [5] 里跑堂的小子? 太可笑了，简直不可同日而语! 当然，拍完电影《我漫步在莫斯科》(《Я шагаю по Москве》) [6] 之后，我开始有点名气，走在街上偶尔会被人认出来，但这与娜斯佳的人气根本不能比! 我当时明白，我和娜斯佳不能在一起，我高攀不上她……

要承认这一点，对当时的我来说实在是个不小的打击，我的内心十分沮丧。根本就没有一丝成功的机会! 难道我能去找个娜斯佳的爱慕者，拉过来暴打一顿，就为了自我

---

[1] 《红帆》(《Алые паруса》) 是根据赫赫有名的格林童话改编而成，影片拍摄于 1961 年，是苏联经典电影。描绘的是一个富有传奇色彩的爱情故事，讲述了身世坎坷的女主人公在饱受创伤的生活中因为他人的帮助心里燃起了对幸福生活的无限希望，最终遇见奇迹的故事。

[2] 《两栖人》(《Человека-амфибии》) 根据亚历山大·别利亚耶夫的同名科幻小说改编的苏联电影，拍摄于 1962 年。娜斯佳饰演的年轻姑娘古蒂艾烈深深爱上了一个水陆两栖类人。该部电影成为该年度苏联票房赢家。

[3] 格里高利·米哈伊尔洛维奇·科津采夫（1905—1973），苏联电影和戏剧导演、教师，1964 年获得苏联"人民演员"荣誉称号。拍摄过苏联电影《哈姆雷特》《青年高尔基》等作品。

[4] 奥菲莉亚是著名悲剧之一《哈姆雷特》中的角色之一。

[5] 《博尔斯克上空的乌云》是一部反宗教题材的苏联文艺片，导演瓦西里·奥尔登斯基，拍摄于 1960 年。

[6] 《我漫步在莫斯科》是格奥尔基·达涅利亚导演的一部喜剧电影。

阿纳斯塔西娅·维尔金斯卡娅（正中）就读于戏剧学院，正在指挥系合唱团，
拍摄于 1964 年

安慰出出气？结果我还真的这么做了。

　　虽然手捧鲜花满怀希望地蹲守在姑娘的门口期待偶遇不
是我的风格，但我仍是没少站在娜斯佳家的窗下遥望她。真
不知道她是不是曾像我爱恋她那样爱过我。她那时候选择那
么多，像铺满地的纸牌一样，她可以随手捡一张。但声名对
她来说既不重要也不需要，因为她本身就是维尔金斯基[1]的
女儿。

　　唉。不，不，我不甘心，这不是命运。就像年轻时我常
常对自己说："没什么，有一天你会后悔！我会成功！"接下来
就各种想象，想象自己成了苏联英雄，成了朱可夫元帅，成了
天才演员，成了著名歌手等。[上学的时候，每当学习遇到什
么困难，或者我被老师不无缘由地痛批之后，总是会梦到我
成了苏联英雄，骑着高头大马上了学校的四楼，直接来到经常

[1]　亚历山大·维尔金斯基（1889—1957），沙俄后期和苏联早期歌唱
　　家、作曲家、诗人、歌舞艺术家和电影演员，对苏联传统歌唱艺术
　　具有重大影响，被誉为俄罗斯 20 世纪的"歌坛王子"。而他的演艺
　　黄金期几乎是在流浪和旅居异国他乡中度过的。

电影演员姐妹花玛丽安娜·维尔金斯卡娅和阿纳斯塔西娅·维尔金斯卡娅，拍摄
于 1964 年

侮辱我的数学老师面前，露出我的毡靴，傲慢地向他展示英雄的金星奖章。也许，这个梦潜意识里套用了我的电影《套马杆》(《Урга》) 中的情景，其中主人公之一是骑着马走进酒店的。]

　　这样娜斯佳应该随着时间的推移，对什么都痛感遗憾和惋惜，但她并没有。那时候一是安德烈·米龙诺夫 [1] 在追她，一是斯默克图诺夫斯基 [2] 在追她，也可能两个人同时追她，反正追她的也都是那些遥不可及的人物。也许那时候我是为了故意气气娜斯佳，也或者就是为了能够忘记她，我还和一个叫列娜的姑娘谈过恋爱，列娜是我们都认识的朋友，一名很出色、很有天分的芭蕾舞演员，后来成了最出名的花样滑冰双人舞的艺术编舞。

　　我们的恋情很浪漫，但同时也很平静。列娜是个安静、善良、聪明的姑娘。她不像娜斯佳那样出名，但各个方面也足够优秀。我们的关系看不出会有什么剧烈的变故。很快我就去撒马尔罕拍摄一部战争题材的电影《呼唤》(顺便说一句，这部电影我正是和玛丽安娜·维尔金斯卡娅 [3] 一起拍的)。那时我们两个鸿雁传书，一切都是那么感人……

[1]　安德烈·米龙诺夫（1941—　），苏联著名演员，1980 年荣获 "人民演员" 称号，曾出演过《12 把椅子》等影视作品。

[2]　伊诺肯基·斯默克图诺夫斯基（1925—　），苏联著名演员，1974 年荣获 "人民演员" 称号，曾出演过《哈姆雷特》《柴可夫斯基》等影视作品。

[3]　玛丽安娜·维尔金斯卡娅（Марианна Вертинская），俄罗斯女演员，苏联功勋艺术家，1943 年出生于中国上海。是娜斯佳·维尔金斯卡娅的姐姐。

尼基塔·米哈尔科夫主演的电影《我
漫步在莫斯科》，拍摄于 1963 年

阿纳斯塔西娅·维尔金斯卡娅在电影《红帆》中饰演阿索莉，拍摄于
1961 年

就这样过了很长时间，渐渐地，日复一日生活的琐碎，拍摄、学习、和朋友们一起，我甚至觉得，我对娜斯佳热烈的爱恋貌似一点点地消逝了。我惊奇地发现，再听到那些关于娜斯佳和谁在一起的绯闻，我已经不会像以前那样感到撕心裂肺和沮丧。所以我认为，我的情伤已经痊愈了。

就这样，拍摄完电影《呼唤》之后我回到了莫斯科。刚回来就带着我的女朋友列娜去参加朋友万尼亚·德霍维奇内的生日宴会。宴会气氛欢快活跃，有个维卡·费德罗娃就足够活跃气氛了！所有人都在打趣，哈哈大笑，一边喝着酒一边回忆过往的趣事。万尼亚·德霍维奇内给大家讲笑话，演滑稽剧。如果不是后来发生了一件意想不到的事，聚会仍会顺利地进行下去。

正当聚会气氛达到高潮时，突然门铃响了，娜斯佳和安德烈·米龙诺夫双双走了进来。他们落座在我斜对面。表面上我一切正常，十分友好地问候，好像并不感到惊讶。**可是，当我和娜斯佳的眼神交汇，便久久胶着不能分开，然后就仿佛沦陷在彼此的目光中，仿佛做梦般失去了理智。**

等我回过神来，我们已经来到了德霍维奇内楼下的小屋里。**我们在窗前不停地相互拥吻完全难以克制**……如果这事发生在夏天，我会说是因为阳光太灼热让我们眩晕了。后来我从未问过娜斯佳，那天她为什么会去，究竟是有意还是无意。这种意外的幸福感和深深的负罪感交织在一起折磨着我。

我和娜斯佳就这样在一起了，我们之间的感情是那样妙不可言，而列娜那时已经游

阿纳斯塔西娅·维尔金斯卡娅，拍摄于1965
年

离于我的生活之外了。对列娜的负罪感这辈子都让我感到不安。我没什么可以申辩的，但与娜斯佳在一起就是能让我神魂颠倒。

我们再也没有回到万尼亚的生日宴会。娜斯佳把我从那儿带走了。当然不能说究竟是谁带走了谁，唯一可以肯定就是，如果不是娜斯佳有意，这一切根本都不会发生。我身上根本就没有那种强大的魅力和异于常人的品质能够征服她。但我记得我们之间那时产生的那种激情的火花，那种如黑洞般强大的吸引力……

就从我们离开德霍维奇内家的那一刻开始，我仿佛陷入了不辨前路的乱飞乱撞的状态，甚至不知道身在何方，不知道究竟发生了什么……

回想那时，真是连绵不断地陷入混沌的生活无法自拔。我和娜斯佳常常去参加各种宴会，一个接一个，宴会上我们喝酒、唱歌、聊天。当然，我也没少打架，可以说是没完没了地打架，喝完酒就打，也没什么具体原因，也许是因为谁说了什么不好听的话，也许是因为谁的目光惹我不快，没什么大不了的原因。我，就像一名少先队员，时刻准备着去战斗！也没少进局子，数都数不过来。

刚开始我们还住在各自家里，我和自己的父母一起，娜斯佳和她的妈妈和奶奶。谁也没给我们设条件，说什么要先结婚再上床。但我和娜斯佳都明白，我们的家庭和当时的社会都有明确的准则。直到我们正式登记结婚后，娜斯佳才搬到我们家在沃罗夫斯基大街的房子住。我们的婚礼是在拍摄电影《地铁》（《Метрополе》）时举行的。

一开始我们和我的父母一起住。同时也在筹划着搬到契诃夫大街上的房子去。事实上，这个乔迁计划后来并没有成行。房子刚刚建好的时候，我们不得不把一套新房换成了两套单独的公寓，因为我们的家庭生活当时已经走向尽头，出现了难以弥合的裂痕。

我们在一起生活了3年，但真正在一起的日子不过短短半年而已。为什么会这么少呢，我也不清楚。或许是因为我们都没有准备好扮演丈夫和妻子的角色。我那时甚至都搞不懂有了小孩子，当爸爸是什么概念，应该负什么责任，虽然现在十分庆幸我的儿子斯捷潘早早出世。

我对娜斯佳的感情之深难以用语言表达也无从验证。我十分害怕失去她。很多年轻的男人都害怕听到妻子怀孕的消息，可当我知道娜斯佳怀孕时，却感到无比幸福。夜晚我独自走在莫斯科的街道上，总会想着这下好了，我心爱的姑娘再也不会跑了，她是属于我一个人的！想着想着就会像傻子一样情不自禁地微笑。

谁都知道一山容不得二虎的道理。娜斯佳很有个性，她义无反顾地走自己的路，虽然这条路并不平坦。那时候她的身影常常出现在《现代人》剧院（《Современник》）和莫斯科艺术剧院（MXAT）上演的众多著名话剧中，当然还有她的电影事业。

我和娜斯佳其实是截然不同的两个人。娜斯佳强势、意志坚定，自尊心很强，也很会与他人打交道。虽然我身上也不乏这些特点，但与她相比我更像个"外星人"，倒不是说这是好还是坏，只是我们太不一样。我们能走在一起，也只是一时。

第一次我们的恋情出现阴影是在我从沃洛格达州的伊尔辛诺小村子回来。当时我好像是在《新世界》杂志中读到了尤利娅·车尔尼琴科关于当地织花女工的描写，就想去看看有没有拍摄素材，于是就和三个朋友去了。[后来证明在那儿看到的一切对我拍摄毕业作品《战争结束时平静的一天》（《Спокойный день в конце войны》），塑造电影中谢廖沙·尼科年科[1]饰演的主人公形象很有帮助。]

那次出行给我带来的新奇感受和印象十分震撼，以至于一大清早我回到家，娜斯佳还没醒我就迫不及待地将她唤醒，滔滔不绝地给她讲述此行的经历。

我给她讲，我和朋友们住的村里都是女人，只有一个马倌托利亚是男人。我们住的那家主人是个战争寡妇，她丈夫去了前线之后就再也没有回来。这个女人根本就没有开始新婚姻和家庭生活的想法，当时接待我们小住，也是为了能赚点钱。这也没什么不正常的，唯一奇怪的就是我们住进去之后，她几乎就不见人影。她给我们送来牛奶和吃的就走了。我们当时都搞不清楚，为什么她那么孤僻，那么怕与我们接触。后来我才明白，她长久独居，已经不习惯有男人的存在，她怕唤起她有意克制压抑多年的女性本能。而我们一群大小伙子闹闹哄哄很容易就打破了她所习惯的一个人独居的孤寂和平衡，她曾经受尽了孤独的苦楚，以至于已经习惯到害怕失去孤独。

我给娜斯佳讲马倌托利亚的事。我们问托利亚的老婆，托利亚有没有休息日时，他老婆回答说："什么时候喝多什么时候就是休息日。"我们又问："那大概多久喝多一次

---

[1] 苏联著名演员，导演，剧作家，1991 年荣获"人民演员"称号。

呢？""嗯，几乎每天吧。"他老婆答道。"那就是说托利亚每天都休息喽？""对啊。"但不管怎么样，托利亚还是享受着村里唯一一个男人的优待，甚至他还可以有一天独享澡堂。

我给娜斯佳讲农村人口中的"在换季的时候叮叮当当"的意思其实是利用冬天农闲的时间来织花边。我试图给娜斯佳描述那个村子里是怎样唱现代歌曲的，把不懂的歌词换成通俗易懂的话，比如"我在陡峭的岸边投石子 / 那遥远的宗谷海峡[1]……"村民不明白哪里是宗谷海峡，就换成了"列宁海峡"，就当是为了纪念列宁……

我不停地讲啊讲啊，把那些我在俄罗斯农村看到的一切让我激动、兴奋和有灵感的深刻感受都讲给她听，给她讲当时俄罗斯农村不可思议的美好平静的生活，那样的生活后来这些年都被破坏了。

突然我抬眼看到了娜斯佳那礼貌、宽容而略显忧伤的笑容，让我想到契诃夫小说《万尼亚舅舅》里写到的情景，叶莲娜·安德烈耶夫娜本来正在听医生阿斯特洛夫滔滔不绝地讲着俄罗斯的森林如何被砍伐时，米哈伊尔·勒沃维奇·阿斯特洛夫突然停了下来，喃喃自语道："这很奇怪是吧……"我当时就是这种感受，娜斯佳的反应让我很沮丧。这很可笑是吗？

我说这些并不是为了证明我是对的，她是错的。其实大早上把人吵醒，讲一些荒诞不经的话，还要求人家热烈积极地回应其实是不可理喻的。理论上讲，娜斯佳当时完全可以直接把我扔出去，但她并没有这么做。她耐心地听着，虽然很想睡觉。我很想站在她的角度，去理解她，在心里为她开脱。但我当时的情绪简直太兴奋了，以至于人家礼貌宽容的态度都让我觉得像个陌生人。也就是从那时候起，我们的关系开始逐渐发生了些变化。

后来我又和娜斯佳大吵了一架，突然我就觉得，真是够了！倒了一杯我妈妈自酿的拿手好酒"康查洛夫卡"伏特加，一口干了，瞬间就醉了。就是不想待在家里！

我打电话给我的朋友谢廖沙·尼科年科，要到他那里过夜。他详细地告诉我怎么去他家，我却好像越听越糊涂。于是他决定不再跟我废话了，省得浪费时间，直接跟我说："我去接你，你在哪儿呢？"我回答说："我这就出门到街上。"我穿上衣服，在大衣兜里怀揣了一瓶"康查洛夫卡"，便在寒夜中走出了家门。

当时花园环路上空无一人。头顶上的交通信号灯电线向警察的岗亭延伸。当时也不

---

[1] 又称拉彼鲁兹海峡，位于日本北海道和俄罗斯库页岛之间，扼日本海和鄂霍次克海的要冲，是日本海通向太平洋的北方出口，也是俄罗斯太平洋舰队出入太平洋的重要通道。

知道为什么就奔着那个岗亭去了，也许是神奇地幻想到自己今晚就要冻死在大街上了。

那么晚岗亭已经没有值守的人。我走上窄窄的梯子，推了推门把手，门是锁上的，但好像也有些松动。我使劲拧了一下，门就开了。我走进岗亭，这里小小的，窄窄的，还有几个开关。岗亭大概在两米半的高度上，从这望去雪后的花园环路尽收眼底，还有周围的街道：赫尔岑大街（现在叫大尼基斯基大街）和波瓦尔大街（过去的沃罗夫斯基大街）。交通灯当时是设置成自动的，开关跳动一下，就闪了黄灯，当时没什么车，也没什么行人。我碰了一下控制杆，其中一个就变成了红灯，然后我就等着，就这样出现了一辆车停了下来，接下来等了半天来了第二辆、第三辆。大半夜的红灯持续这么久，我想司机们一定很纳闷，肯定越等越烦躁，没准儿要开始骂娘了，但谁也没想过闯红灯。我在司机们的头顶上暗暗好笑，于是又拨了一下开关，灯由红转黄，由黄转绿。于是早就不耐烦的司机大力轰油门，从冰冻的路面上蹿出，直奔斯莫棱斯基广场而去。

我仍在那拨弄了一会儿开关，直到看到远处谢廖沙穿着大衣，戴着凹顶无檐帽的瘦小身影快步朝花园路环路这边走来（不知道为什么谢廖沙戴了一顶那么"成熟"的帽子），他一边走一边四处寻找我的身影。

我悄悄掩上岗亭的小窗，低吼道："站住！你是谁！"谢廖沙瞬间僵住了，怎么也没弄明白哪里发出的声音。找了半天才发现我，于是我们禁不住哈哈大笑起来。他也走到岗亭，我们一起喝起酒，然后随他去他的住处。他那个公租房相当棒，里面住了好多很神奇的人，让我记忆深刻。其中有很多人我之后还跟他们同住了半年。

我和娜斯佳谁先提出的离婚已经不记得了。我们的关系慢慢变得疏远，毫无疑问是走到了尽头，一切了然，无须特意宣布。我甚至不记得是谁向法院提出了离婚诉讼。我们办理离婚时法院大厅里有好多人，就像莫斯科艺术剧院首映演出时那样。好在正式程序没拖太久。

这之前娜斯佳一直住在我父母在沃罗夫斯基大街的住处。当时情况也挺有意思，我收拾了东西搬了出去，我们的儿子斯捷潘住在娜斯佳妈妈那里，这种状态持续了好几个月。

应该说我父母当时丝毫没有介入我们的矛盾。当我收拾箱子离开时，谁也没想起来问一句为什么走的是我。这从理论上是很难想象的。我也想象不出我妈妈会说出"尼基塔是我们的儿子，这是他的家，而娜斯佳，你现在才是外人"这样的话。绝不可能。他们还是正常地交流，好像什么都没发生一样。我偶尔也会给父母打电话聊聊家常，但一次也没听他们说起让我回来。我对此也没什么疑问，他们的态度很明确，"你自己的决定

尼基塔·米哈尔科夫和阿纳斯塔西娅·维尔金　　　阿纳斯塔西娅·维尔金斯
斯卡娅，拍摄于 1966 年　　　　　　　　　　卡娅，拍摄于 1969 年

自己承担"。

　　直到半年后我和娜斯佳正式办理了离婚，我才从谢廖沙那儿搬回家住。一句话，失去了的就失去了。我和娜斯佳各自开始了新生活。

　　我对娜斯佳永远怀有一种特殊的感情，任谁都不能与之相比。这已经不是爱情了，是完全独特的一种感情。这份感情我是怎样珍藏又是怎样表现的呢？

　　我可以很多年都不会想起娜斯佳也不会与她相见，然后多年后偶然见到，就像从未分开一样。这种情感不受控制，不明缘由，好像一切都突然从深藏的记忆中迸发出来一样。不管怎么样，娜斯佳都曾经是我生命过往的一部分。我想，这也让塔尼娅[1]不得不感到焦虑。

　　前妻和现任妻子常常都是势不两立，不共戴天的仇人。要克服对对方的敌意，需要足够的经验、意志力、智慧和敏锐，明白前妻已是历史了。经历是不能从一个人生命中抹去的，应该允许自己的男人心中留一方天地去保留过往的一切。当然，这是理想状态，现实往往难如所愿……而我聪慧的塔尼娅，总是能懂得家庭生活中这些极其重要的细节。或者干脆就这样隐忍下去。

　　每当我再次遇到娜斯佳时，总有一种美妙的怀旧情感油然而生。而且我们的儿子也渐渐长大，他对待我和娜斯佳当时和现在的关系看得很开，有时也不乏诙谐幽默的调侃，同时他对待我和娜斯佳的态度很分明，她是她，我是我。

---

[1]　米哈尔科夫的第二任妻子。

第 4 章

—

太平洋舰队服役

—

"我曾宣誓……"

我的父亲告诉我，他的父亲曾经对他说："米哈尔科夫家族的男人不会强求入伍，但也绝不会拒绝。"

这完全属实，如同誓词。

应该终生奉行这条道德准则。

我始终认为，所有想在我们祖国继续生活的男人都应该履行服兵役的光荣使命。

这并不是说男人一定要在军队接受教育，**而是说军队对于俄罗斯的意义不仅是进攻和防御的手段，更是一种生活方式**。古代的少年大公都会穿上盔甲加入军团，在长大成人后，这些兵团也会成为他们的坚强守护者。

而对我来说，接触军队在很大程度上只是一种象征性的、形而上学的东西。所以我对在军队度过的每一天从未有过丝毫的遗憾和懊悔。

在相继取得两个高等教育学历后，我加入了太平洋海军舰队，在那里服役了一年半的时间。当时出现了各种流言说我父亲插手了我的服役安排。这不是事实。当时军队的教学分队禁止我寄信回去，所以他甚至都不知道我被分配去了哪里服役。

但在多年以后，正是我"帮助"了自己的儿子斯捷潘加入了远东海军边防部队，在那里服了 3 年兵役。我认为这是对他唯一的救赎。

关于上帝赐予我的军队经历，其中详情都是后话了。也许什么时候我会把自己在军队写下来的日记出版。它们已经被隐藏了二十年，如果当时被披露出来的话，对我来说情况会更加糟糕。要知道，我在1972年的观念和现如今自己的想法并没有很大的出入。

"就这样，我要入伍了……"

我被编入阿拉比诺[1]的骑兵团，在那里服役的人员大都是有成就的电影工作者和其他艺术创作者的孩子。这是一个冥冥中的宿命，而我坚信那就是我命中该去的地方。因为我还在上学和拍片，我推迟了入伍时间，直到大学毕业。我那时已经26岁了，兵役委员会也急着召我入伍，因为27岁之后就不能再被召为现役军人。

一切都有条不紊地进行着。我在谢廖沙·索洛维耶夫导演的《驿站长》(《Станционный смотритель》) 中饰演角色，等待着拍摄结束。谢廖沙对拍摄时间安排得恰如其分，就在我应召入伍前完成了拍摄工作。一般而言，招入骑兵团的演员如果还有角色，会被允许拍完他在莫斯科电影制片厂的戏份再前往报到。在我执导的电影《敌中有我，我中有敌》(《Свой среди чужих》) 中出演主角的凯丹诺夫斯基就是如此，他在拍摄的同时，还得赶去履行服役手续。

但是我发生了状况，这种状况就算是在我自己最稀奇古怪的梦境里我也想象不到。这段时间发生了我与奥莉娅·波里昂斯卡娅的一段罗曼史。这是一位美丽迷人、温柔聪慧、沉着冷静的姑娘。她的幽默感极具风趣，世界观与众不同，特立独行不拘一格。唯一的不足就是她爸爸是一个党的高级领导——候补政治局委员。这使我完全陷入巨大的困惑。我无论如何也不希望自己的个人生活、行为举止和创作经历受到来自高层的某种限定。我不知道怎样当面向奥莉娅诉说自己的困惑，于是决定给她写一封信。在信中我述说了自己如何珍视彼此的关系，如何无尽地感激她陪我度过的那些美妙时光。

我曾去过她家几次，一直记得那位在电梯值班的慈眉善目的老太太。可以想象，在这种住宅内开电梯不是一般和蔼可亲的老太太们能够胜任的。简而言之，我把信封给了这位大妈，然后就离开了。她彬彬有礼地收下了信，笑着对我说一定会帮我转交的。

过了不久发生了一件令我完全无法理解的事情。特别是发生在我入伍的前夕。当我

---

[1] 阿拉比诺，莫斯科郊区的乡村。

得知我被应召入伍的去处是纳沃伊的基建工程营的消息，
马上怒从心生，跑去找兵役委员会领导。我气恼得无法
自拔，质问他为什么做出这样的决定。

"你有什么事儿？""先通知你去那里报到，现在通知
你来这个地方报到。怎么了?!"

我说："这可是纳沃伊的基建工程营！我有两个高等
教育文凭，我可以在别的地方发挥作用！而不是去那儿
挥铲子挖坑！"

在太平洋舰队服兵役期间的水手尼基
塔·米哈尔科夫

而他冷笑道："那么，米哈尔科夫，你就想待在莫斯
科，是吧？"

这让我感到羞辱。

"兵役最远的军队在哪里？"我问道。

"舰队呀！在堪察加，你去吗？"

"去！"我不假思索地回答，"请把我派到那儿去吧！"

现在轮到他发蒙了（显然这个安排不合适我）。但他很快就想清楚了，怎么能既把我
打发到太平洋服役又把责任推卸个干净。

"写个申请吧。"他递给我几张白纸。

于是我写下了这份申请……

从堪察加赶来招兵的大尉才刚刚开始组建自己的新兵队伍，而我一直要等到这支队
伍满员为止。

我至今都不理解那一年城市征兵点的奇怪景况。想象一下：指挥所的门口和传达室，
"配枪的人"，还有高大坚固的围墙，向左右两边延伸……简而言之，三面都被围起来，
入口处需要凭证件才能进入，出口处也需要凭证件才能离开。而后边的一面则由"保密
机关"支撑着全部工作……却隐身在树林里，没有任何围栏！准确地说，有过围栏的搭
建，但这最后一面围栏最终没有修建起来。在一天人数众多的报到完全平静下来后，新
兵们走来走去，搬出了伏特加，（整箱的！）姑娘们四处晃动……在这些憋闷和烟雾缭绕
的日子里（在这期间泥炭田在燃烧，而莫斯科烟雾缭绕，的确很无聊），我的伙伴们来探
望我了。有巴沙·列别绍夫，有萨沙·阿达巴什扬……当然了，他们绝不会空手而来。

新兵们逐渐集合起来编进了部队，朝着祖国的四面八方出发了，但不知为什么只有

我们堪察加的队伍无论如何都无法最终组织起来。最后在城市的征兵营里只留下了我们。

我在征兵营的第一夜是在一个空荡荡的营房里度过的，而第二个夜晚我就请求值班军官准假放我进城。临行前他嘱咐我，务必要在早上之前归队。这句话不仅告诉了我，也告诉了我的监护人。

在这里必须要解释一下，以前在莫斯科（我不知道是不是在全苏联都是如此），征兵时采用的是这样的方法：城市企业和大学的一些预备役兵员在征兵时会接到一个任务，就是帮助军事委员会做一些组织工作，包括照看等待入伍的新兵。我就被安排了这么一个监护人。他来自莫斯科科学研究所，还很年轻，不过身材已经严重发福了。

我和他一起去了"电影之家"。我早是那里的人了，但对于我的监护人来说，这是他第一次来到"电影业精英"的世界，所以他彻底放松下来了，喝得酩酊大醉，最后我不得不"监护"他回家。

后来我自己回到了征兵营，在那里过了夜。然而，新的一天再次来临，堪察加部队仍然没有组织起来。所以第二天晚上，我，准确地说是我们，我和我的监护人理所当然地又出现在了"电影之家"的餐厅里。

这出戏就这样一连上演了好几天。白天我待在征兵营里，一到晚上就叫上我的"好哥们儿"去"电影之家"，有时甚至在那里留宿。当时我真感觉自己再也不用去海上服役了！

我的监护人在担负这份职责一段日子后，已经疲惫不堪了。

"回你自己的部队去吧！"他在又一次严重宿醉之后恳求我说，"我再也不行了！每天喝成这副德行！我的老婆已经开始对我翻白眼了！"

我试图鼓励他："没准儿今天就能被带走！"

在一个炎热的傍晚，我们留在征兵营，一起喝着伏特加，而我的监护人很快就烂醉如泥地倒下了，而后面发生的事情就不足为奇了。

如果有人曾经去过类似城市征兵营那样的地方，就会对那儿的厕所印象深刻，长十到十五米、瓷砖脱落遍体鳞伤的小便池里总会发出流水的汩汩声响。

那天晚上我在征兵营上厕所时，意外发现，在长形便池最边上的角落里有个熟悉的东西在颤动着。我朝着那个方向走了几步，原来不知是谁的军官证落在这里了。

我小心地把这张军官证从小便池里拣出来，展开它红色的封皮……军官证不是别人的，而是我自己的！

瓦西里大街上的"电影之家",摄于 20 世纪 70 年代

在这里必须要解释一下,那个时候新兵驻扎在征兵营,派遣他们的人就会随身携带新兵的军官证,以方便交给将要接收新兵的部队首长。

这就是为什么军官证被我再次拿在了手里(这件事一个目击者都没有)。**我马上想到了母亲和我说过的话:"如果你想得到的东西不费吹灰之力就唾手可得,那你就得想一想,十个人中有几个无法抗拒这样的诱惑。如果答案多于五个人,那么就拒绝吧。"**

我想了想,超过半数的人定会轻易处理掉军官证,比如扔了它,撕了它,或者是直接丢进马桶里。要么在医疗委员会,要么在其他什么地方,可以开启一个用于延长时间的操纵杆,但是在 10 月份我就要满 27 岁了!

我突然清楚地意识到军官证对我来说是一个诱惑,于是把军官证放在太阳下晒干之后,又重新放回到正在沉睡中的监护人敞开的皮包里。

第二天,为了消磨我们的空闲时间,我提议:

1968 年，正值塔甘卡戏剧喜剧剧院演出季结束之际的弗拉基米尔·维索茨基

"我把维索茨基[1]介绍给你认识怎么样？"

"好啊！"

于是我们来到了塔甘卡剧院[2]，询问传达室：

"瓦洛佳在吗？"

"在。"

"请帮忙转告他，尼基塔来了，他从军队回来了。"

维索茨基出来了，他拿着吉他，给我们唱了好几首歌，我们都喝醉了，也只记得我把监护人送上开往征兵营的无轨电车上。

那天晚上我留宿在那里，因为第二天就要飞离莫斯科了。

再说说电梯老太太那件事。当然，老太太把信转交给了所谓该读这些信的人。有人读了这些信。但不知道奥莉娅的爸爸读到没有，还是事情的解决没有够上级别，因为从那时起（多年后当我翻阅和这段历史有关的档案才获知）我的名字被列入了被控制人员名单上，此名单的人都因为美国总统尼克松的到访要被清除出莫斯科。

---

[1] 弗拉基米尔·谢苗诺维奇·维索茨基（Владимир Семенович Высоцкий，1938— 1980），苏联俄罗斯著名歌唱家、演员和诗人。早年因饰演哈姆雷特而获得巨大成功。后其表演曾获得国际电影节大奖以及苏联国家奖。同时，维索茨基还是行吟诗歌的主要代表之一。莫斯科市建有维索茨基国家文化博物馆，建成于 1989 年。

[2] 莫斯科塔甘卡戏剧喜剧剧院（Московский театр драмы и комедии на Таганке），始建于 1946 年。

当然，我也被荣幸地列入能在马雅可夫斯基广场上朗读充满自由思想诗歌的名单之中，只是那里我从未去过。

打个不恰当的比喻，我觉得当时的命运就如同妓女一样，会被发配到几百公里以外的任何地方。**一开始在骑兵团，后来险些进了基建工程营，而今又发配到堪察加半岛。**

征兵营的长官好奇地打量我，我心想："事情总会出现转机。我一定能用公费去成堪察加半岛！"

为谦逊而战

在军队的时候我迷上了写信，但动机并非出于可以寄给自己的朋友或是亲密的人，只是因为，当我伏案提笔写信时，会情不自禁地流露出对新环境下一切新生事物的忐忑不安，让文字来承载心绪的波动：那些新的感觉、新的人际关系、新的日常生活、对自己崭新的认知，以及在周围环境中全新的自我定位——会感到不适、奇怪、委屈，但同时对于发掘存在的本质又是如此重要。比方说，一个已经拥有两个学位，而且有了几部代表作，且在电影界小有名气的人，突然要他戴着海军帽站在队伍里，聚集在训练场上面对着一群人，当然会感到不适。尤其是开始阶段显得格外艰难。

此间的难堪不在于听到口令就要立刻起床或是穿上靴子去操场跑步，而是不得不接受丧失基本权利的自己。还要如同孩子一样接受父权制的教育：任何任务都不能拒绝，一切任务都要绝对服从。我又想到母亲的警世箴言："永远不要抱怨！如果有人故意冒犯你，不要让他得逞，但如果别人不是故意的，总是可以被原谅的。"

这两条准则对我来说就像护身符一样，它们解救了我，让我能够克制住自己的傲慢，控制住自己的暴躁脾气，也不会对惩罚感到恐惧。（无法避免的惩罚只会让我变得更加大胆。）

一开始，这场让我变谦逊的战争毫不轻松，但我逐渐发现自己竟然从中获得了某种满足感。很奇怪，我竟然把自己想象成好兵帅克[1]，假装自己是个真正的傻瓜。刚开始就好像是在玩游戏，但后来慢慢进入了角色，我发现这个傻瓜身上有难以置信的魅力，变

---

[1] 卡莱尔·斯泰克利执导的战争片《好兵帅克》中的主人公，性情憨厚、心地善良、耿直忠诚。

成他的我反而过得自由轻松。有意思的是，我的这种服从和恭顺引起了长官们的兴趣。直觉告诉他们看起来轻松且容易满足的人通常会迅速完成一些毫无意义的指令，比如派他们把通心粉吹凉或者类似的事情。每逢这个时候就不得不背叛自己的角色，在不破坏苦心经营的形象基础上，适时地耍耍滑头。

参军的时候我早就戒烟了（戒了不止一次），但是停下来抽支烟对于刚开始到军队服兵役的人来说简直是件神圣的事情，就像午餐和看电影一样。当队伍在操场集合准备训练时，米什拉诺夫长官宣布吸烟时间到了，于是所有人都分散开来三三两两地坐在草地上吞云吐雾，旁边有一个放烟头的大桶。米什拉诺夫发现我不抽烟，就把我从队伍中叫出了来："士兵米哈尔科夫，反正你没什么事情做，现在立刻跑步去给我拿……"我已经记不清他让我拿的到底是什么了，可能是香烟、火柴、钱、短呢大衣或是其他东西，而我至少要跑步穿过整个操场。按照军队的规定，如果是一个人的话，就要跑步走，如果两个人，就得并排走，而在操场上散步是被明令禁止的。因此我只好一路小跑，只要是吸烟时间我就要跑步或者做报告。直到后来有一天，天气晴朗宜人，又到了例行抽烟的时间，米什拉诺夫又要把我派出去，这次我拒绝了：

"对不起，长官，我抽烟。"

"什么？你不是不抽烟吗？"

"不，我现在抽了。"

我当场就问人借了火，点了根烟，总算终结了跑腿的差事。从此我终于拥有了休息的权利：可以坐着抽烟了。

诸如此类的事情有很多，在这种时候既不能争吵，也不能和别人发生冲突，而那只会激怒有权处置你的人（特别是在军队，当着那些被称为"老爷们"的老兵面前），你要学会使情况变得对自己有利。而通过这些锻炼，你会变得格外机智，这种机智通常在更为艰难复杂的情况下可以拯救自己的性命。

所以，写信就成了我排遣苦闷的唯一出路。我慢慢地迷上了写信，特别是和哥哥的通信。我觉得自己在信里写下的独白，能够完美地转化成和他之间的对话。我一边和他聊着自己所有不可思议的经历，一边想象着他听完这些倾诉之后，会做何回复。

于是通信的内容变得越来越慷慨激昂，这帮助我读懂了自己内心的感受，同时也释放了自己躁动的情感。

不过，书信很快就无法满足我排解情绪的需求了，于是我开始写日记，基本上每天都会写。特别是在我踏上堪察加半岛南部到楚科奇半岛北部的征途中……

这是一次异常艰巨的探险，要乘坐狗和鹿拉的雪橇，当时堪察加半岛上的医生佐里·阿卡维奇·巴拉扬把一切行程都安排得井然有序。他后来成了一位著名的作家和社会活动家。因此我非常感谢命运，把我扔到了太平洋边，正是在这里我才有机会结识这位难得一遇的奇才。

我还清楚地记得，在 1972 年的夏天，佐里和他的朋友"海豚号"船长维亚切斯拉夫·潘捷列耶夫一起，每天都会出发去迷人的阿瓦恰海湾。每当我拿到临时休假证，就会经常同他们一起乘船驶入海湾。

有关我们的出行，佐里在自己的著作《白色马拉松》里面写道："每次一旦靠近'三兄弟'——那三根并列矗立在出海口的石柱时，心都会紧紧揪在一起。那个地方一直吸引着我们，在辽阔的天空下，海水湛蓝迷醉，万顷波涛，激起千层浪花更显现出如皑皑白雪般的壮观和圣洁！相比之下，我们的'海豚号'看起来是如此的渺小，甚至还不如太平洋里的一朵小小的浪花。就那样悄无声息地出现随即又消失在一片汪洋之中。而重要的是，我们有其他目标，其他的道路。"

是的，那个时候我们有其他的路要走。有一天在快艇上，佐里突然说要送给我一个奇妙的礼物。他请求"海豚号"的船长把船从阿瓦恰海湾开出了几海里。在那儿他请求我唱了几句《我漫步在莫斯科》[1] 里面的电影插曲：

> 而我漫步在莫斯科，
>
> 还要去到地北天南，
>
> 去到咸咸的太平洋海，
>
> 再迈进密林和苔原……

一曲歌唱完，佐里坚定地总结道："看，我们现在已经来到了太平洋，当然，我们还要去穿越苔原和原始森林！"

几个月后，我们就真的朝着苔原和原始森林出发了。

这可能真的是我一生中所收到最珍贵的礼物。感谢佐里·巴拉扬，我哼唱的那几句

---

[1] 《我漫步在莫斯科》，1964 年上映的俄罗斯电影。

多年之后的佐里·巴拉扬

"三兄弟"——阿瓦恰海湾出海口处的三根石柱

由天才的根纳季·什帕里科夫 [1] 作词，唱遍大江南北的电影插曲竟然预言了我的人生。

冰上探险

我们在狗和鹿的帮助下开始了传奇的探险，从堪察加半岛南部到楚科奇半岛北部的旅程一共持续了 117 天。那个时候我们碰上了极度严寒的天气，连随身携带的面包都得用斧头劈开。沿途上留下的小标记完全被覆盖了，四周都是及腰深的茫茫积雪。

过年那几天，我们留宿在了帕运河上岸村（Верхний Парень），在那儿生活着的科里亚克人酒量惊人，我们甚至因此被严重耽搁了行程。

更让人吃惊的是，那里在新年前夕会给全村的人发放酒水，甚至包括没断奶的孩子、妇女和老人。成瓶的伏特加、啤酒，甚至还有红葡萄酒、白葡萄酒、白兰地和香槟。人人都有份！因此当地家庭的所有成员都会加入酒的分赠，还会带上没断奶的孩子。这个村子竟然允许这些孩子喝酒！

他们去了以后，就坐在分酒处的附近，把酒一口闷完，随后便胡乱地躺在雪堆里面。我们的行程就这样被整整耽搁了一个星期。所有赶雪橇的人都一直喝得烂醉如泥。别说

[1] 根纳季·费奥德罗维奇·什帕里科夫，苏联诗人、电影导演和剧作家。

是赶雪橇的人了，整个村子都是这样，包括小孩和老太太，大家全都醉了！

最后我们终于失去了耐心，直接抢走了他们手中的酒瓶。只有这样我们才终于再次踏上了旅程。

最后出发的是我和我的雪橇夫……

总之，要提前说几条在极端严寒天气下苔原探险的准则。在冬天出行，无论是谁，无论何时，都绝对不能停下等待。原因很简单，雪橇会在霎时间冻上冰壳。而雪橇犬一旦停下来，也会被冻僵，睡着之后就再也不会醒过来了。它们必须永不停歇地奔跑。

苔原带的形成极其独特，和我们所想象的不同。在冬天的苔原上，最重要的就是狗。其他的东西几乎没有意义。如狗卧倒在地，或是脚掌受伤的话，无论如何也无法再站起，等待着它们的只有死亡。

因此狗与狗之间也有它们自己的准则。如果狗在雪橇滑板前排便的话，就会被其他同伴活活咬死。因为粪便会在刹那间冻住，给滑行的雪橇滑板带来巨大的阻力。所以如果狗需要大小便的话，就会放松拖绳的力度，而旁边的狗注意到了之后，也就不会继续拉了，而是停下来。狗会走到一边去，解决完大小便，接着继续奔跑。

佐里走在队伍的前面，我来殿后。我们就这样不停地往前飞驰……

我的雪橇夫起初还精神十足，一边对着狗吆喝着，一边把手塞进毛皮大衣[1]的袖子里（他背对着我坐着，其实我并没有看见，但是之后不难还原当时的情景），掏出了事先藏好的250毫升瓶装酒，顺着瓶口一饮而尽，然后……死了。就这么睡死过去了。

雪橇狗们都停住了，它们再也听不到自己主人熟悉的声音了。

我的雪橇上负荷比较轻，但同样安排的狗也相对少。因此走在队伍的最后面。即使给我换上再有经验的雪橇夫，都很难赶上自己的队伍了。

幸运的是，从远方迎面来了一位驾着雪橇的猎人。这个科里亚克猎人带着几只高大的雪橇犬，他正要赶回家，就是我们离开的那个村子。

当他从我旁边经过的时候，我叫住了他，并请求他给我几只雪橇犬。

他回答道："不给！"我说："这个人是你们村的，把他带回家吧，至少给我一条狗！我要赶上我的队伍！"他还是回答道："不给！"

我随身带着西蒙诺夫式自动卡宾枪，这把枪早已经被冻上了，也只能用来砸碎冻得

---

[1] （本书作者注）科里亚克人冬季穿的一种传统民族服饰，毛皮大衣带风帽。

雪橇旁的堪察加人，摄于 20 世纪 70 年代

梆硬的面包。

　　但我还是用它瞄准了猎人（他当然不知道，这支枪对他没有任何威胁），他凶狠地瞪了我一眼，然后说："拿走吧！"

　　而我不知道怎么才能把狗拴在雪橇上。于是用卡宾枪指着他命令道："把狗给我拴上！"

　　他把自己的三条狗拴在了我的雪橇上，并把那个"死人"搬到了自己的雪橇上。

　　他犹豫很久最终坐在了自己之前的座位上，在林子前徘徊了一阵子，我清楚地看到他的卡宾枪瞄准了我……

　　猎人对着狗吆喝了几声，从我的面前经过，他的枪也一直瞄准着我。而我浑身紧绷地站在那里，举着实际上毫无用处的武器，目送他离去。我们就这样分别了，好像美国西部影片里的情景……

　　现在最要命的问题来了。我面前的狗根本不认识我，它们全都躺了下来。我试图把它们叫起来，但是它们没有任何反应。我已经是在央求了！我开始清理雪橇（我看到过该怎么做，要先把雪橇翻过来，把雪橇滑板上的冻雪清理干净）。简而言之，在这一个半小时的时间里，我遭遇到了一个赶雪橇的新手所碰到的一切问题。不过最后，我总算让狗重新站了起来。

　　我们的雪橇开始跑了起来。还有一点需要注意的是：在狗拉雪橇的途中，你要先跑

堪察加半岛的春天

一段，然后才能坐在雪橇上休息，之后再跑一段，再到雪橇上休息一段，这样狗才不会太累。当你和狗一起跑的时候，要抓住竖起来的雪橇扶手。就这样坐一会儿，跑一会儿……

我和狗就这样一直跑啊，跑啊，过了好一阵子，我实在是累得筋疲力尽了，坐着就睡着了。

我先是梦见了酥脆的"科尔吉诺齐卡"小点心，然后梦到了"卡拉库姆"的糖纸，温暖的小风一路把它吹到了别尔呼什科沃（Перхушково）[1] 车站月台的指示牌旁边，以前我们坐电车去别墅的时候，总会路过这个车站。

而似乎遥远又朦胧的意识已经离我而去，此刻我突然意识到，这些甜蜜幸福的场景只会出现在冻僵之人的梦境中。我以不可思议的意志力，拼命地想挣扎着醒过来。

我努力想要睁开双眼，睁开被冻住了的睫毛……但是根本睁不开。虽然艰难可终归是成功了，我总算捡回了一条命。

这是一个满天繁星的夜晚，狗也卧倒了。我总算松了一口气！

我抬头看到了巨大明亮的大熊星座。我完全能够想象得到，此时此刻，大熊星座也

---

[1] 莫斯科州的一个村庄。

正高悬在加格拉[1]的上空，悬挂在雅尔塔[2]的上空，也悬挂在我的家乡尼科林山上，但只有那里是看不见星星的，因为现在那里是白天。

不知为何，我开始想象着把钓竿甩向天空，穿过大熊星座，钓线上似乎钩住了什么东西，闪烁的星星开始颤动，并拉扯着钓竿的线卷。我开始旋转起钓竿把手，收起线来，顺着钓竿试图让自己走出这垂死挣扎的境地。

刚开始的时候我完全动弹不得。在睡着之前，我跑得汗流浃背，而现在汗水完全被冻住了。**我好像被套在了一副铠甲里，实际上就是一层冰壳。**

这时我试着让自己尽量呼吸，逐渐解除自己胸口的压力，一边开始慢慢移动，试图稍稍暖和一点，翻动一下自己因结冰而变得粗糙的内衣。一开始冻住的衣服完全不受我的控制，丝毫动弹不了。但是随着时间的流逝，衣服也逐渐松动了，我能够动一动手指，慢慢的胳膊也能缓缓伸展开了。

我试图站起来，但是不行。于是一次又一次地努力尝试。最后我慢慢地站起身子，这时我突然意识到，如果现在站起来的话，我一定会马上跌倒，因为自己的膝盖完全无法弯曲了！

于是我开始活动起双腿，就这样一直活动了四十分钟到一个小时，我终于暖和过来，甚至有点冒汗了！

而第二个任务就是：让狗站起来。

值得一提的是，如果冬天狗待在室外的话，会用尾巴扫出一个圆形的窝，睡在里面。而我现在就在它们的窝里，周围一片死气沉沉，它们全部都躺着。必须先把领头的狗唤醒。我直接拉起狗的腿，狗倒下了，我再次拉起来，它又倒下了……

通常来说，如果有陌生人接近狗的话，它们是会咬人的。但是这些狗已经筋疲力尽，被冻僵在那儿，完全丧失了咬人的能力。我开始轻声哄劝它们，亲吻它们，朝它们呵着热气，并和它们说话。自己好像对着它们呵气呵了几个世纪那么久，雪橇狗们终于解冻了……它们慢慢地苏醒过来，站起了身子，抖掉身上的雪。

我重新清理雪橇，开始了和雪橇的斗争——要知道在我们停下的时间，雪橇滑板上已经紧紧冻上了一层冰壳。之后我把雪橇再次放倒，轻轻推着雪橇前进，为了雪橇犬们

---

[1] 格鲁吉亚城市，位于黑海东岸港口。

[2] 俄罗斯城市，位于克里木半岛南岸，黑海港口。

能够适应。它们渐渐进入状态。我们就这样走啊走……刚开始走得很慢，然后快了起来，渐渐地越来越快，越来越快……我跑了起来，然后坐上了雪橇，而狗就一直奔跑，紧跟着我也跳下来跟着跑，而此时的自己终于也重新振奋起了精神。

这时，远处的地平线上太阳开始徐徐升起。在这样的温度下，太阳升起的时候，一点儿风都没有。就连空气也被零下 60℃ 的严寒牢牢地冰冻在了半空中，而这寒冷仿佛完全属于外星球。只有出现一丝丝的回暖的地方，才会有难以察觉的颤动。这种感觉虽然微弱，但是让人感到非常不适，呕吐感一波接一波向自己袭来。可是还要继续向前奔跑……

这是一段无比漫长的上坡路，简直是无穷无尽。但是太阳越升越高！而我是幸福的！我知道，自己已经胜利了！

来到了山脊，从这儿我眺望到远处烟囱冒出的一缕炊烟！而通向那儿的下坡路平缓又长远。

我从山上出发了，带着满心的欢喜，咚的一声坐上了雪橇。而雪橇转眼间就沿着斜坡飞速冲了下去，追上并压住了我的雪橇犬！只听见狗凄惨的嚎叫声：转瞬间它们已经被撞得头破血流。接着砰的一声，一只狗被甩了出去……狗儿们甚至来不及逃脱，缰绳拽着它们跟着雪橇一起滚下了山坡。

而我已经无力改变这一切了。在冲下去的**那一瞬间，凛冽的寒风如万箭一般把我死死地钉在了雪橇上，根本无法跳下来！**我只能牢牢抓住一个冻住的编织袋，躺在滑板上，径直冲到了房子边上。

房子前停放着一些雪橇，那是比我先到的同伴们的。有一个人刚好出门解手，发现房子旁边被冻在冰壳里的我。我自己已经没办法站起来，整个人像被掏空了一样软弱无力。

他们把我从雪橇上拉起来，带到了暖和的地方，用酒精和熊油为我使劲地揉搓。之后又给我喝酒，我很快便不省人事了……

我记得，叫醒我的不是别的声音，而是自己所熟悉的，老式电影放映机的吱吱声。房子里白色的被罩上印着电影《闹鬼的城堡》(《Привидение в замке Шпессарт》)的名字。我询问身边的朋友："现在是晚上吗？""是的，现在是晚上。"他回答道，"只不过已经是第二天的晚上了。"原来我整整昏睡了两天。

电影中断的第三个原因

在堪察加还发生了许多事情。而我希望把所有的东西都详细记录，并且在以后的电影或是著作里以某种方式展示出来。但有一件事情令我引以为傲，也想拿来分享。

我认为我和战友们的关系非常融洽。在他们之中既没有作家的儿子，没有莫斯科艺术家，也没有已经开始拍摄第一部大电影的年轻导演等。我经历了从一名普通水兵、一等水兵、海军下士，再到海军中士的蜕变。我的最终军衔是海军上士，虽然这个说法并非完全无懈可击。因为我在现役结束时的军衔是海军中士，而海军上士则是在多年之后由波罗的海舰队司令授予的。这个军衔虽然是一个荣誉称号，但我不配拥有它，正因为它是一种"荣誉"。而海军上士是一个受人尊敬的军衔，只有那些能够做出更迅速有效决定的海军军人才能被授予此荣誉，而往往船长本人则更加有资格接受这样的嘉奖。这些人通常被亲切地称为"统治者的公仆，士兵的父亲"。

事实上，众所周知，军队里面只有两件事儿能够使电影放映中断：拉响战斗警报和送来了新鲜的面包。如果出现了以上任何一种情况，电影就会马上停放，直到警报解除或是面包卸完。

当我离开自己的小队，准备复员回家的时候，恰好是电影放映的时间，不仅如此，大家看的还是当时热映的《钻石之手》（《Бриллиантовая рука》）[1]。但是当我准备出发去机场，一只腿已经迈出军营时，一名海军准尉拦住了我，并要求我等一等。我的时间已经不多了……

过了数分钟之后，我的战友们把我团团围住了，他们竟然中断了电影来和我道别！在我的记忆里，这是唯一一次，电影的中断既不是因为战斗警报，也不是因为新鲜的面包。这让我无比感动，而这样的战友情谊我终生也无法忘却。我认为这是在军队中最珍贵的收获，比勋章和军衔都更加重要和神圣，因为这种感情任何人都无法伪装。

在堪察加服役的日子，至今对我而言都是人生中最幸福的经历。

要知道，许多人都会对此一笑置之，耸耸肩膀，但是这种极度的不自由的确拥有迷人魅力。**在军队中我学会了忍耐，学会了一旦开始做一件事儿，就一定要坚持到底。**

我们的祖国幅员辽阔，我坚信，这需要自己亲身去感受，而不是仅仅在地图上指指

---

[1] 《钻石之手》，1968 年上映的俄罗斯喜剧电影。

画画，或是透过飞机的狭小窗户朝外窥视。

军队教会我的第一件事，就是在任何情况下都绝不能放弃。

我虽然热爱舒适安逸的生活，但在太平洋舰队服役期间，自己可以坐着睡觉，可以站着睡觉，可以吃下任何难以下咽的东西，也可以忍饿挨饥。生活应该既来之则安之，这样才能活得坦然。

第 5 章

—

我的房子，我的家

—

如生活在天堂般的婚姻

一次偶然的机会，我在瓦西里耶夫大街上的"电影之家"看了场时装秀，我向来对这种充满诱惑力的表演兴趣不大，对那些破布片也不感冒，更不喜欢讨美女们的欢心。但就是在那次，瓦洛佳·柳勃穆德洛夫——当时一位非常著名的马术特技演员给我介绍了一些模特认识，塔尼娅就在她们当中。

同其他女孩相比，塔尼娅就仿佛生活在另外一个世界，从她身上散发出一种无与伦比的纯洁与简单，这不得不让我对她产生好感。这种女孩生活的世界，与我所接触的其他女孩，是完全不同的。

我不想隐瞒，最开始我还真有点怀疑，觉得这个姑娘不会是在我面前故作玄虚吧。但很快发现，这就是最真实的她。

塔尼娅对我的特别关注并不是因为我父亲。

我和塔尼娅相处了很长时间以后（也着实令我大吃一惊），她在知道真相后大为震惊，那位儿童作家和俄罗斯国歌的词作者，家喻户晓的米哈尔科夫竟然是我的父亲。最关键的是，知道了这个消息丝毫没有改变她对我的态度。这也再一次证明，这样的女孩只对和她交往的对象感兴趣，而非他的家庭和背景。

她的追求和想法与文艺圈简直风马牛不相及。正因为如此，和她相处我觉得简直像变了一个人。首先，我不用顾及任何人的任何要求。我就是我。除此之外，她不属于任

导演未来的妻子。图片刊载于时尚
杂志，拍摄于 20 世纪 70 年代

何党派、团体或者群体，所以和她交流，我可以想怎么说就怎么说，而不用顾虑太多。

塔尼娅出生在德国，从沃罗涅日来到莫斯科。大学毕业后，住在郊区一间不大的公寓里，基本上所有衣服都是自己一手缝制的。她的生活简单、朴实且纯粹。

有一次，我邀请她到"电影之家"的餐厅吃饭。

"想吃点什么？"我问道。

塔尼娅停顿了下，然后说：

"第一道、第二道、第三道。"[1]

这一回答不得不说简直太让我震惊了。它背后流露出一股简单、真诚、朴素的气息，让我一时间不知所措。于是我又问了一遍：

"就这些吗？"

她耸耸肩答道：

"第一道、第二道、第三道。"

这下明白了，这种人在整个莫斯科都很难找出第二个来。

第二次和塔尼娅见面时，她涂了个紫色的嘴唇，画了像怪物一样绿色的眼影，粘了假睫毛，还梳了个不伦不类的发型，简直让我大跌眼镜。

还没等落座，我就好奇地问塔尼娅，她这是要参加化装舞会吗？她脸唰一下红了，不好意思地说，这是她在"模特之家"的女朋友为她专门画的约会妆。我默默拉着塔尼娅的手，走出餐厅，下楼，钻进了男洗手间，不管怎么说去女洗手间我还真没这个勇气。幸好一个人都没有，我把她带到洗手池旁边，慢慢揭下她的假睫毛，小心翼翼

[1] 传统的俄罗斯大餐通常有三道菜：第一道是汤，第二道是热菜，第三道是甜点及饮品类。而在这三道菜之前，按照俄罗斯传统习俗，要先上冷盘。

地开始帮她洗脸。她把头发放下来，原来那个只会点第一道、第二道、第三道菜的姑娘又变回来了。

最令人惊奇的是，在"化妆门"事件后，塔尼娅还和我们第一次见面时候一样，保持着原本的生活方式。她就像把自己包在了铠甲中，能让追求她的青年为之臣服。但是她仿佛没有意识到她身上散发着一种浑然天成的美，这种美一直被她的那些美女模特朋友们所追求。当然，塔尼娅根本不认为她的那些"化妆师"的杰作在她身上往往会产生相反的效果。比起用那些所谓时尚、美丽、魅力的一般标准包装自己的普通模特来说，我反而喜欢另外一个本色、真实的塔尼娅。

我对外宣布了可能要去部队服兵役的事情，所以每天和朋友们无休止地喝酒快活。那时候除了偶尔回家过夜，基本一星期都不着家。没有一个人给我打电话，因为大家都知道我很快就要去部队了。

突然一天早上电话铃响了，把我吓了一跳。

让我更没想到的是，竟然听到塔尼娅温柔、低声说了声"你好"。一开始我还以为是她记错了，或者我没跟她说清楚什么时候去部队。所以我问道：

"你怎么打电话了？"

她说：

"想打就打了。"

"可是……你打电话找我什么事？今天我在家还真是凑巧了。你应该知道，我很快就要入伍了。"

她说道：

"我知道啊。"

"那你怎么还往这打电话？"

"就是想听听电话的嘟嘟声。"她说。

我惊呆了许久。这之后我很长时间都在想，多么奇怪的人才能做出这种事来，明明知道家里很长时间都没有人，根本不可能有人接电话（那个时候还没有手机），但还是打电话？是什么促使这个姑娘做这种蠢事，明明知道电话那头没人接。她的脑袋里到底装着什么？她怎么单单对听电话那头的"嘟嘟声"那么感兴趣？我完全无法理解。但不知为何心里就是莫名的温暖和感动。

后来当我和塔尼娅慢慢熟悉以后，我才明白这就是她令人惊讶的内心世界。当她内

塔季扬娜·米哈尔科娃，摄于 1973 年　　　　最喜爱的模特维切斯拉娃·扎伊采娃和同事们。
　　　　　　　　　　　　　　　　　　　　　摄于 20 世纪 70 年代

心充斥着这样一种情感，想起某个即使离她很遥远的人时，她都会试图努力用一种方式去感知、听到或者见到这个人。后来的经历使我的猜测多次得到了印证，塔尼娅出其不意、看似毫无逻辑的举动，其实都源于她的纯粹，是她真实的性格写照。

去部队之前，我对写信这件事毫无兴趣，但是到部队后对于士兵特别是水兵来说，那个时候除了写信没有其他通信方式，从船上打电话不可能，从堪察加彼得罗巴甫洛夫斯克[1]打国际长途更不划算。除非是用一分钟的时间告知家人自己还活着，否则不可能舍得花这么多钱。所以写信成了最实际的沟通方式，我和塔尼娅的通信持续了一年半的时间。在信中我跟她讲我们的日常生活和饮食。塔尼娅会和我讲她跟随"模特之家"去布拉格……她那如孩童般稚嫩认真的笔触时时温暖着我的内心。

我从堪察加彼得罗巴甫洛夫斯克退伍回到莫斯科的路途充满了各种令人难以置信的冒险经历，飞机前后降落了 4 次，每次降落都惊心动魄。因此我能做的就是尽力让自己保持镇定并要格外小心，千万别因为没弄清楚情况就被巡逻队一通检查，耽误时间。尽管我的各种证件齐全，而且是这个飞机上的合法乘客。当时一想到遇到这种情况巡逻队

---

[1] 堪察加彼得罗巴甫洛夫斯克（Петропавловск-Камчатский），位于太平洋边缘的阿瓦查湾海岸，是俄罗斯堪察加边疆区首府，堪察加半岛最大的城市。城市建于山丘之上，四周被火山包围。

长会是什么心情，我想还是自己提高警惕小心一点好。

但是这些担心有点多余，休息室里坐着海军上将和他的副官们，正在热火朝天地喝酒。但是当我们飞抵谢列梅捷沃机场[1]后最让我紧张的是，一辆汽车直接开到旋梯旁来接海军上将，而我想绕过巡逻队，混在人群中出城变得毫无遮掩。

路上，我还做了一个梦：梦见自己飞到莫斯科后，第一时间就去了"电影之家"，穿着海军服，戴着军帽，披着军大衣，感受着太平洋的海风……

当我（现实中，而不是在梦中）走到"电影之家"门口时，一开始他们竟然完全没有认出我来，我还被拦在了外面。证明了自己的身份后我才被放行上楼到了餐厅。

我的心里总是充斥着一种狂热的个人优越感和骄傲。**在堪察加的时候我过得惴惴不安，怕火车开走了，别人拍出了好电影，而我却毫无作为**。日复一日，不管是在机舱里睡觉还是休息室醒着的时候，一种不确定的担忧和痛苦一直侵扰着我，我不知道莫斯科都发生了什么，朋友们离我实在太遥不可及了，我错过了太多，甚至根本无法补偿，一点希望都没有。我耗费了太多时间，这期间其他人都在不停地努力工作，拍电影、写剧本……

然而一踏进"电影之家"的餐厅，我又看见了那些人，唯一的变化就是身边的姑娘换了。他们谈的还是那些事情，讲的还是那些笑话，依然是那几伙人，闲谈之间还是那点趣事。仿佛我不在的日子就连时间都停滞了。这简直让我惊讶。

我的到来引起了大家热烈而短暂的关注。也就过了 5 分钟大家就回到了各自的话题上，讨论着自己的问题、计划，跟姑娘们献着殷勤，喝着酒。我这身威风凛凛的海军服并没有引起大家太多的关注，反而看起来好像成了电影《乐观主义的悲剧》[2]（《Оптимистической трагедии》）中的群众演员。

幸好那天碰见了谢尔盖·索洛维约夫[3]，电影《驿站长》的导演，去部队前我在这部片里饰演了角色。我们找了张桌子坐了下来。边喝酒，我边给谢尔盖讲起部队的生活。

---

[1] 莫斯科谢列梅捷沃机场位于莫斯科西北部 28 公里的地方。该俄罗斯机场距离莫斯科环形公路 11 公里，属于俄罗斯莫斯科的民用机场，为俄罗斯航空的枢纽港，也是俄罗斯及莫斯科的第二大机场。

[2] 《乐观主义的悲剧》，1963 年苏联电影。被评为 1963 年苏联最佳影片、最佳女主角。讲述了发生在苏联国内战争时期的一段感人故事。

[3] 谢尔盖·索洛维约夫，苏联编剧、导演、演员，代表作有《阿萨》《童年过后一百天》《白夜的旋律》《阿萨 2》等。

谢尔盖告诉我，骑兵上尉明斯基对车夫喊的那句台词："走吧！"我哥哥为这句话配了音，我们两个声音很像，电影中这句话被保留了下来。

我们聊天的过程中正好谈到了塔尼娅，刚好想起来她和谢尔盖同姓[1]。

问题是我从没去过塔尼娅家，她家也没有电话，唯一知道的就是她住在维尔纳茨基大街尽头的莫斯科近郊，那一带新建起很多民宅，一幢一幢都基本一样（关于俄罗斯建筑风格的逸事在艾利达尔·梁赞诺夫[2]的电影《命运的捉弄》中做了很好的描述）。

但是那个时候还真没有什么困难能阻挠我们，我们决定立刻出发去找塔尼娅。冬末时节依旧寒冷，积雪高高堆砌在路旁，仍然没有融化的迹象。我们坐上出租车朝维尔纳茨基大街方向奔去。唯一的线索就是：有一次我送塔尼娅回家，走到了一个岔路口，塔尼娅说，再往前车就进不去了，别让出租车等太久，就送到这里吧。我只记得当时塔尼娅朝着一群一模一样的居民楼走去。

出租车大概停到上次送塔尼娅的地方，我们下了车，朝着这些房子的方向步行而去。但越是靠近一排排的房子，越发觉得自己的想法简直是愚蠢至极，因为根本不知道地址，甚至不知道娇弱的塔季扬娜·索洛维约娃到底住在哪栋高楼里。

想象一下吧：寒冬、堆积如山的冰雪、一排排如矩形灰色立柱般耸立的楼房，而就凭我们两个傻瓜，就想把整个小区翻个底朝天。

就这样我们走到了第一个单元门口，按响了最靠近大门的那户人家的门铃。一个穿着运动服大叔模样的男人开了门。问道：

"小伙子们，你们要干吗？"

"在您这片儿，住着位模特，我们正在找她。您知道她大概住哪儿吗？"

这个问题简直是愚蠢，换作我是这位大叔一定会用手指在太阳穴上转几圈[3]，然后狠狠把门甩上。

但是大叔就哼了一声，然后说：

"我们这里有两样宝贝：一个是黑人，另一个就是这个模特。"说完用手指了一下隔

---

[1] 塔尼娅姓索洛维约娃。

[2] 艾利达尔·梁赞诺夫，苏联、俄罗斯电影导演。1956 年拍出处女作《狂欢之夜》，是一部音乐讽刺喜剧。此后导演了一系列喜剧片《没有地址的姑娘》《骑兵之歌》《给我意见本》等，有"喜剧教父"之称。这些影片奠定了他的喜剧风格，被人称为喜剧散文。

[3] 俄罗斯人用这种动作表示对方脑袋不正常，思想有问题。

莫斯科维尔纳茨基大街

壁的大门。

我们按响了门铃，开门的正是塔尼娅。

"相信偶然的人，都不相信上帝。"我觉得这句话简直是至理名言。

后来在"电影之家"举办的一次节日宴会上，我以未婚妻的身份将塔尼娅介绍给我的朋友们，并郑重向她求婚。

不久我们整个剧组就开赴电影《敌中有我，我中有敌》(《Свой среди чужих, чужой среди своих》)的外景地了。这次塔尼娅也和我们一同前往。

出发前，我们事先准备了好多酒，坐上了莫斯科开往格罗兹尼[1]的火车。走到卧铺车厢时塔尼娅告诉我，她还从来没睡过下铺，因为小时候坐火车总被举到上铺，成年后，每次也总是睡上铺，因为一般她都是整个包厢里体重最轻的那一个。

我告诉她：

"那今天就感受下下铺吧。"

我们乘坐的还是老式火车：是上下两层的卧铺，我睡上铺，安顿好就去了隔壁包厢，

---

[1] 格罗兹尼（Грозный）是俄罗斯联邦北高加索联邦区车臣共和国首府，格罗兹尼区的中心。

图为所描述事件发生一年半以前。在拍摄《驿站长》现场——尼基塔·米哈尔科夫（扮演明斯基），车轮边为导演谢尔盖·索洛维约夫，四轮马车厢上坐着的是尼古拉·帕斯杜霍夫（扮演驿站长维林）

那里已经设好了"宴席"，准备长久、热烈地讨论即将开拍的电影……

我在一阵叹息声中醒来，发现自己躺在车厢的地板上。塔尼娅疲惫地坐在我脚下，据她讲，一整晚她都在努力想把毫无知觉的我扶到上铺上，但始终没能成功。

我很能体会塔尼娅的心情。未婚夫并没有把独处的时间留给自己的爱人，而是半宿都在和伏特加做伴，和同事们激烈地讨论着电影，后来干脆喝倒了。这就是我们婚前的罗曼史。

我感觉自己简直是坏透了，懊恼羞愧至极，也想努力弥补自己的过错。

另外，正是塔尼娅在这辆火车上说过的一句妙语，后来被我的电影《爱情的奴隶》（《Раба любви》）所引用："如果窗户脏了，那么窗外的一切都污浊不堪了。"电影中女演员叶莲娜·索洛维坐在罗吉欧·纳哈别托夫的车上，说了这句话。

我们是在格罗兹尼注册结婚的，过程十分搞笑。本来按照规定是在提交结婚申请3个月后才能登记结婚，但是我们没有这个时间。整个剧组从早到晚都在赶拍电影，要趁山上还没降温，尽快完成所有拍摄进度。

当时我们拿上"海鸥"摄像机就奔向了婚姻登记处。那天是周六，并非工作日。但是由于事先打了招呼，于是破例帮我们完成了结婚手续。

整个注册过程是在塔尼娅惊悚的尖叫声中完成的：**在登记处有一只灰色的车臣老鼠大摇大摆四处流窜，竟然把俄罗斯的新娘吓得跳上了桌子。**

婚礼仪式和宴席都没有举行，只是一伙人在一起悠闲地"轧马路"。和我们一起庆祝的有：萨沙·阿达巴什扬、巴沙·列别舍夫、托利亚·萨罗尼岑、谢廖沙·沙库罗夫……当时的状态就是这样：昨天喝得晕头转向，今天白天直接奔赴婚礼现场，然后继续喝，明天再接着拍电影。对于我们来说，电影就是生活的全部。

塔尼娅的智慧

和塔尼娅在一起生活后，我每天都忙于工作，这份繁忙帮我免于很多家庭事务的叨扰。如果每天过着朝九晚五的生活，也许我们两个早就离婚了。这样正好找到了婚姻生活中的平衡点。

记得在布宁的作品《阿尔谢尼耶夫的一生》[1]中有这样一段话："我对于你来说……就像空气：没有空气无法生存，但是你却没有察觉到它。"塔尼娅有一次给我发电报，写了以下这句话："你的空气。"

很多事情对于塔尼娅来说都是莫名其妙和难以理解的。尽管我很早就提醒过她，对于我来说，工作和朋友永远放在首位，然而她适应起来还是很困难。她只听到了我说的话，却没有立刻理解这句话的含义。她试图反抗，改变这种状况，而不是接受这些根本无法改变的事实。

这看起来的确让人难以接受。特别是我们的孩子降生以后。我很平静地接受了安娜和乔马出生的事实。既然出生了，就是件喜事。安娜甚至有一段时间睡在装靴子的盒子里，因为我实在抽不出时间去给她买婴儿床。

塔尼娅的女友们气愤地跟她抱怨道，打死我都不解气。我却无法辩解。

我还记得，从妇产医院把塔尼娅和孩子接出来后，直接就把她们送到了我们位于契

---

[1] 《阿尔谢尼耶夫的一生》是布宁的一部自传性的长篇小说，创作于1927年至1933年，历时七年之久。这部小说以主人公阿尔谢尼耶夫的童年、少年和青年时代的生活经历为基本线索，以第一人称的叙述方法，着重表达"我"对大自然、故乡、亲情、爱情和周围世界的感受，表现了青年知识分子的成长和心路历程。

平静的 70 年代生活

乔马、安娜与父母

诃夫大街上的一居室公寓里，然后就去和朋友们喝酒了。实际上，在去妇产医院前我就已经和朋友开始为我的女儿庆生了，只不过之后是继续之前的庆祝高潮。我知道我当时的行为没给她们母女俩带来什么好影响，但做了就是做了。

发生了很多事情，但是每次结果几乎都是一样：我提醒塔尼娅说，从最开始我就已经告诉过她游戏规则：首先是电影和朋友，其他的事情都是其次的。塔尼娅很难习惯这种生活方式，**然而即使是在我们生活最艰难的时期，也从未出现过这样的选择——在一起还是分开**。确实发生过冲突，也有过激烈的争执，但是我们从未动过手，也没有过激的行为。这还要感谢我们性格中的两个共同点：容易平息愤怒和幽默感。

尽管如此，塔尼娅依然还是从前那个点菜只知道第一道、第二道、第三道的好姑娘。

这样的例子不胜枚举。有一段时间她开始读人物传记（有时读雨果，有时读大仲马），一有空就会和我讲她读过的内容——比如什么时间这个历史人物做了什么，他是怎么写作的，怎么生活的。但是有一段时间她突然变得很沉默而且不明缘由地拒绝和我讲话。当时工作档期排得特别满，所以竟然没有立刻意识到塔尼娅的这点变化。大概有三四天她和我说话的语气都好像我是个十恶不赦的坏人。我试图问清楚原因，但是她什么都没说。我试探性地问她："塔尼娅，到底怎么了？和我说说！"她先是沉默，然后梨花带雨哭得很伤心。这几乎使我陷入了绝望，因为我甚至不知道她为什么哭。

最后，大概过了几天，当我们彼此实在忍无可忍了，她突然说，原来大仲马和他的侍女有染。我先是呆住了，然后问道：

"塔尼娅，这和我有什么关系？"

"就是这样，"塔尼娅说，"你们男人都这样。"

我都要笑疯了。我立刻明白了，所有塔尼娅看到或是读到的情形，她都会自然地延伸到我们的生活中甚至我的身上。只要一看到家庭悲剧或是变故的画面，瞬间就会影响她的心情，转变成她针对我的一系列搞笑、不公正，却又真诚的责怪。

很快我就学会了如何缓解这种紧张的气氛。与其说服她，我更倾向于给她空间，让她自己平静地摆脱这样或是那样折磨人的想法。

然而**事实上，所有读到或是看到的情景塔尼娅都会很快联系到我们之间的关系上，再一次证明了她那超乎寻常的纯良……还有那份炽烈的爱，**使她一刻都没有停息过对自己心爱的人敏感的关注。

但无论如何，我发自内心地感谢塔尼娅，因为她始终牢记着我对她说过的话，从未影响过我的工作。以其天真的幻想和充满激情的态度守护着我们的大后方，使我可以全身心投入自己挚爱的事业中。

后来我们的生活慢慢步入了正轨，在小格鲁金斯卡亚大街上我们有了一套不错的公寓。

搬到新家以后，我们的儿子乔马出生了。但是12月7日晚上，我们在尼科林山郊外别墅的时候塔尼娅分娩前的宫缩阵痛就已经开始了。我还记得，塔尼娅当时相当镇定地说，"好像要生了"，然后我们简单收拾了东西就上路了，她带上了一本医疗手册、床单、剪刀、酒精还有碘酒。

一想到可能要用到这其中任何一种工具，我就开始不寒而栗，但是紧要关头真的别无选择。我把她抱到前排座椅上，放倒座椅靠背，开着我那还是夏季轮胎的日古丽车朝莫斯科一路狂奔。

塔尼娅安静地坐着，数着胎动的次数，有的时候忍不住尖叫，她每叫一声于我而言都像冰刺一般。

大约走到了卢布大街2号的地方，有个人站在深夜空荡荡的马路上拦车。完全是出于理性我停下了车载他一程，当然还出于一点私心。因为一旦路上发生什么紧急情况，非要自己接生的话，那么还是有个人在身边好一些，可以递递东西、帮忙拦一下救护车，无论如何，有个人在旁边帮衬下心里总会有些底。当陌生人坐上车，了解到情况后，我偷偷透过后视镜瞄了一下坐在后排的他，满脸的悔恨和恐惧，搭上我的车一定是他最糟糕的决定。

估计他宁愿在寒冷的路边一直站到明天早上，也不愿意坐我的车吧。

最后，我们终于到了库图佐夫大街的凯旋门附近。已经是后半夜了，路上几乎没有一辆车，轮胎沾满了雪冰，一个有点迷迷糊糊的警察，看见飞奔而来的"日古丽"，转动着手中的指挥棒，把我们拦了下来。我急忙踩了脚刹车，车子以自身为轴线连续打了两个转。事实上，在急速旋转的过程中我唯一来得及做的就是打开车窗，对交警大声喊，妻子要生了。交警迅速晃动着手中的指挥棒示意我：快走吧。

就这样飞驰着过了桥，右转，过了克拉斯诺布列斯尼亚大街，终于到了位于切尔诺格里亚津斯基大街的妇产医院。从车里把塔尼娅搀扶出来，慢慢扶她上了楼梯走到门口……

当我再返回车里的时候，陌生人早就没影了，在后排座椅上放了 3 卢布，大概是想感谢我让他经历了如此刺激的"午夜惊魂时刻"。我记得后来用这 3 卢布安装了玻璃，作为乔马出生后人生赚的第一笔钱。

早上妇产医院给我打来电话，告诉我塔尼娅生了个儿子。

随着时间的推移，我发现塔尼娅其实是一位非常有智慧的妻子。凭直觉就能感受到她的聪慧。尽管在一些细节上，她可能会犯错，说话或者办事不甚稳妥，然而那种体内孕育着的最真实、最朴素的伦理观使她一刻也未曾丢掉过身为女人和母亲的本能。因此她总能很好地领悟生活中的一切经验教训。

现在的塔尼娅有自己的事业，她的慈善基金会"俄罗斯缩影（Русский силуэт）"在国内家喻户晓。如今的塔尼娅·米哈尔科娃已经不再是当年我在"电影之家"男洗手间帮她洗脸的姑娘了。

可以说，和塔尼娅在一起我比她更幸运。

我很难想象，如果换作别人，恐怕很难接受我们这种生活状态。她是一个充满激情的人，对待任何敏感的刺激反应强烈，但是她最优秀的品质就是总能让所有的刺激转变为积极的影响。于她而言，在生活中找寻自然而然的快乐胜过一切。

我们有一个共同点，那就是对生活充满激情。很难想象像她这样的年纪在舞厅待上 6 个小时换作是别人会怎样。而且不是静静地坐着，而是跳舞……对于我来说在舞厅跳 6 个小时简直会抓狂，但塔尼娅可以平静地、一刻不停歇地跳着，竭尽全力享受着这份淋漓尽致的快乐！

塔季扬娜·米哈尔科娃与尼基塔·米哈尔科夫在俄罗斯国家电影金鹰奖[1]
（Золотой орел）颁奖现场。摄于 2010 年

与此同时她还是个非常坚强、体格强壮、精力充沛的女人：毕竟是三个孩子的母亲，操劳程度可想而知。而现在她又当了奶奶……

孩子们是我的至爱

很多人，包括塔尼娅在内，经常埋怨我陪伴孩子们的时间太少。情况也确实如此。如果我有时间或者孩子们方便的时候，他们就来片场探班，如果不方便或者不必要的时候，他们就在家。问题并不在于没有意愿或者没有时间，而是来源于我父母的生活经验，他们的经验告诉我，如果对子女过分溺爱或是关注，就会使他们失去对生活的免疫力。

---

[1] 俄罗斯国家电影金鹰奖，由俄罗斯国家电影科学与艺术院于2002 年组织设立，是俄罗斯国家电影最高奖项。奖杯为金色老鹰，因此而得名金鹰奖。

这种无休无止的娇惯会带来非常严重的后果，父母会过分抬高孩子们的能力和素质，强迫让孩子去做他们并不擅长的事情。这其实破坏了生活原本的和谐，你的想法要和能力相吻合。

就像我父母对待我和哥哥的态度一样，对我来说，要时刻小心密切观察那些只有我才能解决的事情总是尤为重要。对于安娜和乔马，还有后来娜佳考大学，我什么都没有为他们做。之所以这样，道理很简单：无论怎么做大家都会在背后恶语相告，说这些都是我帮着孩子们"安排的"，这些话比手枪更有杀伤力。所有这些只因为他们是米哈尔科夫家族的一员。

塔尼娅很长时间都无法理解，我为什么会这样，也因此总是责怪我。她认为所有人都竭尽所能帮助自己的孩子！一开始我试图和塔尼娅解释，但是很快就发现，最重要的是要向孩子们解释清楚。一次我对孩子们说："我最大限度能帮助你们的，就是什么都不做，也不会去央求任何人。因为不管怎样都会有人在背后说，是我在帮助你们走后门。你们总有一天会明白，其实不需要和任何人争论，也不需要在任何人面前证明他们说的都是谬论。你们的力量和骄傲正是体现于此。"

后来安娜和乔马从全俄国立电影学院顺利毕业，而娜佳则毕业于莫斯科国际关系学院。不管别人说什么，我心里清楚，这是我的孩子们自己努力的结果。

然而我想再次强调的是，生活中，当孩子们真的需要帮助的时候，我会不遗余力地站在他们身边。也许正是我和孩子们开诚布公的谈话真正跨越了父母与孩子们之间的鸿沟，使我们之间能够畅所欲言。有的时候安娜和娜佳会与我分享一些女孩子们的小秘密，说实话，并不是所有父亲都能够欣然接受。但是我相信，这是她们内心的真实感受。他们希望得到我的建议，而我也非常珍视孩子们对我的这份信任。

有一个词叫作"崇拜"。**正是这种崇拜感甚至是奉若神明，才是真正的俄罗斯民族，乃至整个俄罗斯式的子女和父母间的相互关系。**

我会和孩子们道歉吗？是的，当自己犯错的时候，我会很欣然地承认错误。因为我知道，我的道歉对他们来说是多么重要。

我的孩子们都参加了教堂唱诗班。问 5 岁的小女儿生活中什么最重要，她的回答是"容忍"，问她什么最难，她说："向上帝祷告。"

这确实很难，因为需要我们全力以赴。

对于我和娜斯佳·维尔金斯卡娅的儿子斯捷潘来说，情况会更加复杂。

尼基塔·米哈尔科夫与新出生的女儿　在尼科林山别墅全家人吃晚餐的场景。摄于 20 世纪 90 年代初
娜佳。摄于 1986 年

曾经有段时间，斯捷潘有些偏离正常的生活轨迹。他突然觉得自己特别孤独，被父母抛弃了，好像谁都不需要他。他开始拼命地抗争："就算我不好，那么难道你们就比我强吗？"据说还故意把自己的耳朵冻伤以此激怒塔尼娅，还变本加厉地气她："你是谁啊，有什么权利管我？我想怎么样就怎么样。你不是还有乔马和安娜嘛，去管好他们吧！"

如果我们生活在一起，我可能知道该怎样解决。在家里所有的事情都是他一个人来承担，所以在这一点上我也有责任。和斯捷潘单独相处，我会感觉有些不太自在。不过还好，我还能刮刮儿子的鼻子，尽量安抚他。并且告诉他，谁才是这个家的主人。不管怎么耍威风，这都不是他的家。紧接着他带着满腹的委屈从家里冲了出去。

我意识到自己没能很好地把握分寸，毕竟斯捷潘还没有和我一起生活。选择和谁生活在一起，是他 12 岁时自己做出的决定。

塔尼娅和斯捷潘之间很难相处。在我看来，这是一个女人正常的反应。母亲拼命保护着自己的孩子，很难接受其他人……

斯捷潘应征入伍的时候，本来有机会留在莫斯科，在近郊的骑兵团或是艺术团服兵役，但是我动用了自己的关系，请当时的边防军主任把他派到远东的边防舰队服役。我是有意这么做的，作为一个父亲，这的确让我很伤脑筋，但是我认为，一个人要想在世上生存，就应该有免疫力，能够忍受一切环境。对于在莫斯科和远东生活的区别，需要他去切身体会，这样他才能为自己的将来做出选择。

还记得收到他来信的时候，内心是多么的高兴，能够感受到他发自内心的变化。我还记得去部队前他恳求我给他买台夏普录音机。当时运动员和演员们会把这种录音机拿到寄卖店去寄卖，这在当时是畅销货，利润能有百分之二百。当时拿着这种录音机在马路上走或是公园里坐着可比拿着收音机时髦多了。但是在斯捷潘的一封家书中，他提到："知道吗，我突然意识到，毛袜子可比夏普录音机重要多啦。"

这是他生活中的重要转折。**我按照父母教育我的方式教育我的子女们：不要评论别人谁比我们过得更好，而应该去和那些生活不如我们的比较，这样才能知足。**说实话，当你无论以何种方式去寻求出路，其实稍稍停顿一下，把你的问题和身边与你条件截然不同的人所面临的问题拿来做一下比较，那么很多问题也就迎刃而解了。

正是在部队的这三年让斯捷潘成长了。他从原来那个刁蛮任性的孩子，完全变成了另一个人，并且适应了日复一日的起床号。我想，这其中，我的功劳很大。如果当初只是单纯让他在艺术团服役跳跳舞，那么退役后，还真不知道他该何去何从。

我的任务就是要让孩子们从最开始就培养独力解决问题的能力。而作为父母更应该在最需要的时候适时地出现。最重要的是绝不能耽搁，特别是在孩子们真正需要你的时候不能坐视不管。

有个奇怪的现象，一般情况下，小孩子在家里经常会互相告状、埋怨，以此来展现自己多可怜——这在孩子们小的时候很正常。最重要的是，往往在这种情况下能够让他们之间真正培养起兄妹感情，这一层含义非常深刻。

我还记得有一次安娜犯了错误。她当时五六岁的样子，乔马比她小两岁。我冲着安娜喊。她站在屋子中央，默默地流眼泪，用充满责怪和埋怨的眼神看着我。

乔马刚一进房间，看此情形掉头就跑。这让我很是惊讶：我开始找他。找了很久都找不到。最后发现他脸冲着墙，躺在婴儿床里。我走近他，问道：

"怎么了？"

乔马一字一顿地回答道：

"我太小了，什么都不懂，还不会说话。"

他拒绝和我以这种方式交谈。可能他害怕替姐姐求情，但是他的抗议明显证明了这一点。他的大意就是：我不能纠正你的错误。我也没法像你那样，但是如果我发现你做得不对，那么我的原则就是不理你。这件事对我有很大的启发。

还有一件多年前发生的事情但至今仍然历历在目。有一次安娜走到我面前跟我说：

"爸爸，随便你做什么，但是我还是会和这个人在一起。"

女儿已经做好了准备，等着我大发雷霆、冲她咆哮和跺脚。不承想我的反应却异常平静："随你，但你不要忘了自己姓什么。"安娜出乎意料地大哭起来。

如果要问安娜主持的儿童节目《晚安，小朋友》我是否看过？非常遗憾，那时的我全身心都投入了电影工作中，所以只看过几期。有一件事着实惊讶到我了。有一次我们站在教堂里做祷告，突然我发现小朋友们都崇拜地看着安娜。但是一开始我没明白这到底是怎么回事。后来她轻松地和我说："爸爸，这些都是我的忠实观众呀！"孩子们从祭坛上转过身，着迷地看着安娜。眼前的这一幕让我感到吃惊，但同时更多的是感动。

娜佳从小就特别有女性气质。也许说起来可能有点怪，但正是娜佳，当年仅有 4 岁的小女孩，没有妈妈、保姆、奶奶的陪伴，独自和我去了巴黎。当时我正在为电影《套马杆》(《Урга》) 进行后期剪辑。娜佳一直跟在我身边，从她身上让我以一种全新的视角开始审视女性的美。这是件很奇妙的事情。**一位女性身上全部的特点从头到尾在这个只有 4 岁的小女孩身上竟然体现得淋漓尽致。妖媚、忌妒、猜忌、狡猾，女性的智慧、忠诚、关心、自我牺牲……**

来巴黎前，娜佳从未离开过别墅，离开过尼克林山。所以她还是穿着在家时候的衣服，按照在家时候的兴趣生活。她只熟悉和喜爱那样的生活，对于其他地方的生活她一无所知。我妈妈按照孩子的身高给娜佳改做了一件短皮袄：左右均裁短了些，因为都已经穿破漏洞了。就这样，娜佳穿着紧身裤，带着棉手套、帽子，穿着这件短皮袄，系着军腰带上了飞机（通过一个熟人帮忙把她带到了巴黎）。在机场见她的时候我真是吓坏了……

看见我她的第一个问题就是："大门在哪儿？"娜佳在法国夏尔·戴高乐机场问大门在哪儿，主要是因为在家的时候她几乎没出过大门。

我那天和专程赶来的制片人安吉洛·里佐利[1] 还有个会面，主要是想谈一下关于合作拍摄《西伯利亚理发师》(《Сибирский цирюльник》) 的事宜。没有人能帮我照顾娜佳，所以我不得不把她带在身边，她的衣着让我觉得非常不好意思和不自在。我当时的想法就是希望我的法国和意大利朋友能够接受这种着装，把它当成一种优雅。众所周知，时

---

[1] 安吉洛·里佐利（1889—1970），法国制片人，主要作品有《朱丽叶与魔鬼》《八部半》《甜蜜的生活》《弗朗西斯的花束》等。

斯捷潘·米哈尔科夫。摄于 2000
年后

尼基塔·米哈尔科夫和女儿娜佳

尚的发展遵循的是一种迂回曲折的轨迹，因此到头来，我女儿的穿着或许也会被视为一
种时尚。

围绕在安吉洛·里佐利周围的女助手们都已经上了年纪，不过看得出来年轻时候都
是美人，她们对我们投来充满尊敬的目光，之后就冲着娜佳的方向窃窃私语起来。这种
莫名其妙的反应让我觉得很不舒服。

她们试图帮着娜佳脱下外衣，但是娜佳拒绝了，无论怎么说都不脱。

我正在和里佐利谈事情，一位女士走了进来，对打断我们表示抱歉，然后开口道：
"您的女儿不肯脱外衣。"我把娜佳叫到自己身边。娜佳走过来眉头紧锁，浑身都被汗水
浸透了。我说：

"娜佳，把外衣脱了，手套摘了吧。"

她说："不脱！"

"为什么？"

她回答道："里面穿得更难看。"

这句话是如此的刺耳，触动人心，甚至令人难过。我在试想，她当时外衣里面到底
穿了什么衣服……接着对那位女士说，不要碰她了，这个孩子就那样，还是让她一个人
安静地待着吧。

我尽快结束了谈话，第一时间带她去了商场，给她买所有的必需品。在商场的一幕

再一次让我出乎意料。坦白地讲，我从未听过一个女人在商场说过这样的话。我给娜佳买了背心、连衣裙、短裙、短裤、袜子、连裤袜……娜佳双手抱着这些五颜六色的时装。突然说了句："够了！"

这着实让我震惊，因为事实上我很难想象，从尼科林山别墅区走出来的孩子能够在给她买东西的时候，竟然会说够了。我吃惊地看着娜佳，她上下打量着我，笑了，安慰我说："我还得长个儿呢。买这么多干吗？"

这次巴黎之行让我从娜佳身上发现了很多难以置信的地方。真的是难以置信！她在猜忌我。在一次舞会上，我跳舞的时候突然感受到一股凝视的目光。我环顾四周，娜佳双手掐腰站在门口，瞪着我的舞伴，像极了凶神恶煞的女人。没想到在巴黎和娜佳一起生活的这 4 个月，让我对女性有了更深层次的认识。

拍摄由自己的孩子出演的电影是否会令人挠头？答案是，我从未感觉到丝毫的困惑。在拍摄过程中，可能对自己的孩子提出的要求比其他孩子更苛刻一些。而且作为导演，我也有自己的招数能够弥补孩子没有受过演员专业训练的不足。但实际上我的这些招数从未派上用场。我和孩子们仿佛有一种发自内心的强大联系，他们需要做的只是本色出演，而往往结果恰到好处。

安娜已经掌握了娴熟的电影拍摄技巧。她能够独立完成很多角色，这让我非常欣慰。她可以将自己的本真赋予到角色性格中，让人感觉这个角色好像就是她，但也不是她。她自身的经验直接影响着拍摄效果，这是一种难得一见、优秀的特质。

娜佳能够非常准确地"把握角色感情"，可以不多不少，将这种感情自然而然地传递出来。当她还是个孩子的时候，在《烈日灼人》(《Утомленные солнцем》) 这部剧中，就将人物情感很好地传达了出来。她好像具有演员的独特天赋，她 7 岁的时候，在一次拍戏中，我发现了这一点。她尽管缺乏专业演技，但是她与生俱来的那种对待喜爱事情的全神贯注却成长为一种非同一般的惊人能力。我相信，如果她走演员这条路，一定会成为一位非常出色的演员。

娜佳毕业于莫斯科国际关系学院国际新闻系。我很欣慰地看到，这个专业让她非常受用。在斩获奥斯卡金像奖最佳外语片的《烈日灼人》及之后续集的拍摄中，她都有优异的表现。

娜佳兴趣广泛：她喜欢阅读、热爱拍电影，还想从事影视制作、出演话剧。除此之外，还积极参加东正教修道院活动。

现如今的安娜·米哈尔科娃　　　　　米哈尔科夫一家。摄于 1987 年

　　我很高兴，娜佳并没有被工作束缚住。我想，她是幸福的，她只会选择自己感兴趣的剧本拍摄。

　　一次在拍摄《烈日灼人 2》的时候，娜佳吸入了过量的水泥灰。因为拍摄暴风雪场景的戏我们一般会用飘浮飞舞的水泥灰尘代替雪景。不过说实话，起用真人演员在"水泥灰"的环境下拍摄，从某种程度上讲是属于违法行为。

　　当我意识到娜佳满脸都被水泥灰遮住的时候，已经没有办法补救了。拍摄在极其严寒的条件下进行……但所有这些娜佳都坚强地挺过去了。上帝保佑。

　　塔尼娅经常提醒我在孩子们拍电影的时候对他们多关心点。但是我知道，娜佳自己也不愿意我什么都和妻子汇报。娜佳是个完美主义者，在这点上，她和我很像。娜佳绝不会容忍自己有任何的示弱，所以她从来不会浪费机会，找替身替她出演而自己为了避寒躲到车里取暖。在这一点上，她的确是一个忠实可靠的朋友、职业演员和合作伙伴。好像我所有的孩子都有这个特点——不管是安娜，还是乔马。需要挺身而出的时候，绝不退缩。需要等待的时候，便耐心等候。该怎样就怎样，毫无条件地服从。

　　说实话，我们从来没和塔尼娅提过孩子们在拍摄中遇到的情况。除此之外，我的孩子们都具有坚毅、友善的品格。比如，乔马在和其他年轻演员拍摄《烈日灼人》中的一场克里姆林宫军校学员牺牲的戏，他本可以从服装间拿暖和的羽绒服、衬衣、袜子，还可以拿手套戴。那年冬天并没有下雪却异常寒冷，干冷的气候带给人们的只有刺骨的严寒。化妆师请他去车里取暖，顺便给他件厚衣服穿。乔马说："不用，不用，不需要，我很好。"然后就跑到了广场上。

安娜拍摄电影《黑眼睛》(《Очи черные》)

娜佳与父亲，科托夫师长的扮演者。
（娜佳与尼基塔·米哈尔科夫），获得奥
斯卡奖后合影。摄于 1995 年

化妆师跑过来找我，同我抱怨说，乔马拒绝穿大衣。我把乔马叫过来，问他：

"怎么了？你怎么回事？"

乔马说："如果换作你会怎么想：我们大家都是同一战壕的，就我一个人穿上了暖和的羽绒服和衬衣，戴上了手套，这合适吗？这以后可怎么和大家相处呀？而且大家一定会说，我能有这种待遇就因为我爸爸是导演！"

我为他的行为感到骄傲。那次我没有坚持。但是从化妆师那儿拿了件衬衣给他带回了家。第二天早上去拍摄前，我让乔马在家就把衬衣穿好。他不安地问："所有人都有衬衣吗？"我说："是的。"并按照自己的许诺给所有孩子发了衬衣。

塔尼娅是我们大家喜爱、优秀的妈妈，但是有时也会情绪化，特别容易激动。有时候她就好像有意为难一样，偏偏赶上我们拍摄非常艰苦的几场戏时来片场探班。

比如说，有一次在布拉格拍戏，有一个镜头是娜佳需要抱着水雷在冰冷的水里游泳。塔尼娅来到片场，看到这一幕后非常震惊，她认为这样做后果太危险了，她无论如何都不能理解。水雷其实是假的，她其实心里都有数，但是她的母爱在这一刻无限泛滥，满脑子设想的都是惊心动魄的场景。但其实无论是否危险，这个镜头都要营造出命悬一线的氛围。演员的表情在镜头下会三倍放大。

在塔尼娅接二连三这样的反应后，我发现，不能再这样下去了。她不断地哭诉、叹

<table>
<tr><td>阿尔乔姆与父亲。摄于 1986 年</td><td>阿尔乔姆·米哈尔科夫。摄于 2000 年</td></tr>
</table>

气。特别是当娜佳痛心地喊道："爸——爸！"塔尼娅就开始掉眼泪。在拍摄中不应掺杂个人感情。我的愤怒几乎一触即发。尽管塔尼娅的反应很平常，也很正常（作为母亲，她担心处在危险环境中的孩子），但是她的这一不理智反应可能导致难以想象的后果。所以我对她说："等等，快给我打住，不要把不相干的事情混为一谈好吗。要是想在这待着就给我安静地看着，否则以后就不要来片场了，去别处逛逛好好享受生活吧。"

　　想要搞砸一件事最好的方式就是歇斯底里。铁木真曾经说过这样一句睿智的话："勇气——就是在危险的环境中能够忍受一切。"我想，如果塔尼娅目睹一个从高处坠落的场景，估计她的心脏都得停止跳动了。有一次拍戏的时候，娜佳从山丘上飞奔下来时摔倒了，头重重地磕在了地上。接下来现场一片寂静……没有一点声音……所有人都吓傻了。在拍远景镜头时，什么事情都有可能发生——失去意识、脑震荡或者其他事故，我甚至都不敢继续往下想。我在心里默默对自己说："镇定点，不会有事的。"但过了几秒钟还是忍不住地喊出来："娜佳，你还活着吗?!"这句话瞬间划破寂静显得尤为震耳。但是，我相信，当形势失控的时候，对于娜佳和整个片场最恐怖的其实是听到我的这句喊声。极端条件下对于情况的把控，也许才是挽救局面唯一的途径。

我的孙辈们

纪念谢尔盖·弗拉基米洛维奇·米哈尔
科夫诞辰一百周年，与弗拉基米尔·弗
拉基米洛维奇·普京在家庭宴会上

我的孙辈们从来都没有把我当作著名导演来看待。对于他们来说，我无非就是尼基塔，是被他们的父母称作爸爸的人。他们没有这种概念："我们的爷爷是名大导演！"我甚至怀疑，他们到底有没有看过我的作品。但这些都不重要。最重要的是，他们能健康、自由自在地生活。

我很赞赏斯捷潘、安娜、娜佳还有乔马教育孩子的方式。然而于我而言最大的困难就是如今我已经有9个孙子了。他们拥有截然不同的性格，个个古灵精怪个性独立。最主要的是，我的子女们继承了我们家庭传承下来的教育方式——就是要有意愿和能力，更准确地说必要的时候必须和子女们多沟通多交流，试着尽可能地站在他们的角度为其考虑。

还有一点我觉得格外重要，那就是要和子女们保持最简单的关系，这种简单并非简单粗暴，而是一种如乡间、普通百姓人家的朴实无华，甚至像对待新生儿出生这种事情也应如此。我记得有一次给娜佳打电话，想问个电话号码。她说过20分钟后她丈夫列佐会再打过来，告诉我电话号码。但过了20分钟后，娜佳自己把电话打过来了，告诉我说，刚刚她在生孩子。

安娜也是如此。刚在家里招待完亲戚朋友后，她的第一个儿子安德烈就出生了。当时去她家做客的还有我和塔尼娅，她给我们准备了丰盛的午餐，大家在一起轻松愉快地用餐、交谈。她洗了碗，然后坐上车去了医院，生下了孩子。

继安德烈和谢尔盖之后的第三个孩子，安娜的小女儿也是这样出生的。怀第三胎的时候，她变得聪明多了，整个孕期把自己的变化隐藏得很好，于是很顺利地避开了那些记者和摄影师们敏锐的目光，因为这些并非都是善意的关注。

怀孕到了一定的月份，没法再遮掩的时候，她就去了国外旅游，到欧洲和美国的博物馆参观游览。回来以后便非常轻松地、毫无察觉地生下了自己的小女儿。有一天塔尼娅跟我说，要去妇产医院把她和女儿丽达接回来，我才知道她又当妈妈了。

同样是用这种美好朴实的态度去迎接新的生命！这份简单，不同于其他女人对于怀孕的那种故作脆弱敏感的担心、恨不得将整个家庭甚至整个社会都吸引到她怀孕这件事情上来，以成为大家关注的焦点。

尼科林山，莫斯科公寓和谢巴契哈[1]的木屋别墅

这片土地历史悠久，大概从 15 世纪就有人居住。这本来是乡下的一片墓地，后来在这里建起了一座小修道院，叫作圣尼古拉沙丘修道院。渐渐地，修道院旁盖满了村舍，于是这里逐渐变成了乡村。从此得名山丘上的尼科林。

事实上，尼科林山就像其他老式村落一样——红色帕赫拉河[2]或者别列吉尔金诺[3]——早在 1917 年以前，就已经有人在这些村落生活、学习和劳作了。

起初这一地区毫无名气，当时只不过是普通的乡村。地理位置远离莫斯科，河面上只铺设了浮桥，**没有一座像样的桥，冬天干脆直接在冰面上行走**。春天的时候，冰雪融化，**湍流的河水直奔山间而去，呈现一幅舒爽宜人的景象，为这里迎来了声望**。

正是生活在村庄的人们勾勒出这一地区独一无二、极具魅力的风光。他们大多来自一个特殊的阶层，受到的是十月革命前传统式的教育。奥托·施密特[4]、维金斯基·维列

---

[1] 俄罗斯下诺夫哥罗德州巴甫洛夫边疆区的一片农村。作者在这片区域有别墅。

[2] 红色帕赫拉河村落位于莫斯科近郊特洛伊兹村附近。由于坐落在莫斯科帕赫拉河流域右侧，因此而得名。

[3] 别列吉尔金诺是别墅村落，位于莫斯科郊外新莫斯科伏努科夫村落一带。早年高尔基的乡下故居坐落在这一带。

[4] 奥托·尤里耶维奇·施密特（1891—1956），苏联数学家、地质学家、天文学家。

萨耶夫[1]、弗拉基米尔·穆希谢夫[2]、谢尔盖·普罗科菲耶夫[3]、彼得·卡比扎[4]、斯维多斯拉夫·利赫基尔[5]、安德烈·杜波列夫[6]等，来这里建故居的人数不胜数。如果从建筑本身来讲，修建这些别墅并非用来观赏的。

尼科林山别墅区是父亲1950年买下的。他当时站在山顶看下面的村落。那个时候，这片区域都是些小木屋和仓库，除此之外一无所有。我们没建房子的时候，经常去布格雷地区的外祖父彼得·彼得洛维奇·康查洛夫家做客。外祖父家的房子，房间的陈设，房子周边的景色都给我留下了深刻的印象，以至于后来在拍摄电影的时候，只要一提到庄园或者别墅，我都会下意识地建议将环境布置成记忆中儿时外祖父家的景象。

我记得外祖父在布格雷的房子外墙是亮灰色，有白色栏杆的阳台和护栏。我的妈妈在修建尼科林山房子的时候，就把外墙也涂成了和外祖父家一样的颜色，仿佛想把记忆中的景色也搬到尼科林山。

随着时间的推移我们渐渐长大成人，原来的房子就变得狭小了。父母在老房子旁边又新建了一幢别墅。老房子留给了我们，准确地说是留给了我，哥哥不久就出国了，在国外定居后便很少回来。

我们在这生活，成长，哺育我们的下一代。

我记得，当时台阶踩上去吱吱作响，门闩也发出叮叮当当的声音……房子已经年久失修。每每想到这，就好像房子自己都在祈求道："孩子们，我都这把年纪了，真的很辛苦……"

印象中是一个夏天，全家决定把房子拆掉。而当时发生了件令人匪夷所思的事情。所有的亲朋们聚到一起，为了和老房子告别，大家在家宴上畅想着新的修建方案。有人突然说："或许我们稍微等等呢，房子现在不是还好好的嘛。"就在这时，只听见一声巨

---

[1] 维金斯基·维列萨耶夫（1867—1945），俄罗斯作家、翻译、文学家，1919年获得普希金文学奖，1943年获得斯大林文学奖。

[2] 弗拉基米尔·米哈伊洛维奇·穆希谢夫（1902—1978），苏联航空设计师、科学博士、教授、苏维埃社会主义共和国科技部授予功勋活动家（1972），列宁格勒奖章获得者。

[3] 谢尔盖·谢尔盖耶维奇·普罗科菲耶夫（1891—1953），原苏联著名作曲家、钢琴家；俄罗斯联邦人民艺术家，6次获苏联国家奖金，1957年获列宁奖章（追授）。

[4] 彼得·列昂尼多维奇·卡比扎（1894—1984），苏联物理学家。

[5] 斯维多斯拉夫·杰奥费洛维奇·利赫基尔（1915—1997），20世纪著名的钢琴家之一。

[6] 安德烈·尼古拉耶维奇·杜波列夫（1888—1972），俄罗斯和苏联时期航空设计师、科学博士。

响，阳台旁边的大门倒了。这太出乎意料了，从技术上根本无法解释原因。因为事先没有人注意到，也没有任何迹象表明大门会自己倒塌。它就这样倒了，连带着合页一同掉了下来。它向人们释放着这样的信号——连房子自己也觉得是时候该离开我们了。

在原来老房子的地基上，我又重新修建了一座新房。我不知道这样想是否有其合理性，但我仍然感觉如果在原先的地方建起了新房，那么曾经老房子的气息还会以某种方式萦绕在我们身旁。

房子建得漂亮美观，而且结构紧凑，特色鲜明。建材大量使用了胡桃木。新房子盖了很久，大概有三年时间……这三年来，我们的新年先是穿着貂皮大衣站在开始动工的房子前的大街上庆祝的，然后是在搭建起来的屋架承重墙下度过，再之后终于能有个温暖的新家庆祝新年啦，只不过还没有家具和餐具。所有东西都是我们自己运过来的。

木屋总会带给我们一种特别的温暖和舒适感。**我对所有高档豪华的装修都不感兴趣，一进到那样的屋子，就感觉像进了医院一样不自在。生活中的美本就无处不在，而且所有的一切都是如此的简单干净，所以我的房子自然也应该如此。** 如果你是个现实主义者，那么就会让一切都如生活般充满变化——不一样的家具，甚至连每个房间也不尽相同。尼科林山的别墅几乎没有专门添置什么新的东西，有一部分家具还是以前遗留下来的：比如那张用美纹桦木做成独木舟造型的床。

也许生活在俄罗斯就一定要有公寓和乡村别墅。这完全是两种不一样的享受，如果缺少了任意一种，你的幸福都不能称为货真价实。最大的满足感也许就是，当你推开乡间别墅的窗户，在你眼前蔓延开来的不是钢筋水泥的高楼大厦和冷冰冰的混凝土马路，而是大自然的美轮美奂。我并非是一只城市里的困兽，我的骨子里充满了浓浓的乡土气息，土地可以安抚我的心绪并赐予我生活的勇气和力量。

然而，我们同样也很喜欢莫斯科的公寓，因为很多幸福的瞬间都与它息息相关：孩子们在这里成长，每天从这里出发去学校，而且它也坐落在莫斯科环境最优美的地区——宗主教人工湖 [1] 就静静地盘卧在这里。这里还有一条小巷，可以沿着它散步，著名的谢赫基尔 [2] 公馆就位于这条小巷之中。我们的小区里还有个溜冰场，冬天我们经常

---

[1] 宗主教人工湖，是对保存至今的人工湖的统称，在它附近一般建有街心花园和住宅区，位于莫斯科行政中心区的普列斯妮娅区。

[2] 费奥德尔·奥西罗维奇·谢赫基尔（Фёдор Осипович Шехтель，1859—1926），俄罗斯著名建筑师、写生画家、美工师，19 世纪至 20 世纪俄罗斯和欧洲现代派艺术风格最杰出的代表人物。

去那里滑冰。总而言之，小区的一切都让我感到惬意，这里有和谐共处的邻里关系，大家见面都会彼此问候，这些可爱的邻居自然而然也成为我子女成长的见证人。

这座公寓的风格看上去似乎已经过时了，但事实并非如此：珍贵的东西留给心灵的遗产永远都要超越时尚。**于我而言，建造房子的目的是安居，而不是为了向别人炫耀。**房子就和衣服一样，应该有自己的特色而且最重要的功能应该是舒适。房子的主要职能之一是要在最精简的房间数量安排下尽可能地避免人们彼此之间产生干扰。归根结底，一座房子的好坏最主要的评价标准是空间，地板和墙面的质量、天花板高度、窗户的面积和质量以及窗外的景致。房屋的内设可以是千差万别的，但是空间感至关重要。

就像是在英国可以根据皮鞋判断一个人的社会地位一样，我可以根据墙面、地板、窗户的质量评价一座房子的好坏。

物质世界是逐渐积累并将伴随一个人的一生的。甚至当一个人从一个地方搬到另一个地方的时候也总会随身携带被他珍视的物品。家里的很多摆设都是我和塔尼娅出差带回来的。比如，在柏林参加电影节空隙，我们就会跑出去买一些陈设，但是这也给我们带来很多不必要的麻烦，因为事情不仅是购买这么简单，还需要填物流单据，解决运输问题……

然而考究的室内装修我们却无暇顾及。一部分原因是我们的孩子比较多，要花大量时间和精力照顾他们。如果家里孩子众多，那么奢华的装修就会成为鸡肋。所以我们对高档装修不感兴趣，最主要的是能在家舒适地工作和休息。

我们家里没什么古董。唯一沿用至今的物件是一套中式的桌椅。这些物件还是很有历史的。我们在内蒙古拍摄电影《套马杆》的时候在古董市场买的。据说这是 16 世纪的家具，我们可不信。但这不重要，重要的是我们喜欢这些家具，也愿意让它们为我们的日常生活服务。

所有的陈设中最值得一提的是一只壁炉，由我们自己动手垒砌而成并亲自给它贴上了瓷砖。最开始装修房子的时候壁炉并不在我们的考虑之列，所以后来又不得不向相关部门申请了许可，安装了排气管道。但是这些辛苦都没有白费，现在一家人特别喜欢围坐在壁炉旁，开心地聊天、休息、思考人生，尽可能地放慢生活的节奏。

再比如说，现在摆在塔尼娅卧室桌子上的台灯，是我们参加威尼斯电影节的时候买的。偷偷买的，也是偷偷带回来的，因为海关不允许。东西尽管不贵，但是却见证了我们的青春。

米哈尔科夫一家在尼科林山老房子旁合影。摄于 1990 年

　　然而无论你有多喜欢它，我始终认为人不能受制于物品。随着时间的推移，可能连自己都没有意识到，如果这些物品发生了什么事情，你会牵挂于心。

　　对于我来说，空间和空气至关重要，所以我们的客厅非常宽敞，占据整套公寓最中心的位置。还在装修时我就在想，绝不能让客厅成为堆满东西的仓库。

　　我之前提到过的宗主教人工湖确实是一个美不胜收的地方：它就坐落在莫斯科市中心，但绝非处于闹市之中，相反，那里曲径通幽，夹杂着小巷子，如今遍布着各式各样的餐厅、咖啡馆，还有一些奢侈品店，都别具一格。尽管因为工作或是孩子上学的原因，我不得不住在莫斯科城里，我也总会找机会去我的乡下小屋度假。这份对于乡村别墅、对自然和土地的挚爱和依恋，从我儿时起就已经开始生根发芽了。

　　现在我基本不住在莫斯科市里。说实话，几乎都不记得我上次在莫斯科的公寓过夜是什么时候了。一般我从乡下的别墅直接去片场或者自己的工作室，其实工作室离我在莫斯科市内的房子只有二百来米的距离，就在同一条街道上——在小甘吉辛斯基胡同[1]那里。尽管近在咫尺，但仍然没有时间和必要回公寓去看一看。

　　所有的生活几乎都在乡下的别墅度过。已经很多年了，不管我身在何处，都是直接回到我的别墅。过去刚开始有汽车的时候，开车就像沿着还没开发的莫斯科（按照当时莫斯科城的边界计算）旅行一样。但随着车辆的增多，去乡下别墅的路上要耗费越来越

---

[1]　小甘吉辛斯基胡同，位于莫斯科市中心宗主教人工湖附近的一条街道。

乔马和娜佳在尼科林山别墅

谢巴契哈村落旁庄园的教堂祈祷仪式

多的时间。现在，如果早上需要从别墅到城里办事，那么很早就要从尼科林山出发。尽管这不怪别墅，但是堵车真的让我和其他人都很恼火。

所以后来，我在下诺夫哥罗德地区租了一块狩猎区，在那建了座庄园，位于巴甫洛夫斯克地区，紧邻谢巴契哈村。这也带来了一些麻烦。但是我还是坚持过这样的生活，尽量在这个地方能够安安静静地完成剧本创作，一些镜头的拍摄或者后期剪辑工作也在这里完成。平心而论，现在在尼科林山上的别墅——已经与以往不同了。车流不断，有时候甚至15分钟都堵在家门口出不去。这已经成为无法改变的事实。

谢巴契哈庄园——对于我和很多人来说，无论是来此工作还是做客，带给我们的都是一份无与伦比的愉悦感。这里有美丽的湖泊，在水中还建有浴室，这里有一间大马厩，驯养了15匹良马，还有足球场，以及一座带顶棚的网球场。

到后来随着需求的不断增长，在庄园还修建了教堂，这是最令我骄傲的事情，因为教区的面积已经容不下更多的教区居民了。教堂里安装了扩音器和广播，当在小教堂里做弥撒的时候，4个人齐声唱起了圣诗，整个过程通过广播甚至可以传到奥卡河[1]畔。最有意思的是有一次唱诗班唱到"主啊，请保佑"时，冰面上渔夫们也在画十字祷告。所以我坚信，对于他们来说这确实很出乎意料。这种氛围，也可能是与生俱来的基因使他

[1] 奥卡河是伏尔加河水量最多的支流，发源于中俄罗斯丘陵，地处奥廖尔以南，河源海拔226米，在高尔基城（下诺夫哥罗德）附近注入伏尔加河。

们一听到这些就不由自主地用三根手指在自己的额头前画起了十字。

现如今，如果提到"生活在大自然"或是"乡村生活"，那么从卢布大街一直延伸到莫斯科郊外的生活很难归为此类。如今真正的乡间生活是在谢巴契哈庄园。或者是在沃洛格达[1]，在那里我也有一块猎场，可以休息。在经历了城市生活的忙碌后来到谢巴契哈，享受在庄园的一片寂静中醒来的时刻。就像安德烈·普拉东诺夫[2]的作品中描述的那样——爷爷醒来的时候，墙上的挂钟指针仿佛静止了一般。农舍里变得安静起来，仿佛农田里割草的声音和天花板上蚊子的嗡嗡声都能清晰可辨。[3]

在谢巴契哈生活后，我才真正体会到，为什么俄罗斯的贵族们这样喜欢乡间生活，尽管在莫斯科或者圣彼得堡这样的大城市已经有了自己的公寓、独立住宅、官邸甚至庄园。**当你沿着田野漫步，驻足在奥卡河畔，橡树在温暖的丝丝微风中微微晃动**——人们把它叫作"橡树风"。除了鸟鸣或者汽笛声，如此寂静，不忍打破这片和谐。**这样的景致带给人们的并非只是简单的享受**，而是一种充盈内心的满足感，难以用言语来传达。我们有时会因生活中的某件事、愉快的交流、美妙的音乐、有趣的书籍或是电影而感动振奋，或者因为出色地完成一件事而欢呼雀跃。然而寂静是否也会带给人们满足感？就像果戈理[4]笔下的文字，"徐徐微风下的俄罗斯风景""寂静婉约的俄罗斯自然风光""平静的俄罗斯景色"，等等。类似的描述还出自很多名家之手——克柳切夫斯基[5]、梅烈日科夫斯基[6]……从他们的作品中开始深入了解俄罗斯绘画作品、俄罗斯散文和诗歌的意境。也许并不能完全理解，但是每当再次品读他们的作品时，欣赏角度也会完全不同……如今只要有两三天的休息时间，我都会争取到谢巴契哈小憩。

---

[1] 沃洛格达，俄罗斯欧洲部分北部城市，沃洛格达州首府。在沃洛格达河畔。15 世纪至 17 世纪为贸易中心。

[2] 安德烈·普拉东诺夫诺维奇·普拉东诺夫（1899—1951），俄罗斯小说家、诗人、剧作家、文学批评家。

[3] 选自作品《地面上的花》，作者是安德烈·普拉东诺夫。

[4] 果戈理是俄国批判主义作家，善于描绘生活，将现实和幻想结合，具有讽刺性的幽默，他最著名的作品是《死魂灵》和《钦差大臣》。

[5] 瓦西里·奥西波维奇·克柳切夫斯基（Василий Осипович Ключевский，1841—1911），俄国历史学家、莫斯科大学教授，1900 年当选为俄国科学院院士。代表作为五卷本《俄国史教程》。

[6] 德米特里·谢尔盖耶维奇·梅列日科夫斯基（Мережковский Дмитрий Сергеевич，1865—1941），19 世纪末 20 世纪初俄罗斯最有影响的作家、诗人、文学评论家之一。是俄罗斯文学白银时代杰出代表，俄国文学象征主义的创始人之一。

其实在谢巴契哈每天也很忙碌，这种忙碌几乎同在莫斯科周而复始的工作状态很接近。只不过这是另外的一种忙碌体验，从另一种忙碌中收获力量。因另一种节奏或是旋律而振奋，使自己的心灵得到洗礼而充实。

很难用语言来描述这种感受，只能说这种感觉就好像今天或者明天就要坐上汽车、火车或是飞机出远门所带给我的某种儿时的欢愉。

第 6 章

—

电影是一种生活方式

—

拍电影是我的生命。这可不是句漂亮话。**我的作品中有一条原则：是否为自己的电影感到羞愧。这条原则不只是一种激励性的动力，也是结果。**

如果你足够真诚，如果你相信自己的工作，如果你为自己所言和电影负责，并且准备让自己的电影接受最严苛的批评或者观众的评判，那么你就不会为自己的错误感到羞愧，因为这是一个真诚相信自己事业的人、一个公民、一个艺术家的错误。

只有一种情况你会感到羞愧，那就是如果你准备拍摄一部不走心的电影。

我拍摄电影的时候会全身心投入。喜欢？谢谢。不喜欢？抱歉。这是我生活的一部分，也是我朋友生活的一部分。这样做是我们唯一的选择。

的确，这是一种病。也要经过痛苦艰难的阶段。每次我改剧本的时候都想着尽快完成，因为已经受够了。终于完成了。这就是准备阶段，而且已经开始觉得：不行，得赶快开拍……一直坚持到电影拍完。随之而来的是无尽的空虚。

这时候为了不让自己在这种空虚中因为完全无益又不可避免地审视自己的作品而感到自责，我会努力投入新的工作。接演新戏或者拍摄自己的下一部"电影处女作"。

我的独立性正体现于此。

当从事新的工作时我感受到的幸福无边无际，而与此同时，这又是一次痛苦的煎熬。但是这是甜蜜的痛苦，因为我可以再次从内心酝酿某些场景、情节和细节，有时候这种感觉无法言说。然后你会有一种由衷的成就感，甚至会喜极而泣！

只有在第一次拍片的时候我相信自己无所不能。但是随后每一部影片的拍摄都会感觉越来越艰难。

演员艺术

我认为我们演员的演技水平远超一般导演的水平。

很多情况下演员必须展现自己的所能。而导演可以将自己职业的无能隐藏于许多人背后——比如摄影师、艺术家、作曲家或者隐藏于大量的辅助设备中。

因此最应该受到惩罚的一件事就是试图凭借演员而自我肯定，就像家长凭借自己的孩子进行自我肯定一样。演员应该得到疼爱，不仅是对他们说些溢美之词，当然这同样很重要。在片场应该关注、关怀每个演员的日常生活。这种关爱是无微不至的……因为不仅是导演，就连演员本身也不知道自己的潜力和极限，如果演员感受到自己被爱，就会主动地、充满尊重地对待自己的劳动和心血。

对于演员来说自我肯定是自然而然的事情。因为在自我创造的过程中也会在观众对其作品产生瞬间情感共鸣时收获享受。

我非常尊敬伯格曼 [1]，我认为他是现代电影业的领导者之一。伯格曼说过，他所感兴趣的并不是演员所展现的，而恰恰是他们所隐藏的。而这恰恰才是演员的本质所在。在没有触及底线的情况下，如果能够了解一个演员的本质并尽可能触及其内心深处最复杂的网络，那么哪怕是第一印象最普通的演员，也会变得十分有趣。

演员的素养甚至不在于他如何表演，而在于与其他演员演对手戏时他的表现。这是一条铁律。只有那些懂得奉献的演员，当他们背对镜头，他们的角色无足轻重，却发自内心帮助与自己搭档的演员，才是拥有宽广胸怀和崇高职业素养的专业演员。

事实上演员的表演并不是信手拈来，他需要在具体的情景下扮演具体的人物，表现出与人和周围世界交往的过程中复杂的相互关系。所以演员的表演深深依赖于电影素材，并植根于剧本中常常缺失的现实土壤。当然他会在角色中带入自己对生活的观察和认知，对于要扮演角色的理解。但演员不能无限违背编剧的意志，无限探寻人物新的内涵，要知道人物的特征都是编剧殚精竭虑、百般呵护地从电影中提取出来又反馈给电影的。

---

[1] 英格玛·伯格曼是瑞典著名的电影、电视剧、戏剧三栖导演，杰出的电影剧作家，现代电影"教父"、"作者电影"最典型、最卓越的代表。除了导演之外，伯格曼也为他大多数的电影作品撰写剧本。他被誉为近代电影最伟大且最有影响力的导演之一。

在契诃夫 [1] 梅利霍沃庄园 [2] 博物馆的大师课堂

的确，当演员为自身找到一种固定模式并成功塑造某一类形象的时候，不幸的是他已然成为这种模式的牺牲品。也就是说当导演在考虑由谁来出演戏中角色的时候，通常会选择已经成功演绎过这类角色的演员。这样就出现了一种刻板的思维模式，它抹杀了演员的天性。而演员的天性恰恰是摒弃固有的形象模式，转而期待那些令观众和自己意外的新角色，并通过舞台和银幕展现新的特质和个性。这才是演员的高水平所在。

我和任何演员一样都热爱表演。我出演的角色跨度可以距今几个世纪，也可以是和我们同时代的人。重要的是，我们要明白他们的情感轨迹、经历和想法。这样的话，演员就很有看点，观众也就有了走进电影院的理由。

演员不愿意也不应该只扮演同一类角色！反复扮演某一类型的角色会令他感觉自己的戏路走入狭窄的瓶颈。为了能有肯定的自我评价，就应该尝试不同类型的人物：英雄和恶棍，正常人和奇葩，天才和傻瓜。还有肯尝试和挑战那些人们耳熟能详，曾被很多演员反复演绎过的形象。

---

[1] 短篇小说巨匠，是俄国 19 世纪末期最后一位批判现实主义艺术大师，与法国的莫泊桑和美国的欧·亨利并称为"世界三大短篇小说家"。

[2] 梅利霍沃庄园位于莫斯科以南 70 公里处的契诃夫市近郊，有着优美的田园风光。

当然，演员要是只凭借公式化的表演也可以基本完成拍摄，但是当他缺乏内心的认知、理解和与角色产生共鸣时，就算可以蒙蔽一些肤浅观众的眼睛，也绝对欺骗不了严肃认真的观众。而最重要的是，过不了演员自己这一关。

于是那些类型化的角色衍生出一种现象，即所谓"演员的本色风格"。一些教父级的导演，他们最擅长的事就是开发演员天分中的某几点特质。就像我在上文中提到的，他们希望已经扮演过某些类似角色的演员可以迅速明白他应该如何表现人物。也许可以达到导演的目的，然而这样做不会有好的结果——只有平庸乏味的电影才需要平庸乏味的演员。

如果演员不喜欢某一角色，即使再简单也不要去接触。如果不想重复同一类角色就要当即拒绝这种片约，耐心等待符合心意的邀约。

要有耐心忍受寂寞，否则就有什么演什么便是了。

但事实上演员的选择性很小，可提供给他惬意的角色毕竟可遇不可求。很多情况下他不得不闭上眼睛接演一些"不合意"的角色。这也是他的工作。拍戏是他的职业，也是他谋生的手段。

我仍然相信，就算是接到那些已经被反复诠释过的角色，演员仍然可以进一步深度挖掘，寻找到新的人物特征。但是这样一来，那些邀请演员扮演某个具体角色，并"熟知"该名演员的特点和观摩过他在同类角色中表演的导演就会提出异议，因为他们需要的只是让演员去重复那些驾轻就熟的固定套路。而现场的演员则在力求找寻新的东西。怎么办呢，其实我们只需要明白一件事，到底谁在片场说了算：是演员还是有着一套方法可以向演员施压或者严厉要求要用自己的思维方式来"润色"影片的导演？

当然，这种情况不会有本质的改变。因而好的演员过去和将来都始终出演好的电影。

演员自己能把握住的只有一点：将自己的演技、所有的气质、性情、想象力、观察力统统贯彻于角色之中，使之内涵得以丰富。

这样一来，哪怕简单的情节也成为艺术。

总体来讲，我认为演员这一职业是女性化的职业，哪怕这个演员是施瓦辛格[1]。这和肌肉的多少无关。演员最怕自己的同行——他们私下里对自己的看法，以及在片场对自

---

[1] 阿诺德·施瓦辛格，1947 年 7 月 30 日生于奥地利，是美国男演员、健美运动员。1970 年进入影视圈，1984 年拍摄的《终结者》塑造了阿诺德冷酷的银幕形象，之后接连拍摄多部动作片。

己是友好还是贬低的合作态度。一旦演员抢到了某个角色，他看待周围所有人包括导演在内，眼神就像是一只小狗。首先，演员的世界永远是充满竞争的世界。演员，即便是著名演员，也会一直妒忌自己的同行。对于某一场戏应该达到怎样的效果这个问题，演员之间会存在截然不同的意见。可以说会出现隐形的冲突，有时甚至是公开的争执，往往闹得沸沸扬扬。这时导演的作用就尤为重要，因为他可以巧妙地将两人的意见引导到自己的解决方案上来，使每个演员觉得这同样是他自己的解决方案。

* * *

对于我来说，拍摄时的第一要务就是让演员适应对方并且相互磨合。为此有多种方法——一起读书、晚上一同喝茶、踢足球等。比如在拍摄《奥勃洛莫夫》(《Обломов》) 时我们坐下来一起出声朗读，那真是绝妙的体验！我们读了蒲宁[1]和契诃夫的作品，还有冈察洛夫[2]的作品，当然这些看起来和《奥勃洛莫夫》没有什么关系。不仅仅是作品，还有信件、记事本等。经过三四个晚上就会出现这样的质疑：这样做到底有什么意义？

针对具体事情、场景或者剧本，借助文学作品进行间接的讨论，在我看来是卓有成效的。即使这一作品和表演拍摄没有直接关系，但是一个团队可以通过这种方法受到同时期艺术作品的激励。

演员有着非常发达的直觉。看起来你把演员引领到了某个你想要的方向，其实他有自己的想法，况且工作一分钟也不能停。演员一直会沿着一定的轨迹前行，不断探索……每到夜晚时分这些"再现角色的大师"会一直在我脑海中浮现。

当你建议一位优秀演员在试镜的时候尝试一段热情洋溢的表演，而他昨天晚上才开始读剧本，这简直就是在对他实施"突袭"！如果他激情充沛、演技成熟，他就会心中默念：看，我做到了！但是他的表演是空洞的，就像一只空心的鼓，没有任何内涵，只会滥用自己的外在条件和职业素养。

只有当大家一起工作一个月之后再回到相同的场景，就会觉得相较于之前第一次消

---

[1] 伊凡·亚历克塞维奇·蒲宁（1870—1953），俄国作家。主要作品有诗集《落叶》，短篇小说《安东诺夫的苹果》《松树》《新路》，中篇小说《乡村》等。1933 年，作品《米佳的爱情》获诺贝尔文学奖。

[2] 伊凡·亚历山大罗维奇·冈察洛夫（1812—1891），俄国作家。代表作有《奥勃洛莫夫》(1859) 等。

和同事一起踢球是拍摄期间最好的娱乐方式。摄于 2013 年 2 月，奥德赛

化剧本，只有经历一种更高水平的内化处理后，才会找到更好的解决方案。

专业演员可以一直欺骗观众，却骗不了自己还有作为导演的我。在经历了无数次的探索、怀疑、失败和学习后，他终究会找到隐藏在外表之下的内在力量和全新理念。

拿我来说，我最感兴趣的不是演员眼中的泪水，而是为何会流泪。当演员在戏剧舞台上不知道自己在演什么而被吓哭，所有人都惊呼：哦，他演得真好！其实他只是很容易落泪而已。比如说，娜塔莎·金斯基[1] 的哭戏酝酿很快。但是眼泪本身并不能代表什么。

但这是另一码事……

* * *

我认为找到和演员之间人性的共同点尤为重要。得益于演员和导演、摄影师以及整个拍摄团队的通力协作，演员才能在片场完全释放、自由发挥。

对此导演应该时刻牢记：在被信任和给予自由的情况下演员可以有很大的发挥空间，但是还不止这些。所以导演经常和演员一起工作会拥有一项很重要的优势，那就是可以

---

[1] 娜塔莎·金斯基（1961—　　），是一位多产量德国影星，被赞誉为 20 世纪 80 年代"欧洲影坛第一美女"，父亲是德国演员克劳斯·金斯基。

准确地了解演员的短板。因为常常受到演员魅力的感染就会相信演员无所不能，而当导演意识到演员无法完成某些要求的时候，就会花费大量时间处理问题。而时间恰恰是最宝贵的东西。

有时候我可以邀请一名毫无表演经验却因为某种原因深受我信任的演员出演我的电影。要知道演员是导演"物化的幻想"，所以我坚持剧本从一开始就应该锁定好具体演员，这有利于整体形象的塑造。当我们在研究剧本或者情节发展轨迹的时候，会突然出现这样或那样的人物，我们之间会经常提出这样的问题："你觉得他像谁？"结果答案五花八门：演员、政客、活动家、运动员、共同的熟人……这些不重要，最终我们可以得出结论，这样的角色由什么人来演绎会达到更好的效果。而理想人选是否同意拍摄其实并不重要。但是在剧本创作阶段作者眼前必须要有一个鲜活的人物形象，而将这种形象具化到某位熟知的演员身上是极其重要的过程。

弗拉基米尔·纳博科夫[1]说过，读者不应该只是读书，而是应该看到书中内容的生动画面。对我来说伟大作家之所以伟大，就在于读者在阅读其作品的同时，眼前会立刻浮现出书中描绘的形象和场景。而作家的水平越高，出现在眼前的画面就越丰富越鲜明，甚至会产生一种强烈的生理反应，所有情节仿佛都通过眼前的一块银幕真实生动地呈现一样。

有一次负责选角的副导演问我："他像谁？"我回答道："卡福特[2]，只不过是反派。"当时我不认为他会同意在一个只有 20 秒的片段里客串角色。

正因为我是表演科班出身，自己也饰演过很多角色，所以对于这个如此不同寻常的职业我还是有一些发言权的，但更重要的是，在自己的片场，我能对演员有着清晰的把握和理解。首先，这种理解体现在导演和演员之间应该长期保持内部"升温"的状态，演员把导演的每一个想法和动机实践于生活中，而导演不能错过演员的每一次心理波动。

有一些极具天赋的演员，通常会将所有人压在自己之下。有时候也需要故意惩罚一下这类人，让他们也稍稍体会一下他们带给别人的痛苦。还有一些无论如何也欺负不得的演员，如果觉得受了委屈他们就会心慌意乱，完全无法集中精神冷静下来好好演戏。

---

[1]　弗拉基米尔·纳博科夫（1899—1977），俄裔美籍小说家、文体家、诗人、文学评论家、翻译家，同时也是 20 世纪世界文学史上最有影响力的文学家。著名作品有《庶出的标志》《洛丽塔》《普宁》《微暗的火》《说吧，记忆》《阿达》《透明》《劳拉的原型》等。

[2]　卡福特·瓦连金·约瑟夫维奇，俄罗斯话剧、电影演员，人民艺术家。

对于那些不能容忍他人意见的演员，要认同他们的想法，然而最终还要一步步引导他们按照自己的方式来。**但是在任何情况下都不可以，也不可能彻底剥离演员的个性。**

在片场工作的时候，作为导演的我时常会觉得如果换我来演，一定会比那些演员强一百倍。而当我以演员的身份出现，又会觉得导演什么也不懂，我能做得更好。但是我明白，无论是哪种情况都是很严重的误区。

＊＊＊

我认为当下，演员这个行当以及艺术本身有一个很明显的特点。

我们处于一个不断革新的时代。如今大众传媒和网络对于观众、读者和听众来说具有极强的说服力。大多数受众并不是艺术家，他们会轻易相信某种艺术创作，如某幅画作、音乐、戏剧或者电影作品的创新一定为艺术界相应领域带来突破性的艺术革新，却往往低估了经典艺术品的价值。

事实上，几乎每一部根据果戈理、契诃夫、奥斯特洛夫斯基或者高尔基的作品改编的新戏剧都具有嘲讽色彩，观众反响热烈，记者、评论家以及那些被称为"浪荡派""文化界精英"的人物对此也好评如潮。虽然在我看来，真正的精英在我国只能是停留在精神层面，而这些人物大部分并不存在。

这种变革远非停留在形式上。似乎作品中所有重要的元素都在发生化学反应，其中包括我们经典作家的世界观基石，当然这些都在他们的戏剧中通过细节展现出来。

我不反对新的形式。一切都有存在的权利，但只有在你自己是作者的情况下。当我们拿到《智慧的痛苦》[1]《死魂灵》[2]《卡拉马佐夫兄弟》[3]或者《白痴》[4]时，无论你是否愿意，你都会汲取伟大作家的世界观以及作品的精华，这种精华统一而不可分割。但是你却认为它不适合你。它太沉重了，又很晦涩。换句话说：太微妙了，对自己来说不好捕

---

[1] 《智慧的痛苦》为俄国 19 世纪现实主义戏剧的奠基之作，是一部充满哲学的 4 幕喜剧，又译《聪明误》，格里鲍耶陀夫创作于 1824 年。

[2] 《死魂灵》是俄国批判现实主义文学发展的基石，也是果戈理的现实主义创作发展的顶峰。

[3] 《卡拉马佐夫兄弟》是俄国大作家陀思妥耶夫斯基的最后一部长篇小说。它是根据一桩真实的弑父案写成的。

[4] 《白痴》是陀思妥耶夫斯基重返文坛后的第三部长篇小说，写于 1867 年秋至 1869 年 1 月。

《敌中有我，我中有敌》(摄于 1974 年)。伊戈尔·什洛夫 (尤里·巴戈德廖夫) 和卡优姆 (康斯坦丁·莱金)

尤里·巴戈德廖夫扮演一个名为伊戈尔·什洛尔的布尔什维克。

朝火车走去……尼基塔·米哈尔科夫扮演阿塔曼布雷洛夫。

《爱情的奴隶》（摄于 1975 年）。奥莉加·沃兹涅先斯卡娅（叶莲娜·索洛维）被影迷包围。

《爱情的奴隶》。20 世纪初的一部电影。亚历山大·卡里亚金扮演导演卡里亚金，罗吉欧·纳哈别托夫饰演摄影师波托茨基。

《一首未完成的机械钢琴曲》(1976年)。站在沃伊尼采夫卡田间的是波尔菲利·格拉戈利耶夫(尼古拉·帕斯图霍夫),扎哈尔(根纳季·伊万诺夫)和善良的游手好闲的公子哥谢小盖·沃伊尼采夫(尤里·巴戈德廖夫)。

《五个夜晚》(1978年)。阔别多年之后的塔玛拉(柳德米拉·古尔琴科)和亚历山大(斯坦尼斯拉夫·柳布申)。

《奥勃洛莫夫一生中的几天》(1979 年)。电影拍摄中的一幕。演员奥列格·塔巴科夫、叶莲娜·索洛维和导演尼基塔·米哈尔科夫。

《奥勃洛莫夫一生中的几天》。公园里，诗意的一幕。导演尼基塔·米哈尔科夫，奥列格·塔巴科夫（扮演伊利亚·伊里奇·奥勃洛莫夫）和叶莲娜·索洛维（扮演奥莉加·伊林斯卡娅）。

《没有证人》(1983年)。主演米哈伊尔·乌里扬诺夫。

《亲戚》(1981年)。诺娜·摩尔久科娃扮演玛丽亚·科诺瓦洛娃，安德烈·彼得罗夫扮演鱼类加工厂的总工程师里亚宾。

在埃利达尔·梁赞诺夫的电影《两个人的车站》中，奥列格·巴希拉什维利（饰演钢琴家普拉东），柳德米拉·古尔琴科（饰演女招待薇拉），尼基塔·米哈尔科夫（饰演列车员安德烈）。

在埃利达尔·梁赞诺夫的电影《残酷的罗曼史》里，拉里萨·古泽耶娃（饰演拉里萨·奥古达洛娃）和尼基塔·米哈尔科夫（饰演谢尔盖·巴拉托夫）。

《黑眼睛》(1987年)。拍摄中的一幕。导演尼基塔·米哈尔科夫和与马塞洛·马斯楚安尼（扮演罗曼诺）做场景设计。

因诺肯季·斯莫科图诺夫斯基（扮演摩德斯特·彼德洛维奇）和马塞洛·马斯楚安尼（扮演罗曼诺）。

《套马杆——爱之疆域（又名：蒙古精神）》（1991 年）。帕戈玛（蒙古族女演员帕德玛）穿着民族服饰。

《套马杆》（1991 年）。巴雅尔图扮演贡巴，帕德玛扮演他的妻子帕戈玛。

休息时间。罗斯和大草原扳手腕。

《烈日灼人》(1994年)。内务人民委员部职员米佳·阿尔森季耶夫(奥列格·缅希科夫)背后是挂着领袖像的热气球。

《烈日灼人》。红军指挥官谢尔盖·柯托夫(尼基塔·米哈尔科夫)和女儿娜佳(娜佳·米哈尔科娃)、妻子玛露莎(茵格保加·达坤耐特)。

指挥官柯托夫（尼基塔·米哈尔科夫）和他的女儿娜佳（娜佳·米哈尔科娃）。这个家里此刻一切正常……

《西伯利亚理发师》（1998 年）。士官生托尔斯泰（奥列格·缅希科夫）和帕里耶夫斯基（马拉特·巴沙洛夫）在课堂上。

珍（茱莉亚·奥蒙德）和陷入爱河的拉德洛夫将军（阿列克谢·彼得连科）。

《西伯利亚理发师》（1998 年）。谢肉节时的肉搏游戏。

前排：珍（茱莉亚·奥蒙德）和士官生安德烈·托尔斯泰（奥列格·缅希科夫）。
后排：发明家麦克拉肯（理查德·哈里斯）和拉德洛夫将军（阿列克谢·彼得连科）。

在青年士官生列队前欢快走过的珍（茱莉亚·奥蒙德）。

《十二怒汉》（2007年）。陪审团投票。尼基塔·米哈尔科夫扮演俄罗斯军官、陪审团主席尼古拉。

陪审团成员：出租车司机（谢尔盖·加尔马什）和外科医生（谢尔盖·卡扎洛夫）。

寻找最佳角度。摄影师弗拉季斯拉夫·奥别利扬茨。

《十二怒汉》(2007 年)。陪审团成员们在思考：外科医生（谢尔盖·卡扎罗夫），工程师（谢尔盖·马科维斯基），电视频道合伙人（尤里·斯塔扬诺夫），退休人员（瓦连京·加夫特）和情报机构员工（维克多·维尔日比茨基）。

捉。于是你就用后现代主义的裁缝剪刀在别人创作好的精美绝伦的布匹上根据你的喜好重新进行剪裁。或者像《灰姑娘》里的继母姐姐一样把自己的胖脚硬是往水晶鞋里塞。

拜托，请不要打扰那些经典作品的安宁！有时我在想，陀思妥耶夫斯基如果看到把他的《卡拉马佐夫兄弟》改编成如今我们看到的样子，会怎么处置这位将它改编得面目全非的导演。而果戈理又会如何对待改编他的《死魂灵》的人。

请您对国家的文化和精神心怀一份尊重，因为在这个国度您还要生活下去。请您尝试您的戏剧能让剧院里的观众为之动容，百感交集。请务必让它成为真正震撼人心的艺术品。您今天在观众面前表现得轻蔑而肆无忌惮，那是因为您觉得可以完全不受惩罚——果戈理[1]不可能用拐杖揍你，陀思妥耶夫斯基[2]也不可能往你脸上吐唾沫。

而意识和灵魂中悲剧性的毁坏正是从这种伪艺术开始的，有时候还会引起比这种越轨行为更为严重的社会震荡而被后人视为真正艺术创作的标尺。虽然我相信，**胡闹之举只能暂时伪装成真正的艺术。人们迟早会明白这是垃圾。这种对艺术的亵渎不会长久，时间会让人们醒悟。**

这和演员的情况是一个道理。我相信，演员和导演缺乏自律的现象不会长时间在影视圈普遍横行下去。

在我看来，从艺术创作角度讲，长期扮演一些相同的角色是最可怕的事情。比如总是扮演刑事犯、民警、罪犯、保姆、贫穷的老太太等。

再者就是明显没有排练。这是最危险的灾难。（另外众所周知，如今俄罗斯的影视拍摄经常缺少排练环节。）演员当然可以在家排练，也可以不排练，而那些才华横溢的演员干脆抄起剧本直接开拍……但是我们都明白（尤其是圈里的人），演员可以骗过某些观众和导演，如果技能高超还能自我欺骗，但是他骗不了真相，因为在镜头前说出的每一句台词，（甚至是最简单的台词！）都应该是演员的有感而发！

米哈伊尔·契诃夫曾经说过一句恒久经典的话：语言本身毫无意义，而有意义的是动机和产生语言的能量。而能量只有在排练中累积。

为什么如今只有一少部分人能够抽出时间练习？因为演员水平的下降和观众水平的

---

[1] 果戈理·亚诺夫斯基是俄国批判主义作家，最著名的作品是《死魂灵》(或译《死灵魂》)和《钦差大臣》。

[2] 陀思妥耶夫斯基（1821—1881），俄国 19 世纪文坛上享有世界声誉的一位小说家，他的创作具有极其复杂、矛盾的性质。

降低两者互为因果。不会出现观众高要求而演员敷衍了事的情况，因为观众不会买账，当然其表演水平也无法被称为演员。然而如今在俄罗斯艺术界出现了一种"减产现象"，它恰恰反映了这个问题。一些人的急功近利，另一些人的敷衍了事、缺乏专业性和敬业精神都仿佛用灰色的罩单将一切掩盖住：其中既包括台上的演员，也包括台下的观众。正因如此，才有了我刚才提到的对俄罗斯经典的嘲弄和侮辱。

还有另外一种流行现象：演员表演后所有人报以热烈的掌声，实际上大家私下都在吐槽他的演技。而这样做只会削弱演员的天赋，使演员陷入错误审美的误区。演员开始降低标准，因为他觉得"什么样的表演都能被接受"。导演好像也很满意。（他其实并不知道这是好还是坏！）好像所有台词都讲了，大家也听到了、明白了。这就好了。谢谢，杀青。

另一种极端就是导演自己也不知道他想要什么，但他是导演，所以无论演员怎么演，他就喊"不，不是这样""快一点""大点声""还要再到位一点"……

为什么我一直强调演员之间，演员和导演之间，导演、演员和整个团队之间的相互关系要具有一种感性？

因为正是这种感性可以让一部电影作品拥有感染观众的力量。而最终的效果，它起始于拍摄终止于电影院。当然，如果拍摄的时候没有获得这份感染力，也可以通过后期剪辑的方式弥补。至少要使情节的传递清晰明了。然而通过这种方法来亡羊补牢不会使你的作品成为真正的艺术，因为那份使人心潮澎湃和情感的悸动不是靠技术来创造的。

＊ ＊ ＊

总之，具备演员素质的导演说不好是福是祸。一方面来说，会为拍摄带来便利。因为这样的导演可以在技术层面帮助演员达到想要的效果。而另一方面，会难免发生导演越轨的行为。这位导演兼演员有时会忘记自己导演的身份当起了演员，按自己的方式诠释角色，这样做会大大降低原本角色扮演者的兴趣和自我挖掘的可能性。这经常会导致严重的后果，因为导演的这种做法会完全压制演员的发挥（一旦处理不好只会惹怒演员，"抢夺"演员的机会，使他们失去独立思考和行动的能力）。

毫不谦虚地说，我给演员做了很好的示范。为什么？因为示范永远比表演轻松。你所肩负的责任更少，你更加自由，你不需要像演员那样将自己作为表现角色内涵的唯一载体。你可以很正式很轻松，毫不犹豫地完成深入且情绪化的场景，但这往往会"遏制"演员的发挥。因为你的示范过程会轻易简短地一带而过（可能只是因为你的不负责！），而演员要在自己的角色上付出大量的心血。

有一次我遇到这样一种情况，当我在给一个遇到问题的女演员做示范的时候，我差一点没毁了她的角色，因为女演员说："我不会这样演！"然后大哭起来，冲了出去。当然，这会满足导演兼演员的虚荣心，但是一定要谨慎行事，毕竟"示范表演"的方法可以轻易剥夺一个演员的自信心，引起他自卑的情绪。所以"示范"是十分危险的事情，要永远记住这一点。

* * *

电影演员是没有现场观众的，除了拍摄团队，这一点和话剧演员不同，后者会感受到观众席里的呼吸和情绪，并将自己的情绪反馈给观众。

观众席的反应对于剧院演员来说是新的动力，是必不可少的肾上腺素！当然，演员可以一直保持演出状态，然而只有当观众能够鲜明地感受到演员跳跃的脉搏，演员的表演才能称为表演。

所以摄制组的每一位成员可以说是电影的第一位观众，应该正确地对他们加以培养和引导。他应该清楚地认识到，包括灯光师、助理甚至实习生在内的摄制组的每一位成员，都应该尽自己所能帮助演员完成表演。培养这样一支团队是一个日积月累的过程，就像酿酒一样，越陈越好，团队也是一样。

坦诚地讲，有时候灯光师、机械师，甚至是高级技工的建议对我而言比导演同行的建议更重要。这种想法可能听来奇怪，但是的确如此。因为看起来只是在旁边开关灯的人，始终都参与到从摄像机到电影镜头的整个能量的传递。从该意义上讲我认为培养这样的团队就像组建家庭一样，这是最基本的过程，也是形成某种只属于你的氛围的保证，没有这种氛围就不能称之为"你的电影"。

有一次我赶走了我们团队中的一个人，因为他在拍摄的时候看表——快该吃午饭了吗？就这样。他不能再在我们团队工作了，因为他没有在镜头前和演员分享自己的能量。

和娜塔莉亚·苏尔科娃在影片《中暑》片场

* * *

夏里亚宾[1]说过："我不会为自己饰演的角色而哭泣，我只会为身为主人公的自己而落泪……"

演员也有自己的内心活动。通过生活、表演积累起来的经验阅历以及通过不断揣摩个人情感活动进行自我修养，都被斯坦尼斯拉夫斯基称为表演教学，当然除此之外还有表演技巧。概括而言，生活经验以及演技是演员最有杀伤力的武器。

演员——也是某种实体。是人也不是人。他有房子、家庭、责任和公民观点，然而他要为了一个好角色做出一切让步和牺牲。当然，前提是如果他是一名真正的好演员。

当莫斯科艺术剧院放假的时候，莫斯科维恩·伊万·米哈伊洛维奇[2]来到剧院，和道具管理员大喝了一顿，从他那里拿了一个小孩棺材，雇了一位车夫，带着这个小棺材走在城市中并一路号啕大哭。街上的老太太们悲悯地手画十字，女人们擦拭脸上的泪水……这就是演员的精髓。

就本质而论我不是演员。但我喜欢在别人的戏里出演角色。就拿我在电影《国家顾问》中的角色来说，这个人物对我而言往往会包含着更重要更丰富的信息。我亲自为自

[1] 费多尔·伊万诺维奇·夏里亚宾（1873—1938），俄国男低音歌唱家。被誉为"世界低音之王"，表演富有表现力。主演过电影《可怕的沙皇伊凡》和《堂吉诃德》。

[2] 莫斯科维恩·伊万·米哈伊洛维奇（1874—1946），俄罗斯戏剧导演、演员、人民艺术家。

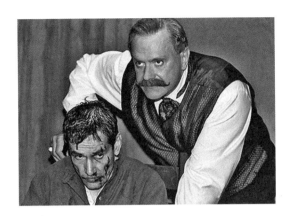

拉赫梅特（阿列克谢·戈尔布诺夫饰）[1] 和格里布·巴让尔斯
基（尼基塔·米哈尔科夫饰）在电影《国家顾问》（《Статский
советник》）[2] 中的剧照，拍摄于 2005 年

己的角色写台词，**因此格里布·巴让尔斯基这个人物很快就成为我的戏剧创作，而不只
是表演作品了。**

* * *

表演教育的成功与否并不是由某一高度决定的，而是要看它的平均水平。这就是为
什么俄罗斯的表演教育堪称世界一流，因为我们的平均水平站得很高。（意大利表演教育
水平相当一般，巅峰人物寥寥可数，马塞洛·马斯楚安尼 [3]，维托里奥·加斯曼 [4]，爱德华
多·德·菲利波 [5]。在杰出演员和普通演员之间几乎没有任何过渡，可谓中空地带。）也
许这就是斯坦尼斯拉夫斯基的表演体系和流派 [6] 被视为天才教学体系的原因。它就像一
所为所有资质平平的普通演员敞开大门的中学。

---

[1] 阿列克谢·戈尔布诺夫（1961—　），乌克兰功勋演员。

[2] 《国家顾问》是一部拍摄于 2005 年的俄罗斯侦探片，由菲利普·扬科夫斯基导演，是俄罗斯史上拍摄
成本最高的电影之一。

[3] 马塞洛·马斯楚安尼（1924—1966），意大利著名电影演员，曾与诸多意大利著名导演合作，他两次获
得戛纳电影节"最佳男演员奖"、三次获得奥斯卡"最佳男演员奖"提名。

[4] 维托里奥·加斯曼（1922—2000），意大利演员。

[5] 爱德华多·德·菲利波（1900—1984），演员、编剧、导演、制作人。

[6] 斯坦尼斯拉夫斯基（1863—1938），杰出的戏剧大师，系统总结"体验派"戏剧理论，强调现实主义
原则，主张演员要沉浸在角色的情感之中，他的一整套戏剧教学和表演体系，被称为"斯坦尼斯拉夫
斯基体系"，是世界三大表演体系之一，对各国戏剧影视舞台表演产生深远影响。

然而想要达到巅峰——对于一名真正出类拔萃的演员来说，还需要学习和掌握米哈伊尔·契诃夫表演体系以及不太被人们所熟知但同样杰出的查理斯·杜林[1]的表演理论。关于他的理论我想举一个很卓越的例子，他认为：**如果一名演员存在外表缺陷，他应该尽一切努力让缺陷受到观众的喜爱**。

非常伟大的观点。

比方说，路易·德菲奈斯[2]和费南代尔[3]通过运用独特的艺术表现手法让观众对其充满了敬意和崇拜，而这二位演员并没有出色、伟岸的外表。

如今的演员或多或少都拥有着足够赏心悦目的外表或者标志性的外貌特征，台词表达自然流畅。正像人们说的，把自己的性格收敛起来，不畏惧扮演那些"糟蹋"自己美好形象的角色，并从中获得满足，创造出了真正的人物形象。

俄罗斯表演教育在这一点上同样堪称世界一流。看看谢尔盖·沙古洛夫是怎样饰演勃列日涅夫的吧，可谓演技精湛，是位才华横溢的演员，我真为他骄傲，谢尔盖太棒了！

* * *

——列举伟大演员的名字的确很困难。

我没有机会目睹契诃夫、莫斯科维恩、塔尔哈诺夫[4]和卡恰洛夫[5]在舞台上的表演，当然他们的作品大多数都以电影胶片的形式保存了下来，但是目睹戏剧演员在舞台上的表演是一种幸事。

---

[1] 查理斯·杜林（1885—1949），法国演员、导演、剧院经理。

[2] 路易·德菲奈斯（1914—1983），法国著名电影导演、喜剧电影演员，深受观众喜爱。

[3] 费南代尔（1903—1983），法国演员、导演、制片人，曾出演《阿里巴巴和四十大盗》等，代表作有《恶魔的十个指挥》《囚徒与母牛》《普罗旺斯的天空》等。

[4] 米哈伊尔·塔尔哈诺夫（1877—1948），俄罗斯演员，主要作品有《马克辛的青年时代》《彼得大帝》《维堡区的故事》等。

[5] 瓦西里·伊万诺维奇·卡恰洛夫（1875—1948），苏联、俄罗斯演员，人民艺术家。

然而米哈伊尔·乌里扬诺夫 [1]、奥列格·扬科夫斯基 [2]、罗伯特·德尼罗 [3]、梅丽尔·斯特里普 [4] 这些演员大咖都曾与我或多或少有过合作或者愉快的交谈。

我永远不会忘记安德烈·亚历山大罗维奇·波波夫，和他的合作非常愉快。他是位伟大的演员……

我并不是一个民族主义者或者目光狭隘的人，然而我始终认为最伟大的演员无论他出生于哪个国家，母语是什么，都曾受过俄罗斯戏剧表演流派的影响。

请不要再这样说："想当年我们有过这样的演员！现如今的年轻人里再也找不到了，也不会再有了……"

我们什么都有。**俄罗斯有丰富的演员资源，我们只不过需要为这些来自地方的演员创造更多在影视银幕上"露脸"的机会。**

导演艺术

如同军官参与军事行动一样，导演工作也是一种生活方式。这不是说军官应该每时每刻都在指挥作战，导演应该无时无刻不在拍电影。但是作为一个好的导演，在构思情景甚至设计个人生活及日常生活中的相互关系时，应该更讲究、更雅致、更仔细、更精准。

我敢肯定，从最严格的意义上讲，导演艺术就是一切。总统治理国家、人们处理家庭关系、如何与自己的孩子相处难道不都是一种导演艺术吗？

有人会想，我说的是应该如何管理人，其实并非如此。我只是想证明，导演艺术首先是一种对未来的预见，其次是寻求对复杂问题的解决之道。

从申请拍摄许可到将影片递交电影艺术委员会审查，导演除了要做好本职工作，还

---

[1]　米哈伊尔·乌里扬诺夫（1927—2007），苏联、俄罗斯电影演员、导演。

[2]　奥列格·扬科夫斯基（1944—2009），苏联演员，从影 40 年，曾在逾 70 部优秀电影作品中饰演角色。1991 年 12 月在苏联解体前夕荣获"人民艺术家"称号，他也是最后一位获此荣誉的艺术家。

[3]　罗伯特·德尼罗（Robert De Niro），1943 年 8 月 17 日出生于美国纽约，美国演员、导演、制片人，有美国、意大利双国籍。

[4]　梅丽尔·斯特里普（Meryl Streep）：1949 年 6 月 22 日出生于美国新泽西州萨米特，好莱坞女演员。

要参与其他所有部门的运行，同时不断对成片修修改改。

如果非要给导演划定一个职责范围，那么导演就是要对一切负责的人。国家信任我们，给我们拨款；观众满怀希望，期待欣赏到真正的艺术。我们没有理由让任何人失望。

作为一名导演需要具备什么样的品质？首先当然是天赋。其次是耐心，包括与特殊人物诙谐相处在内的幽默感和对演员无尽的爱。

导演应该清楚，他需要采用何种手段来感动观众。他不能在片场表现出犹豫不决的一面。导演如果要在片场即兴发挥，那么他发挥的内容也应该与他的构思大体一致。

如果我还没有做好准备就进了片场，那么在整个摄制组面前，我会感到非常难堪。导演应该在万事俱备之后再开始拍戏。《一首未完成的机械钢琴曲》(《Механическое пианино》)[1] 开机之前，我们在片场待了很长时间。起初我们只是在那儿踱步、聊天、坐着喝茶，然后逐渐开始反复排演剧本的部分台词，最后演员们才换上戏服、全身心地投入片场的拍戏过程中，一时间片场竟然成了所有人的家。

有些人认为，这是多此一举。但问题在于，演员对角色的塑造过程是不能中断的。如果不重视这个过程，那么演员就会像其他人一样想其所想、做其所做（锻炼身体、过性生活、在商店里排队购物抑或是组队踢足球），最后这个过程也会偏离演员本人的意志。所以，如果演员少一点关注当下的实物世界以及和其相关的独特细节，而多一点关注自己与窗外景象的关联，这一定会帮助演员摆脱"为演而演"，让演员和背景融洽地共存。尽管不能总是跟自己的形象相吻合，但是之前无法习惯的紧身衣，突然间也不再是多余和累赘之物。

如果演员们穿着戏服化着妆奔波于莫斯科和圣彼得堡之间赶片场，他们一定是衣着光鲜，但一看就如同化妆晚会。但他如果穿的是自己平时的衣服，在片场待上三到五天，跟同伴多有交流的话，他就不会再作出手插裤兜之类背离当时流行趋势的动作了。他已经戒掉了大多数下意识的多余举动，不需要以此来填补内心的空虚。这样的话，原定拍摄五天的场景，经过三天的排练，只需半天就可以拍摄完毕。

我还想强调一点。提早进入片场去体验和感受现场的做法不仅对演员有益，也让整个剧组受益无穷。摄影师、灯光师、服装设计师、化妆师等人也应该提前到场以便适应

---

[1] 《一首未完成的机械钢琴曲》是 1978 年上映的一部苏联喜剧片，由尼基塔·米哈尔科夫导演。这部影片根据契诃夫的几个作品混合改编而成。本片获第 25 届（1977 年）圣塞瓦斯蒂安国际电影节金贝壳大奖。

准备拍摄《一首未完成的机械钢琴曲》的一个场景，摄于 1977 年

一切。比如说，如果摄影师已经熟悉了拍摄场景，同时又清楚如何才能让演员更自然舒适地表演，他就会从演员合适的角度考虑，寻求镜头和光线的处理方法，而不是单纯地追求构图效果了。一个优秀的摄影师即使拍出了优美的画面，但如果这个画面与演员的表演或演员表演所处的整体氛围不能令人信服，那它就不是影片需要的结果，甚至适得其反。这个画面虽然优美，但它的突出，却凸显了其他部分的薄弱。

电影创作就是要全身心地融入某一特定环境中，融入另一个空间、时间、温度、制度、天气、地理等要素中。如果不去竭尽所能地做到融入，不去"潜入"这段时空，如果也可以用文献、书信、资料、照片、肖像、写生画等去表现的话，那么你的作品只能是缺乏情感，徒具其表，未必会打动观众。的确，你的主题可能很有趣，情节可能很吸引人，演员的表演也很卖力，但对我来说这不是导演的基本任务，因为我认为我是某种程度上的完美主义者。

导演的基本任务，就是让演员、剧组以及最终让观众沉浸于他所构造的世界当中。

顺便说一句，上述任务完成得有多好是可以在片场得到检验的，因为在影片整体构思中可以看到。是否可以用这样的方法来检验导演已竭尽全力，即在观众没有注意的地方存在敷衍、糊弄、造假。的确，后期剪辑可以修饰一些错误或演员的穿帮镜头，不让

在片场

观众看到这些瑕疵；但影片中那一生活的环境是否营造得鲜活而自然、某一场景搭建得是否到位，镜头一定会展示出来。

如果你完成了这个任务，那么你的每一部作品都会是你的生活。无论它讲述的是遥远的过去或者未来，但它都会是你、你的朋友和你的剧组成员生活的一部分。

所以，我喜欢我的作品，不是因为它获得了好评，得过大奖，而是我喜欢我们在这些影片中营造的生活状态，而那些生活和状态融入了我们的生命。

我坦然接受大家对我作品的批评，即使有不公正的批评。因为我丝毫不曾感受到我的电影给我带来过压力，我身上从来没有那种积累起来的自我暗示以及自己作品与日俱增的分量。我之前说过，**我拍的每一部电影都像是我的处女作，而且始终都怀有一颗孩童般的心期待着新鲜事物和意外之物**。只要拍摄工作一结束、电影一上映，它就像火箭分离一般离开了我，把它忘得一干二净。我认为，这是我父亲教会我的，他总是这样对待他以前写的诗。这是一种品质，我很幸运，也很珍惜。

一部影片拍完后，我不会坐等公众或舆论反响，或者静候佳音，而是马上轻松地忘掉它。也从不会念叨："哦，但愿我今后不会走下坡路！"

电影拍完了，这一篇就翻过去了！

这种做法是著名导演耶日·卡瓦莱罗维奇[1]教我的，他比我年长很多。有一次在莫斯科电影节上，我给他看了我的处女作《敌中有我，我中有敌》（《Свой среди чужих, чужой среди своих》），他很喜欢这部影片。之后我们在"电影之家"的会场聚餐时，他突然对我说："你得抓紧构思下一部电影了！我在拍完引人注目的《夜行列车》（《Поезд》）后，便荒废了 20 年的时光。这 20 年里我一直在挑选各类剧本，心想可千万别走下坡路。比来比去，还是没有一个剧本可以让我满意……"

* * *

作为导演必须培养一种生活习惯，就是要对其他人的生活充满敬意。否则他就失去了电影所赋予他的与那些公众交谈的权利。戏剧也是如此。

导演这种职业的缺点在于公众性，它会使人趋于急功近利。当人走向成熟，他就会更加关注事件的过程，而不是结果。

但这需要时间。

* * *

有趣的是，不了解我却了解我作品的那些人无比坚信，我的作品把我变成一个狂傲自大的势利小人。我不想让这些人失望，也不想回击他们。了解我的人可以确信，我当然为我的作品感到自豪，当我获奖的时候我的确很高兴，但获奖并不是我的工作目标，也不是我所作所为的动机。

大家可以指责我性格上的许多缺陷（比如以自我为中心），指责我的暴脾气。我的确有很多毛病：有时我很难控制住情绪，发火造成的后果可能会比我预想的要更糟糕。我承认我存在无法控制情绪的问题。

即便我有很多缺点值得批评，却并不意味着某些人可以发挥说，我的构思、计划和创作愿望是受政治倾向的左右。

---

[1] 耶日·卡瓦莱罗维奇（1922—2007），波兰著名导演。1987 年获得了柏林电影节终身成就奖。其作品 1966 年的《法老》获得奥斯卡提名。

《西伯利亚理发师》(《Сибирский цирюльник》) 剧照, 阿列克谢·别特连科和朱莉娅·奥蒙德在集市上

我的职业自由首先基于我从来不做取悦于人, 并从中获利的事情。

* * *

我总是能在自己塑造的人物身上体会到亲切感。我十分珍惜这种感觉。

如果你不爱你塑造的人物, 那么你会一事无成。这对我来说尤为如此。的确, 你可以随便拍些什么, 然后剪辑到一起。但你拍的不是电影。导演当然有权利嘲讽, 但这嘲讽应该是善意的。作为导演我从来不会去侮辱谁、嘲笑谁, 我总是愿意带着同情的微笑审视我塑造的人物。我认为, 这种同情的微笑是我们民族固有的世界观。

我从不喜欢暗示, 我要有话就直说。我不会去问人是否理解我的意思。我对此不感兴趣, 也不想多作解释。这就是我的生活, 也是我的电影人生。

我从来不做持不同政见者, 因为我不喜欢生活在否定的氛围中, 这对我百害而无一利。我喜欢得到大家的认可。

我从不会去拍自己讨厌的东西, 只拍自己喜欢的影片。至于我不喜欢什么, 相信观众在看完我的电影后就会明白。

有这样一条定律：只有当你感兴趣于某个想法，并且开始去琢磨、去编写继而去拍摄，只有这样才有可能让别人也感兴趣。

你所讲述的人物首先要具有生命的活力，其次你要对他们存有怜悯之心。

有人说你米哈尔科夫反对新电影，这是无稽之谈。《没有证人》(《Без свидетелей》)、《五个夜晚》(《Пять вечеров》)、《套马杆》(《Урга》) 等都是我拍的艺术电影。我从来没有反对过艺术影片，但我希望导演在向人们展示人性丑陋的一面时，能同情生活在悲惨之中的人物，与他们感同身受、产生共鸣，能真心实意地帮助他们、爱护他们。

一位智者曾言，无爱的真相即是谎言。这是一条绝对的真理。

试 镜

无论是当演员还是做导演，我都不喜欢试镜。

如果你去参加试镜，而你的竞争者是一群性格和表演方式上与你大相径庭的人，这就意味着，导演根本不知道他需要什么样的演员。

有一次我去参加试镜，去了之后发现维琴[1]和布隆杜科夫[2]也在同时竞争这个角色，我马上拒绝了试镜。不是因为我的自尊心在作祟，而是当我得知他们将有可能饰演我试镜的角色时，我认为这完全可行，这角色完全适合他们。然而对我来说这意味着导演根本没有意识到也不知道自己需要什么样的演员。

试镜是导演手段中的下策。演员总会"出人意料地"向观看者竭尽所能地展现自己的演技和功力。随后导演就会把这一观感当作自己原创构思；而此前他根本没有任何构思可谈。

我们应该把试镜的时间用在熟悉人物和排练上，用在与同事交流交谈和演员试妆上。当演员得知他被导演选中，他的自我感觉马上改变。他不再有所防备，因为任何一个脆弱、敏感的人都会对外人心存戒备。我们需要时间来破解这一戒备，让演员对我们敞开心扉。

---

[1] 格奥尔吉·维琴（1917—2001），苏联"人民演员"。

[2] 鲍里斯拉夫·布隆杜科夫（1938—2004），苏联及乌克兰演员。

只有当我需要和某位演员共同设计人物雏形的时候才会有针对性地安排试镜。

挑选演员

如果我还没有确定具体邀请哪些演员来出演我的电影，我不会开机，甚至不会去仔细推敲剧本。**对我来说，剧本只是拍摄电影的一个由头。**

梅丽尔·斯特里普会在她读过的每一页剧本上签名。如果其他演员想把台词"你好"换成"嗨"，助理需要通知制片人，同时还要征得斯特里普本人的同意。这对于导演来说无异于灾难。

我有点夸大其词了。但梅丽尔·斯特里普对待剧本的态度确实极其认真，一丝不苟。我之前说过，剧本是拍摄电影的一个由头。就此而言，我当然不认为演员因为忘了台词，或是从另一个片场赶过来，刚刚拿到剧本就有权利即兴发挥；恰恰相反，那是他已经准备好超水平发挥了。

我挑选演员的标准是什么？

我可以长时间地轻松自如地直视演员的面孔。以前我从未思考过这个问题，因为我想不明白，为什么有的时候不愿意抬眼看人。

我曾经遇到过这样一件事。

在拍摄《一首未完成的机械钢琴曲》时，我邀请了叶莲娜·索洛维[1]来扮演一个角色。但由于她刚刚生完孩子（我记不清是第二个还是第三个孩子了），尽管我们事前已说好，但她仍断然拒绝前往我们设在普希诺的片场拍摄影片。对于一个尚在哺乳期的母亲来说，的确非常不便。我们当时已经为索洛维量身定做了戏服和假发，她的角色也经过了我们的反复推敲，但是叶莲娜还是谢绝了我们的邀约。

这件事对我打击很大，甚至让我气恼。于是我决定不再在她一个人身上浪费时间，转而寻找其他演员取代她。我那时觉得找到了一个很像莲娜的人。

这位可爱、礼貌、有涵养的姑娘参加了一次又一次的排练。我们聊得很开心。我觉得她理解我的要求，也在努力尝试。但是我总有种感觉，什么地方莫名其妙地不舒服。

---

[1] 叶莲娜·索洛维，苏联著名演员，1990 年获"俄罗斯苏维埃联邦社会主义共和国人民演员"称号。

我逐渐觉得，每一次排练甚至是对每次排练的期待都会给我带来某种精神负担，使我心情压抑；最后我发现我甚至已经不愿意抬眼看她了。虽然我也不知道这是为什么。

我可以与她交流、同她工作，可以看她的肩膀、下巴和手臂；但要让我像看其他人一样长久地、心平气和地看她的脸和眼睛——很抱歉，我做不到。

后来我明白了，这对我来说是个很重要的测验方式。如果我看到了某人的脸就不想跟他交流的话，这当然不是说他是坏人，只能说我们不是一路人。

但我当时已经选中了这位女演员，一起前往普希诺拍戏了……

到达外景地，我不知道剧组里发生了什么事情，好像完全变了。我们当时刚刚拍完一部影片，大家的心情都很好，仍处于工作状态。剧组本来如钟表般精确运作，但突然间一切大乱：人们在怒骂、在争吵；有人在哭，有人在挖苦别人。只有她一个人面带微笑在片场走来走去，那迷人的眼神显示出对周边发生的事全然无知。但说到底，这事与她无关。我们拍摄了几个片段，并把它们送去冲洗，很快摄影师助理爱德华·吉姆别尔[1]把洗好的片段送回了普希诺——我们要等城里电影院午夜场放映结束后看看这些样片。

接下来发生的事情简直令人难以置信。我们在电影院看那些片段，可以说，那些片段拍得很好（我们看的是无声版本，但就演技上看，大家的表现都很好，画面效果也很不错）；可是一到女主人公出场，她就会被某种奇怪的光晕笼罩，就是说，她的形象在底片上被曝光了！这是个废品。我们使用的可是柯达胶卷！要是用某些国产胶卷拍出那样差的效果也都好理解，但这种废品竟然发生在柯达胶卷身上是不太可能的！只要她一出场，她就会被光晕笼罩；她不出场，则所有人都没问题。还有一个有趣的细节：随着她走入镜头，那个光晕会逐渐显现；而当她完全进入画面时，就全身都被笼罩了！

简单说，我不能去跟别人说这件奇闻逸事，那会是件蠢事。那时候还是苏联时期，我可能会因为这个灵异事件被送到卡纳特奇科沃的精神病院去。所以我没有向任何人透露这件事，只有那天夜里和我一起在电影院看样片的巴维尔·列别舍夫及亚历山大·阿达巴什扬知道此事的细节。我们当时真的是惊讶万分。

我们放了四天假。我请那位女演员留下来和我们一起排练，她当时似乎是点了头，可实际上她并没有理会我而是不辞而别。可以说，是老天给了我一个与她分手的理由。

---

[1] 爱德华·吉姆别尔·格里高利耶维奇，苏联、俄罗斯摄影师，俄罗斯电影最高奖项金鹰奖获得者。

我给她写了封信。的确，在已经完成了三分之一的戏份时换掉女主角是一件非常棘手的事情，这在电影界可以说有点胡闹。这样做必须要有充分的理由。

我在给她的信中写道，我感到抱歉，但我们无法用这种方式对待契诃夫的作品。我对她没有任何不满，也不持否定态度。我们的合作难以为继只是因为导演与演员性格不合。

我需要与她和平分手。只有这样，电影制片厂和国家电影艺术委员会（Госкино）的领导才不会为难我。

叶莲娜·索洛维在《一首未完成的机械钢琴曲》片场排练

放假第一天，我在写完这封信后，就立即派我的助理斯维塔·昆德尔肩负特殊使命专程前往列宁格勒的索洛维家中，死活都要请她出山。她需要保姆是吧？别说是保姆，她的妈妈、丈夫、婴儿，都可以陪同而来！我们会把所有事情安排好，满足她的一切需要，根据她的哺乳时间安排拍摄时间，她就是我们的"掌上明珠"。因为我们非常需要她！

在助手启程的第二天还是第三天，我、亚历山大·卡里亚金、尤里·鲍加蒂廖夫和尼古拉·帕斯图霍夫在我的房间里排练，房间的墙上贴着满是演员的照片。电话铃响了，我拿起电话。那三位演员一定没听清我和助手在通话结束时说了什么。当时听筒的另一边斯维塔正兴奋地喊道："我们出发吧！"此时演员们正惊讶地盯着一个地方看，我以为他们是在看我。可实际上他们是在看墙上的照片。因为斯维塔话音刚落，**和我终止合作的女演员的照片慢慢地翘了起来，最后竟然斜垂下来**。在我把这张照片撤下来之前它就一直保持这个样子，我把人们领到这面墙前，向他们展示这件怪事。

叶莲娜来了，她在分娩之后微微有些发福。但令人难以置信的是，之前我们为她定做的衣服，她穿上后竟正合适！我要特别感谢我们的服装师，在主角临时变更后并没有为了迎合候补的女演员将衣服进行裁剪（之前的女演员要比索洛维瘦得多），只是缝瘦了些。假发也十分合适。也就是说，之前我们为索洛维做的一切，在这场主角变换风波后，还能全部派上用场，我们就不用再浪费时间重新制衣了。

* * *

我在挑选演员时一定会注重对幽默感的要求。当然，你可以在某些场景选用那些缺乏幽默感演技很好的演员。但这些演员只能去演某些片段，而不是整部戏。

缺乏幽默感在电影行业是很难生存的。否则当你拍完你的处女作你就会飘飘然，到时候就没有人能让你迷途知返了。更加糟糕的是这种甚高的自视还得不到承认。你这辈子都会尖酸刻薄、迁怒于同行，抱怨本来应该由你来演会更出彩的戏却交给了别人。

我在剧本创作的时候不会特地为某个演员量身打造角色，而是会构思一些来源于我的生活、我又十分熟悉的人物。比如说，《烈日灼人 2》（《Утомленных солнцем-2》）中尤拉的原型就是我的健身教练尤里·克罗波夫，他的一切特征都在这个人物身上得到了体现。我甚至认为克罗波夫本人就能够出演这部影片，但很遗憾他没能来。

尤里生于下诺夫哥罗德州的巴甫洛夫区。当他吃惊时，他会说"哎咦！"这是下诺夫哥罗德方言。当我叫他时，他会说"哦咦？"而不是"啊？"

剧本里的尤拉本应是一个魁梧健壮的肌肉男。但当我对剧本进一步整理和对场景细节的梳理后，并出现了德米特里·久热夫[1]所扮演的角色时，我清楚地认识到与久热夫搭戏的人完全是另外一种人。

生物性记忆

生物性记忆是导演提供观众的一种观影工具。

---

[1] 德米特里·久热夫·彼得洛维奇，俄罗斯戏剧、电影演员，电影导演。

例如，怎样让热有形象化的感受，不一定非要让演员把衬衫的扣子解开，或者拿着报纸扇风。只需让观众感同身受就可以了。比方说，公路上蒸发着热气，一辆紧闭车窗的黑色轿车奔驶在这雾气腾腾之中。有人要想打开车门就必须要拿一块手帕垫在手上，以免烫伤。此时观众都明白这辆车的温度有多高。

这便是所谓的生物性记忆。

营造氛围

导演艺术的基础就在于对氛围的精准营造。

这句话既是有感而发，但同时也借鉴了令我十分崇拜的演员及表演理论家米哈伊尔·契诃夫 [1] 的经验。他为表演学建立了诸多颠扑不破的法则。

戏剧或电影的智慧和丰富内涵取决于它的精神，即思想。美或丑、细致或粗糙取决于它的外表，即我们的所见所闻。但它的生命力、活力、魅力和吸引力全都取决于它的灵魂，来自氛围。

无论精神、思想或外表、形式都无法赋予戏剧或电影生命力，只有氛围能做到。

那么，氛围究竟是什么呢？

我们在生活中会多次遇到这样的情形：跟几个朋友（或刚认识的人）聚在一起，比如一共四个人。四个人坐在一起聊天、喝酒、吃东西。大家的心情都很好，在一起谈笑甚欢。这时第五个人来了，他是个很棒、很可爱的人，与各位无害，你们对他也以礼相待。但是，刚才的雅兴仿佛消失了、变得索然无趣。这时一个人说："好吧，我先失陪了。"然后第二个人、第三个人也都走了。为什么会这样呢？因为一个毫不相干的人进入了你们刚才营造的氛围中，他的到来破坏了你们之前在聊天时积累的气场。

因此氛围在场景中也同样具备重要性。

在我看来，氛围是唯一不能被模仿的东西。也正因为如此，电影才称得上是一门伟大的艺术。我认为，营造氛围是艺术家最重要的任务。它关系到能否唤起观众的生物性

---

[1] 米哈伊尔·契诃夫（1891—1955），俄罗斯及美国著名演员、导演、表演教育家。1924 年获"俄罗斯苏维埃联邦社会主义共和国功勋演员"称号。著有《论演技》。

记忆。

比如，契诃夫的著名小说《命名日》(《Именины》)（农村庄园的炎热天气、野餐和即将分娩的女人）通篇都建立在对氛围细节的精准把握上。还有他在自己的中篇小说《妻子》(《Жена》)中写道："索包尔医生躺在沙发上，冬日的黄昏来临，昏暗的房间里依稀能见的只有自己那对臃肿的脚后跟。"

这种视觉的直观呈现立刻唤醒了读者的生物性记忆。契诃夫写的"臃肿的脚后跟"，用任何语言翻译它，它都是一句"臃肿的脚后跟"。但是在具有知晓什么是俄罗斯的冬天，什么是黄昏时房间的昏暗和窗外严寒的生物性记忆的俄罗斯人看来，"臃肿的脚后跟"指的就是索包尔医生裹着厚厚的毛袜子的脚。正是这一生物性记忆让我们视觉化地看见和明白了这不只是臃肿的脚后跟，而是穿着厚厚的毛袜子的双脚。

一说到"严寒"，我们马上就会联想到嘴里呵着气、光滑的街道和道路上的积雪。但这不是具体形象，而是生物性记忆。而当我们说到"蒙上白霜的铁锁"和"孩子粉红湿润的嘴唇"时，这就是具体形象了！我们小时候都开过这类残酷的玩笑：骗孩子去"亲"挂在外面的铁锁。孩子听话地去"亲"了它，结果一小块皮被粘掉了。在这种情况下，生物性记忆就变成了具体形象的一部分。

有人认为，影片带给观众的直观印象是最有感染力的。也有人明白，映象强烈于光线。比如让－吕克·戈达尔[1]的《精疲力竭》中有一段激情床戏，它后来几乎被贝纳多·贝托鲁奇[2]移植到了《末代皇帝》中。这段戏促使我们的大脑开启生物性记忆，真实地感受到这张丝绸床单上的场景。接下来才开始营造氛围，夕阳西下等。

有一次我开车送阿尔乔姆[3]去费拉托夫儿童医院看病。我把车停在医院门口，坐在车里等他。我面前是一条马路，行人川流不息，不时也有几辆车从医院门前驶过。我看见一位推着婴儿车的女士走向医院的拐角处，急救车当时正往那个方向倒车。突然，我听到了一声闷响和刺耳的刹车声，那位女士捂着孩子的眼睛从拐角跑了出来。我不知道那里发生了什么事。但无论发生的是什么，它给我造成的冲击都比我亲眼见到急救车撞上了婴儿车或更恐怖的事情要强烈得多。

---

[1] 让－吕克·戈达尔，法国著名电影导演，法国新浪潮电影的奠基者之一，曾获威尼斯国际电影节金狮奖、柏林国际电影节金熊奖、奥斯卡终身成就奖等奖项，代表作有《精疲力竭》。

[2] 贝纳多·贝托鲁奇，意大利著名电影导演。他执导的《末代皇帝》于 1988 年获奥斯卡九项大奖。

[3] 即米哈尔科夫的第二个儿子阿尔乔姆·米哈尔科夫，俄罗斯演员及导演。

影片《十二怒汉》(《12》) 的拍摄现场。在导演监视器前。摄于 2005 年

也就是说，你在幕后感知的一切东西，都可以被你变成艺术形象。这一切都取决于导演的智慧和想象力，因为这也正是导演艺术最鲜为感知的部分，它决定着一部影片的价值水平。

还记得天才导演弗朗索瓦·特吕弗[1]的经典之处吗？在他的电影中，泪痕满面的女主角跳上了车，砰的一声关上了车门。因为眼中满是泪水，她已经看不清路况了，所以她边哭着启动车子，边打开了雨刷器。女主角当时的情绪特别激动（思想、情感和反应交织在一起，生物性记忆还是那么强烈），所以她机械地打开了雨刷器，而雨刷器只得在空空如也的挡风玻璃上划来划去。

这种经典的获得，只有是当导演的思维非直线性，非情节性，非感知形象而是诉诸这一形象的直接反应时才能实现。这种反应包括了导演的生物性记忆乃至最终观众的生物性记忆。

在我看来，这就是展现导演大师级水准的最佳范例之一。

---

[1]　弗朗索瓦·特吕弗（1932—1984），法国男演员、编剧、导演及制片人。1973 年执导的《日以继夜》获得奥斯卡最佳外语片奖。

* * *

首先，我们要弄清楚，一名演员是否真有才华并掌握表演这项技能。如果答案是否定的，那么就不要在他身上浪费时间了。但如果只需助他一臂之力便可造就成才，那就要给他营造一个氛围，调动整个剧组去关注他。迫使他放声大喊，以此释放他的恐惧和自卑。同时也要给他安排各种排练。排练会让演员充满信心，增强对工作的渴望。

请记住，让演员全身心地投入工作是非常重要的。日常琐事和与亲朋好友的交流会让我们的摄制工作事倍功半。所以我更倾向于让整个剧组在影片拍摄期间到城外驻扎。而且就算是在莫斯科市内拍摄，我也会为整个剧组预订宾馆，不允许回家。这样一来，我们收到的效果则会事半功倍！

这样做不是因为导演任性。因为不这样做，演员们会在完成一天的拍摄工作后换下衣服卸下妆，进入一个与片场毫不相干的氛围中：孩子、妻子（或丈夫）、各种琐事、付账单、与各式人等打交道等。我并不反对这些事情。但问题在于，第二天，当他们回来的时候就会把某些情绪带回来，他们就会脱离之前的心理状态，我们又得花时间帮他们找回状态，回到起点、重新出发。经常会有这种事情发生：重返片场的演员失去了热情，或者他突然有了别的想法（这些想法可能是好的，但跟前一天的工作没太大关系），他所扮演的人物轨迹就会有所偏离（比如精神物理学方面、紧张的强度、速度节奏和时间进度等）。总之，人不能两次踏进同一条河流，演员的状态也是如此。所以我们一定要鼓足干劲，一气呵成。

这就是我尽量不给演员"放飞"的原因。这种方式也会得到制片人的全力支持，因为它能大大缩短拍摄时间。我之前已经说过，如果给你五天时间拍场戏，但头几天你并没有拍，而是用来在排练（即便制片人来回抱怨，提醒你时间），因为你自己很清楚，正是这三天的排练，让你有可能在接下来的 4 个小时内完成整场戏的拍摄。这样的话，你就会从五天里节约出一天半的时间来干其他的活。

* * *

从导演意志的角度看，把精力分配于某个内部场景和整部影片的持续过程的这个本事具有十分重要的意义。而且要记住，在这种情况下，镜头内外的氛围必须要保持一致，因为这一氛围是影片拍摄的延续。

即便演员早上因为没有派车接他或宾馆房间温度过低而跟制片主任大吵一架，导演也不可以在片场对他放任自流。

就算是演员要欺骗观众，他也不可能欺骗得了作为导演的你。而你首先也绝对不能欺骗你自己的观众。因为所有这些电影生产中看似"不起眼的事"，都会是电影镜头环环相扣的生产链中重要的环节。

长镜头

长镜头对于情绪的注入尤为重要。

我之前已经提到过全景的重要意义。那么它在时间的延续过程中会给我们带来什么呢？

首先，一个镜头持续时间越长，观众越会认为这个镜头包含了某种意义。随后更换的下一个镜头也就会越重要。观众可以用它来验证之前自己的观影感受是否正确，如果不是，就推翻它，转而形成新的情绪。

戏剧舞台本身就是一个大长景。在舞台上，你可以让观众看到只有你让他看到的东西。你也可以将特写镜头运用到戏剧舞台上来。这倒不是说一定要使用一道追光打在某位演员身上或是将他指引到舞台口。而是说当你需要某人处在观众注意的中心时，你会将所有的兴趣点集中于一处。当然，舞台剧中你也不可能把观众的注意力影响到如此程度，让他们每时每刻都盯着你认为重要的地方。观众可以随时——尤其是对正进行的剧情不感兴趣的时候——去环顾他感兴趣的地方：舞台的角落、被撕坏的幕布、谁的脚从侧幕里露出来了等。

银幕上的大长景就如同戏剧舞台，导演的水平就体现在这种不经剪辑的镜头上。

蒙太奇剪辑永远是一种暴力。天才导演爱森斯坦[1]用自己的"剪辑杂耍"一方面把

---

[1] 爱森斯坦（1898—1948），苏联电影导演、电影艺术理论家、俄罗斯联邦共和国功勋艺术家，主要作品有《战舰波将金号》，被称作"蒙太奇之父"。

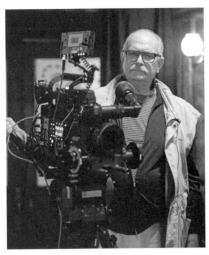

在摄像机旁陷入沉思

尼基塔·米哈尔科夫作品《中暑》(《Солнечный удар》) 剧照，摄于 2014 年

电影艺术变成了一件令人难以置信的武器；另一方面，他赋予了制片人对影片的无上权力。因为通过剪辑，任何一部影片都可以被变成与导演意愿相悖的东西。

没有经过剪辑的长镜头在情绪的注入方面甚至可能更有效果。但条件是这些长镜头中没有任何你不想让观众看到的东西。

你依靠镜头内部蒙太奇的方法使得观众专注于你给出的镜头。但是，摄影机自身的运动，它的独立性也在一定程度上承担对观众的责任。为什么这么说呢？因为这个时候我仿佛在说："不，朋友，你应该先看这儿，然后看那儿。"我会在必须强调的时候做出一些有意义的引导。

而且，镜头越长就越有感染力。一个场景的行为时间越长（10 秒，15 秒！1 分钟！2 分钟！！！）导演的责任感也就越大。如果你在长镜头后的下一个镜头向观众展示的是一只拿着酒杯的手，那将是意义非凡。随之而来的任何被放大了的心理活动、任何被强调了的氛围细节就绝非偶然了。

你也可以采取另外一种方式去引导观众，那就是误导。你似乎在说："哦！他现在去的方向是不对的，而相反的方向才对。"观众以为自己错了，会马上（这时已经是不由自主地）开始寻找正确的唯一出路。这将会自动加剧观众对戏剧行为的注意力，增加精神紧张度，最后加强了画面的效果。

也就是说，你就像小偷一样，拍一下观众的左肩，却从他们右侧的口袋里偷走钱包。

今天对于电视领域的导演特别重要的是：不要把摄影机"光线"的方向搞乱，要迅速准确地确定谁往何处看，以便"八方合一"。我经常会看到一些一块儿说话的脑袋。某人在科斯特罗马拍的戏，另一个是在克拉斯诺达尔拍的，而在影片中，看上去他们在一个场地表演甚至交谈。也就是说，在先进的技术手段下，演员在同一部戏里有互动，但可以不用交流。那么场景中的关系（有时甚至是整篇电影）便不存在：这些关系永远都不会产生，因为影片的氛围就是情绪的置换，就是情绪的相互冲突。

通常来讲，电视剧导演害怕长镜头就像怕火一样：以目前的制作水平，这会让他们的弄虚作假暴露无遗。

关于电影音乐

电影音乐师应该具有的首要品质就是毫不留情。不是对别人无情，而是对他自己。电影音乐的作者（也不仅仅是音乐）为了无限接近最后的理想效果，在一次次地修改、加工和剖析自己的作品后，应该做到出手"稳准狠"。因为电影音乐是一种独特的形式，它的创作往往是处于电影生产比较艰苦的时期。因此，它应该竭力保持乐观的力量。因为一旦对摆脱困境不抱希望，那就未必会重头再来了。

我的电影在开拍之前就已经开始孕育音乐了。我一般会有一个好的构思，通常都对它胸有成竹。我经常会亲自向爱德华·阿尔杰米耶夫[1]描述各种主题音乐，而且我会告诉他，音乐的主题并不重要，重要的是让音乐的旋律和画面融合在一起的那种我想要的效果。而他总是能百分之百地满足我的要求。

很少有作曲家会为了电影音乐甘愿放弃个人事业。爱德华·阿尔杰米耶夫（朋友们称呼他廖沙）就属于这类人。这是一种非常稀有的品质。当然他十分清楚，哪些音乐适用于电影声道，哪些适用于音乐会、个人作品展示会，哪些适用于完整再现个人灵感的专辑。但**爱德华·阿尔杰米耶夫最伟大的一点在于，对他而言，所听到的一切皆是音乐**。这一点非常重要，一旦你仔细研究声音的话就会发现，我常说的电影氛围都是由风吹过电线的嗡嗡声、叶子的沙沙声或壁炉内木板的嘎吱声构成的。的确，音乐就是我们

---

[1] 爱德华·阿尔杰米耶夫，苏联及俄罗斯著名电影音乐家，1999 年获"俄罗斯人民演员"称号。

听到的一切声音：呼吸、鸟鸣、窗帘拂动、桌上白纸的沙沙声或笔尖的唰唰声。这一切都可以替换又臭又长的电影插曲。顺便说一句，**我特别不喜欢插曲。音乐是场景的对位旋律，不应作为插曲存在。**

和音乐师爱德华·阿尔杰米耶夫在一起

许多美国电影为了让观众的情绪尽快达到高潮，会让配乐贯穿影片始终：欢快的场景配欢快的音乐，忧郁的场景配忧郁的音乐，恐怖的场景配恐怖的音乐，等等。我认为，只有在声道有空缺的情况下，才可以使用配乐，以此来让场景更加完整。

当然，每部优秀影片（希望我的许多作品也是如此）都有一些按设想、旨在营造影片神秘感或者升华高度以及彰显影片主题而寻求配乐的场景。这时就需要爱德华·阿尔杰米耶夫本人前来负责几个片段或者整部影片的配乐工作了。

剪　辑

我所有的电影都是自己剪辑的。如果换作别人来操刀那就另当别论了。

苏联时期电影剪辑师的职业常常受到很大的局限，工作性质类似于"粘贴工"。导演坐在剪辑师旁给他提各种建议，后者只需照章执行。和电影录音师一样，剪辑师在苏联电影中通常只发挥辅助性的作用。录音师无论是在片场还是外景都只记录那些之后仍需要配音的场景，因为当时尚无现场精确录制演员的台词和背景音的设备；而剪辑师的工作本质上也只不过是把一个镜头和另一个镜头接合到一起而已。

现在我怀着敬意回想所有我合作过的苏联剪辑师，只能得出一个简单的事实：我从来没有让某个剪辑师独立剪辑过我的影片。

当剪辑可以通过电子手段来完成时，于是就涌现出无穷无尽的剪辑方案。这个做好了，保存下来，那个做好了，也保存下来。一开始我很不适应，所以像小鬼怕阎王一样逃避这种方式，还给自己想了各种毫无逻辑的理由来劝说自己：不行，那个是赛璐珞，这是胶片，它有味道，这是凝胶……

从电影《黑眼睛》开始，我就有了特别棒的剪辑师恩佐·莫尼科涅。和这位奇人交流时，我才突然明白世界上存在着剪辑师这么一种特殊行业，但很遗憾他已经去世了。他让我们意识到剪辑师并不是什么黏合工，而是具有惊人的细腻情感、能够准确感受电影韵律的人。当然我指的不是音符，而是电影的流动性和可塑性。

我和恩佐有一件非常特别的经历。我们当时在剪辑《烈日灼人》(第一部，之后很快获奥斯卡奖)，而恩佐住在莫斯科制片厂附近。我们每天一起在剪辑室工作，而一般来说莫斯科制片厂周六、周日是不开放的。说到这里我必须说明的是，对于恩佐来说，他在专心剪辑的时候，这世界上的一切都仿佛不复存在了。我当时还想他会利用周末时间去红场或者某个博物馆逛逛……他平时的路线就是宾馆—剪辑室，宾馆—剪辑室。所以两天的周末显然成了他的累赘，我们就和莫斯科制片厂的管理处商量好，允许他周末也可以进厂，只有他一个人，没有助手和翻译。这样他就进了制片厂在那里粘粘剪剪起来……

后来我周一到工作室时，他告诉我说：

"尼基塔，我把那场戏给剪短了。"

他指的是我和奥列格·门什科夫那场戏。当时我对奥列格说："我知道你为什么来这里……"而他回答我道："过几天我就会让你知道，到时候你会卑微地趴在地上在文件上签字的……"这场戏非常长，而且很口语化。他怎么可能在完全不懂俄语的情况下对这个片段动剪刀呢?! 他对俄语的了解只限于"姑娘""上午好""请给我杯咖啡"，仅此而已!

我问：

"怎么做到的?!"

而他竟然难为情地说：

"就那样呗……"

"谁给你翻译的?"

"没人。"

"那你怎么剪的? 剪给我看看!"

我们走进大厅，他给我看了一下剪辑好的那场戏，我说：

"非常好，不过剪掉的部分在哪儿? 你真的把它剪掉了吗?"

他答道：

"没错，剪掉了 4 分钟。"

尼基塔·米哈尔科夫饰演师长科托夫的一场戏,由恩佐在没有翻译的情况下完成了。(《烈日灼人》的剪辑,摄于 1994 年)

我在想是不是我听错了:

"什么?"

他又重复了一遍:

"4 分钟。"

然后我问:

"那你让我看看之前是什么样的……"

确实剪了!他是根据音乐,根据我和奥列格的心理活动而不是台词的内容来进行剪辑的。我当时完全震惊了。从那一刻起我明白了,这就是剪辑师职业的专业性所在。而且这是一种非常有创造性的职业。

剪辑师是导演最亲密的战友。

恩佐去世后的一段时间对我而言确实很难熬,说实话,我不相信我可以找到足以替代他的人。从职业角度上说,懂技术、精通剪辑软件的行家里手以及敲打着键盘成果辈出的剪辑师比比皆是。然而从艺术造诣、品位和气质的结合以及从如何评价一部影片的角度来说,恩佐是不可多得的人才。

在我的职业生涯中,能遇到最有才华的塞尔维亚人米乔·扎伊茨是我最大的福分。是与他经常合作的埃米尔·库斯图里茨向我推荐的他。库斯图里茨不是我最中意的那种可以和我兴趣相投、同心协力紧密合作的最佳人选,于是我结识了米乔……很快我们就成为工作上的好搭档。

* * *

　　当然，剪辑是一个伟大的过程，也是电影制作过程中最幸福的过程之一。虽然每一个电影制作阶段都散发出独特的魅力，然而剪辑却是最亲密的朋友。要知道之前所有阶段积累下来的素材和所有投入电影拍摄中的努力——无论是剧本、拍摄、演员、摄影师、美工、作曲家等——最终都会融合到一起，所有这一切会突然发现自己的能力正在悄然发生着改变。而这种改变可以神奇地拯救一部影片也可以轻易毁掉一部作品。

　　当你进入剪辑机房便会沉浸在剪辑的世界中，这个世界由你和你最亲密的朋友——剪辑师一起携手创造。这种感觉温柔而隐秘，就像品尝苦涩的红酒……就像坠入爱河中的恋人。我和米乔　起合作了《烈日灼人2》（《Утомленные солнцем-2》）和之后的作品《中暑》（《Солнечный удар》）。

　　真正的剪辑师是你可以对他说"你知道吗，我想让这场戏更温暖一些"的人。而在此之前和我合作过的所有剪辑师都会觉得我这句话是疯话。"什么叫作再温暖一些？咱们一起坐到剪辑台上，你说往哪儿下剪我就往哪儿给你下剪，剪完再接上。至于有没有变得更温暖你得自己判断。"

　　我与之合作过的高水平的剪辑师（我基本只跟他们合作）可以对影片的剪辑效果做出中肯的评价。与此同时，根据他们观看某个场景时的反应，我可以准确地判断他们对这一处理方式是否喜欢，我感受并倾听他们的想法，肯定他们的意见并适时做出一些修改，但我始终掌握影片最终的剪辑权。

　　独自地沉浸于电影素材中有时会让你无法清醒客观地审视自己的剪辑成果。其实有些时候你只需面对你的作品，以一个旁观者的角度从侧面观察，并刻意淡忘剪辑方案来审视自己是否犯了错。

　　当你和恩佐或米乔这类的剪辑师说"我想让这场戏更温暖一些"，你会准确地知道他们很清楚你需要他们做什么。你只需问下次你什么时候再来。剪辑师告诉你，"明天来吧"或者"3小时后"或者"后天"。就是说你可以放心把素材交给他了。同时你很清楚，你们在齐头并进，就算你不在旁边。

　　而有多少次当我们和米乔坐在机房里，他就像魔术师变戏法一样，突然打开了一个新的场景说："听着，我有办法了。"然后给我看第二个方案。通常他会把他比较喜欢的方案中的第二个给我看。多少次我都对他心服口服，对于导演来说这一刻是那么的幸福，这种幸福就好像是在拍摄现场演员成功地即兴发挥。甚至在工作间隙，我会前往剪辑机房——那是我在乡下搭建的一间很普通的木房子，在那里我们一连几个月都在整理图像。看着剪辑台、监视器、电脑、光盘搁架，还有墙上标有场景名称和时长的图板，心里总是有那么几分孤单和惆怅。一边目睹这些电影画面还可以运动、被压缩、拉长、剪短、移动和混合，一边思考着新的剪辑方案和方法，这是多么奇妙的时刻。

结　论

我有这样一种感觉，我在拍摄一部电影正片时，从不会受到演员穿什么服装和讲什么台词的左右……

所以，当在彼此谈话中、创作关系中出现想要立刻拍摄一部电影的冲动时，我会迅速将这些想法从脑子中赶走。我从来不会在拍戏前反复盘算、思前顾后。我从来没有绞尽脑汁寻找剧本和主题的痛苦经历。

我算个另类。**我知道，我通常只耗费我百分之十二的精力。**在我同时拍摄两部影片：《奥勃洛莫夫》和《五个夜晚》的时候是我最幸福的时刻。我有一个 90 人的团队，每天我只睡 3 小时。却感到无比的幸福，因为我把精力花费在了自己感兴趣的事情上，并为之热血沸腾。

我在拍摄电影《烈日灼人 2》的间隙拍摄电影《十二怒汉》的时候同样有这种感觉。

我从来不会担心结果会是什么。工作完成后我就会迅速把它忘掉。当我重温多年前自己的作品时经常会感到吃惊：难道这是我拍的？

有一种普遍的观念认为，每一部电影都应该当作最后一部来拍摄。而我却认为每一部都应该视为第一部。实际上，第一次惊讶、第一次恋爱、第一次背叛、第一场悲剧所带给人们的冲击比之后的任何一次都来得更为震撼。

当然你可以按部就班地拍摄每一部电影。然而每次都把自己的电影当作处女作来拍会感到格外开心。从零开始，竭尽全力，忘我地努力攀登，在欣赏过美景之后又再一次踏上征途。

第7章

一

关于自己的角色

一

有人问我，如果可以从饰演过的角色中挑选的话，你想选择谁的人生。也许我的答案应该是一个混合体。我想他应该是《我漫步在莫斯科》(《Я шагаю по Москве》) 里的柯里卡和《西伯利亚叙事曲》(《Сибириада》) 里的尼古拉·乌斯秋让宁的结合体。他在某种程度上还应该混合了《残酷的罗曼史》(《Жестокий романс》) 里的帕拉托夫。甚至《烈日灼人》(《Утомленные солнцем》) 里的科托夫。

我也不知道！所有角色都与我密不可分。甚至在饰演《死人的骗局》(《Жмурки》) 中的一个荒诞的角色时，我也能从该银幕形象的身上或多或少地找到自己的特质。难道这是之前积淀起来的观察结果？或者这就是一直隐藏在我内心中的那个多重性格的自己？

杰出的演员阿列克谢·迪基[1] 说过，演员应该愿意扮演一切角色，包括那些酒色之徒。这句话表现出他难以抑制的创作欲望。另外，我也清晰地记得当年那些饰演领袖的演员们也有自己无奈的命运。当年在他们的莫斯科电影制片厂的演员工作证上用蓝色铅笔写着：绝不饰演反角。因此这些演员的命运已经跟列宁或者他的战友们密不可分了。

还有一些演员易犯心理疾病，他们担心如果没有饰演观众期待他们饰演的角色，就会失去观众的喜爱。他们都是一群不幸的人。因为他们成了这种思维模式的奴隶，便自然会失去内在的艺术动力。

正相反，最幸福的人是那些勇敢地追求最大限度的角色跨度、能够挑战各种人物的

---

[1] 阿列克谢·迪基（1889—1955），苏联演员、导演。

全能型演员。比如瓦赫坦戈夫剧院的伟大演员尼古拉·普洛特尼科夫[1]，还有莫斯科高尔基模范艺术剧院的鲍里斯·利万诺夫[2]。而尼古拉·切尔卡索夫[3]的电影角色跨度非常大——从粗心大意、心地善良的雅克·巴加内尔[4]，大公亚历山大·涅夫斯基，到残暴的伊凡雷帝和彼得大帝可怜弱小的儿子阿列克谢，再到《金银岛》中的海盗和堂吉诃德。

同很多富有潜力并善于在镜头前进行丰富创作的演员一起工作是一件十分幸福的事情。就拿尤里·鲍加蒂廖夫[5]在我导演的电影中所饰演的角色为例：《敌中有我，我中有敌》中冷酷但慷慨大方的布尔什维克叶格尔·希洛夫，《一首未完成的机械钢琴曲》中幼稚、热情洋溢的贵族，《奥勃洛莫夫》中有进取心的实用主义者施托尔茨，《亲戚》中傲慢且墨守成规的斯塔西科，还有《战争结束时平静的一天》中轻浮的德国冲锋枪手。在这些角色背后，谁还会质疑鲍加蒂廖夫不能被称为一位伟大的演员。

当代女演员中玛丽娜·涅约洛娃[6]和茵娜·丘里科娃[7]从不畏惧挑战那些截然不同的角色，勇于出演那些与自己先前塑造的颇受欢迎的成功形象大相径庭的角色。在我看来，这是演员最大的优势。

如果演员对职业高度有强烈的憧憬，那么他就应该拒绝那些已经被充分反复饰演过的角色而选择接受未知的挑战。然而另一方面，这种未知对于演员而言可能无章可循，并且导致出现系统性的错误。好比由萨韦利·克拉玛罗夫[8]来扮演哈姆雷特。这样就有可能出现演员特质与角色不相符的情况，而且这种不相符即使演员尝试新事物的欲望再强烈也无济于事。

[1] 尼古拉·普洛特尼科夫（1897—1979）：苏联演员，戏剧及电影导演，戏剧教育家，一级斯大林勋章获得者，苏联人民艺术家，代表作有《海鸥》《智者千虑，必有一失》《攻克柏林》等。
[2] 鲍里斯·利万诺夫（1904—1972），苏联演员、导演，人民艺术家，五次斯大林勋章获得者，主要作品《生命的乐章》《海之歌》《斯大林格勒战役》《攻克柏林》等。
[3] 尼古拉·切尔卡索夫（1903—1966），苏联演员，列宁奖和五次斯大林奖金获得者。（列宁奖，苏联授予在科学、技术、文学、艺术、建筑等方面取得杰出成就的苏联公民的最高奖。斯大林奖金是根据1939年12月苏联人民委员会决议设立的一项奖金，旨在鼓励科学技术发明和文学艺术创作。）
[4] 雅克·巴加内尔，法国作家儒勒·凡尔纳的三部曲之一《格兰特船长的儿女》中的主要角色。
[5] 尤里·鲍加蒂廖夫（1947—1989），演员，主要作品《黑眼睛》《两行小字体》《亲戚》。
[6] 玛丽娜·涅约洛娃（1947— ），俄罗斯演员，代表作品为《秋天的马拉松》《亲爱的叶卡捷琳娜》《钦差大臣》等。
[7] 茵娜·丘里科娃（1943— ），演员、编剧，主要作品《烈日灼人3：碉堡要塞》《狂欢之夜2》。
[8] 萨韦利·克拉玛罗夫（1934—1995），苏联演员，后移民美国成为美国演员。

但是就算在出错的情况下，内心消除刻板印象也是非常重要的事情。我不举具体的名字，但是我知道一些非常棒的演员，他们成就颇高且家喻户晓。但是当他们被建议改变形象，变得老态龙钟，毫无迷人的外形和魅力，体弱多病甚至丧失某种感官导致身体残疾等，他们会毫无理由地避开这种角色，因为他们害怕毁坏已经成功塑造的偶像形象。

作为演员，我一样喜欢与好的伙伴、好的导演合作，但很遗憾的是，这一点越来越难实现了。但是我爱表演艺术。所以**我理解演员，喜爱演员，演员也能深刻体会到我对他们的这份感情。我希望他们能够因此和我相处得更加轻松。**

电影《博尔斯克上空的乌云》（《Тучи над Борском》）中的尼基塔·米哈尔科夫剧照，摄于 1959 年

儿童角色

我第一次接触电影是在年轻的亚历山大·米塔和阿里克谢·萨尔特科夫导演的影片《**我的朋友柯里卡**》（《**Друг мой Колька**》）中做一个群众演员。他们让我去参加柯里卡这个角色的试镜，结果没有通过。于是他们把我带到片场的一堆群众演员中，然后我就坐在教室的课桌后按副导演的要求做动作。他一会儿让我大吵大闹，一会儿让我笑，或者喊一些台词，具体细节我已经记不清了。然而莫斯科电影制片厂摄影棚里的味道和为了加大镜头景深范围而弥漫在镜头前满满的烟雾却让我终生难忘。

第二次是拍《**博尔斯克上空的乌云**》（《**Тучи над Борском**》），导演是瓦西里·奥尔丁斯基。这部戏里我居然有了台词。这是一部有着鲜明的反宗教、宣传无神论特色的电影，电影的内容我当时并不是很理解。角色也是中

参加谢尔盖·邦达尔丘克导演的电影《战争与和平》（《Война и мир》）中别佳·罗斯托夫角色的试镜，摄于 1960 年

规中矩，就是一个上学的小男孩。

我真正意义上出演的第一个重要角色是在导演根里赫·奥冈涅相根据雷巴科夫小说改编的电影《**克罗什奇遇记**》(《**Приключения Кроша**》) 中饰演瓦季姆。戏中主角的扮演者是导演的继子，我的朋友柯里亚·托马舍夫斯基，是他带我进的组。我甚至都不记得有没有试镜就被确定了饰演瓦季姆这个角色。根里赫·奥冈涅相后来因导演由我父亲创作的剧本，演员米罗诺夫和法捷耶娃饰演主角的电影《三加二》(《Три плюс два》) 而一炮走红。

正是这部戏让我第一次深深地喜欢上即兴表演这件事。

电影中有这样一幕：根里赫·奥冈涅相叫我坐在一个桌子后面，然后让别人从镜头下面递给我一些意想不到的物品，我要根据角色性格特点表演出对这些东西的反应。最后电影中用了其中两个片段，在这两个片段中我表现得非常不知所措，因为递给我的东西实在是太意外了。总之，就像玩游戏一样，我很快就喜欢上了这种感觉，然后很平静、自然地去表演，浑然天成，所以奥冈涅相非常喜欢并在电影中保留了这个镜头。

然后就是参加导演谢尔盖·费德罗维奇·邦达尔丘克的电影《**战争与和平**》(《**Война и мир**》) 中别佳·罗斯托夫角色的试镜。没经过几次正式的试镜，就决定由我出演。但是这部史诗大戏拍得太久，我又长得太快。所以最后影片中就剩下几个我在卡希拉[1]骑马打猎的镜头。这个角色后来由另一个小男孩饰演。所以事实上，我成为拍摄骑马场景时的替身演员。

《我漫步在莫斯科》(《Я шагаю по Москве》)

（格奥尔基·达涅利亚[2]导演，1963 年）

第一次饰演主角是在达涅利亚的影片《我漫步在莫斯科》中。编剧肯纳季·什巴里科夫邀请我去试镜，他是我哥哥的朋友，经常来我们家做客。

---

[1] 卡希拉是城市名，位于俄罗斯莫斯科州南部。

[2] 格奥尔基·达涅利亚（1930—　 ），苏联导演、编剧及演员，其作品《我漫步在莫斯科》获第 17 届戛纳电影节主竞赛单元金棕榈奖（提名），《哈克贝利·芬的冒险》获第 27 届戛纳电影节主竞赛单元金棕榈奖（提名）。

能得到这个角色对我来说非常幸运。与格奥尔基·达涅利亚相识是我最大的幸事，他是个积极乐观、才华横溢、非同一般的人，和他在一起很轻松，他对我们就像对待那些成年演员一样，与此同时又是我们的依靠和良师益友。

直到现在我都认为达涅利亚从各方面来说都能为我师表。在他的影片中饰演主角给我带来了巨大的成功。从这一刻起我的命运就已经注定，我也认定了我的职业。以前我曾经想过做一名演员，现在这个想法最终确定下来了，拍摄结束后，我就给史楚金戏剧学校递交了入学申请。

《我漫步在莫斯科》这部影片从花费精力的角度来说也许是我饰演过的最轻松的一部影片了。**达涅利亚特别会安排工作，在片场营造一种轻松的氛围，大家在几乎都没感觉到疲惫的情况下就把活儿都干了！就像是在庆祝一个永远也过不完的节日一样！玩儿着就把一部电影拍完了**……大家来到片场，一些人在排练，一些人在讲话……"要不，我们试试"……忽然已经开拍了?！就这样第一天、第二天……那种艺术创作中的痛苦和繁重工作我一点都没感觉到。我觉得其他人也同样如此。一起度过的时光实在是太美好了！

达涅利亚在古姆[1]拍摄时的一个做法很有趣。我记得当时刚开始布置灯光时，看热闹的群众就开始在我们周围聚集。于是，达涅利亚叫人拿来备用摄影机，然后在商店远远的一个角落开始拍摄。这种灵活的处理方式很奏效：我们需要的场地瞬间就被腾空了，而真正的拍摄机位则隐藏在二楼，避开了所有人的注意，这样一来我们可以在镜头前自如地表演。人们并没有发现拍摄还在进行，没有察觉其实他们也出现在镜头中。他们就像平常一样：逛逛商场的柜台，聊着天，看看商品，等等。这让我们在镜头前也变得轻松自在，收放自如。

电影一上映就大获成功，并且由肯纳季·什巴里科夫诗歌改编的歌曲也为电影增色不少，电影播出后这首歌也风靡全国。我认为，整部电影就像这首歌一样：那么优雅、轻快，就像一首华尔兹舞曲。

有很多有趣的细节我至今都还记得。有天晚上我因为害怕，从妈妈的小柜中掏出一瓶"康查洛夫卡"[2]，而导演达涅利亚、什巴里科夫和摄影师瓦季姆·约瑟夫就在我房间

---

[1] 古姆（ГУМ）是莫斯科最大的百货商场，国营百货商店。

[2] 烈酒伏特加的一个牌子。

阿列克谢·洛克杰夫、加林娜·波利斯基赫和尼基塔·米哈尔科夫在格奥尔基·达涅利亚的电影《我漫步在莫斯科》中的剧照，摄于 1963 年

《我漫步在莫斯科》最后的镜头，摄于 1963 年

的角落里。后来他们仨为我的"英勇"事迹痛快地干了一杯！

我还救过瓦季姆·伊凡诺维奇·约瑟夫一次。在拍摄一场戏时，他坐在两米高的台子上，贴着取景器。调完胶片颗粒度，他好像想离摄像机远一点，就把摄像机和椅子一起移开了。如果再后退 20 厘米，后果将不堪设想。还好没有退到台子的边缘，他自己也没注意到。然后他想拿三脚架，这样就可以把镜头再挪远一点（当然还有他坐着的椅子），当时我大叫着跳过去抓住他的腿，否则他真的就背朝地面从两米高的台子上掉到摄影棚的水泥地上了。瓦季姆·伊凡诺维奇被我的举动完全吓住了，为了这"生死之交"我俩痛快地畅饮了一回。

那时我开始意识到，我不只是想做演员，而是想拍电影。有一次我自己幻想，我的主人公由斯捷布洛夫扮演，脸上带着狐狸面具。产生这种想法很意外，但同时也让后来的事情有了新的转机。

听闻我的想法，达涅利亚立刻同意了，说道："你可以试试。"随后他看了我的作品并评价说："嘿，老弟，我推荐你去莫斯科国立电影学院学习，去导演系。"他真的推荐了，虽然不是立刻就推荐的。于是我先是给史楚金戏剧学校递交了申请，晚些时候才去的电影学院——达涅利亚真的为我写了一封推荐信，诚挚感人的一封信，直到现在都还保存在莫斯科电影学院里。

《呼唤》(《Перекличка》)

(达尼尔·赫拉布罗维茨基导演，1965 年)

在《我漫步在莫斯科》之后我拍摄了达尼尔·赫拉布罗维茨基导演的《呼唤》(《Перекличка》)。和我搭档的是马琳娜·维尔金斯卡娅[1]和奥列格·斯特里日诺夫[2]。影片讲述了卫国战争与战后发射第一艘宇宙飞船的和平时期两代苏维埃年轻人产生内心共鸣和使命感的故事。

达尼尔·赫拉布罗维茨基是一个非常好的编剧。由他编剧、格里高利·丘赫莱依导演的《晴朗的天空》(《Чистое небо》) 以及由他编剧、米哈依尔·罗姆导演的最出色的影片之一《一年中的九天》(《Девяти дней одного года》) 都是他的代表作。在《呼唤》中赫拉布罗维茨基担任导演及编剧。其实我认为，许多剧作家经常犯的错误就是他们坚信只要脑洞大开、灵感涌现对剧本的创作会有极大的帮助，相信只要自己的剧本好就能拍出好电影，以为拍电影就是把剧本中的场景原封不动地搬到银幕上而已。这是很多由编剧转行做导演的人容易犯的错误，而往往最后的结局都并不理想。只是这种自欺欺人的做法迄今为止从未消失过。

达尼尔·赫拉布罗维茨基的确是一位形式感很强，戏剧感很敏锐的优秀编剧。但是做导演时，他总会遇到一些他无法理解的困难。比如，如何给演员说戏，需要演员表演出什么样的效果？导演想看到什么？当然他可以描绘出那个场景，但是怎么教演员，怎样巧妙地告诉演员如何表演，很可惜，赫拉布罗维茨基并不具备这个能力。所以我们经常会遇到这种情况：导演只是用手指着剧本中的那一页说："这里全写着呢。"

但对于演员来说，这远远不够，我们想从头到尾感受角色的心路历程。演技是心理层面的，是造型表达的，它可以提升作品的整体水平。有时，暴躁的赫拉布罗维茨基会把剧本往地上一摔，然后开始踩它，大喊道："这全都是垃圾！没人愿意演这个剧本，这

---

[1] 马琳娜·维尔金斯卡娅（Марианна Вертинская），俄罗斯女演员，苏联功勋艺术家，1943 年出生于中国上海。

[2] 奥列格·斯特里日诺夫（Олег Стриженов），俄罗斯男演员，苏联人民艺术家。

尼基塔·米哈尔科夫在达尼尔·赫拉布罗维茨基导演的影片《呼唤》中饰演博罗金。1965 年

剧本写得简直糟透了！"

我能理解他的歇斯底里。那并不是出于对演员的憎恶，而是出于某种职业的无奈，只是对于这一点，他还没有意识到。而且很多干这行的人也都没有意识到这一点。从另一方面来说，好像一切都清清楚楚明明白白地写在那里，拿起剧本，直接去表演吧。但是电影和导演艺术又是一项很微妙、很复杂的工作，需要整合大量的创作和生产资源以及人力资源，要把所有东西聚集到一点上才能达到期待的效果。

所以在影片《呼唤》中，我们经常得靠自己去揣摩剧本的意图。当然达尼尔·赫拉布罗维茨基也有自己的优点，那就是当演员的表演让他满意或者出乎他的意料时，他不会端着导演的架子，而是由衷地为演员感到高兴，并且将这段表演保留在电影胶片上。

摄影师是尤拉·索科，后来去了澳大利亚，他是个优秀的摄影师，当时都是黑白电影，他对黑白电影的意义和魅力有着独到的见解。

如果影片中能采用更多的电影手法，我相信这部作品可以拍得更好。谢天谢地，电影总算是顺利杀青了，但是从电影艺术角度来说，这部作品没有任何新意，因为它太忠于原著了，只是平铺直叙地把文学作品搬上了银幕而已。

《贵族之家》(《Дворянское гнездо》)

(安德烈·康查洛夫斯基[1] 导演，1969 年)

《贵族之家》(《Дворянское гнездо》) 中青年公爵涅利多夫一角是我哥哥推荐给我的。

影片中有一个片段，不长，但是非常细腻完整。这个片段中有莱昂尼德·库拉金饰演的主角费奥多尔·拉夫列茨基，而跟我一样应邀来客串角色的柯里亚·古本科就只出演这个片段中的马贩子。柯里亚是个体操高手，看他工作会让你觉得运动是一种享受，他的身体实在是太有柔韧性了。

这个片段的设计灵感来源于西部影片[2]：茨冈人（即吉普赛人），挣脱了马圈的桀骜不驯的骏马。柯里亚所饰演的角色就是让烈马停下并将其驯服……整个过程十分艰难却又表现得自然朴实。我的角色是一个爱撒酒疯、任性、妄为的年轻公爵，他生来就养尊处优、自命不凡，同时又非常感性。

公爵向拉夫列茨基挑衅，到了要决斗的地步。忽然拉夫列茨基的一句话"这样不好，公爵。你还小的时候，我给你带过糖果……你还把它们全吃光了"，顿时决斗的冲动在好战的热血青年身上被彻底浇灭。公爵忧伤地微笑着……童年的记忆如潮水般汹涌而来，且越发强烈。

这个角色需要微笑，几乎没有台词。我要如何把这个微笑的尺度把握好呢？

在这个小角色中，好像一滴雨水倒映出整片天空，闪耀出俄罗斯精神——那个伊凡·谢尔盖耶维奇·屠格涅夫看到的俄罗斯精神，那个我哥哥看到的俄罗斯精神。18 世纪的决斗，德国和法国的哲学，一夜暴富……这些欧洲舶来的洋玩意儿，因为一句实在朴素的话，因为一段童年的回忆，便烟消云散了。

我表演得成功与否，观众自有评论。但是我认为这个片段颇为完整，很有看点，而且得到了一致好评。后来在观众见面会上我总是很乐意给观众展示这个片段。

我们是在离莫斯科不远的库尔金诺[3] 拍摄的，很多年后，我还在那里拍摄过影片

---

[1] 本书作者米哈尔科夫的哥哥。

[2] 西部影片取材于 19 世纪下半叶美国西部生活。

[3] 位于莫斯科市西北部郊区的一个行政区域。

尼基塔·米哈尔科夫在安德烈·康查洛夫斯基的《贵族之家》中饰演涅利多夫

《敌中有我，我中有敌》(《Свой среди чужих，чужой среди своих》) [1] 中红军骑兵连在主人公沙库洛夫指挥下撤退的镜头。

《驿站长》(《Станционный смотритель》)

（谢尔盖·索洛维约夫导演，1972 年）

在这部影片中我结识了尼古拉·帕斯图霍夫，一个非常优秀的演员，是个杰出的人才，只是性格有些古怪却颇为感性。后来我们在《爱情的奴隶》(《Раба любви》) 和《一首未完成的机械钢琴曲》(《Неоконченная пьеса для механического пианино》) 中也有过合作。

尼古拉·帕斯图霍夫一点都不像个演员。有时我都觉得，他就是维林[2]，那样的感性、谦逊、有点胆怯，同时又流露出与众不同、开朗直率、深沉的表演气质。

维林的女儿杜尼亚由马琳娜·库什涅洛娃饰演。她是位特别可爱、漂亮的女孩，尤

---

[1] 《敌中有我，我中有敌》(《Свой среди чужих，чужой среди своих》) 由尼基塔·米哈尔科夫导演，拍摄于 1975 年。

[2] 小说《驿站长》的主人公，萨姆松·维林。

尼基塔·米哈尔科夫在谢尔盖·索洛维约夫导演的《驿站长》一片中饰演骠骑兵明斯基。1972 年

其当她穿上那个时代的服装时，简直惊为天人。虽然她的演技很生涩，但是她在剧组里一直表现得很谦逊，默默地尽自己最大努力完成导演交代的所有任务。

我扮演了一个从驿站经过的首都军官——骠骑兵明斯基，一个引诱杜尼亚的人。这个人物在普希金小说中没什么戏份，只是个过客，我和导演谢尔盖·索洛维约夫决定在不加台词的情况下让这个人物尽可能丰满起来。最后我们决定丰富他与杜尼亚的感情线，发展他们之间的关系。就这样出现了他们打雪仗的场景、院子里明斯基滑稽地用毡靴学马跑，以博杜尼亚一笑，以及其他种种情节……

在拍摄时发生了一件事，让它差点变成真正的悲剧。

这场戏我们当时是在第一马场附近拍摄的。虽然已经开春，但是寒气未退。准备开拍时，马已经被套在雪橇上了，按照剧情，就在驿站的院子里等待。尽管马倌一直要求"热"马，因为马儿们又冷又紧张，后来大家才知道，这在电影拍摄中是件多么重要的事情。

当时我们的摄像师瓦洛佳·楚赫诺夫要拍摄我们上马车和维林道别并离开的镜头。他手里拿着摄像机，要和我们一起从驿站中走出来，然后平稳地转过镜头，最后定格在我们和维林告别，要上马车的时候……

当时所有人都在等待日落前的那个时刻，因为那时的天空异常辽阔，泛着凛冽，干净漂亮，呈现出半透明的蓝色。我记得当时要求马在拍摄前不能上路踏雪，因为雪本来就不多，所以就没把马拉出来遛。

瓦洛佳带着摄像机爬上了支架，后背朝着马，继续拍我们。我和马琳娜也上了马车。**但是，当马车夫的鞭子刚落下，马儿们就猛地冲了出去，力道之大使瓦洛佳连同摄像机一下子就翻到雪地里去了，我们也径直撞向马车的靠背上，并且随着马的飞驰，马车倾斜得越来越厉害。车夫跟着瓦洛佳都从台子上摔下来了，虽然他还搂着雪橇的边缘，紧紧地握着缰绳……**

因为恐惧和寒冷，发了疯的马力气奇大无比，而且它们之间还互相牵扯。

马儿们直奔森林跑去。马琳娜已经失去了意识。我不知道我是如何从马车中钻出来的，只记得我抓住了在我身边摆动的缰绳，使出浑身的力气，将缰绳绑在了身上……

进入森林不久马就停下来了。我从马车上跳下来，走到前面，抓住马嚼子旁的缰绳安慰它们。马儿们开始听话并喘着粗气。我就是在第一马场学会了如何与马交流。

整个剧组里的人，要么狂奔，要么开车，全都向我们这边赶来。我们帮马琳娜逐渐恢复了意识……

总之，这件事很可能以悲剧结束。要是这些马跑进林子，我们就有可能被甩到树上摔死。但是话说回来，如果连马都怕就干脆别拍电影了。

《西伯利亚叙事曲》[1]（《Сибириада》）
（安德烈·康查洛夫斯基[2] 导演，1978 年）

就在不久前我还在想，这部电影里的很多内容现在看来完全可以删减掉。但是今天我却清楚地意识到这样的方法并不一定有效。因为这是一个史诗般的故事，讲述了众多人物角色的变迁、衰老、死亡和新生。所有这些都展现了俄罗斯人，准确地说，是西伯利亚人的生活面貌。

我非常喜爱这部作品。原因有很多，其中之一就是很荣幸能跟导演安德烈·康查洛夫斯基合作。他对演员的了解非常透彻，我在和他一起拍电影时也完全忘记了自己的导

---

[1] 《西伯利亚叙事曲》是 1980 年上映的苏联剧情电影，由安德烈·康查洛夫斯基导演。本片曾获第 32 届（1979）戛纳国际电影节金棕榈奖提名，并获评审团大奖。

[2] 安德烈·康查洛夫斯基，俄罗斯著名导演、编剧、制片、演员。1937 年 8 月 20 日出生于莫斯科。代表作有《西伯利亚叙事曲》《邮差的白夜》《逃亡列车》《羞怯的人》等。

《西伯利亚叙事曲》于 1978 年拍摄，由安德烈·康查洛夫斯基导演。尼基塔·米哈尔科夫在剧中扮演阿列克谢·乌斯秋扎宁，柳德米拉·古尔琴科[1] 扮演塔雅·所罗门娜

演身份，完全沉浸在演员的氛围当中。

　　说到这里，**我经常会被问到这样的问题：在我出演电影角色的时候，会不会也参与了导演工作。答案是绝对没有！**首先，我会全力以赴和那些优秀的导演合作，完全没有必要对他们的工作指手画脚，他们拥有一流的专业性和独立性、出众的才能以及广博的知识。作为演员，我会根据对扮演角色的理解，提出一些方案，并在不同场景的拍摄中即兴发挥。但我绝对不会干涉导演的决定，因为这会对他产生极大的困扰，或者使他对已经设计好的情节和场面改变想法。

　　与安德烈的合作更是如此。这里抛开与这位权威大哥的家庭关系不谈，在专业方面，必须承认他营造了非常好的工作氛围，使得演员能够很容易实现自我成长。这种成长并非出自职业角度的观点，而是对所饰演人物的性格更深入、更广阔的挖掘。从该意义上讲，无论拍摄情况多么

[1]　柳德米拉·古尔琴科（1935—2011），俄罗斯女演员。1956 年在影片《真理之路》中初登银幕，同年在导演梁赞诺夫的影片《狂欢节之夜》里扮演女大学生莲娜·克雷洛娃。最后一部影片《多彩的黄昏》摄于 2010 年。

复杂，我和大哥的合作都非常舒服、愉快和轻松，这非常重要。当我的提议与导演的想法不谋而合时，就会被导演欣然接受。

从安德烈的第一部影片起，许多和他工作过一段时间的演员都希望能与他继续合作，最终我却成为那位幸运儿。也许主要原因在于安德烈对我非常了解，而我对他也同样。在片场的共事使我们彼此之间更加信任和默契，我也能够最大限度地表达自己的内心想法。当然，这一切的前提都是导演对我的品位和能力的信任。

我和柳夏[1]·古尔琴科、谢廖沙·沙古洛夫、萨沙·潘克拉托夫·乔尔内以及其他演员默契的配合说不尽也道不完，单从电影镜头里就可以看出自然真挚的愉悦之情。我们拍摄外景的场地条件非常艰苦，时而在森林，时而在沼泽，有时甚至是靠近熊熊烈火的危险地区。这种时候我总是告诉自己：你在做一件多么伟大而又令人愉悦的事情，皇天不负有心人。这种激励对表演的成功起到极其重要的作用。

《两个人的车站》[2]（《Вокзал для двоих》）
（埃利达尔·梁赞诺夫导演，1982 年）

在《两个人的车站》里我扮演的虽然是个小角色，但我却非常喜欢它。整部作品连同这个小角色一炮走红，我一点都不奇怪。这个角色是一个狡诈钻营的列车员，只从剧本大纲就能看出来他是什么类型的人物：卑鄙贪婪、唯利是图的下流坏子。**我当即提议给我自己安排几颗铁青色的包金镶牙，并设计一个头发从额头低垂到眉毛的发型。**这些都赋予了角色清晰分明的外貌特征。

在这部电影中我和柳德米拉再次合作。但这次的表演在根本上有别于《西伯利亚叙事曲》，我们需要沉浸到怪诞的氛围中去，表演要接近滑稽的风格。当然，这里指的是我自己所扮演人物的主要风格。

在一些特定时机下，梁赞诺夫给予我极大的自由。总的来说，我认为埃利达尔·亚

---

[1] 柳德米拉的昵称。

[2] 《两个人的车站》是 1982 年上映的一部苏联爱情轻喜剧，由埃利达尔·亚历山德罗维奇·梁赞诺夫导演。本片是梁赞诺夫的爱情三部曲之一，曾获第 36 届（1983）戛纳电影节金棕榈奖提名。

《两个人的车站》于1982年拍摄，由埃利达尔·梁赞诺夫导演。尼基塔·米哈尔科夫在剧中饰演列车员安德烈，柳德米拉·古尔琴科饰演女服务员薇拉

历山德罗维奇拥有对于演员来说非常宝贵的品质。他经常在拍摄前给予演员们一些指导，然后让他们自由发挥。不仅仅是演员，摄影也是同样。我们的摄影师瓦季姆·阿利索夫在摄像彩排时有很多的即兴创作。那个时候录像机刚刚出现，所以可以从显示器里看到彩排内容。当演员开始演戏的时候，摄影师也跟在他们中间进行跟拍，影像会立刻呈现在导演面前的显示器上，这样就会让人产生一种看成片的错觉。要知道在摄像机持续拍摄的情况下，已经通过"镜头内部蒙太奇"[1]的手法对镜头进行了剪辑和合成。所以当时给人留下的印象就是其他多余的事情都不用做，只要单纯地拍摄，然后就大功告成了！这种感觉当然是错误的，因为拍摄电影要保持良好的节奏，工作室也需要进行后期剪辑，对作品做必要的修改等。但是类似手法的拍摄所营造的氛围为大家提供了极大的自由，并出现了一系

[1] "内部蒙太奇"是苏联电影理论家对长镜头技巧的称呼，又称为"多构图镜头"。苏联电影家把长镜头看作表现思想感情、达到电影造型目的的手段。"镜头内部蒙太奇"在苏联电影学派眼中是电影场面调度的一种。利用摄影机动作和演员的调度，改变镜头的范围和内容来强调和突出导演为此镜头所规定的思想含义。

导演埃利达尔·梁赞诺夫与尼基塔·米哈尔科夫和柳德米拉·古尔琴科在一起

列的即兴创作。

不过总有意料之外的事情发生。我们在里加火车站拍摄的时候，所有的场景都是在餐馆里、站台上和火车里完成的。当然还包括我和柳德米拉那场难忘的对手戏。我想人们一辈子也忘不了里面的那句台词："我自己来！自己来！自己来！""快点儿！快点儿！快点儿！"

总之，我和柳德米拉在排练的时候，梁赞诺夫就坐在摄影机后面，他的面前是架好的显示器。我们都不知道我俩的麦克风是开着的。所以在谈论下一场戏的时候说话非常随意。我和柳德米拉在一起演对手戏一直都感觉相当轻松自在。她对骂人的话的热衷比起我毫不逊色，而且总是用得恰到好处。我和她一起探讨表演，按照我们电影这行的说法也就是"说戏"。像是怎样走位、该做什么、什么时候该说什么、说话用什么语调和速度等。我和她说："你看这样好不好，他说话的时候要表现出即将来临的甜蜜而又速战速决的性爱让他满怀期待欲火中烧，趁火车停靠在站台上，他开始和薇拉嘟囔着四句头[1]或是其他一些符合他当时情境的话。"因为我知道接近六百首四句头，都是非常尖酸刻薄，俄罗斯式挖苦人的表达。于是我就开始给柳德米拉一首接一首地唱了起来。

她简直要笑晕过去了，而我就一遍又一遍地唱。后来她又回忆起了一些事情……总而言之，我们在排练和等待拍摄的时候一直在跟着磁带哼唱。

[1] "四句头"也被称为"恰斯图什卡"（Частушка），是俄罗斯民族文化中的押韵短小情歌，它是从 19 世纪下半叶流传至今的俄罗斯民间口头音乐创作，歌词诙谐幽默，俏皮明快，属于俄罗斯文化艺术特有的民间文学体裁。一般以快节奏吟唱，通常为四句，所以叫"四句头"。

结果，当出发和抵达车站的旅客刚刚来到站台时，就惊讶地听到喇叭里传来的不是火车进出站的信息，而是不可思议的四句头小调。现场的情况可想而知！当时在场的所有苏联人都"有幸"听到了这段离奇而有趣的广播。

当然，这一幕发生的时间并不长。我唱了三四首粗俗的四句头，声音在整个站台回响，结果车站的值班员瞪着两只气到爆出的眼睛冲着导演大喊："你们那儿到底在干什么？"那叫喊声估计要传到全莫斯科人和首都旅客的耳朵里去了。

这部电影像梁赞诺夫的其他作品一样大受欢迎。这种受欢迎程度也影响到了我。**"我自己来！自己来！自己来！"这句台词在很长时间内都成了我的专属绰号。事实上一直延续到我参演电影《残酷的罗曼史》时，这一页才算彻底翻篇。**

《残酷的罗曼史》[1] (《Жестокий романс》)

（埃利达尔·梁赞诺夫[2] 导演，1984 年）

梁赞诺夫将这部电影的剧本发给我并注明说："除非你和安德列·米亚科夫[3] 决定出演，我才会接这部戏。"当然，他的表态充分满足了演员的虚荣心。不过我也很快明白了他如此不安的原因。

实际上当时情况非常危急：如果梁赞诺夫打算拍出与《没有嫁妆的姑娘》（由雅科夫·普罗塔扎诺夫[4] 和亚历山大·罗乌[5] 导演）完全不同的内容，或者对于拍摄安排犹豫不决，那结果肯定是场悲剧。同样，如果我试图把自己的表演与阿纳托利·克托罗夫[6] 相比，下场也会很难看。于是我自己拿定主意，针对这个角色，我的表演重点将放在展

---

[1] 《残酷的罗曼史》是 1984 年上映的苏联爱情剧情电影，根据苏联作家奥斯特洛夫斯基的小说《没有陪嫁的新娘》改编，由埃利达尔·梁赞诺夫导演。本片曾获第 18 届（1983）全苏电影节大奖。

[2] 埃利达尔·梁赞诺夫（1927—2015），俄罗斯导演。代表作品有《意大利人在俄罗斯的奇遇》《命运的捉弄》《办公室的故事》《两个人的车站》等。

[3] 安德列·米亚科夫，苏联演员。1938 年出生于列宁格勒。代表作品有《办公室的故事》《命运的捉弄》等。

[4] 雅科夫·普罗塔扎诺夫（1881—1945），苏联导演，俄罗斯联邦功勋艺术活动家。

[5] 亚历山大·罗乌（1906—1973），苏联电影导演，俄罗斯联邦人民艺术家。

[6] 阿纳托利·克托罗夫（1898—1980），苏联演员，苏联人民艺术家。

《残酷的罗曼史》由埃利达尔·梁赞诺夫导演。拉丽萨·古泽耶娃在剧中饰演拉丽萨·奥古达洛娃，尼基塔·米哈尔科夫饰演谢尔盖·巴拉托夫

现社会断层上。举例来说，如果克托罗夫扮演的巴拉托夫表现了贵族的言行举止，**那么我要通过该角色努力展现的则是一位在十月革命前的俄国社会大背景下，努力生活、自我奋斗的商人形象。**

因此有一个对我来说非常重要的片段，它在剧本最后修改的阶段差点儿就被减掉了。但是我请求梁赞诺夫务必保留这一场戏：当巴拉托夫回到故乡的时候，他和人们握手问好，与劳工和水手一一打招呼，并在码头卸货的地方拥抱了一个可怜的苦力等。

重要的是让观众理解这个角色是通过努力奋斗来实现自我价值的。他来自底层阶级而不是什么“政党委员会”。他和这些人密切相关，包括这些人的认识与见解。我扮演这个角色的重要意义还在于为这个苏维埃政权建立之前优秀又强大的阶层平反。（别忘了，这是 1983 年！）他们建造了医院、学校、救济所、教堂，并为穷人捐款。这些人牢记着自己的根本，并在很大程度上确立了祖国人民的未来。

在影片《残酷的罗曼史》中组建起了一个优秀的表演团队：安德列·米亚科夫、阿丽萨·弗雷因德利赫[1]、阿列克谢·彼得连科[2]、拉丽萨·古泽耶娃[3]。这一群杰出的演员在镜头前会不断涌现出独特的创意和出色的即兴创作。梁赞诺夫在挑选和使用演员方面非常睿智。首先，演员的自尊心得到了充分满足。要知道，他对多次合作过的演员们

---

[1] 阿丽萨·弗雷因德利赫，苏联女演员。1934 年出生。代表作品有《一个半房间》或《回到祖国的感伤旅行》《这里的黎明静悄悄》《办公室的故事》等。

[2] 阿列克谢·彼得连科，苏联男演员。1938 年出生。代表作品有《西伯利亚理发师》《日瓦戈医生》等。

[3] 拉丽萨·古泽耶娃，苏联女演员。1958 年出生。代表作品有《残酷的罗曼史》《探戈号游轮》等。

做到了真正的了解。其次，他也毫不犹豫地给了大家极大的空间自由发挥。

在伏尔加河和科斯特罗马河拍摄的那段时间难忘又美好。我的身心第一次感受到自己祖辈的根源。我抛开了所有事情——原计划的三周时间，最后却在那儿整整度过了两个月——在安谧的氛围中使这个角色逐渐变得饱满起来。

在出演《两个人的车站》以后，我拥有了一群影迷，而我从他们那儿听到的都是："我自己来！自己来！快点儿！快点儿！我自己来！自己来！"

我已经不知道往哪儿躲才好了。甚至有人寄了很多信到我在莫斯科的地址，收件人是柳德米拉。看来，写信的人认为我和柳夏在火车上亲热过后，理所当然是要结婚的。

看来只有接受梁赞诺夫给的新提议出演《残酷的罗曼史》，我才能摆脱这种局面。

但结果情况变得更糟糕！信件的内容变成了："你这只发情的公猫！"

虽然女性们，甚至大多数人的观点都非常一致，但是在拍完《残酷的罗曼史》后我还是收到了一些有着不同论调的信。例如："喏，当然，你是个大败类，但不管怎样你还有点儿人性。"而有一封信的内容非常真挚、坦率又出乎意料，使人印象深刻。信里面有这么几句话："当然了，拉丽萨很可怜！啊，真是太可怜了！但至少，她还真正地活过！"

所有人都感受得到这种忧伤，那是对男性力量的迫切渴求，盼望着被邀约："我们去游伏尔加河吧，拉丽萨！"

女人们无比怀念这部电影当中对"女人"形象的刻画：柔弱、需要被呵护、惹人喜爱，而这些特征在"我自己来！自己来！快点儿！快点儿"那种情况下是找不到的。

看起来，我在《两个人的车站》和《残酷的罗曼史》这两部电影中的角色已经为女性观众留下了强烈的刻板印象。"我自己来！自己来！""一起去坐船游伏尔加河吧！"这两句话显然成了罪魁祸首，在这之后，她们对我的态度突然变得冷酷无情起来。

而真正的问题出在何处？

在《残酷的罗曼史》中我有个很棒的女搭档。她所面临的主要难题是，这是她拍摄的第一部电影。而在初次登台时，周围全都是演技高超的像"怪物"似的老戏骨们。我想，这对于她来说必然是个很大的考验。

但是拉丽萨就这样走进了观众的视线。首先，她的名字跟女主角很有渊源。拉丽萨和我说，她妈妈给她起这个名字的原因就是为了纪念拉丽萨·奥古达洛娃。这大概就是某种自古以来就存在的，宗教上的神秘关联吧。其次，拉丽萨艰苦的学生时代塑造了其

车臣男孩（艾卜吉·马加马耶夫）此刻并没意识到未来将遇到怎样的磨难。

在男孩的一场怪梦里的米哈伊尔·戈尔巴乔夫站在演讲台上（费里特·米亚吉托夫）。

《烈日灼人 2：碉堡要塞》（2011 年）。奥列格·缅希科夫扮演米佳。尼基塔·米哈尔科夫一人两职：扮演劳工营列兵柯托夫，并且亲自导演了这部 21 世纪初卫国战争题材规模最宏大的电影。

进入导演角色：尼基塔·米哈尔科夫与女演员伊娜·楚里科娃。

恢复将军头衔的谢尔盖·柯托夫（尼基塔·米哈尔科夫）带着战士们进攻。身边是他在惩戒营里的战友尼古拉（安德烈·梅尔兹里金）。

《烈日灼人 2：逃难》(2010 年)。娜佳·柯托娃（娜杰日达·米哈尔科娃）。

在驳船上：娜佳·柯托娃（娜杰日达·米哈尔科娃）和前神父（谢尔盖·加尔马什）。

拍摄过程中没有损坏任何一座真正的教堂。

《中暑》（2014 年）。马尔金内什·卡利塔扮演中尉。

维多利亚·索洛维耶娃扮演无名女郎。

士官生带着相机（亚历山大·米奇科夫）在赶往最后一个避难所的路上。

格奥尔基·谢尔盖耶维奇（阿列克谢·德亚金）和哥萨克一等上尉（基里尔·波尔塔耶夫）。

1983 年，埃利达尔·梁赞诺夫、拉丽萨·古泽耶娃与尼基塔·米哈尔科夫在观看《残酷的罗曼史》拍摄素材

独特迷人的魅力和质朴天真的外表。她在女子中学和专科学院读书时，也做过清洁工的活儿。拉丽萨对于学生时代的记忆很像狄更斯笔下的文章：人们彼此之间的关系冷漠又残酷，互相不理解，而且也不想去理解。不过依我看，这种生活经历对她来说并不坏，反而迫使她学会坚强。要知道，演员这个行业就是如此。如果一个演员想要取得一些成绩，就必须克服各种困难。

一个美男子在表演时只要动动嘴巴，念一念别人的台词，就可能会走红一段时间。而如果在此之后，他不能继续努力，在专业上有所突破的话，固有的形象就只会使人腻烦。通常，他会逐渐酗酒，靠着延长在乡村俱乐部里的电影短片中的演出，勉强赚钱糊口。很显然，拉丽萨是不可能走上这条路的。她学习时非常认真努力，演技越发成熟，而且能在舞台上塑造出符合不同情景的人物形象。其他资深老牌演员们也看出这一点来了，所以对她的态度变得更加亲切，耐心地帮助她扮演好剧中的角色。

在拍摄《残酷的罗曼史》时我就在想，这部电影对于拉丽萨来说可能就是一张中奖彩票。所以我屡次劝她："暂时哪儿都不要去，不要接拍任何电影！不要给自己机会了解你以前不知道的东西！"可能有些人在这种说法中看到的是我厚颜无耻的企图。不过，很可惜，如果要认真地从事这一行业的话，有时候就不得不思考这些问题。

当时拉丽萨给我的回答是"不可能"。原因是她需要钱去帮助妈妈等。于是我向她伸出了援手，和她说："我先借给你钱，等你有能力时再还给我。"可是显然，对一夜成名的渴望和虚荣心最终还是占了上风。她在拍摄《没有嫁妆的姑娘》时，也接拍了一两部其他电影。而这些电影，客气点儿说，质量都差强人意。依我看《残酷的罗曼史》带给她的成功都为此蒙上了阴影，也大大削弱了她在专业发展上的可能性。

　　在舞台上我获得了极大的享受和满足。回顾过去，我的搭档们的拍摄工作是那么的神秘和艰辛。阿列克谢·彼得连科扮演的克努罗夫这个角色意义非凡。安德列·米亚科夫饰演的卡朗迪谢是那么别出心裁。还有阿丽萨·弗雷因德利赫扮演拉丽萨的母亲——家道中落的贵妇人奥古达洛娃，以及其他众多角色。这是演员们一连串流光溢彩的工作成果。甚至当我在演戏的时候，也会按捺不住总是从导演的角度去欣赏如此引人入胜的场面。我希望这不会影响工作，但是无论如何也无法让自己拒绝接受这种莫大的愉悦感。

《巴斯克维尔的猎犬》[1]（《Собака Баскервилей》）

（伊戈尔·马斯连尼科夫 [2] 导演，1981 年）

　　在这部电影拍摄期间，一直有流言纷扰，说我经常干涉伊戈尔·马斯连尼科夫的工作，甚至和他发生了冲突，要求修改他已经决定了的场景。这当然不是真的！正如我以前所说，自己绝对不会干涉任何一位导演的工作。我会就我扮演的角色以及不同场景中属于我角色生活的设定和导演讨论，但这种讨论一定是从我以演员的身份就表演角度出发的，如何塑造角色，如何处理与表演搭档的相互合作，等等。可如果我考虑的是电影结构和拍摄场景的整体安排之类的事情呢？毫无疑问，我绝不会允许自己这样做，因为在我导演的电影中也同样不会允许其他人随意对我指手画脚。当然，如果不是原则性的重要内容，或是大幅修改，也是存在例外情况的。不过也只有在自己导演的戏中，我才能允许这种"例外"发生。

　　所以在《巴斯克维尔的猎犬》的拍摄中，我只专注于自己的本职工作。马斯连尼科

---

[1] 《巴斯克维尔的猎犬》是 1981 年上映的苏联犯罪电影，改编自英国作家阿瑟·柯南道尔的同名小说，由伊戈尔·马斯连尼科夫导演。

[2] 伊戈尔·马斯连尼科夫（И. Масленников），俄罗斯导演，1931 年出生。代表作品有《黑桃皇后》《巴斯克维尔的猎犬》《冬天的樱桃》等。

夫一直以来都认为亨利·巴斯克维尔这个角色和当时克拉克·盖博[1] 所塑造的形象很相似。那样一个头发向后梳起的"时髦的傻瓜"：天真多情，真诚坦率。我对"扮演外国人"的整体把控因此又提升了一个等级。**如果不是特殊需要的话，我不会拼命努力把自己变成另一种文化和文明的代言人**。我没有那么了解他们，所以很清楚无论自己怎样努力，都是一样模式化的表演。美国人会抽着雪茄，把腿搭在桌子上。法国人则有着修剪整齐的指甲，一边刻意地做着优雅的动作，一边随意地口若悬河。而如果是意大利人的话，他们的眼睛特别凸出，还会用几根手指去打手势。我不喜欢观察这些，也不会表演。但是毕竟"夏洛克·福尔摩斯"在某种程度上来说是个很典型的人物。它推动了一种文艺风格的发展，而非旨在刻画现实生活。所以我接受了马斯连尼科夫的邀请，并很快被亨利·巴斯克维尔这个角色所吸引。

我和导演以及其他演员在已经定好的电影风格范围内，开始竭尽全力构思画面和即兴创作。这个穿着毛皮大衣的美国人，突然闯入了伦敦的日常生活中。我感兴趣的正是他充满激情、容易冲动的性格和内心的自由不羁，这样的他也打破了人们固有印象中规律的英式生活。

在这部电影的拍摄中，我的快乐很大程度上来自能和维塔利·索洛明[2]、亚历山大·阿达巴什扬[3] 一起工作。也正是在这部戏中我结识了斯维特兰娜·克留奇科娃[4]，她后来出演了我的电影《烈日灼人》[5]。还有温婉有礼的伊琳娜·库普琴科[6]。我们的相识是

---

[1] 克拉克·盖博（William Clark Gable，1901—1960），美国电影演员（。凭借喜剧电影《一夜风流》获第七届（1935）奥斯卡最佳男主角奖。代表作品有《乱世佳人》《教师之恋》《怒海情波》等。

[2] 维塔利·索洛明（Соломин Виталий Мефодьевич，1941—2002），俄罗斯演员、编剧、导演。在《巴斯克维尔的猎犬》中扮演华生医生。代表作品有《福尔摩斯与华生医生：血字》《阿格拉的珍宝》《福尔摩斯在二十世纪》等。

[3] 亚历山大·阿达巴什扬（Адабашьян Александр Артёмович），俄罗斯编剧。编剧作品有《奥勃洛莫夫一生中的几天》《西伯利亚理发师》等。

[4] 斯维特兰娜·克留奇科娃（Крючкова Светлана Николаевна），苏联演员，出生于摩尔多瓦。代表作品有《一个半房间》《好好埋我》等。

[5] 《烈日灼人》是 1994 年上映的俄罗斯历史剧情电影，由尼基塔·米哈尔科夫导演。该影片获得第 67 届奥斯卡金像奖最佳外语片。

[6] 伊琳娜·库普琴科（Купченко Ирина Петровна），苏联演员，1948 年出生于奥地利维也纳。代表作品有《贵族之家》《没有证人》《爆裂教师》等。

在她与我的哥哥合作的电影《贵族之家》[1]拍摄期间，她给我留下了非常深刻的印象。当然还有奥列格·伊万诺维奇·扬科夫斯基[2]，他绝对是一个天才演员！

我不常提及这部电影，大概是因为如果要提起它我一定会说："这是最棒的福尔摩斯！"我并不想和谁争论，也无法赞同他人的看法。可能对我来说很难去评判它。幸运的是这些人物都给人们留下了深刻的印象。还有里面的台词"兰花还没开呢""燕麦粥，爵士"，等等。

在和维塔利一起拍摄喝醉酒的那一场戏时，我激动万分，喜悦之情难以言表。非常遗憾的是他很早就离世了。后来每当回想起这段工作经历都让我感到很愉悦。不过说实话，我认为这段经历对我职业发展而言并未有着重大深远的影响。

说到这部电影，就一定要特别提到无人可比的哈德孙夫人——丽娜·泽廖娜娅[3]。她真是一个极有天赋的女人！丽娜和我妈妈是非常要好的朋友，而我了解她就像了解我自己一样。平时我会亲密地称呼她为亲爱的丽娜。很早以前她就已经认识我了，那时我还在我妈妈的肚子里面。无论是那个时候，还是后来我出生、长大，她都经常来看望我们。

她模仿孩子的声音表演滑稽短剧。之后许多演员都试图采用这种方式表演，但没有一个人能像丽娜·瓦西里耶夫娜·泽廖娜娅一样，表演得如此真挚感人，如此干净利落，如此技艺高超。

我自始至终都无比崇拜她，这与她的年龄无关。她很机智，是个很擅长说俏皮话的人，即使在骂人的时候也会让人觉得像在唱歌，丝毫没有粗鲁的感觉。她用言语表达自己想法的时候是那么的幽默。

有一次她非常严肃地问我：

"你有没有失眠过？"

我回答说：

"没有。"

---

[1] 《贵族之家》是1969年上映的苏联电影。该影片改编自自屠格涅夫的同名长篇小说，由安德烈·康查洛夫斯基导演。

[2] 奥列格·伊万诺维奇·扬科夫斯基（Олег Иванович Янковский，1944—2009），苏联演员，出生于哈萨克斯坦。1991年12月在苏联解体前夕荣获"人民艺术家"称号，他也是最后一位获此荣誉的艺术家。代表作品有《帽子》《暗杀沙皇》等。

[3] 叶卡捷琳娜·泽廖娜娅（Екатерина Васильевна Зелёная），苏联演员，舞台剧演员，儿童语言模仿大师，人民艺术家，曾用名为丽娜·泽廖娜娅。

"我有过。"

"那你怎么打发时间？"

"我就躺在床上数数数到 5。最多数到 6 个半。"

《不受欢迎的人》^[1]（《Персона non grata》）
（克里日托夫·扎努西^[2] 导演，2005 年）

我认识很多外交官。他们跟人打交道时表现出来的性格很复杂。一方面极为谨慎，另一方面又八面玲珑。

我觉得重要的不是这群人在平日里的表现，而是他们怎样用外交辞令去回避自己的真实想法。

克里日托夫·扎努西这部电影中的主人公们都有着自己的秘密，那就是他们对于同一个女人的爱情。所以从某种意义上讲我扮演的并非是一名外交官。虽然我的角色的确是个上层官员，但是苦涩的经历让他在权力和欲望的负担下变成一个有着深层次问题和忧虑性格的人物。而我需要用生动自然的状态将其刻画出来。

而这一段历史中混合了波兰人和俄罗斯人之间的关系，"大人物"和"小人物"之间的关系。我不知道这样概括是否足够清楚，不过所有的内容都在电影中有充分的体现。

幸而我和导演之间不曾有过争执。

我一读完剧本，脑海中立刻勾画出了一个具体又生动的形象。于是之后我也就按照自己所设想的形象去表演。非常幸运的是，我所设计的人物形象和扎努西所想象的高度一致。这样我们就走在一个方向上了。

事实上我也参与了剧本的创作工作，不过只是有我所扮演的角色出现的那几页，我会对内容稍作修改。当时问题在于台词是由波兰语翻译过来的，所以会有一些修辞错误。我会仔细修正语法错误，并且理顺一些台词对白以便能更加准确地符合人物形象。

---

[1] 《不受欢迎的人》是 2005 年上映的俄罗斯 / 波兰 / 意大利剧情电影，由克里日托夫·扎努西导演。

[2] 克里日托夫·扎努西，法籍波兰电影导演。1939 年出生于华沙。代表作品有《波兰式出轨》《山巅的呼唤》《和平阳光的年代》等。

《不受欢迎的人》由克里日托夫·扎努西于 2005 年导演。兹比格涅夫·扎帕谢维奇 [1] 在剧中饰演波兰大使维克托，尼基塔·米哈尔科夫饰演俄罗斯外交部副部长

我的所有台词都和扎努西讨论过。他给我做了一些校正，台词方案便通过了。

不过，从电影表现的道德角度来说，影片中有一幕是存在某种"争议"。我们当时在波兰拍摄男主角妻子葬礼的戏份。我所扮演的角色也要到场，以表达对自己朋友深切的哀思。剧组和墓地主人商量好了，场地要空出几个小时供电影拍摄。但当我们拍摄最后一组重复镜头时，大厅里已经有一支真正的送葬队伍正在出殡了。

谢天谢地！他们什么都没发现。于是我们决定跟在队伍后面，给那个不知道是谁的人送葬。就这样这个镜头拍摄完成了，并最后出现在了电影中。

在工作的过程中，我完全信任克里日托夫·扎努西。他是个能把场面设计得极精妙深刻的专业创作大师，我无比尊重、珍视他。

我认为，**在电影作品隐秘的氛围中我们成功表达了最核心的内容，即主人公之间关系的秘密**。而且，请注意这个秘密并不是说关系弄不清楚。真正的秘密在于当所有的事情都清楚明了之后，秘密却还在。这就是技巧的高超之处。

---

[1]　兹比格涅夫·扎帕谢维奇（1934—2009）：波兰演员。代表作有《哈姆雷特》《十诫》《杀人短片》等。

《死人的骗局》[1]（《Жмурки》）

（阿列克谢·巴拉巴诺夫[2] 导演，1984 年）

其实这部电影就好像一次解毒净化的洗胃过程，请原谅我使用这样的比喻。为了去掉身上不由自主的伪严肃感，摆脱公式化和死气沉沉的表演，我欣然同意出演《死人的骗局》和《这不算伤害》[3]（《Мне не больно》）这两部电影。幽默就好像是我与生俱来的自然反应，甚至出现在最严肃的场景中。

我在《死人的骗局》中的角色是由《两个人的车站》里安德烈的形象加上我十几年的表演经验总结而来的。我说服了阿列克谢·巴拉巴诺夫关于米哈雷奇的形象塑造：他镶了一口的铁牙，额前有刘海儿，极度溺爱自己的儿子。

要知道一开始巴拉巴诺夫是想让我严肃地扮演这个角色！不过上帝！怎么可能一本正经地扮演这样一个黑社会老大呢？当时对我来说唯一的方法是找到这个角色的笑点。但是这对于电影来说会大大增加风险系数。

当阿列克谢开始和我解释这个角色应该穿着漆皮大衣，毫不忌讳鲜血和其他之类的细节的时候，我也坦白地对他说，自己已经厌烦扮演这类角色了。难道我要继续无休止地扮演"警察对手"这类角色吗？只有那种怪诞离奇的角色才会深深吸引我。比如他是个白痴，还是个让人大跌眼镜的白痴。一方面很残忍，另一方面却对自己同样白痴的儿子束手无策，溺爱无度。除此之外，他还是个妻管严，而他的妻子不必有任何戏份，让她成为隐形的存在。

当电影上映的时候，经常会有些不了解我的人问我这样的问题："您为什么要出演这部电影？您有那么多角色可以选择，但为何选择这种类型？"

但是演员这个职业就意味着要挑战各种类型的表演任务。我在《五等文官》（《Статском советнике》）[4] 里面饰演的角色如画卷一般慢慢为观众展开，逐步推动情节的

---

[1] 《死人的骗局》，或名《黑色海洛因》，是 2006 年上映的俄罗斯电影，由阿列克谢·巴拉巴诺夫导演。

[2] 阿列克谢·巴拉巴诺夫，俄罗斯导演、编剧、演员、制片。1959 年出生于叶卡捷琳堡。代表作品有《兄弟》《兄弟 2》《我也想要》等。

[3] 《这不算伤害》，或名《我没有伤害》，是 2006 年上映的俄罗斯爱情、剧情类电影，由阿列克谢·巴拉巴诺夫导演。

[4] 《五等文官》是 2005 年上映的俄罗斯剧情电影，由菲利普·扬科夫斯基导演。

发展，在接近尾声时才引出了影片的高潮。波扎尔斯基公爵的形象显而易见是一个深刻的角色，就像陀思妥耶夫斯基笔下的"有思想的人"。

米哈雷奇则是个纯粹的反讽角色，但这种反讽绝不是停留在一种简单的镜头表演形式，而是俄罗斯演员流派内在素养的体现。

如果把他演成一本正经的风格就完了。当米哈雷奇经常对儿子说的台词"你老妈又要骂了"出现以后，所有东西都到位了。我也开始能够随心所欲地表演。不得不说，和巴拉巴诺夫的合作真是太棒了！

廖沙[1]是个非常俄罗斯式的人，他很有天赋，思想深刻，满脑子古怪想法。他告诉我整个剧组在电影开拍前都感到惴惴不安，一直被这个问题困扰着：该怎样和米哈尔科夫合作啊？

后来大家都意识到我就是个普通的演员，和他们的合作没有任何障碍，这使整个剧组十分诧异。其实我只是尊重、热爱演员这个职业，并清楚认识自己的角色。对我来说最正常的事情就是完成导演安排的任务。一旦参与到这个职业的工作中，就不应该把其他不相干的事牵扯进来。

我认为《死人的骗局》是一部好作品。正因为它不是一部单纯讲述犯罪的电影，而是一部讽刺犯罪的创作。

我如此尊敬巴拉巴诺夫的首要原因是他拍过这种类型的电影：《兄弟》《兄弟2》[2]，但他却能够完全避开这类体裁的影响，并把作品自然而然地拍成讽刺风格。这是一名艺术家的高尚品格。一个成功的导演必然会在自己创作的拍摄体裁和风格基础上不断成长。

严肃的版本屡见不鲜，而这就是我心目中的大反派米哈雷奇，会让我们开怀大笑的米哈雷奇。

---

[1]　廖沙是导演阿列克谢·巴拉巴诺夫的爱称。

[2]　《兄弟》《兄弟2》是俄罗斯犯罪动作类系列电影，由阿列克谢·巴拉巴诺夫导演，是其著名代表作品。分别于1997年和2000年上映。上映后在俄罗斯以及海外市场大获成功。

第 8 章

—

我的电影

—

从演员到导演的转型

有一次我们拍摄一部高难度影片，外景地的最后一个镜头也就是女主角的特写镜头，这个镜头拍完，这部戏就可以杀青了。

我们的拍摄地点是圣彼得堡植物园。当时农业大学的学生们正在那里做功课，我们到的时候他们正在扫落叶。整个剧组从客车上下来，穿戴着华丽的服装和宽边帽子的女主角也从轿车上走下来。她随即就被带去化妆，之后开机拍摄。摄制组早已架好了机器，随着一声令下"开拍"，女主转过身对着镜头说："维克多·伊凡诺维奇今儿一大早就在池塘边钓鱼了。""停！可以了！收拾机器，收工。"

最后的杀青总有些令人伤感，但同时也是期盼已久的时刻，因为大家终于能在繁重的工作后松一口气，不用想着明天一早 6:30 起床去片场了。

摄制组有个传统——庆祝杀青。当道具助理喊完"停！可以了！杀青！"他就会从自己的箱子里拿出香槟，斟满酒杯。大家互相碰杯、亲吻，一个个都成了泪人儿。片场简单的庆祝活动后人们就坐上车离开了。因为还有个更加盛大的宴会等着迎接我们，明天就可以回到莫斯科了。

农大的女生们手里拿着扫帚站在那里，她们用崇拜的眼神目送女主角和剧组离开，仿佛在说："这才叫生活啊，这么美好、轻松、开心……"但是她们不知道女主角为此付出了多少艰辛，她有多么努力。从第一个镜头到最后一个镜头，她从来都未曾懈怠过。

我认为，这世上的职业没有难易之分。它只在于你对它用心与否。也正是这份"用心"决定了成功的价值。成功没有标准，不能用固定的标尺去衡量，不需要过分追求成功的数量。无论成功还是失败，我们都要勇往直前。

人之所以区别于其他生物，有自己的意识和思维活动，是因为他们经历过漫长、痛苦的内心挣扎，以及艰苦的奋斗。我本人的经历就是个活生生的例子，因为私自接戏而被学院开除，而我并没有试图让学校原谅我，而是转去了国立电影学院的导演系，拜在米哈伊尔·伊里奇·罗姆的门下。

我从来不拍时政类以及反映当下题材的电影。**所以，在我的电影中不会去赤裸裸地正面表现当下时局和它的政治活动。**但是在我的作品中，在我塑造的那些与悠久俄罗斯历史有着紧密联系的形象中，还是可以发现我对一些当下事件的态度和看法。

《女孩与她的东西》

(《Девочка и вещи》)(1967 年)

我从演员转型为导演后的处女作是部无声小品剧，叫作《女孩与她的东西》（《Девочка и вещи》）。

当你拍摄第一部影片的时候，一定会想：哦！哦！哦！我要开创电影新时代了。当然，这样的想法很正常。我想表达的东西很多！但是在这部无声小品剧中几乎没有台词。随后在自己接下来的学生作品中才开始有了对话。而在这部默片中只需要你设计好某个场景，在这个场景中不需要对话或者主人公的独白。

我当时和伊戈尔·柯列巴诺夫（他现在可是大领导，俄罗斯电影摄影师联合会主席，当年也是莫斯科电影学院的学生）一起设想了一个场景：一个小女孩孤独封闭地待在只有自己的屋子里，我们要通过一切可以传递信息的物品来追踪和表现她的家庭状况和发生过的故事。我知道这样的主题完全可以拍成一部大戏了，而且我们也见过这类题材非常成功的电影。但是在这里我们着重表现的就是女孩和这些物品之间的相互关系，通过这些东西我们可以知道她家里的生活是什么样子。

小女孩打开录音机，听着录音机里传来的声音，尽管不明白录音机里在说些什么。但是观众应该从中获悉，这一切并非那么简单，小女孩一定是因为某种原因才独自生活

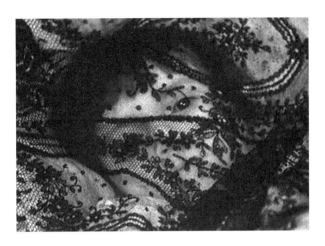

《女孩与她的东西》(《Девочка и вещи》) 中的电影镜头

在大人的世界里，小女孩摆弄着那些大人用的东西，来回研究着……观众从中可以更多地了解她的家庭。

我们是在我父亲的房子里进行拍摄的。我们把妈妈的房间里堆满了东西。真的是什么都有。我们把所有道具都放到房间里，天真地以为，堆满东西的房间就能营造出一种气氛，让观众能明显感觉到小女孩与众不同的生活方式。

我们也找到了一个小女孩，并将她带入这种"生活"中去。

我们这部幼稚的影片特别短……当时能用上摄像机就已经让我们兴奋不已了。这一切都太令人激动了！然后我们开始了拍摄，但是始终惴惴不安，能拍出什么样的作品呢？之后就一直等着能从洗印室里拿出胶片，看看到底拍成什么样子……

最终，我的第一部影片《女孩与她的东西》(《Девочка и вещи》) 就在这一系列的忐忑不安中诞生了。

米哈伊尔·伊利奇·罗姆，我们的导师，一个极富幽默感的人，看了我们的片子后说道："嗯，我觉得可以改个名字，叫《杂货店的小姑娘》。"

是啊，我们把房间堆满了，从家里拿来的各种东西当作道具，有酒杯、半身雕塑像、卷发器、照片、乐器、钳工工具、瓷器、水晶、老家具，还有很多其他的东西。

我将老师的点评记在心里了……我们的作品最终还是过关了。因为在影片中主要展现的是如何讲述一个故事，并没有偏离主题去拍摄人物对话。

那些不喜欢我的评论家们很多年后在一个大学生电影节上又看到了我的这部作品，他们说这是米哈尔科夫最好的片子，他之后拍的东西，简直无聊至极……

总之这不是我想看到的结果。对我而言我的严师——罗姆，只有他的评价显得尤为珍贵和中肯，总能给我以警示。

不过，无论如何这是我人生中第一次真正意义上接触电影胶片。

《我要回家》

(《...А я уезжаю домой》)（1968 年）

还记得在电影学院读书的时候，我的一部学年论文作品的剧情是这样的：秋天，在一个南方的疗养院里，两个截然不同的人相遇了——一个是艺术家，另一个是位普通的极地飞行员。他们认识了一位当地的渔民米哈雷奇，这个人比他们都年长，无论是岁数还是生活经验上都比他们成熟很多。

他们很快就成为朋友，但是当艺术家与米哈雷奇的前妻有了私情后，一切就都变了。

年轻善良的飞行员不想隐瞒米哈雷奇，便无意中告诉了米哈雷奇，那个艺术家在和谁交往，但是很不幸：他的鼻子被打断了。

这是个很普通的疗养院故事，疗养地罗曼史 [1]。

我们这个影片主要不是为了表现这些矛盾与波折，而是在影片结尾时要重点表达一种整体气氛，以及一种处世的态度。

4 个人在火车站分别，尽管中间有过不愉快，尽管经历过背叛的痛苦，尽管被打伤了鼻子，但是他们并没有对对方产生过敌意或者厌恶。这并不是因为他们是那种可以宽恕一切的人，或是十分高尚的人，而仅仅是因为在他们这些私人恩怨背后，隐藏着某种

---

[1] 俄罗斯文学中经常表现的题材，主人公在疗养地相遇、相爱，返回各自家乡时再分手的故事。

更重要的东西。当火车站的广播喇叭中传出《茨冈曲》时，他们跳起舞来，我们的影片就在一片欢乐明快的气氛中结束了。

这个结局的设定对我而言格外重要，可以说它意味着我步入了艺术的世界，是划时代的一刻。

剧本是我和我的同学热尼亚·斯捷布罗夫一起完成的，他非常有文学天赋。（但是热尼亚最后还是做了演员，并没有一如既往从事文学创作。）

《战争结束时平静的一天》

（《Спокойный день в конце войны》）（1971 年）

我的毕业作品《战争结束时平静的一天》是一部三段式影片，剧本是我和鲁斯塔姆·伊布拉吉姆别克夫[1]一起创作的。这是一个幽默但又悲伤的故事，因为电影的主人公在影片结束时牺牲了。

我们把这个剧本生生抻成了一部标准时长的影片。但是毕业生是不能拍摄长片的。确切地说，老师们不允许我们拍长片，他们直接说："不可以。"所以我们俩决定用学校给我们用于拍摄一部普通的三段式毕业作品的时间和经费，拍了一部长片。

说拍就拍。

我们的剧本设计很巧妙，非常具有地域性。影片中一共两位演员：娜塔莉亚·阿琳巴萨罗娃和谢尔盖·尼科年科，以及几个群演。一切都很朴素，没有任何多余的东西。电影的摄影师由德米特里·柯尔日辛担任，他是一名非常优秀的摄影师，不过很可惜他已经过世了。他比我年长很多，但是这并不妨碍我们成为忘年交。

我们饱含激情地投入工作中，我相信我们一定能拍出一部好电影。我敢这么说是因为不仅我自己这样认为，凡是看过这部片子的人都这样认为。但是，作品交上去之后居然被"毙掉了"。

德高望重的导演们忌妒了。这都是什么！给你们二十五万卢布拍毕业作品，这臭小

---

[1] 鲁斯塔姆·伊布拉吉姆别克夫，1939 年 2 月 5 日出生于阿塞拜疆巴库，是苏联和阿塞拜疆作家、编剧和电影导演。代表作有《彼岸》《天堂鸟》《烈日灼人》《西伯利亚理发师》《套马杆》等。

娜塔莉亚 · 阿琳巴萨罗娃和谢尔盖 · 尼科年科在电影《战争结束时平静的一天》中的剧照

子居然用三个月拍出了一部长片！当然，说了这些话之后人们可以反问他们："你们一年中用在电影拍摄的时间究竟有多少？你们为什么不能又快又省钱地拍出电影呢?！"

我明白我们的影片在艺术委员会那里留下了深刻的印象，然而电影的命运在当时这种情况下并不取决于它的质量，而完全出于实用主义的考虑。比如，人们首先考虑的是拍电影前要如何分配经费和如何安排电影制作中各个环节的时间。所以导师们友好地"毙"了我的作品，硬是让我把一部一个半小时的电影剪辑成35分钟的短片。然而无论是当时还是现在，我都没有怨恨过他们，因为我明白：我要是他们，也会那样做。

《敌中有我，我中有敌》

（《Свой среди чужих, чужой среди своих》）（1974 年）

在拍摄影片《敌中有我，我中有敌》（《Свой среди чужих, чужой среди своих》）之前我和爱德华 · 沃罗达尔

斯基一起写了一部小说叫《红金》(《Красное золото》)。小说还引起了《共青团真理报》
(《Комсомольская правда》) 不小的关注。小说的故事是这样的：苏联肃反人员将一批从
资本家手中缴获的黄金从西伯利亚押送到莫斯科的途中，意外被白匪劫走，金子几经转
手后下落不明，直到肃反人员将黄金夺回来。

我们想竭力传达出我们想表现的东西。我们的工作热情很高，但与此同时拍这部片
子也会承担着巨大的风险。因为有人认为，影片充斥着过多的剧情反转和哗众取宠的噱
头，而这一点我并不同意。我认为大部分观众也不会同意这种看法。

影片《敌中有我，我中有敌》体现了一种我个人特有的对待生活的感知，我的个性，
以及体现了我对电影的理解。这是唯一一次我为自己写角色（我一般不会这么做，而是
根据剧情需要进行表演）。

我们没什么好坚守的地方，所以我们占领了一个新的领域。但守业更比创业难。当
你进入了一片处女地而不会瞻前顾后的时候，这的确会让你感觉到前所未有的兴奋和自
由。在这部电影里我们向自己也向人们证明，我们无所不能。

我们是一个团队：摄影师巴沙·列别舍夫，艺术指导萨沙·阿达巴什扬（之后我和
他一起写过剧本）。拍摄只用了 8 周。当时的我们自由自在，信马由缰，互相打闹……

必须要强调的是，我们完全没有因为借鉴舶来品而感到过羞愧或者顾虑。所有那些
我们有机会在莫斯科电影学院和白柱镇（Белые Столбы）[1] 看到的经典影片：约翰·福特
（John Ford）[2]，特别是赛尔乔·莱翁内（Sergio Leone）[3]，尽管我们很向往美国和意大利的

---

[1] 白柱镇（Белые Столбы）是莫斯科州多莫杰多沃区的一个行政规划区，俄罗斯联邦国家电影基金会就
     位于该区，并从 1997 年起在此地举办每年一届的"白柱镇"纪录片电影节。

[2] 约翰·福特（1894—1973），美国著名电影导演。一生拍摄 140 余部影片，是有史以来奥斯卡最佳导
     演奖得奖最多的电影导演。其创作最能体现勇敢开拓的美国精神，他被誉为美国最伟大的电影导演
     之一。

[3] 赛尔乔·莱翁内，意大利导演，自 1964 年起连续三年拍三部"镖客"系列意大利式西部片（Spaghetti
     Western）而大受世界影迷欢迎。虽然莱翁内只导演过 9 部电影，但他对世界影坛的影响极为深远，
     特别是动作片类型电影及导演。

尤里·巴戈德廖夫饰演伊戈尔·什洛夫

西部片，然而以巴尔涅特 [1] 和瓦西里耶夫兄弟 [2] 这样优秀的俄罗斯电影人为代表的俄罗斯电影流派依然是我们这些电影人的根基。

电影的题材一开始就被我们确定了，而内战这个时间段很适合这部电影主题。

西部题材、童话和音乐剧一般来说都是干净简明，有章法可循的。我很喜欢这类简明的题材。但是我知道有人对这种题材的框架感到无聊，甚至有种被限制拘束的感觉。可对我来说，正是在这种框架中，我才有理由去发掘

---

[1]　鲍里斯·瓦西里耶维奇·巴尔涅特（Борис Васильевич Барнет，1902—1965），苏联导演、编剧、演员。代表作有影史经典之作《特鲁布纳亚路的房子》（《Дом на Трубной》）。他被法国新浪潮导演雅克里维特赞誉为："除爱森斯坦外，巴尔涅特是苏联最好的导演。"

[2]　瓦西里耶夫兄弟（Vasiliev brother），苏联两位长期合作的电影导演兼编剧。苏联电影导演盖奥尔基·瓦西里耶夫（Георгий Николаевич Васильев，1899—1946）和谢尔盖·瓦西里耶夫（Сергей Дмитриевич Васильев，1900—1959）合作执导影片时所用的笔名。

尼基塔·米哈尔科夫饰演亚历山大·布雷洛夫　　　　亚历山大·凯丹诺夫斯基饰演的骑兵大尉列姆柯以及尼
　　　　　　　　　　　　　　　　　　　　　　基塔·米哈尔科夫饰演的布雷洛夫

那些看不见的、隐藏在深处的东西。在这种题材中，你会不自觉地发掘出某种可以改变题材走向的脉络，让它变得和一般发展轨迹不同。

　　尤里·巴戈德廖夫饰演的希洛夫和亚历山大·凯丹诺夫斯基饰演的骑兵大尉列姆柯在一起探讨关于"合理的"自私与"愚昧的"无私，以及为什么有人事事不顺，而有人做事却如有天助……希洛夫对匪徒卡尤姆（康·莱金饰演）"使徒"般的劝谕……而这些情节仿佛让一部西部故事上升到了哲学寓言故事的高度。而且所有这些情节并非是"刻意安排"的，而是自然发展使然，都是那些"西部故事"中常有的情节起伏。

　　正因为在传统题材中发掘出了前所未有的东西，结果我们被媒体铺天盖地批评，说我们没有客观反映国内战争的现实。比如，他们说，土匪头子没有像美国人一样穿着大衣和帽子踱步，没有用那个年代的圆盘机枪。

　　尽管我知道英国于 1913 年发明了路易斯机枪，并且在"一战"期间以及我们的内战时期被广泛应用。但是如果就连马赫诺[1]的私人保镖都用路易斯机枪武装，那样的剧情就太雷人了！

　　然而之前的影片造成了人们的刻板印象！实际上在内战期间路易斯机枪很流行。而在瓦西里耶夫兄弟家喻户晓的影片《夏伯阳》[2]中出现的是马克西姆机枪，而后在大部分影

---

[1]　马赫诺（Махно Нестор Иванович，1889—1934），俄国国内战争时期南乌克兰小资产阶级反革命首领
　　之一，无政府主义者。

[2]　《夏伯阳》（《Чапаев》）拍摄于 1934 年，由苏联著名导演瓦西里耶夫兄弟指导拍摄。影片讲述战争期间
　　红军英雄夏伯阳的故事。

片中马克西姆机枪就成为主力装备。这样的做法逐渐导致观众对电影产生了刻板的印象。

大衣和帽子？其实无论是哥萨克首领还是塔木博夫农民起义军首领都不穿大衣、戴帽子。他是个土匪（出身知识分子家庭，但是十月革命毁了他的家庭），他想穿什么就穿什么，哪怕是戴着有面纱的女士帽子。在他那儿，一切皆有可能。

还有，布雷洛夫的衣服都是根据那个年代的照片改良过的。当然会有一些改变，但是为什么非要遭受批评呢？

电影《敌中有我，我中有敌》的主角个性与赛尔乔·莱翁内拍摄的西部电影中有着坚定目标的骄傲骑士，以及内战主题影片《光明的未来》（《светлый будущий》）中爱幻想的苏联士兵都截然不同。

我的电影中主人公注重的是兄弟之情，对自己朋友的关怀与拯救朋友们的强烈愿望。在他们面前为自己辩护以及替他们辩护。最后要么回到"自己人"这里，回到"自己"的世界里，要么死去，因为已经没有在"别人"世界里生活的意义，那里没有忠诚、慷慨、爱和诚实。

"为朋友两肋插刀。"俄罗斯因为十月革命和内战已经造成了社会断层，以至于人们已经失去相互间的信任。而这句话，却又一次体现出那已经消失了的兄弟之间情同手足之情和发自内心的慷慨。

我很幸运，因为我能活到 1974 年说出这些话，而当时所有的夸张言论和异想天开的想法都不能碰触党的底线，要迎合官方的宣传基调。

一提到内战，有一种约定俗成的规矩，就是一定要拍出一种"浪漫主义"色彩。所有内战的冲突，所有正面角色和反面角色，都要体现出统一的神秘感。我当时不想破坏这个规矩（也不可能破坏这个规矩）。所以我一开始就决定，我的电影不拍红军和白军之间的故事……

或许，这可能就是观众一直以来都喜欢这部影片的原因。

我还记得当时自己有多么疯狂，我想一下同时做 N 件事情：又拍片，又演戏，还想骑马。扮演布雷洛夫这个角色的时候我甚至没有感觉自己是在表演，一切都是顺其自然。所以我们这部影片拍摄得很轻松。并没有像很多导演那样如果不施加压力、制造紧张气氛甚至片场出现恐怖的痉挛就拍不出片子（许多导演都喜欢用抬重达几十公斤原木的剧情设置来传达劳动者吃苦耐劳、自我奉献的英雄形象，可是木头就是木头，为什么不换个方式，非要如此折磨影片的主人公呢）。虽然体力上感觉很疲惫，但是我们都没有在

列姆柯（亚历山大·凯丹诺夫斯基饰）、什洛夫（尤里·巴戈德廖夫饰）、卡尤姆（康·莱金饰）乘着木筏追寻金子

意，没有停下，没有纠结，超越它，然后不停地前行。

但是……我们还是遇到了很多困难！为了拍摄一个晚上抢劫火车的镜头着实费了不少力气。可拍完之后发现胶片根本不能用。片子的效果就像用叉子挠过一样。别无选择，我们只能重新拍，可那时我们人已经在巴库[1]了。

大部分镜头是在车臣 – 印古什[2]的格罗兹尼[3]拍摄的。现在都难以想象。这些地方都已经毁掉了，烧掉了。而当时我们可是在那里散过步、喝过酒……毫无顾忌地。当时我在山坡上打滚，莱金和巴戈德廖夫从陡峭的岩石上一猛子扎进了河里。这条河简直深不可测。我们用竹竿量，结果竹竿直接被河水冲走了。我们又找来一根铁轨放了进去，开始觉得挺深的，后来证明的确如此，因为铁轨也被冲走了。

---

[1] 苏联地名，现为阿塞拜疆首都。

[2] 地名。苏联境内的自治共和国之一。

[3] 地名。苏联时期格罗兹尼（Грозный）为车臣 – 印古什自治区的首府。格罗兹尼是俄罗斯联邦北高加索联邦区车臣共和国首府。

亚历山大 · 卡良京饰演铁路工人万纽金

我们迎着危险走去，然而却不知何为危险。对待电影我们更是如此。在电影中我们也体现出了这种不畏困难的精神。

我们用替身演员完成了一些有难度的镜头。与他们之间也发生了一些有趣的故事。在休息时，替身组讨论如何拍摄抢劫火车那一幕，比如怎么跳上火车，他们以什么速度跟进，马以什么速度奔跑。他们讨论得十分投入，讨论持续了很久。而我的"匪帮"主要是当地人组成的群演，他们的任务是要"劫下火车"。（不知他们中间有谁还健在。）其中有个留着小胡子的年轻帅小伙听到了替身们的谈话，一下子就跳到了马背上，追上了开去车库"休息"的火车，从马背跳上火车，又从火车跳到马背上，然后笑着骑了回来。

小伙子的行为着实让这些替身演员们心里不是滋味儿。他们跟剧组的行政工作人员谈话，目的很明确——给自己找个理由，为了维护自己的利益和行政工作人员争吵抬高自己的身价。忽然，一个本地人拿起没吃完的西瓜，轻而易举地就做了一个替身开了很高价钱才肯完成的特技动作。

当时我剧组里大部分都是来自当地的彪悍男人。他们来到剧组，问我："武器是你们提供还是我们自己带？"

我记得当时我们组建群演团队，将他们分为两组。我们说：第一组是被劫火车上的乘客，第二组则是强盗。车臣人便一溜烟儿地都从第一组离开去了第二组。他们说："抢劫我？你算老几？"对他们来说，被抢简直是件极其耻辱的事情。

40 年过去了，今天回想起来印象最深的是他们那种不畏艰难攀登峻岭陡峰时惊人的敏捷和灵活，是一种疯狂刺激、自由驰骋的潇洒。

《爱情的奴隶》

（《Раба любви》）（1975 年）

《爱情的奴隶》（《Раба любви》）从头至尾都是一部不同寻常的电影，甚至拍摄它的初衷就很离奇。

一开始这部片子本来是由鲁斯塔姆·哈姆达莫夫[1]拍摄，取名为《意外之喜》（《Нечаянные радости》）。主角由娜塔莎·列布列和叶莲娜·索洛维饰演。这部片子本应是一部黑白影片，典型的哈姆达莫夫风格。但是非常遗憾，他最终没能完成这部影片。根据莫斯科电影制片厂厂长尼古拉·特罗菲莫维奇的说法，他临阵脱逃了。他跑掉的原因（对此我深信不疑）是因为他拍摄影片特立独行，总是使用一些大家无法理解的方式拍摄自己的电影，而最关键的问题是他无法向国家电影委员会（Госкино）的编辑部、总办处和审查人员解释他为什么要这么拍。

这在当时是一部很敏感、很颓废主义的影片，充满着哈姆达莫夫式的情感色彩，哈姆达莫夫式的服装、哈姆达莫夫式的帽子，充满着一切他特立独行的元素。但是我确信，在艺术指导委员会看过他作品资料后抛出第一个问题的一刹那，他的眼睛已经望向了门口并在几分钟后义无反顾地离开了，即使是现在他也会做出同样的举动。或许他只听了

---

[1]　鲁斯塔姆·哈姆达莫夫（Рустам Усманович Хамдамов），苏联和俄罗斯电影导演、编剧、艺术家。联想、隐喻和视觉层面的独特的电影语言创造者。

两句让他修改影片的建议，但是，他根本没有回答委员们的问题，起身扬长而去。因为他的作品不可以被修改。

想把他的作品当作一块布料，从这里裁下一块然后拼到那里，可还是哈姆达莫夫的作品，只是已经被改得面目全非，即使脉络清晰、文雅讲究也已经与他赋予自己作品的独特烙印完全背离。哈姆达莫夫多半是感觉到在这些艺术建议中有些东西已经开始"无法掌控"了，所以他干脆就消失了。

他不再去摄影棚，拍摄就暂停了，影片还没拍完就搁置了。并且已经用掉了三分之一的经费，只留下一堆拍好的素材，尽管编剧弗雷德利赫·格雷恩什登和安德隆·康察洛夫斯基都还在坚守岗位，但是他们和影片的素材没有任何关系，所以除了哈姆达莫夫外，没有人能剪辑这些片段。

事实上以哈姆达莫夫惊人的想象力还可以挽救这部电影，只是他需要向国家电影委员会解释，然后继续完成这部影片的拍摄。然而我相信这个方法还是行不通，因为他不可能这么做，但是早晚这部杰出的作品终将问世，只不过暂时把它搁置起来。如今我们都明白了，它在等待一个时机。

对于一个导演来说，和人打交道（与不同道德文化水平、不同性格和生活阅历的人）是避免不了的，每天到了片场就开始了紧张的日程，"有没有阳光？——没有阳光！""我们要午休吃饭""司机要串休"，会遇到很多鸡毛蒜皮的日常小事，但是这些对于敏感细腻的哈姆达莫夫，一位才华横溢的艺术家来说，显然不太合适。他是另一种人，他很害怕这些事情，所以我认为这才是《意外之喜》拍摄中断的原因。

所以，这部影片被尼古拉·特罗菲莫维奇和艺术指导委员会正式叫停了……直到后来他们找到了我，希望我可以完成这部影片的拍摄。我回答说，我不拍，因为这是另一种风格的电影，是哈姆达莫夫式的。并且，我认为自己没有权利去干涉别人的事情，干涉别人的创作，哪怕是已经被叫停的影片。如果他们愿意的话，我可以尝试用剩余的经费另外拍一部主题相近（但绝不雷同）的片子。他们问我能否成功，我只能说我会尽力。

我们重新把编剧弗雷德利赫·格雷恩什登和安德隆·康察洛夫斯基召回来。我们重写了剧本，确保我所要拍摄的影片是个全新的产物……

人们用恶毒的言语攻击我，责怪是我毁了哈姆达莫夫，是我抢了他的片子，以及种种类似的话。哈姆达莫夫替我辟谣，因为这简直就是一派胡言！鲁斯塔姆没有参与到我影片的拍摄中，从来没有，也不可能参与。

叶莲娜·索洛维饰演奥莉加·沃兹涅先斯卡娅

最后我们是去敖德萨拍摄的。叶莲娜·索洛维继续饰演女主，不过这时已经没有娜塔莎·列布列的参与了。用了两个半月到三个月我们就用剩余的经费按时拍完了影片。

当摄影指导帕维尔·列别舍夫和他的团队提出一个听起来很棒但却十分冒险的想法——曝光国产胶片以提高其光敏度，（当时看来这简直是胡闹！）但是却达到了预期的效果。我不清楚具体是怎么做到的，但是我知道我们冒了很大的风险，也获得了强烈的反响。从来都没有过如此色彩绚丽、高清的苏联影片。

这是一次异常艰巨却又愉快的拍摄经历，电影的制作过程本身就充满了戏剧性和悲剧色彩，跌宕起伏。当我们在敖德萨拍摄时，亚历山大·阿达巴什扬的妻子同时也是帕维尔·列别舍夫的姐姐——玛丽莎不幸离世。这对我们来说是巨大的损失。她的去世影响了我们整个团队的状态。因为亚历山大·阿达巴什扬和帕维尔·列别舍夫是我们团队两位核心人物，整个剧组的工作都和他们有关。不仅仅是个人工作的执行度、心情和投入状态，剧组整体氛围都受到了影响。"双重"打击如横空降临的灾难深深撼动着整个剧组的神经。

演员奥列克·巴西拉什维利化妆成制片人萨瓦，摄影师帕维尔·列别舍夫，导演
尼基塔·米哈尔科夫和艺术指导亚历山大·阿达巴什扬

* * *

电影中有一个黑白镜头，罗吉欧·纳哈别托夫和叶莲娜·索洛维演得特别好，拍得非常唯美感人。这段演员的情绪实在太到位、太强烈，甚至让我觉得：如果留下这段，那么后面的情节中感情戏就需要再加强，但是那是不可能的。所以，令大家都吃惊的是——我删了那段。我相信我的判断。因为这个片段拍完，所有人都被感动哭了——他们演得实在太好了！但是删掉它正是为了整体的影片效果。我非常地骄傲，因为我有勇气下这样的决心。如果留下这个镜头，只是一个镜头的胜利，但是我们电影整体的情绪效果就会大打折扣。

我认为，能否严格地对待素材，在某种程度上体现了导演是否成熟。我们的影片最终斩获了众多奖项。并且成为在伊朗革命前沙赫国王统治时期德黑兰电影节的最后一部获奖作品。我获得了"金牛"最佳导演奖（《Пластину Золотого Тура》），而后大量奖项接踵而至。

我第一次去美国就是带着《爱情的奴隶》这部电影。我还记得那令人惊讶的场景，就像那些讲述"美国梦"的好莱坞电影里的画面。我沿着纽约的街道走着，看到电影院

罗吉欧·纳哈别托夫和叶莲娜·索洛维在电影《爱情的奴隶》中的剧照

前排着队，我走近一看，原来他们在排队等着看我的《爱情的奴隶》。真是太让人感动了！还有一件让我惊讶的事情，甚至让我有点小骄傲，杰克·尼克尔森拿了我电影的一盒胶片用于收藏。我不知道这部电影哪里吸引了他，但是正是从这件事后我和他开始成为朋友。

　　和尼克尔森分别的时候，他送了我一把导演椅子，上面写了我的姓氏。虽然有点拼写错误，我还是把这把椅子带回了俄罗斯，直到现在我在片场使用的还是这把椅子。

　　影片拍摄之后我和亚历山大·卡良京、叶莲娜·索洛维以及科里亚·帕斯图霍夫的创作友谊更加深厚了——他们后来都在我的《一首未完成的机械钢琴曲》（《Неоконченная пьеса для механического пианино》）中饰演角色。

　　我个人认为电影《爱情的奴隶》就应该以主角的牺牲作为结局。

　　炎热的一天，街边的一家咖啡馆，桌子旁坐着是奥莉加·沃兹涅先斯卡娅，一位著名的女演员，无论是在电影中、在爱情中，还是在生活中早已习惯了表演和伪装，这些明艳却机械的角色让她备受煎熬，她抗拒着，愤怒着，但是这已经深入她的骨髓和血液，无法改变，也无法逃避。

她就是那样——处处都是女主角，无法理解现实，那就选择逃避，生活在虚拟的艺术世界里。她向男主人公表白，正如我们常听她讲，她还没有丧失爱人的能力。她的表白仿佛是突然的，带着那女性自然而然的不设防和内心的矛盾。表演对于她来说已经成了不自觉的习惯，连她自己都搞不清内心的真实想法了。在这个街边的咖啡馆里，在他死前的五分钟，她好像都不知道自己在干什么，歇斯底里地表达着她的爱。他们互诉衷肠，相约过几个小时在她家里见面，他坐上敞篷汽车开到广场去，然后他就在她的眼前被打死了。这一切好像在一秒之内发生。一个刚刚表白了心意的人，一个刚刚被示爱了的人，两人相约晚上一起就着果子羹喝茶，他们之间有着美好的未来，完整圆满的生活。而这一切在这一瞬间戛然而止。而她还在咖啡馆里坐着，广场和往常一样空旷，她手里拿着茶杯，准备喝光里面的茶，但是没来得及。陶瓷茶杯与杯碟相碰时发出的那孤独却又令人紧张的声音，在这个南方夏天的氤氲中，在我的脑海中从这一个镜头开始渐渐倒退，倒退到最开始。

我们拍电影，也希望观众可以用我们的眼光来欣赏这部电影。但事实是，从一开始的海报宣传，观众的反应如脱缰野马般失去了控制。电影片名本身就让人们联想到我们国内经常引进的印度或者阿拉伯电影的名字。然而印度电影迷在影院观看了电影之后会很生气甚至是愤怒。叶莲娜·索洛维的语调，电影的风格，甚至剧情都不是观众所熟悉的，这就令观众感到莫名其妙的不适感，因为它打破了观众的刻板印象。

并且影片的片名也将本来对电影感兴趣的观众吓跑了。有个纯技术方面的细节：在海报上电影的标题常常会忘记打上引号。引号是用来强调我们这部影片不同于反映历史事件的题材以及俄罗斯的无声电影时代。我们是根据这部影片的剧情而给电影起的名，电影主演是奥莉加·沃兹涅先斯卡娅。

我说这些是为了让观众在观影前要做好接受电影的准备：可以通过媒体、广告和电视对影片先具备初步的认知。观众应该对电影的题材、风格、时代有个简单的了解再来观影。这样他们就可以带着合适的情绪来到电影院欣赏影片了。

对我来说，《爱情的奴隶》的魅力正在于它独特的电影语言。**我从来不愿意转述剧情。艺术家的任务——是要艺术地、有感情地表达自己的想法。重要的不是讲了什么，而是怎么讲。真正的艺术家要找到属于自己的语言，找到能表达自己想法的独特风格。**

而这正是电影的本质所在。

1989 年的一天，在纽约发生了一件很感人的事情。

在我下榻的宾馆里，有个电梯工向我走来问道，是不是那个拍《爱情的奴隶》的导演米哈尔科夫，然后问我要签名。

想象一下，在遥远的美国，一个普通的工人都还记得 1975 年的电影！

我心里非常感动，并且向天祈祷，希望他永远都不要剥夺我感恩和感受意外之喜的能力。

<h2 style="text-align:center">《一首未完成的机械钢琴曲》[1]</h2>

（《Неоконченная пьеса для механического пианино》）（1976 年）

把契诃夫的作品翻拍成电影的想法是相当偶然地出现在我脑海中的，而我认为这是自己电影之路发展至今的一个成果。在电影《爱情的奴隶》中就有一系列的场景已经展示着拍摄组的日常工作和生活状态，我们尝试寻求的是契诃夫的独特风格，其写作特有的讽刺性、敏锐性、透彻性，以及契诃夫式难以捉摸的人物关系。

我们为什么会选择拍摄契诃夫最不出名的一部短篇小说呢？

一方面的原因是，几乎契诃夫所有风格成熟的短篇小说都已经被搬上了电影银幕，例如《三姐妹》（《Три сестры》）[2]、《万尼亚舅舅》（《Дядя Ваня》）[3]、《海鸥》（《Чайка》）[4]。还剩下的一部《樱桃园》[5]也不见得会交给我们这一群年轻的电影工作者来拍摄，毕竟当时有许多更有资历的从业者都想要拍摄这个剧本。从另一方面来看，《孤儿》相比于契诃夫的其他作品来说更加有吸引力的地方在于，它是契诃夫 17 岁时的创作，写作风格还没有完全成型，而这也给了我们最大的空间去解读作品。

---

[1] 《一首未完成的机械钢琴曲》是 1978 年上映的一部苏联喜剧片，由尼基塔·米哈尔科夫导演。这部影片根据契诃夫的几个作品混合改编而成。本片获第 25 届（1977）圣塞瓦斯蒂安国际电影节金贝壳大奖。

[2] 《三姐妹》是契诃夫在 1900 年所著四幕剧本。

[3] 《万尼亚舅舅》是契诃夫在 1896 年所著剧本。1971 年由安德烈·康查洛夫斯基导演同名电影。

[4] 《海鸥》是契诃夫在 1896 年所著剧本，这部作品标志着契诃夫戏剧创作的成熟。

[5] 《樱桃园》是契诃夫在 1903—1904 年所著四幕喜剧。

《一首未完成的机械钢琴曲》中的演员叶甫盖尼娅 · 格鲁什科 [1] 和亚历山大 · 卡利亚金 [2]

　　我们以此短篇小说作为剧本的基础，并在拍摄工作中不断地做一些改编，努力把契诃夫这部青年时代的作品拍出其后期成熟作品的风格。为此我们借用了契诃夫其他作品内容，不过只是极小的部分。我们在剧本中加入了一个短篇小说《庄园》(《В усадьбе》)里的角色奥列格 · 拉什科维奇。我们借用的部分与其说是具体内容，不如说是契诃夫的内在情感。

　　在积累的戏剧性基础上，我们追求的拍摄效果是尽可能多的喜剧性、怪诞性和意外性。而相反，在喜剧情节下要努力表现的则是情节内在的紧张性和戏剧感。针对这个目标我们并没有固定的计划，就是让观众的情绪在紧张和开心的氛围下不时交替转换。对于我们来说重要的是保持好情节统一，使故事主线能够自由发展，而不会出现生搬硬套的强迫感，避免传达给观众浮夸做作的情感。

　　按照原著剧情，普拉东诺夫被由爱生恨的索菲亚枪杀了。我们并没有采用这个结局。可能我的想法看起来有些反叛，但在我看来作者在这里出现了一个错误，那就是伊万诺夫杀了他。契诃夫笔下的人物们都无法真正杀人。甚至是当万尼亚舅舅本可以射杀谢列布里亚科夫时，他也没能成功；甚至在特里波列夫想自尽前，企图枪杀自己的做法也失败了。契诃夫小说中想要自杀的人物，都是在最后的关键时刻放弃了自杀行为。在我看

[1]　叶甫盖尼娅 · 格鲁什科（Евгения Глушенко），苏联女演员。1952 年出生。代表作有《侧面和正面》《一首未完成的机械钢琴曲》《奥勃洛莫夫一生中的几天》《候车室》等。

[2]　亚历山大 · 卡利亚金（Александр Калягин），苏联男演员。代表作有《一首未完成的机械钢琴曲》《大师和玛格丽特》等。

来，契诃夫极大程度上表现了真实的人类性格。他自己也说，他所描写的不是英雄，不是恶棍，也不是天使。

普拉东诺夫也是如此。他曾背叛自己的感觉，这其实是对自己的出卖。他依旧认为未来有无限可能：他年轻又健康，比别人都聪明，也更会讽刺身边的一切。他还有很长时间去感受生活，即使总是在周边庸俗的乡巴佬们身上碰钉子、受打击。但原来生活已经开始了它的下坡路，先前认为自己在不久的将来会取得空前的成功，而现在这些幻想也全都化为灰烬。

他有了私奔的机会，他渴望奔向他深爱的女人索菲亚。她对他说："走吧，这对于你自己和世界都是件好事儿。跟着自己的良心走是对的。当然，你的妻子和我的丈夫会很痛苦。不过你还是要做的。"

普拉东诺夫最后也没有做到，这并不是因为他要怜悯谁，而仅仅是他没办法做到。人是多么的软弱！他把这件事怪罪到所有人身上，却唯独不责怪他自己。错在他们白白耗费了他的生命，而不是自己。

普拉东诺夫甚至在跳河自杀时还没有意识到这一点。如果他真的溺死了，那么我们也许把他看作一个还算正直勇敢的人物。宁愿选择死亡，也不愿继续在乏味庸俗的世界里继续苟活。这是个勇敢的行为！但是在跳进河里以后他才发现河水只到他的腰部，他只能控诉之前没有一个人告诉过他。他的精神也受到了打击。心胸宽广和目光短浅，敏锐聪慧和盲目无知，人性的伟大和渺小，人物的复杂性格通过这些自相矛盾的特征全方位地展示在了我们面前。

不过事实上普拉东诺夫并不是唯一没有做到的人，索菲亚也是一样。她完全不再是普拉东诺夫不顾一切爱着的、像河水一样清澈单纯的女中学生了。

现在的索菲亚已经完全迷失在表面奢华的生活中了，为此不惜伤害回忆里美好的悸动和自己心底最隐秘的感情。正如格里鲍耶多夫所说："对于生活而言内在世界远比外在世界更有趣。"索菲亚现在心中的理想生活是外在的、物质的。她希望普拉东诺夫会工作到汗流浃背、筋疲力尽来养活她，他可以当个老师，而她也会帮助他的。这是她所能够想象到的，作为一个勤劳有爱的劳动妇女的生活方式。在她的表述里面，这些都成为巨大的谎言。因为索菲亚已经选择相信了自己的想象，而非普拉东诺夫带着真诚、温柔描绘的未来。（可她的独白到最后已经开始带了点德国口音，听起来有些尖酸刻薄了：就当个平凡人好了。）显而易见的是，如今的索菲亚已经不再是普拉东诺夫渴求的人儿了。

安东尼娜·舒拉诺娃[1]饰演将军遗孀沃伊尼采诺娃，尼基塔·米哈尔科夫饰演医生特里列茨基

结果是普拉东诺夫内心幻想的崩塌。即使他有能力也有可能私奔，但是已经不值得了。要知道，索菲亚已经感觉不到自己生活在多么虚伪的环境当中。她抛弃了普拉东诺夫，毫无眷恋地回到了丈夫身边，也回到了自己曾经想要逃离的生活。正如所见，使她激情澎湃的事情，不是对自我需求的清楚认知，而只是"雄性"群体在理智和力量上的显著的优越性。

为了更好地表现电影世界的风格，我认为青年形象的塑造是很重要的。在拍摄开始前些天，我正想着一定要找到剧本里面的人物对位，这对于观众来说是必需的，然后这个形象意外地出现在了我的脑海中。

剧本是很早之前就准备好了的，可是我感觉到它还缺乏一定的张力，克服这些脆弱人物圈的局限性，为观众展示另外一个世界、另外一种生活界限。这就是青年形象出现的原因。坦白说，我很为自己这个想法而骄傲。这不仅仅是意外获得的剧本灵感，而是电影作品创作不断积累的成果。

为此，我甚至不得不和我的好朋友、电影合作者亚历山大·阿达巴什扬进行严肃的争论。他认为青年形象的加入是个异端，并不符合原剧的艺术风格。实际上这个青年形象和故事逻辑发展并没有什么干系，但我认为在这种情况下必须找到打破艺术结构的方

---

[1] 安东尼娜·舒拉诺娃（Антонина Шуранова），苏联女演员。代表作有《一首未完成的机械钢琴曲》《战争与和平》等。

法，这需要缜密的构思。而这个决定无疑让电影中想要展现的生活轨迹充满了不可预料性，其潜藏的暗流却永远给人们留下希望。

而我认为这种设定和契诃夫的世界观是近似的。

总的来说，契诃夫创作的诗歌结构就像是冰山，水下的部分要远远比水上的部分庞大得多，深邃得多。而他的戏剧创作就如同散文，让我想起了林荫小道。很难让人理解各种言外之意和隐晦的思想。如果走近看，就会发现第二条、第三条和更多思想的分支。这些都是在表面上无法立刻发现的。只有当我们靠近并且走上这条小道，才开始真切地感受到。若只是旁观，只能是一无所获。

契诃夫的一切对于我来说，就仿佛是一条在大风里不停摇摆的羊肠小道。

《五个夜晚》
（《Пять вечеров》）[1]（1978 年）

在《奥勃洛莫夫》第一部和第二部的拍摄期间，中间被迫出现了两个半月的空窗期。

我没有留下摄制组的权力，因为不能让他们白白工作却没有工资。但我也不能就地解散摄制组，那样的话所有人都会投入其他电影的工作中，再把他们集中起来难于登天。于是当时我就有了一个冒险的想法：在这段短暂的空窗期内拍摄一部新电影。

通常的拍摄过程要持续 8 到 9 个月，而完成电影的全部工作要接近一年的时间。当我来到制片厂经理的办公室提出这个想法的时候，他们带着怜悯的眼神看着我，仿佛在说：瞧瞧他，米哈尔科夫说他准备好了。

我努力地说服了他们。而其实制片厂已经做好了放弃这部电影的打算。总而言之，就是豁出去试一试。《五个夜晚》拍摄了 26 天，这些天全部是日夜不休的工作日。

就《五个夜晚》本身的特征而言，它属于剧情。拍摄当时，我们是可以改动原剧内容从而符合现代要求的，但我们一致认为这种改动对电影本身有着致命的伤害。沃洛

---

[1] 《五个夜晚》是 1979 年上映的苏联言情电影，由尼基塔·米哈尔科夫导演。

柳德米拉·古尔琴科饰演塔玛拉，斯坦尼斯拉夫·柳布申[1]饰演伊林

金[2] 所讲述的历史给我们开辟了一条道路，引领我们进入过去的世界，让我们带着怀旧的忧伤和温柔，再次感受那个时代。我们制作的是怀旧影片，但是怀旧的内容是独特的，是能够被所有人体会到的。《爱情的奴隶》或者《一首未完成的机械钢琴曲》表现的历史离我们太遥远，让我们可以适当自由描绘当时的日常生活和衣着，那个时代的整体风格，甚至是人物性格的艺术形象塑造。而20世纪50年代中期，则是包括我在内的老一代人都经历过的年代。每个人都保存着那段时代的回忆。《五个夜晚》中塑造的人物也许就是一群活在你我身边的那个时代的见证人。

只有当我们看到与自己时代相近的照片、报纸、杂志

---

[1]　斯坦尼斯拉夫·柳布申（Станислав Любшин），1933年出生，俄罗斯演员、编剧、导演。代表作有《那年我二十岁》《黑僧》《五个夜晚》等。

[2]　亚历山大·沃洛金（Александр Моисеевич Володин，1919—2001），俄罗斯剧作家、诗人。他被称为"60年代"剧作家代表人物。

和新闻纪录片时，才能真切地感受到已经不知不觉过去那么久了。一切都变了：时尚、外貌、人与人的相互关系、生活节奏，以及社会环境。而我们所努力阐述的这些，都是为了保留沃洛金的浪漫主义世界观和他内心的仁善。

在对人物角色的性格和本质进行深入思考的基础上，我们决定了其艺术表演形象：塔玛拉·瓦西里耶夫娜就像一颗播种下去却没有发芽的种子，生活就此停顿，不与外部世界来往。当伊林上了战场，消失多年后，塔玛拉就剪断了自己同过去的联系，再也不去回忆。她收敛克制着对侄子和对工作的担忧，就这样活在自己的世界里，不愿意把自己放出去，也不愿意把别人放进来。塔玛拉的生活是节制又简单的，她似乎从没有猜想过其他生活方式的可能性，也不期望什么时候爱情会再到来。

而我们所看到的伊林就好像是一棵根须朝外生长的大树。他强壮、开朗又自信。习惯了豁达大度，慷慨豪放的生活风格。伊林觉得自己的生活有趣又充实，却独独缺少了爱情这个部分。因此在周边喧闹嘈杂的环境衬托下，这种生活又显得如此空虚寥落。而此时对过去美好感觉的回忆倏地重现了，这使他局促不安，感受到了自己的脆弱，内心慌作一团，开始试图撒谎否认。他对新的生活还没有做好心理准备，毕竟这和他所习惯的生活是截然不同的。

这段感情的深刻回忆触碰到了塔玛拉·瓦西里耶夫娜的心，闯入了她日常生活的轨道。那颗种子发芽了，脆弱的幼苗给了干枯的树木新的生机和力量，竟使得这棵历经磨难、遍体鳞伤的老树再度开出花朵来。

两个人就这样不期而遇了，却带着各自不同的磁场。他们对生活、男女关系和爱情的理解都不尽相同。他感到迷惘，尝试给自己的行为找个解释却做不到。她也同样慌乱和犹豫，但是在心底却也保留着对爱情最纯洁幸福的期盼。

这部电影想要告诉我们：人与人之间最独特又真实的关系就是爱情。它体现的是人的精神世界和人类生活的本质。

饰演主角的两位演员古尔琴科和柳布申着实让人印象深刻。

柳布申是个好激动又心思敏感的人，很容易产生疑心，同时又特别地天真淳朴。所以我能理解如果有试镜的话对他来说是多大的折磨。

事实上，这对于所有演员来说都是一种痛苦，特别是当他们知道还有其他人选也在等待着试镜。

演员到达试镜场所做的第一件事，就是小心翼翼地观察除了自己还有什么人会尝试这个角色。如果房间上挂了试镜照片，演员首先就会偷偷看清楚还有谁想要和自己争夺角色。

虽然柳布申的外形和我前面描述的沃洛金笔下的人物并不是那么符合，但我还是决定打电话邀请他出演。他接到电话非常惊讶，并问我试镜是在什么时候。我告诉他，没有试镜，如果他同意出演的话，我会直接去找他签合同。斯坦尼斯拉夫难以置信地挂了电话，因为他觉得这通电话就是个恶作剧。于是我重新打给他，结果我刚开始说话，他就对我说："别开玩笑了！"然后又把电话挂断了。当我第三次打给他的时候，他就干脆不接电话了。所以隔天我又重新给他打了电话。

而这次通话我就非常严肃认真地解释了，我是真的要邀请他出演这部电影，并且不需要试镜。如果他决定接受邀约的话就告诉我，到时也就必须要来参加拍摄。不需要试镜，但拍摄前需要试妆、试发型、试服装等。

最后他来了。当然，所有造型的试镜内容已经用胶片记录了下来，然后提交给艺术委员会审核，这是惯例。柳布申到最后都不相信，他真的要和我们一起合作了。

和柳夏·古尔琴科的沟通就简单多了，因为很早就已经邀请了她。因为我们要在夏季和冬季拍摄《奥勃洛莫夫》，所以提前就明确了拍摄周期需要被压缩，于是当夏天我们还在乌克兰拍摄《奥勃洛莫夫》时，就邀请了古尔琴科进驻剧组。目的就是想早点儿和她谈谈塔玛拉这个角色，提前排练，尽可能为她这部戏的拍摄做准备。这里还有一个有趣的故事：当时柳夏不是剧组的正式员工，所以也无法给她相应的待遇。就是说她没有任何报酬。这给柳夏和我们都带来了很大不便。因为很难和领导机关、财务部门和制片厂解释，我们需要安排电影经费给这位女演员支付旅店费用，为了要让她出演另一部电影。于是我们和柳夏协商好，让她出演《奥勃洛莫夫》中的一场戏，虽然其实都不能称得上是"一场"。有谁记得在《奥勃洛莫夫》里面有这么一幕：阳光普照的白天，庄园里面坐着一个老太婆，她的脸上布满皱纹，身体佝偻，垂下头睡着了。这就是全部了。那个老妇人就是古尔琴科，我们正式邀请她扮演这个"角色"。这也给了我机会把她留在拍摄剧组里面。白天我们进行拍摄，晚上就一起讨论排演《五个夜晚》。

我也是那时才知道，原来柳夏在写书。我有幸成为她新书的第一位倾听者。她一边翻着揉皱了的、写满密密麻麻斜体字的手稿，一边给我读了她自己的回忆录，真是令人震撼。这本后来使无数人惊叹的书，讲述了她的父母、童年和生活历程。

《奥勃洛莫夫一生中的几天》

（《Несколько дней из жизни И. И. Обломова》）[1]（1979 年）

我们试图从道德角度去解析奥勃洛莫夫这个人物。他是个一向好吃懒做的懒汉，是个农奴主，也是俄罗斯帝国 19 世纪社会停滞时期的产儿。我们的意图不是争论原著描写的真实性，而是试图解析为什么这样一个懒汉农奴主的形象会显得如此可爱和亲近。

我们得出了许多有趣的研究结论。奥勃洛莫夫并不会疯狂追求丰厚的物质财富、官衔、职位等。他是一个有良心的人。

《奥勃洛莫夫》（《Обломов》）[2] 是俄罗斯文学史上一部极具影响力的著作，它永远符合时代的潮流。而按照时代电影艺术特点和要求去解读它是极其重要的，因为中学课本的文选中对这部作品的解释已经司空见惯。我认为这种解读非常陈旧。当然，杜勃罗留波夫 [3] 对于奥勃洛莫夫和奥勃洛莫夫性格 [4] 的观点有其独特意义，但是这些观点的提出有着特定的社会政治条件为背景，它们属于那个时代。而在那之后，一切都变了。不论是社会问题，还是社会关系。我们也必须从其他角度去重新看待这部作品。

拍摄《奥勃洛莫夫》的想法在拍摄《一首未完成的机械钢琴曲》时就出现了，这在很大程度上是出于论战的意图。我们对原著的理解至今还受到其他文学老师的声讨。不过又能怎么办呢？我们如今所探讨的"奥勃洛莫夫性格"如果在很久以前就已经被公正合理地宣判，那还有继续探讨的意义吗？对于已经判定的东西，我们又能说什么呢？而我们想要从其他方面来探究小说的本质，我们所讨论的并不是"奥勃洛莫夫性格"的危险性，而是把"施托尔茨性格"表达为实用主义、驱动主义以及注重精神实质的危险性。

---

[1] 《奥勃洛莫夫一生中的几天》是 1980 年上映的苏联电影，由尼基塔·米哈尔科夫导演。电影内容改编自俄罗斯现实主义作家冈察洛夫的著名长篇小说《奥勃洛莫夫》。

[2] 《奥勃洛莫夫》长篇小说创作始于 19 世纪 40 年代，是俄国杰出的现实主义作家冈察洛夫的代表作，直至 1859 年才告以完成，在俄国文学史上占有重要地位。

[3] 尼古拉·亚历山大罗维奇·杜勃罗留波夫（1836—1861），19 世纪俄国著名的革命民主主义者和文艺批评家。与别林斯基、赫尔岑、车尔尼雪夫斯基合称为"19 世纪俄国四大文艺批评家"。

[4] 奥勃洛莫夫性格，冈察洛夫的长篇小说《奥勃洛莫夫》主人公的角色特征，是俄罗斯"多余人"形象的一种。

奥列格·塔巴科夫[1] 饰演伊里亚·伊里奇·奥勃洛莫夫，尤里·巴戈德廖夫饰演安德烈·伊万诺维奇·施托尔茨

　　奥勃洛莫夫是个思想萎靡消极的人，而施托尔茨则是积极的化身。我们完全没想过忽视奥勃洛莫夫工作的偷懒，为他的惰怠辩护。但是这个人物身上还是存在着一些可取之处：他性格完整，禀性善良，对祖先本能的感知是他与自己家乡之间的自然纽带。最后，还有一个显而易见的事实，那就是他在一生之中从未对任何人施恶。我们不能否定奥勃洛莫夫所拥有的这些优点。

　　当然了，奥勃洛莫夫是个农奴地主、剥削者，但不能把这些归罪于他本身。这是客观现实。他生而如此，注定了生活在这种社会体制下，也无法想象自己其他方式的生活。施托尔茨也同样是一个农奴地主，靠着剥削普通人的劳动生活，并且毫不拘束地花耗着因自己的阶级身份而带来的财富和特权。但是我们不能因此就忽视他身上的正面意义：成百上千个施托尔茨将会改变俄罗斯的面貌。如果信任冈察洛夫本人，情感上信任他的作品，那就必然不会

[1]　奥列格·塔巴科夫（Олег Табаков），1935 年出生，苏联著名演员、编剧。代表作有《俄罗斯方舟》《敌人》等。

接受类似的幻想。

总的说来，这部长篇小说开创了一个伟大的文学开端，而我们借此也得以认识到奥勃洛莫夫这个人，了解他的生活和感受，他的幻想和现实、懒惰和萎靡，以及那个对他盲目忠诚的仆人扎哈尔。通过所有这些，我们真实感受到了作者的精神。除此之外，施托尔茨和奥勃洛莫夫，施托尔茨和奥尔佳之间的相互关系相比于文学性，政论成分要更多。这些形象并没有被竭力描绘，让人感觉到他们是被死板地安排在小说里的相关位置上。一言概之，这些角色完全没得到作者的垂爱。

一个典型的例子就表现了作者对角色真正的态度。后来嫁给奥勃洛莫夫的寡妇普舍尼岑夫人有 3 个孩子，一个是奥勃洛莫夫的孩子，叫安德留什卡 [1]，是为了纪念施托尔茨起的名字。还有两个孩子是她和前夫所生的。在奥勃洛莫夫死后，施托尔茨把安德留什卡留在了自己身边抚养，但并不认为照顾剩下的两个孩子是自己必要的责任，即使奥勃洛莫夫在生前对他们一样视如己出。施托尔茨的高尚就像是按照量器准确地安排好分量一样："从这里到这里。"这是纯粹的资产阶级对行为正派的理解。这种正派的行为并不是出于他们内心的想法，而只是想要维护他人眼中自己的形象和名誉。

如果反过来设计类似情况的话，那奥勃洛莫夫的做法绝不会和施托尔茨一样。他会把所有的孩子都带走，而不是区别对待他们。他的行为是出于自己的本性，出于伊利亚·伊里奇 [2] 的内心想法，而非其他意图和动机。

当然，所有这些宝贵的品质都不足以把奥勃洛莫夫变成值得仿效的例子，或是人们之间相互关系的楷模。奥勃洛莫夫还是那个有着性格缺陷的奥勃洛莫夫。但是缺点不能阻挡我们承认他的优点。这个人物是立体的，而有意无意把他偏颇地看作一个没有血肉的形象，都会使小说的内涵变得贫乏。

关于电影拍摄，我们尽力塑造的是最简练的表现风格，银幕上展示出来的都是真正必要的内容。我们没有安排群众场面或是背景演员来详细刻画 19 世纪的俄罗斯，那个出现分支的复杂世界——女士穿着钟式裙，坐在马车式雪橇上，穿行在圣彼得堡的大街小巷。

我们刻意把《奥勃洛莫夫》拍摄成一部文学性很强的电影。一般来说电影工作者都

---

[1] 安德留什卡，安德烈的爱称。

[2] 伊利亚·伊里奇，这里指奥勃洛莫夫自己。

拍摄现场

很害怕"文学""文学性"这些词汇。但我认为故事片应该具有文学性。在电影里的很多场景和镜头下，可以配上合适的电影旁白，使描述更加全面详尽。而画外配音甚至让我们听到了书页翻动的簌簌声。我们不在意有人会认为这部电影过度忠实于原著。相反，我们想要最大化地还原小说内容，并用电影艺术手法去描绘它。

由于这部作品所遵循的准则与常规不符，因此遭受到了极大的谩骂。而对于一件艺术作品的评价，如同亚历山大·普希金所提出的一样，应当纯粹以艺术自身的准则为基础。

通常，俄罗斯古典派的批评理论主要从社会角度来评价冈察洛夫所作的《奥勃洛莫夫》。而我们想要从道德角度审视这部作品。在这个实用主义的时代，我们都会用定额去衡量自己的善良和高尚。也习惯了用相同的尺度去衡量施托尔茨。他是这个实用主义世界的代表人物。因为他思考的问题是"怎样生活"——如何休息，在哪里休息，什么对自己有益，什么对自己有害。

奥勃洛莫夫则是一个思考着"为什么活着"的人。他的懒惰在今天的我们看来是可笑的。俄罗斯长期存在的问题让他备受煎熬，也使他彻底丧失了抗争的力量。可是如果奥勃洛莫夫不是一个农奴主，他可能早就被饿死了，也更谈不上为了自己的生活而抗争。

而"为什么活着"这个问题至今还有着巨大的现实意义，不仅对于他，对于我们所有人来说都是一个严肃的课题。

可能冈察洛夫希望自己的读者爱上施托尔茨这个角色，而他自己则爱着奥勃洛莫夫。实际上，在俄罗斯的诸多经典著作里面，这一部小说就足以使人了解俄罗斯了。

今天的奥勃洛莫夫和施托尔茨已经分道扬镳了，但是，我相信他们会在明天再次重逢。150 年前，俄罗斯社会的生活是奥勃洛莫夫式的，漫不经心地梦想着成为施托尔茨那种人，以此拯救俄罗斯。一个半世纪过去了，多出了很多施托尔茨，而幸福却没有随之增长。而现在已经是施托尔茨在梦想着变成奥勃洛莫夫了。如果真正想要振兴自己的祖国，他们会再次相遇并结合，并找到"为什么活着"和"怎样活着"的答案。

安德烈·阿列克谢耶维奇·波波夫 [1] 在《奥勃洛莫夫》中出演角色

"而由谁来扮演扎哈尔呢？"我提前想象了一下这个角色，他就像一只浑身沾满了苍耳的老狗。

我的一个大学同学是这部电影的导演助理，他突然和我提议："波波夫·安德烈·阿列克谢耶维奇。"我对他说："你怎么了？喝醉了？让波波夫来演扎哈尔？他平时扮演的都是将军、大臣、学者或者党委会书记的角色，怎么会演扎哈尔？"而他回答："相信我吧，他对那些角色已经感到无聊了，快给他发邀请……"

当时安德烈·阿列克谢耶维奇·波波夫已经在剧院里扮演了各种不同的角色，而在电影领域，他通常扮演的角色都是体面的男人。睿智的党委领导者对他来说已经像是固定的角色类型了。他出演不同的电影角色，穿梭在不同的拍摄场地，乘坐着从"伏尔加"小轿车到"海鸥"小轿车，再到"吉尔"汽车。波波夫经常在克里姆林宫里面拍戏。所以很难想象他这个等级的演员会轻易同意出演一个特色鲜明、充满喜剧效果，甚至有点儿滑稽的角色。而这个角色对于演员波波夫来说也有着重大意义，他正无比迫切地需要

---

[1] 安德烈·阿列克谢耶维奇·波波夫（Андрей Алексеевич Попов，1918—1983），苏联著名演员。代表作有《难忘的 1919》《奥勃洛莫夫一生中的几天》等。

安德烈·阿列克谢耶维奇·波波夫饰演扎哈尔

这种欢乐、自由又生动的角色，因为这些东西都是他自己
擅长和热爱的。

可惜的是，很少有人能发现他这方面的天赋。其实像
在前文中提及的，如果没有我在史楚金学校的同学谢尔
盖·阿尔塔莫诺夫，我自己也永远想象不到这一点。事实
上，谢廖沙[1]曾经在苏联军事剧院工作过一段时间，在那
个时候他就深入了解过安德烈·阿列克谢耶维奇。

真是一件大怪事，我还没见过比波波夫更加渴望表演
的人。而即便如此我还是要百般强调，相比于他，我们更
加需要他的表演。所以也竭尽全力地去迎合他。

当他第一次来到制片厂时，看起来高大威风，仪表堂
堂。整个摄制组在他面前都不由自主地羞怯了。来的是这
么一位令人激动的苏联国宝级演员，在全国范围内都享有

---

[1] 谢廖沙是谢尔盖·阿尔塔莫诺夫的昵称。

盛名，甚至常常出入苏联最高等级官员的办公室。

我们交谈了一会儿。他为人非常谦逊、沉着稳重，仔细观察着我并询问我是不是在和他开玩笑，要提供这样一个角色给他。为了避免被他怀疑成一个厚颜无耻的小流氓，我赶紧坦诚地回答："当然了，我自己是没有考虑到的，但是我的朋友谢尔盖·阿尔塔莫诺夫曾经是您参演剧院的导演，他告诉我您可能对这个角色感兴趣。"

这时他已经在读剧本了，并且从整体上说他喜欢这个角色。于是我们去了化妆室。总之，我们还是恳请波波夫参加了试镜，这件事本身就充满了危险。但由于这个电影角色对于波波夫来说是不同寻常的类型，机智敏锐又个性鲜明。我们决定先试试戏服、装扮等。把扎哈尔这个角色给他"比量比量"。

坦白说，我不想让他刻意扮演什么。我也知道，他能够应付所有的表演。而外形塑造是一方面，另一方面是要看演员的内在与角色的吻合度。

于是我想了一个狡猾的"诡计"。

我们给波波夫安排了最粗陋的装扮：秃顶，乱蓬蓬的眉毛和长鬓角。我给了他两页台词，让他坐在摄影机前的桌子旁，面前摆放着台本，并在开拍之前给他自己一段时间排练准备。

过去了 15 分钟、30 分钟、40 分钟……拍摄还没开始。他似乎已经准备好了两页台词，也厌烦了毫无目的的等待，开始生气了。而我们则找了一堆的说辞，一会儿说要调整灯光，一会儿要更换镜头，要么就是在补妆，就是不开始拍摄。

我只能这样拖延着时间。但是巴沙寸步不离地守在摄影机旁，我就待在他旁边。我们假装着手头总有事情要忙。

波波夫慢慢开始泄气了。他觉得无聊，又很炎热。倚着自己的胳膊，目视别人在他旁边走来走去却不动弹。我悄悄地和摄影师巴沙说："打开摄像机。"疲惫不堪的波波夫开始给我提意见，他半眯着的眼睛睁开了。这一次再有人从他身旁走过，他突然开始发出一种从喉咙深处摩擦挤出的粗糙低沉、充满愤怒的抖动声。

我喊道："停！好了！这就是他，老狗扎哈尔！"

当然了，优秀的演员可以表演出所有需要的场景。不过我的这个诡计使得波波夫的个人状态与他作为演员的状态最大限度地达到了一致，这对于他扮演这个角色至关重要！

他要一直记住这个状态，在电影关键场景的拍摄中把它再现出来。并不是要"呈现"

性格，也不是背台词，而是要让这种性格存在于内心。这才是最宝贵的地方。

我们就这样开始工作了。我这一生都未曾见过如此无可指摘的职业演员。他已经超越了专业，而是一位伟大的演员！波波夫把自己所扮演角色的相关内容都工整地誊写在了本子上。就连演出搭档的台词末尾句也都做了标示，因为它跟自己的台词紧密衔接着。此外，还用了许多不同颜色的铅笔，把一个角色不同的"表现方法"都记下来。他的手写笔记是令人震撼的角色指南，实在是太了不起了！而长途劳累奔波一直贯穿整个拍摄工作。我们的拍摄场地是在圣彼得堡，然而波波夫和塔巴科夫需要经常赶回莫斯科为戏剧演出而奔忙。那个冬天多少个夜晚他们都是在火车上度过的啊！

在拍摄的间隙他们告诉我，早上的时候只要听到火车站台的音乐声，就能判断抵达的是哪个城市：如果是《永恒的城市》就表示他们已经到了圣彼得堡，否则听到的就是《我的莫斯科》。

波波夫工作的严谨性和对生活条件的随意性给所有人都树立了一个模范典型。而我觉得非常幸福，感谢上帝让我认识了这个伟大的人。

我想以安德烈·波波夫另一段有趣的故事来结束这篇介绍。

在扎哈尔这个角色拍摄时，我突然想到波波夫需要把头发剃光。而波波夫对我说："不行，不能剃光头。"我说："怎么不行，安德烈·阿列克谢耶维奇？"他回答："不不不，不行，我还有戏剧表演！"我就一直缠着他，几乎每天都打电话给他。他的回答已经在哀求了："亲爱的谢尔盖耶维奇[1]！你让我做什么都行，就是不能剃光头。我很喜欢这个人物，他是我梦寐以求想饰演的角色！……但就是不能剃光头！"

于是我就去了他家。那是个冬天，我自然要戴着帽子。他的妻子给我开了门，他就坐在书房里玩猜字谜游戏。我朝他走过去，说道："安德烈·阿列克谢耶维奇，您是想让我给您跪下吗？"他说："哦，亲爱的朋友，不！"我一边说："那现在呢？"一边摘下了帽子，我把自己的头发也剃光了。继续说道："我让剧组里所有的男人都剃了光头跟您做伴儿。如果您现在还是拒绝我，那么他们会怎样处置我呢？要是您还说不的话，我就把女士们的头发也都剃光了！"于是他只好同意了。这是真的，他还对我说："唉，你真是个浑蛋！"

他就这样完成了表演！

---

[1] 谢尔盖耶维奇是导演米哈尔科夫的父称。

有人建议我邀请奥列格·塔巴科夫 [1] 出演《奥勃洛莫夫》。这是一个非常意外的提案，并且在一定时间内破坏了我们和卡利亚金的关系。要知道，**卡利亚金无法想象自己在出演《一首未完成的机械钢琴曲》之后，《奥勃洛莫夫》会由其他人出演。**

奥列格·巴甫洛维奇·塔巴科夫本人就是奥勃洛莫夫的懒惰、消极以及过于崇拜"施托尔茨主义"惊人的综合体。无论是在工作能力，在对组织问题的决定上，还是剧院的安置房问题，有没有给工资，以及整顿好苏联莫斯科高尔基艺术剧院周边的广场来帮助剧院获得商业补贴这些举动，都活生生地表明了他就是现世的施托尔茨。

和奥列格在一起工作实在是不可思议。他是一个真正伟大的俄罗斯演员。即使随着岁月的流逝他的表演状态很难再现巅峰时的辉煌，但他总是能甩脱陈规旧套。尤其是会让那些和他合作的导演们不仅仅停留在满意，而是无比惊叹他的演技！

但是有些事情只有塔巴科夫擅长。他不可思议的幼稚，直入人心的坦率，在他的电影处女作《喧日》（《Шумный день》）[2] 里面就初现锋芒了。

《亲戚》
（《Родня》）[3]（1981 年）

我们想要从一个新颖的角度去重新审视之前固有印象中的城市生活的异教主义，它掌控着我们对周边环境的反应和我们日常的行为表现。

当我们问候熟人"最近怎么样？"的时候，我们并不是真的关心他们的详细近况。提出"怎么没给我打电话呢？"这个问题，也不表示我们在现实中焦急等待着别人的来电。而友好地一边轻拍肩膀一边寒暄："见到你真是太高兴了！"同样无法证明别人见到你真的有亲切的感觉。我完全没打算对都市主义中的不幸和灾祸追根究底，或是详细描

[1] 奥列格·塔巴科夫，苏联著名演员。代表作有《俄罗斯方舟》《敌人》等。
[2] 一部拍摄于 1960 年的苏联黑白文艺片。影片讲述的是在莫斯科的一个普通公寓里生活着一家五口人——妈妈和四个孩子。有一天这家人因为塞满屋子的家具而引发了激烈的冲突。家具只是导火索，而一家人迥异的世界观和价值观才是根本原因。
[3] 《亲戚》是 1981 年上映的苏联当代生活主题喜剧电影，从城乡差异、冷漠的人际关系、爱与亲缘关系的失落等角度入手，以幽默的方式探讨"亲情"主题。由尼基塔·米哈尔科夫导演。

绘整个社会城市文明的法则。这些并不是主题。不过这种提醒总不是多余的：不要强求别人热心、亲切、真诚地对待。然而那些远离大都市生活的人们却没有忘却自己与自然之间的联系，保持着不同的生活节奏，对于自己和无限宇宙的相互关系也有着不同的感受。他们在最大限度上保留了真诚回应他人的能力。

此外，我们不得不仔细想一想什么是大众文化，通常对于忘记自己本源的人们来说，大众文化意味着西方音乐。我不能说反对摇滚乐，问题在于怎样去理解它。对于欧洲人和美国人来说，这是自然的产物。那里的人们已经充分享受了生活的幸福，就像嬉皮士[1]一样，他们可以允许自己短暂地去反对城市文明，反对城市文明的价值和体系。但是当人们对西方音乐的迷恋都是出于对其外在形式的模仿，只是皮质层的反应时，那么西方音乐存在的实质意义就已经消失了。对人们危害极大的是忘却自己的文化和本源，把 Led Zeppelin[2]、Deep Purple[3]、Boney M[4]、ABBA[5]、Eminem[6] 或者是 Linkin Park[7]（当然了，要看我们说的是哪十年了）当成世界文明发展顶峰的成果。

我们应当认真反思自己的生活，用讽刺的眼光，甚至要带着些尖刻的讥笑去看待它。

当进入了一个陌生的环境，我们的女主人公试图修正所有不为自己所熟悉的东西。但实际上她不是在修正，而是在破坏，这不是蓄意的、有预谋的破坏，相反，是出于为人们做好事的想法。她的破坏有着强大的力量，使得人们不得不停下来，中断自己机械的奔跑，来思考和回顾，试图从其他角度重新看待自己和世界。在这样的尝试中，他们对自身有了新的看法，也给予了我们必要的净化。没有这一点，我甚至完全无法想象自

---

[1] 嬉皮士（Hippie/Hippy）表示的是西方国家 20 世纪 60 年代和 20 世纪 70 年代反抗习俗和当时政治的年轻人。他们用公社式的和流浪的生活方式来反抗和批评西方国家中层阶级的价值观。后来也被贬义使用，来描写长发的、肮脏的吸毒者。

[2] 齐柏林飞船（Led Zeppelin）是一支英国的重金属摇滚乐队，成立于 1968 年。是 20 世纪最为流行和拥有巨大影响力的摇滚乐队之一。

[3] 深紫（Deep Purple）是一支英国的硬摇滚乐队，成立于 1968 年。初名叫"迂回"（Roundabout），后续完成人员调整，并更名为深紫乐队。

[4] Boney M 是西德的迪斯科流行演唱组。其在 20 世纪七八十年代影响巨大。代表作有《巴比伦河》（《Rivers Of Babylon》），《戴戒指的褐发女孩》（《Brown Girl In The Ring》）等。

[5] ABBA 是瑞典的流行演唱组。成立于 1972 年。代表歌曲有《Dancing Queen》《I Have A Dream》等。

[6] 埃米纳姆（Eminem）是美国著名说唱歌手，出生于 1973 年。1997 年以个人身份推出首张专辑《Infinite》。曾九次获得格莱美奖，第 75 届奥斯卡最佳电影主题曲大奖。

[7] 林肯公园（Linkin Park）是美国摇滚乐队。2000 年以首张专辑《混合理论》在市场上获得成功，之后多次获得格莱美音乐大奖。

拍摄现场。饰演妮娜的斯维特兰娜·克留奇科娃[1]，导演尼基塔·米哈尔科夫与饰演玛丽亚·科诺瓦洛娃的诺娜·摩尔久科娃[2]

1981 年，电影《亲戚》拍摄中

己这部电影的结局了。

我们通过不同的角色来仔细审视这个重要的主题：女主角的前夫沃夫奇科，女儿妮娜和女婿斯塔希科。

沃夫奇科由伊万·博尔尼科扮演，这个角色被迫离开乡村，被城市的氛围所吞噬，也没有遇到与自己相似情况的人。他是一个没有根的人，这比沉睡着的人更加糟糕。

妮娜也是一个丢失了根的人。她离开了河岸，却没有到达彼岸。她把城市生活看作真正的生活，也无条件地接受了其中包含的一切外来的、虚浮的、荒谬的东西，好像这才是唯一正确又明智的选择。

而这一切都摧残着她的个性。斯塔希科一直就是个城里人（我非常高兴有机会再度和尤里合作，邀请他来扮演这个角色）。在这种氛围下，他的生活是习惯又舒适的。可惜他的个性特征太过平凡，这个人物不会从其他方面审视自己，也不懂得这件事的必要性。

拍摄《亲戚》的困难还在于它是我们第一部现代题材的电影。事实上观众的脑海里

---

[1] 斯维特兰娜·克留奇科娃（Светлана Крючкова），苏联女演员。代表作有《一个半房间》《好好埋我》《哭泣的沙皇》等。

[2] 诺娜·摩尔久科娃（Нонна Мордюкова，1925—2008），苏联人民功勋演员，一生拍摄了 60 余部电影作品。其中代表作有《青年近卫军》《女政委》《钻石之手》《两个人的车站》等等。

诺娜·摩尔久科娃在电影《亲戚》中出演

面已经有了大量的电影套路，在影响着他们观影的感受。那里既存在着观众在日常所见的现实生活，也有与之相反的、只存在于电影里面的虚幻生活。主角们生活在虚构的房子里，穿着簇新入时、熨烫平整的衣服，而这些衣服从不曾出现在苏联的商店柜台上。除此之外，他们轻易就遇到的机会，而这些机会在实际生活中也是完全不可能出现的。

不过在《亲戚》这部电影里面并没有这种颠倒现实的描绘。我们大多时候采用了夸张手法，对现实生活的内容和角色的性格特征加以变形。如果有追根究底的观众来询问我们关于某个细节的问题："你们在哪儿见过这种情况？"那我们就只能诚实地回答："在哪儿都没见过。"而要是这个观众能明白作品的规则，体会到电影是在怎样的内容基础上拍摄的，那么他就会觉得角色们在所有意外情况下的表现都极其真实。

《亲戚》不是一部旨在描绘日常生活的电影。我们试图在记录现实生活的基础上，挖掘出典型人物的本质。通过大家所熟悉的语言和容易接受的表达方法，完成整个故事的叙述。

当住在筒子楼里的人们分到独立住房以后，做的第一件事儿就是聚会，因为交际对他们来说是必需的。显然，如今大城市充满的是生疏、隔离。我们就像在这里自己玩儿乒乓球一样，互相碰撞，四处乱飞。

不过电影《亲戚》的主题绝不是讲述乡村有多么美好。我不是乡镇的居民，也无法发自内心地描绘出俄罗斯乡村细节化的真实写照。上帝保佑，在文学和电影艺术领域有像瓦西里·马卡罗维奇·舒克申 [1] 和瓦西里·别洛夫 [2] 这样的人，他们完全有能力详尽刻画出俄罗斯乡村生活的风貌。而我拍摄这部电影的目的则要阐明一点：城市生活并不是一切都很美好。**因为可以敏锐地察觉到人与人之间，以及人与自然之间的关系是多么的紧张。**

有一天我突然发现创作者的随意发挥可以令电影作品更加生动、独特。当然了，这种随意发挥要选择好恰当的时机，并且做到恰如其分。

于是我们也胡闹了一把。如果您注意看的话，其实《亲戚》里面所有饭店的服务员都是我们客串的。厨师是由我的好朋友、已故的天才摄影师巴沙·列别舍夫扮演的。还有一个服务员，留着梳理整齐、略微过长的头发和胡子，那其实是个女人！是由制片副主任的助理塔玛拉扮演的。我们决定稍稍放肆一把，所以几乎剧组的所有人，包括那些原本不会出现在电影银幕里的工作人员，都在这场戏里客串了一个小角色。 在《亲戚》剪辑和配音的结束阶段，我收到了针对电影的 117 条批评意见。基本上在上映前的审查中"牺牲"的只有一个画面：卡车上载着因训练而显得疲惫不堪的年轻士兵。**审查人员和我说："军人看起来太过疲倦了，这不符合实际情况。"**于是我重新拍摄了这个画面，现在观众从银幕上看到的则是如壮士歌般纯真豪迈的士兵。这样的安排，尽管很奇怪，却创造了更加压抑、现实的印象，成为一个鲜明又犀利的象征。如果说士兵疲惫不堪的脸孔使人们联想到的是当时从阿富汗战争归来的战士，那么在毫无经验的年轻士兵脸上出现的纯正豪迈，和他们熨烫平整的军便服，则在诉说着他们正在去往战场，那个有人可以死里逃生，也有人永远要在那里埋葬的地方……这个画面造成了与他们预期完全相反的印象，但是在审查时却不能作为挑剔的理由。表面上我已经接受了他们的意见，而他们也不能公开表达能使人联想到阿富汗战争的不满，所以最后很不情愿地通过了对这个画面的审核。

让我印象最深刻的是在党委会进行的电影讨论。他们把我叫了过去，即使我不是党员。而当我偶然得知行政当局正在启动"吸收创新性的年轻力量加入共产党"的新浪潮

---

[1] 瓦西里·马卡罗维奇·舒克申（Василий Макарович Шукшин，1929—1974），苏联著名导演、编剧、演员、作家。曾凭借自编自导的影片《有这么一个小伙子》，获得第 16 届威尼斯电影节金狮奖。此外，创作了多篇小说作品，代表作有电影小说《红莓》。

[2] 瓦西里·伊万诺维奇·别洛夫（Василий Белов，1932— ），苏联著名作家，1981 年凭借《别洛夫中短篇小说集》获得苏联国家奖，2003 年因三部曲《第六小时》获得俄罗斯国家奖。其代表作有中篇小说《凡人琐事》、长篇小说《一切都在前面》《前夜》。

时，我甚至都要把自我定位成为一个左派的告密者了。

当我收到拜访党委会的邀请时，我在人生中第一次使用了口述录音机这种设备。那个时候的录音机要比现在大得多，不过即便如此，还是可以藏在口袋或者公文夹里面的。

会议一开始是对电影的讨论，之后我被要求先行离开会议室。于是我按要求离开了会议室，带着满心的不安和忧惧，因为录音机还留在房间里面，藏在文件中间。后来他们把我叫回了房间，并说做出决定以后会通知我。我收拾了自己的纸张和文件夹（当然了，也包括里面所有的东西），顺利地离开了党委办公室。在坐汽车回家的路上，我一直都在听这场会议中间的后续内容。

这就是我和您所说过的深刻印象。突然之间我认识到了那个阶级的人们，而他们的种种表现都是以前的我无法想象的。令人难以置信的口是心非，极度的假仁假义。对这种现象最温和不过的定义就是"双重标准"了。

在我离席期间，他们的讨论内容总结起来就是"电影剪辑没有起到修正的效果"。是啊！是啊！我的电影从骨子里就是不端的，所以电影内容和主旨也是一样！在总共117条的修改意见里面，我完成了大概95项修改，而这些修改对于党委会来说都只是"小细节"。他们之后的结论认为电影已经完整了，制片厂需要做这部电影的财务汇报然后才能领钱，但是这部作品不可能拿到在影院公映的许可证书。此外，还有一个秘密的决定就是委托其他人再次修改这部作品。而电影当时已经结束了最后的后期制作。（我应该把握先机然后告诉他们，没有任何同行会同意对这部作品做任何修改。）

在回家的路上，我看着天空，就像是在给录音笔揭露的内容配插图：密布着沉甸甸的乌云，空气中充满了暴风雨来临之前的紧张……这个时候我突然看见了镇子上的教堂，它整个儿都被笼罩在阴影之中，只有一束阳光投射在了十字架上，在阴暗的天空下，十字架闪耀着金色圣洁的光辉。这使我突然觉得轻松了一些。于是我回到了家里，妈妈在那儿等待着我，我开始对她倾吐内心的不满，肆意发着牢骚。而她用手臂搂着我，安慰道："这样做必然有它的道理。"

我也领会到了生活中最智慧的准则之一：要顺从地忍耐已经发生了的事情。不要变得消极沮丧，而是去接受它："这样做必然有它的道理。"认清正在发生的情况，平静地得出结论，然后继续自己的生活和工作。

一直以来我总是以达观的态度看待在创作上遇到的任何阻力。

大约从戈尔巴乔夫的"公开性"[1]和"苏联改革"开始时期，突然之间所有人都开始呐喊着他们是如何被欺压的。我从没有提过，其实《亲戚》这部电影被封杀了 3 年。而解封的原因还是我给莫斯科电影制片厂发了电报，告诉他们如果还要安排我再改 100 遍影片的话，我就留在美国不回来了。当然了，这是唬人的话，不过却意外地奏效了！

《没有证人》

（《Без свидетелей》）[2]（1983 年）

一开始我曾设想用同一拨演员阵容同时进行电影的拍摄和戏剧的排演，但是演绎方式要截然不同。可惜这个想法最终未能如愿。

这是一次从空间上严格自我限制的独特试验。两个主人公在城郊的一座普通公寓里，上演了一个半小时的室内剧。电影里没有复杂惊险的悬疑剧情或者侦探情节，也没有大规模的群众场面；没有四轮马车和小汽车，也没有坦克或是飞机；甚至没有俄罗斯壮丽的风景，也没有贵族庄园极具风格的内部装饰。因为经过思考，我们故意没有安排这些在其他电影中出现的元素，从而创造出丝毫没有喧嚣的氛围。

我们试图尽最大可能剖析出人类心理活动的本质，也准备好要迎接批评家们暴风骤雨般的打击，虽然我们并不会因此受到特别的赞美或者谩骂，这种感觉就好像写小说会因为其手稿字写得太差被责骂一样。

这次的拍摄对我来说是最艰难也是最有教益的经验之一。整个故事里，我们只集中在两个人本身，他们的动作、对话和行为。

我认为，电影能够抛出问题是非常重要的。因为问题会引起心理活动，心理活动则必然要引发思考。电影对白就建立在这些问题的基础之上。所以我想拍摄的电影并非面向中等水平的普通观众。我试图表现的内容需要公民意识和专业立场，也希望有人会赞同我的观点。更准确地说，应该是赞同我们的观点。因为我只和志同道合的人一起合作。

---

[1] 公开性是戈尔巴乔夫改革的重要内容，以此为基础的新闻公开性改革对苏联社会产生了重要影响。

[2] 《没有证人》是 1983 年上映的苏联电影，由尼基塔·米哈尔科夫导演。是一部纯粹的室内剧，通过离异夫妻一夜的对话，对人性进行了层层剖析。

我的一些同事们也给出了自己的
评价，他们认为电影的结尾是一种矫
饰的幸福。就是说，按照事物发展逻
辑来说，最后一幕的女主角并不该因
为意外的幸福而满面生辉。

导演尼基塔·米哈尔科夫，演员伊琳娜·库普琴科 [1] 和米哈
伊尔·乌里扬诺夫 [2] 在拍摄工作中

对此我能说些什么呢？是的，让
她孑然一身的结尾更加符合生活的真
相，但是我无法满足于这种局限、卑
微的真相。**生活的道理是一码事，而
存在的真理又是另一码事。**

我选择给女主角安排一个幸福的结局，因为她在道德上和精神上都理应得到它。这
就是我身为导演的权力。

而即使从电影艺术结构的角度来看，这种强烈幸福的结尾正是一抹鲜亮的色彩，以
平衡主人公曾经遭遇的风暴般的凌厉痛苦和铅云般的沉重压力。

乌云中的电闪雷鸣对于第一次见到的人来说也许很不寻常。然而它对于阴云密布的
天空来说是再普通不过的现象。这是大自然的规律。知道这种现象是理所应当的，但如
果能够亲自去感受就更好了。

然而不能忘记的是，电影里的男主人公不同于女主人公，他留给我们的印象是深刻
的不幸。生活和存在的现实在男主人公身上"和谐"地相遇了。因为他追求的生活，更
准确地说是细小的生活细节杀死了他身上曾有的真实。他已经惩罚了自己。而扔掉了存
在的本质以后，哪怕他获得了上千块勋章、别墅、汽车和房子，他却已经完全不知道何
为幸福了。

---

[1] 伊琳娜·库普琴科（Ирина Купченко），苏联女演员。1948 年出生于奥地利维也纳。代表作有《万尼
亚舅舅》《迷人之星》《没有证人》《被遗忘的长笛曲》等。

[2] 米哈伊尔·乌里扬诺夫（Михаил Ульянов），苏联人民艺术家，1982 年获得威尼斯电影节特别奖。代
表作有《解放》《莫斯科保卫战》《溃逃》《没有证人》等。

《黑眼睛》

(《Очи черные》)[1]（1987 年）

1986 年一个机遇就这样不期而至：马塞洛·马斯楚安尼竟然提出想和我合作，这完全出乎我的意料。让我惊讶的是他会看过我的作品。

我们安排在巴黎会面，讨论之后的合作事宜。

当然，我感到不可思议的是电影拍摄内容与法国或者意大利有关。从另一个方面来说，由俄罗斯人来和马斯楚安尼合作拍摄电影这件事也并不是非常靠谱。

马斯楚安尼自己强烈希望出演契诃夫作品中的角色。于是我和亚历山大·阿达巴什扬就为他准备了一部契诃夫作品的改编本。我们以《带小狗的女人》(《Дама с собачкой》)[2] 为基础，只不过主角由俄罗斯人变成了意大利人，他在意大利的一处疗养胜地爱上了一个俄罗斯女人。确切地说，契诃夫这部作品从没有被搬上过银幕，而我们还在字幕上标注了"电影故事情节出自安东·巴甫洛维奇·契诃夫作品"。实际上这是一部独立的作品，不过是以契诃夫式风格为基础而创作的。

一开始我们把电影命名为《乌利斯号》，不过后来又改成了《黑眼睛》。

我非常惊喜的是这部电影在全世界范围内都取得了巨大成功。它在戛纳电影节获得了最佳男主角奖项。这部作品就这样径直拿到了最重要的奖项之一。据说，当时依莱姆·克里莫夫[3] 在电影节闭门会议上表示：如果《黑眼睛》拿不到最高奖项，他宁可退出评委组。这件事还是当年戛纳电影节评委会主席伊夫·蒙当[4] 先告诉我的。

---

[1] 《黑眼睛》由导演尼基塔·米哈尔科夫拍摄于 1987 年，是其另一部里程碑式作品，又使他回到了他所热爱的契诃夫作品。影片以契诃夫的《带小狗的女人》为基础改编而成，意大利影星马塞洛·马斯楚安尼扮演了一个建筑师，讲述自己当年同一个他永远无法忘怀的女人之间的浪漫故事。此片获第 60 届奥斯卡金像奖最佳男主角提名，第 40 届戛纳电影节主竞赛单元金棕榈奖提名和最佳男演员奖。

[2] 《带小狗的女人》，著名作家契诃夫的抒情心理小说，作品风格独特、言简意赅、艺术精湛。

[3] 依莱姆·克里莫夫（Элем Климов，1933—2003），苏联导演、编剧、演员。第 40 届戛纳电影节评审团成员。代表作有《拉丽莎》《魔僧》《自己去看》等。

[4] 伊夫·蒙当（1921—1991），法国演员。出生于意大利斯卡纳皮斯托亚。第 40 届戛纳电影节评审团主席。代表作有《恐惧的代价》《大风暴》《百万富翁》等。

马塞洛·马斯楚安尼、尼基塔·米哈尔科夫和伊琳娜·萨夫诺娃在电影《黑眼睛》的拍摄现场

尼基塔·米哈尔科夫和马塞洛·马斯楚安尼的工作时刻

　　《黑眼睛》还获得了权威电影奖项奥斯卡的提名。此外也有许多其他的荣誉：意大利年度最佳外语片、西班牙年度最佳外语片等。

　　而在苏联，这部作品则遇到了极大的阻碍。改革派批评家们对它大加讽刺讥笑。电影的排片次数很少，也推迟了在全国范围的上映和传播。他们试图去忽视这部作品，因为觉得这对我来说是一种侮辱和打击。

不过**要知道，你在别人眼中是怎样的并不重要，重要的是你在上帝面前是否问心无愧**。我是为了什么才拍电影的呢？为了钱吗？为了出国吗？我从未因为这些东西而忐忑不安过，从未被这些东西迷惑过，也从未梦寐过到国外去拍摄电影。我也问过自己：如果没有马斯楚安尼的话，我还会拍摄这部电影吗？而答案很明确：是的，一定会拍。

实际上，《黑眼睛》是一部由受意大利方面邀请的俄罗斯导演拍摄的意大利电影。可是在电影里有许多苏联著名演员出演，并且许多场景也是在我的祖国拍摄的。

当时的电影制片人希尔维奥特·阿米奇提议以作品在苏联的发行版权来取代支付给我们的工资。而我们的组织拒绝了这个方案，理由是祖国需要"外汇"。但是自从这部作品在电影节上取得了成功，价值也随之迅猛地提高了。为了取得其在苏联的放映权，苏联电影进出口联合公司（Совэкспортфильм）[1] 不得不掏了更多的钱，也耗费了更多的人力物力。我认为，这一段历史对我们的电影业官员来说都是一个很好的教训。要知道，所有人都应该做出专业性的决策。至少应该在开始的时候就安排好发行方式，而非等到事到临头才有所行动。

在《黑眼睛》的拍摄工作结束以后，我带着全新的生活体验回到了家里，就好像刚服完兵役回来一样。正是这样，在西方的拍摄经历和在部队里的见闻都一样极大地丰富了我的阅历和才识。

如果说去西方拍摄的我还是个长着乳牙的孩子，那么回来的时候已经是个满口恒牙的成人了。我在那儿收获到了一条特别重要的经验：是我们自己的表现给了别人轻看我们的理由。一开始我并不明白这个道理，而等到明白了以后，我和许多人之间的关系也完全进入一个新阶段。

事实上，就像在集体里面无法避免谎言一样，我也无法避免屈辱。而这种屈辱，是我在国外拍摄时，日夜都能体会得到的。对我来说，我有自己作为一个男人的标准，像是打猎时的水准，在宴会上或是去打网球时的表现。而那个时候我的标准又增加了一条，即一个男人在国外的表现。他在那里会成为什么样的人呢？要知道环境如何对待你完全取决于你的表现。

---

[1] 苏联电影进出口联合公司（Совэкспортфильм），全称为苏联部长会议国家电影业委员会全苏电影进出口联合公司。

例如当我在拍摄《黑眼睛》的时候就被轻视过。在开始阶段我甚至都想到了要放弃。我说，太小看我们的能力了！而后来我就在想，这是为什么？凭什么要这样对待我和萨沙·阿达巴什扬？

这次我们就要破釜沉舟：要么大家一起干，一视同仁，要么什么都别干。

所以现在我们一旦有任何问题出现——是否有邀请、合作条件是怎样的等问题，我们的代理人都会在沟通中说清楚标准条件，包括我的出行方式、入住酒店规格和费用。

你们想聘请艺术大师参加？这是给你们提出的条件。你们不需要大师了？那我们也不需要条件了。

而这个规则适用于我工作中遇到的所有合作伙伴。

在和外方合作拍摄《黑眼睛》《套马杆》《烈日灼人》时，以及在拍摄《西伯利亚理发师》和《中暑》时，我们都立了规矩：所有要来拍摄场地的工作人员，出行方式都要按照国际通用标准。我就这样以性格严厉而出名了。不过工作倒是因此进行得非常顺利。

使我引以为傲的是自己的价值，更骄傲的是有人为我的价值付钱。这不是因为我为谁工作，而是别人对我和同事们的高度评价。

我认为这是一个了不起的成果。如果我们的"国货"也能享有此种需求，那我们就算走对了路。要知道，这不是矿藏、森林或是石油，而是我们亲手为祖国创造出来的财富。

《顺风车》
（《Автостоп》）[1]（1990 年）

当时菲亚特[2]公司委托我们来拍摄一部汽车主题的短片，以展示其推出的新型汽车。而当我和鲁斯塔姆·伊布拉吉姆别科夫[3]一起编写这个迷你剧剧本时，突然意识到它可以拓展成为一部真正的有表演艺术价值的电影。

---

[1]《顺风车》是 1990 年上映的苏联、意大利合拍电影，由尼基塔·米哈尔科夫导演。

[2] 菲亚特汽车公司（FIAT）成立于 1899 年，总部位于意大利北部都灵。意大利著名汽车制造公司，也是世界十大汽车公司之一。旗下品牌包括菲亚特、克莱斯勒、Jeep、道奇、法拉利、玛莎拉蒂等。

[3] 鲁斯塔姆·伊布拉吉姆别科夫（Рустам Ибрагимбеков），苏联著名编剧、制片人、导演。1939 年出生于阿塞拜疆的巴库。代表作有《西伯利亚叙事曲》《游牧部落》《套马杆》等。

结果委托人非常坚决地拒绝了我们的想法。

而我们自己却已经被这个想法彻底迷住了，并且觉得无论如何都要实现它。所以我们不得不采取了非常冒险的行动：同时拍摄两部影片。

弗拉基米尔·高斯久金 [1] 和妮娜·鲁斯兰诺娃 [2] 出演电影《顺风车》

我的工作任务是在不变的时间和经费条件下，为菲亚特拍摄一部 12 分钟的短片，再另外拍摄一部 55 分钟长度的电视片。

在准备阶段接近尾声时，来了一群意大利人参观谢尔普霍夫近郊的一处名为"先锋队"的疗养院。当时拍摄工作已经开始了。我们每天都要在严寒的环境下从早上 8 点一直工作到傍晚 5 点。并且在 10 天的拍摄日程内，有 5 天是在意大利。

直到最后两部片子都完成了。

委托人非常欣喜地接受了他们要求拍摄的商业影片，顺利地签订了交付文件。紧接着，我就决定给他们展示另外一个版本的影片，我们在业余时间用有限的材料拍摄出的作品。这部影片里面有非常优秀的演员们出演，像是弗拉基米尔·高斯久金、妮娜·鲁斯兰诺娃和拉里莎·乌达维琴科 [3]。

这时我请求他们再签一份文件，确保他们不会针对第二个版本的影片要求赔偿，并且不能提出对其享有任何形式的权利。

他们有点儿犹豫。坦白来说，我也并不是特别希望他们签署这份文件，然而他们对第一个版本的片子太满意了，所以就这样欣喜地签署了文件。这部影片也就被我们彻底占为己有了。

再说他们肯定明白这部电影里他们的汽车是主角之一，所以任何形式的放映对菲亚特公司来说都是有利可图的。

[1] 弗拉基米尔·高斯久金（Владимир Гостюхин），苏联著名演员、导演。1946 年出生。代表作有《套马杆》《上升》《战争》等。

[2] 妮娜·鲁斯兰诺娃（Нина Русланова），苏联著名女演员。代表作有《调音师》《太阳屋》等。

[3] 拉里莎·乌达维琴科（Лариса Удовиченко），苏联著名女演员。代表作有《英雄的苦恼》《狗娘养的》《冬日之梦》等。

而他们唯一要求我保证的是，我们的电影要等到菲亚特在马拉喀什 [1] 的宣传结束以后才能够公开展映。

我发现了意大利人其实一点儿也没吃亏，因为所有拍摄工作完全是在经费范围内完成的。而我们给菲亚特所准备的短片电影也被称赞为意大利年度最佳商业宣传片之一。在美国举办的一次商业广告节上，该片共斩获三项大奖。

在俄罗斯的改革进程中，《顺风车》这部电影真正拯救了我们的工作室。和菲亚特集团签订的广告合同在关键时刻让我们渡过了难关。

《套马杆——爱之疆域》

（《Урга — территория любви》）（ 1991 年 ）

这一切都是从俄罗斯地理学会委托我拍摄一部讲述游牧民族的电影开始的。讲述哪个游牧民族并不重要：澳大利亚土著、阿拉伯牧民、蒙古牧民都可以。我们选择了蒙古牧民，然后就开始思考……

我在很大程度上是靠直觉来拍这部电影：它仿佛在发光，仿佛在活跃的气氛中放声歌唱——歌颂现在对过去和未来的寄托。

这部电影本身就像一封来自过去、通往现在和未来的书信，可它又凭借生动形象、奇特又无法言喻的特点表现出了一种极端的忧愁——我认为这是我的，也是全人类的无限忧愁。

这种奇怪的忧愁时常折磨着我。它令我不禁思考，如果我出生在一百年前会成为一个什么样的人。

《套马杆》这部电影仿佛在透过空气而放声歌唱。与此同时它又依托生活在俄罗斯大地上的俄罗斯人心中的感觉、心情和意愿，以及海外侨民对俄罗斯的态度而发展成长。

拍摄这部影片的一个重要动机在于，我们是地跨亚欧大陆的国家。

《套马杆》采用艺术手法探讨人类的财富问题。这个问题根深蒂固地存在于不同民族

---

[1] 马拉喀什，又译作马拉柯什，意为"上帝的故乡"。是摩洛哥西南部阿特拉斯山脚下的一座城市，有"南方的珍珠"之称。

的生活、行为及思维方式之中。

俄罗斯人及欧洲人很难在第一时间认同蒙古人以毡房为"家"、以无尽草原为"城市"的生活方式。

就连已经迁入中国城市、按西方模式生活的蒙古族人自己也会感觉不自在。在他们看来，现代文明的各种商品更像是有趣的玩具，而不是他们赖以生存的东西。他们更崇尚大自然的力量，城市之旅只是为了唤醒他们早已打起盹儿来的遗传记忆。

起初我们只有 5 页的创作大纲、几个关键词和一些想法。但我们需要到中国境内的内蒙古拍摄，然而如此简短的剧本可能会引起中国政府的怀疑与不满。于是我们专门为中国政府编造了一份有演员对白的剧本，他们就允许我们拍摄了。然而实际上，我们的拍摄核心都在那 5 张纸上。

渐渐地影片的想法开始变得具象化。我们将主人公设定成一位在蒙古大草原上迷了路的俄罗斯卡车司机，名叫谢尔盖。一位来自俄罗斯的局外人参与到故事情节中，可以表现出新旧世界的碰撞交织，也可以表达导演对片中这一现象的个人观点。

经常与我共事的两位导演曾经去过内蒙古。我的朋友、副导演阿纳托利·叶尔米洛夫从那里回来的时候，还带回了他为外景拍摄的选景视频和有趣的见闻。比如，他说：在中国，一对夫妇只能生一个孩子，而作为少数民族的蒙古族人却可以生 3 个孩子。于是我与我的朋友兼本片编剧鲁斯塔姆·伊布拉吉姆别科夫决定围绕这件事情来进行创作。

很早以前，我就对几个世纪以来几乎一成不变的中世纪蒙古族游牧民族文化与现代文明的交流碰撞产生了浓厚的兴趣。

影片涉及了两个人、两个民族代表的对话。但遗憾的是，他们两个都是榆木疙瘩，不善言辞。俄罗斯人谢尔盖明白他身上发生了一些事情，也有所触动，但他无法把这件事讲述出来。甚至是在感受到荒芜和死亡时，被自己文在后背上的那首悲歌《在满洲里的山岗上》响起时，他竟然也哑口无言。

导致他痛苦的根源到底是马克思还是恩格斯，抑或是俄罗斯的虚无主义？还是经过几十年的岁月冲刷，已经在人民心中丧失思维、丧失根基的布尔什维克主义？谢尔盖不去寻找。他不知道赞歌中那句可怕的"不要说我们一无所有，我们要做天下的主人"已经变为现实；他不了解这个国家的人都要经历严酷的淘汰制；他不明白在他生活的国家，人们如果想要当一名部长或者厂长，就必须要详尽地证实自己的家庭出身的正确性：比如曾祖父是奴隶、父亲是雇农、母亲是洗衣工，自己是教会学校三年级毕业，函授上完

尼基塔·米哈尔科夫在成吉思汗的战士中间

了高等党校；他一点都不了解自己，甚至连自己为什么要在中国工作，为什么要在外国修公路都不知道。同他的家庭一样，当时的俄罗斯也是一团糟。

然而他已经察觉到了问题，还希望他的孩子最起码能够明白一些事情。或者他自己将来也会醒悟，不再用伏特加和出国的梦想压抑自己的意识。

蒙古族人贡巴也是木讷呆板。他的祖先曾打下了半个世界，而他来到城市，却只是为了得到避孕套、避免生出多余的孩子。他对过去的记忆已经模糊了，虽然有错综复杂的原因……

我的电影都是讲述普通人的。他们变成了现在的样子并不是他们自己的过错，而是某种外部因素变化导致的结果，是沉默的牺牲品，是已经感受到不幸的不幸者，即使这种感受只存在于他们的潜意识当中……

* * *

当制片人米歇尔·赛杜和让－路易·皮埃尔出现在我面前邀请我加盟时，我起初还不相信，他们会如此轻率地就决定拍摄一部只有 5 页情节简介的电影。但他们还是把我和我的团队带到了蒙古。在开机前我在那里只有短短的 10 天时间。当我终于明白我的确"上了贼船"时，那就"既来之，则安之"吧。

作为一个导演，当我的电影外观宏大、情节简单时，我会下意识地感到高兴。我想讲述一个节奏独特的故事，可不想操之过急。

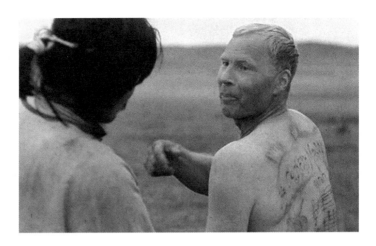

弗拉基米尔·戈斯丘辛饰演的司机谢尔盖

下一个问题是这部电影该如何拍。之前我所有的电影都要事先经过周密的筹备。我不后悔这个决定，但说实话，有时候我也会有一种受约束的感觉。这次我决定像服从客观规律一样完全服从电影的意志。我决定同时使用三台摄像机——所以我最后一共耗费了 65000 长的胶卷。这是我一生中第一次感觉自己是在被电影牵着走，完全听命于它。

工作可以征服一名艺术家，草原也能征服一个人。别管他是骑马还是徒步。

很快我就强烈地感觉到，草原是我们在这部影片中最重要的灵感。

草原对其他人来说只是一个平面，而对蒙古人来说，它是一种立体的存在。

旅行者透过火车车窗看到的草原是一望无际的辽阔：既没有森林，又没有山丘，貌似并没有什么值得流连。但如果您仔细观察它、聆听它，如果您的到来没有打破草原的宁静，那么您也许有幸可以目睹它的真实面貌：它原来可以和海洋、原始森林和沙漠一样是大自然这个伟大造物者的美好恩赐。走进草原深处，感受它惊人的纵深，并与它融为一体。感受它的声音、空气与芳香。

在与草原接触的过程中，我学到的最重要的一点就是耐心。为了成为真实的自己、成为大自然的一部分，耐心必不可少。

让·雷诺阿[1] 曾写道："如今我认为，所有的冷嘲热讽已经成为过去，而我能带给这

---

[1] 让·雷诺阿（1894—1979），法国著名电影导演，诗意现实主义电影大师。代表作有《大幻影》《游戏的规则》。

巴雅尔图饰演的贡巴和帕德玛饰演的贡巴妻子帕戈玛

个矛盾且残酷世界的唯一东西，便是我的爱。"这句话改变了我们对艺术和创作的看法。一位伟大的、看透了世间种种荒谬的艺术家，除了爱还能引导我们做什么呢？这就是电影中血流成河的场面常使我作呕的原因。那太令人厌恶了。《套马杆》中蒙古族牧民杀羊的场景可以作为这个问题的一部分回答。人类杀死动物是为了填饱肚子并喂养自己的孩子。电影中的那只羊的确被宰杀并在下一个画面中沦为人类的美食。（我们通常都不会去了解，人为了填饱肚子都需要做些什么，但我们总是吃得津津有味。）

如果杀羊对电影而言只是一个手段而不是目的的话，那么这也太不符合人类道德了。

蒙古族演员详细地向我讲述该怎样拍摄这部电影：他应该怎样走位，动物该怎样躺下等。在向我讲述时，他表现得非常自然，俨然就是一个真正的草原人。这对我们来说当然是极好的。

* * *

这部电影于我而言是一次极大的挑战。我不是说它耗资巨大，因为经费那是制片人需要伤脑筋的问题。我是说它对我自身的名誉和艺术素养是一个严峻的考验。我被赋予了极大的自由，可以做我想做的任何事情；但同时，我也要对它全权负责。

幸运的是，米歇尔·赛杜的表现无懈可击。他从始至终都非常相信我。米歇尔·赛杜是一个值得尊敬的人，一个很有原则的人。他的"是"就如同他的"不"一样，是真真切切的"是"。重要的是，他在说"不"之后，我们仍然可以继续讨论，最终达到他坚定不移的"是"。

影片中有些场景可能让人感觉异样：工厂的烟囱、祖母使用的瑞士折叠小刀和蒙古族姑娘演奏的轻快进行曲。但我们没有进行任何胡编乱造。我所拍摄的任何东西都是真实存在的。

我只能说，在这个世界上是不存在偶然的。彩虹不是偶然的现象，因为它的出现是遵循上帝的意志。我们的生活也是如此。重要的是，我们每个人看待事物的方式如何。**而对于艺术家而言，咖啡杯中的咖啡勺和浩瀚宇宙一样都值得他们投入同等的精力去洞悉其中的奥妙。**

* * *

杀青的当天，我们要拍一辆在草原上燃烧的汽车，但当时的风速已经达到了每秒25米！这种情况下在草原上生篝火烤制食物是非常危险的事情。只要有一块燃烧的碎麻屑掉到草原上，一个半小时后，火舌就会蔓延达400公里。

但当时夕阳和火红的草原景色实在是太美了！

中国同事说："不能拍！"我在等，整个剧组在等，被浇上汽油、填满碎麻屑的汽车停在草原上，6台摄像机也被安放在了草原上！别的器材都已经被装上飞机了。制片人对中国同事说："这些东西价值6万美元。如果今天不拍，我们就会损失这6万美元，但同时你们也会有损失：我们会把飞机卸空，并跟你们解除合同！"

中国同事们说："不能拍！我们连一辆消防车都没有！"就这样，一个小时、两个小时、三个小时过去了，我一边等一边看：周围的景色快要美到了极致！

最后他们同意了："好吧，那你们拍吧！"

这时我明白，如果说我们之前是在跟中国政府打交道的话，那么现在就是我尼基塔·米哈尔科夫与这片草原，也就是上帝打交道了！

我坐在一边，狂风呼啸。摄影师走过来对我说："尼基塔，你疯了吗？太阳马上就要落山了，我们就拍不成了！"

我还在等。

中国人可能觉得，我们只是想让他们付那6万美元，就让翻译对我们说："快拍吧！我们是不会付钱的！"

我说："不！"

风就在这时停了！在最美丽的时刻停了！我们点燃了汽车，又拍了两组重复镜头作为备用，火刚一熄灭，狂风又再次席卷而来！

也许正是《套马杆》才让我真正意识到，电影本身再加上导演的第六感才能真正成就一部电影作品……

草　原

在拍《套马杆》时，有一次我受到了非常大的震撼……

我的录音师、法国人让·乌曼斯基一天夜里把我叫醒并让我赶快跟他过去。原来，那天夜里他去了草原，在不同高度的草丛里放置了 9 个或是 12 个麦克风。草原一片寂静，没有任何汽车声、汽笛声和嘈杂声。然后他把那些麦克风同时打开……

那是一首交响曲！简直令人难以置信……不同高度的麦克风发出了完全不同的声音。蟊斯、蝉和其他昆虫在远处鸣叫，风吹得草沙沙作响……还有一些完全分辨不出来的声音，好像是有人在草丛里匍匐……

这些知识是人类最宝贵的财富，它甚至不能称为知识，而是对世界的感知。

顺便说一句，这些玄妙的东西被我运用到了《烈日灼人 2》(《Утомленных солнцем-2》)中。谁能感受到它，谁就能真正理解这部影片。它把一切都联系在了一起……

《烈日灼人》[1]

(《Утомленных солнцем》)(1994 年)

尽管我没有经历过那个年代，但那个年代氛围却总是牵动着我的神经，我在其他人的作品中深刻地了解了当时所发生的事情。比如，在阿尔卡蒂·彼得洛维奇·盖达尔[2] 的

---

[1] 《烈日灼人》，获得 1994 年奥斯卡最佳外语片奖。以 1936 年斯大林清党前夕的苏联为时代背景。借由小女孩娜迪雅的眼中，看见自己和乐的家庭因为母亲的旧情人闯入而遭到迫害，是一部政治寓意浓厚而感人的作品。

[2] 阿尔卡蒂·彼得洛维奇·盖达尔（1904—1941），苏联著名儿童作家、苏联国内战争和卫国战争参战者。他在短暂的一生中为孩子们写了 20 余部文学作品，被译成 57 种文字。主要代表作有《革命军事委员会》(1926)、《学校》(1930)、《远方》(1932)、《军事秘密》(1935)、《少年鼓手的命运》(1938)、《丘克和盖克》(1938)、《铁木儿和他的队伍》(1940) 等。盖达尔的作品以其心理描写的细腻和强调"儿童和成年人之间的平等"见长。

作品中就有所体现。推荐读一读他的《天蓝色的杯子》——一篇不长的短篇小说，带着布宁式的纯粹与力量，你可以从那些随处可见的苏联的印记和热情高涨的结局（"同志们，生活是美好的"）中略微感受到一丝惆怅，一种失落，一种正如勃洛克写到的，那未曾发生过的忧伤的遗憾，让我们一生惦念。

我从来没有拍过有关那个年代的电影，那就是我的"未曾发生过的忧伤"，直到我看了别人的作品，可是他们电影的主题却让我提不起兴趣。我忽然明白：不能再拖下去了。因为我的很多同事们（导演们），前一天还信仰着红军，第二天就信仰三色旗了，他们拍摄的东西跟 15—20 年前拍的东西大同小异，只不过是把好坏颠倒：红军是坏人，白军是好人。其余内容还是一如既往地平淡、呆板、庸俗、形而上学，像是定制品。**我和鲁斯塔姆·伊布拉吉姆别科夫想将那个时代维护起来**。我们并非要揭露对无辜者的残酷镇压，而是想捍卫那个时代的人们和生活，那种生活是宝贵的馈赠，它不会也不应被那个在特殊历史时期毁掉俄罗斯平静的人的专制所统治。

这部电影按体裁来讲是带有伤感主义探戈舞曲式的剧情片。《烈日灼人》——它不只是一个名字，而是影片的形象符号，在那首著名的探戈舞曲中主线缓缓展开："疲倦的太阳温柔地与大海告别……"将这句话做了简单的改变，把它变成片名，我们给了观众想象的空间，正是这某个"太阳"，把整个国家往死里灼烤。

我很希望这部电影名副其实……

要是放到 1936 年，我这部混合了三角恋和轻打斗的片子肯定要被看作政治片。尽管我在《烈日灼人》中并没有直接表现任何的政治狂热。因为我从来不拍，也不会拍直接支持或者是反对任何政治取向的电影。作为艺术家，我没有权利去支持任何一方。

从电影制作伊始，我就想让我的电影表达出大清洗时代的恐怖，但采用的却是契诃夫式的表达方式，那就是不直接呈现恐怖。《烈日灼人》的主人公与《一首未完成的机械钢琴曲》的主人公一样，活到了 1936 年。影片先是表现了一种无忧无虑的优渥的别墅生活，悠闲地喝着茶，讨论着国家大事以及知识分子在社会中所扮演的角色……在契诃夫时代，对生活的不满就是对那群无忧无虑的知识分子的不满，而到了 1936 年，生活本身就成了反抗这种不满的代价。这其中是两个截然对立的人，但是对于我来说，这正是俄罗斯的历史。

这部电影想说的就是，没有人是有罪的，也没有人是清白的。是**历史、文化、传统和对祖国的信仰遭受了凌辱，我们都是魔鬼的人质。**

尼基塔·米哈尔科夫与娜佳·米哈尔科娃在电影《烈日灼人》中的剧照　　　　尼基塔·米哈尔科夫饰演师长柯托夫

师长柯托夫（由我饰演的角色），如果出生在 150 年前的 1821 年俄法大战时，他绝对是个英雄，在荣誉中，在儿孙绕膝中离世。但是他将自己的一生奉献给了谎言，他相信人定胜天，可以逆天而行，所以他早晚都会滑向无尽的深渊。

米佳（奥列格·缅希科夫饰演）也是一样。柯托夫是在不知不觉中被骗了，而他还相信着。米佳决定，就干这么一次，然后就可以开始新的生活。

这就是俄罗斯的知识分子，隔着帘子看着彼得格勒、莫斯科以及其他城市的大街小巷所发生的一切，摘下红领结，然后又戴上，等着一切都结束——然后就是开闸放血。 而米佳就是其中一个放血的人。他知道，他已经做了别人想让他做的一切，然后……

然后什么也没有。生活的轨迹一目了然。

米佳和柯托夫，都困在自我欺骗中。我对于米佳的惋惜更甚于柯托夫。

我对这部戏中的两个角色尽量做到一视同仁，因为他们都是罪人，也都是牺牲品。他们是自己罪行的牺牲品。因为布尔什维克主义不会宽恕任何人。这个"主义"像是一个魔鬼，甚至可以吞食"自己的孩子"，回炉改造那些从权利之巅坠入深谷的人。我想在我的影片中表现这样的故事，但是要通过艺术形象，通过主人公的命运，而非通过政治演说去表达我想表达的东西，因为我不感兴趣。

我再重复一遍，我不想怪罪两个角色中的任何一个。并且我也不想抹去老一辈人的经历，像今天很多人热衷揭发过去的事情那样。这就是布尔什维克主义，只是换了一种方式表达而已。因为任何集权专制思想的基础是——没有意识，胡乱地想"立刻马上"拥有所有的东西。汹涌的无神论、不相信精神永恒，七十年将共产主义统治上升到了国

茵格保加·达坤耐特饰演玛露莎　　　　　　　　奥列格·缅希科夫饰演米佳

家政治的程度，随意决定别人的命运，将布宁、拉赫曼尼诺夫、夏里亚宾从"现代的大船"上驱逐出去，将一众俄罗斯诗人、哲学家赶出苏联，这其中就包括索尔仁尼琴和罗斯特洛波维奇 [1]……

　　是的，布尔什维克主义没能给我们国家带来幸福。但我们能因为无法改变的事实，就忽视这些没能出生在最幸福时代的人们为国家所做的贡献吗？因为哪怕在最黑暗的镇压时期，太阳还是照常升起，河水还是照样流淌，皮球在沙滩上被踢得咚咚响，孩子们爱自己的父母，父母为生活的琐事操心，还有那第一次亲吻姑娘的小伙，肯定不会想着亲爱的斯大林同志过得怎么样……这些在我看来，是痛苦、是恐惧、是那个年代苦涩的温柔，这正是我想在影片中所传达的，不去理会那些政治喜恶。

＊ ＊ ＊

　　在去下诺夫哥罗德选景时，我遇到了一个对于我的作品来说十分重要的人：弗拉基米尔·伊凡诺维奇·谢多夫——他的人生就是一段跌宕起伏的传奇故事，他参过军，当时已经是个成功的商人了，他是第一批在下诺夫哥罗德开餐厅的人，还曾经接待过撒切

---

[1] 姆斯蒂斯拉夫·列奥波尔多维奇·罗斯特洛波维奇（1927—2007），俄罗斯杰出的大提琴家、指挥家。他一生荣誉无数。他是大英帝国荣誉骑士勋章、法国文化与艺术十字勋章、希腊凤凰勋章、联邦德国优异服务大十字勋章获得者。1970 年 10 月 31 日，他写信给《真理报》声援被流放的诺贝尔文学奖获得者亚历山大·索尔仁尼琴，而被禁止演出。

与制片人弗拉基米尔·谢多夫。1994 年于下诺夫哥罗德

尔夫人。他对我们的拍摄工作给予了极大帮助，在布景方面以及电影拍摄方面都帮了我们许多。

谢多夫是那种坚韧不拔的俄罗斯人，是一切都靠自己的那种人，是那种有能力度过人生一切困难时期的人。

那个时候整个国家都举步维艰。当时我的电影《烈日灼人》开机前不久，1993 年 10 月的宪政危机刚刚消停。在炮打白宫时，我公开支持鲁茨科伊[1]，我说，我选择朋友不是因为他的官衔，所以尽管叶利钦判他有罪，他的团队是人民的罪人，我也不会跟他划清界限。在那个疯狂革命的年代，任何带有政治指向的言论都是危险的。

我还记得瓦罗佳·谢多夫从容、热情地在自己家里接待了本应该藏身的鲁茨科伊的卫队长，然后他还给我配了两个兄弟——以防"万一"。

所以我在拍摄电影的过程中在塑造遭受压迫的柯托夫这个角色时，自然而然会掺杂当时政治所带给人们的紧张气氛——尽管不像电影中那么恐怖，但是就好像当你听到头顶的隆隆雷声时，你就明白了如果雷电没有将你劈死，以后也就劈不死你。但是你紧张得肾上腺素飙升。就是这种紧张的感觉，也是我在塑造角色时重要的感受。

《安娜成长篇》

（《Анна от 6 до 18》）(1993 年)

每年我都会问大女儿同样的 5 个问题："你喜欢什么？""你不喜欢什么？""你害怕什么？""你最想要什么？"和"你觉得，在你的周围和我们国家都发生了什么？"

在她的答案中，我按时间顺序插入了一些记录我们国家当时发生的真实事件的影像。说实话，我自己也没想到，最后会拍成这样一部纪录片。

---

[1] 亚历山大·弗拉基米罗维奇·鲁茨科伊（1947—　　），俄罗斯副总统，政治活动家。

《安娜成长篇》是一部无须设防的作品。大家可以随意谈论这部影片，但有一点是不能忽略的，那就是这部纪录片我一共拍了 13 年。这是一个身处变化中的国家、不断成长的女孩所经历的 13 年。

和女儿安娜在一起（《安娜成长篇》剧照）

这世上有三样东西是无法伪装的，那就是爱、性情和时间。

我认为，这是我拍摄过的最严肃的作品之一。没有人知道它的结局会是什么，但我依旧固执地从安娜 6 岁开始，每年都问她那 5 个问题。

应该承认的是，在这部影片的拍摄过程中，我们也经历过一些艰难，甚至是危险的情形。因为在那个年代，未持有过审剧本、私自挪用专业设备拍摄影片是违法行为，只能托关系搞到胶卷、无噪声摄像机和录音设备。在这种情况下，帮我弄到设备的同事和我一样，都冒了巨大的风险。

没有人知道自己会活多少年。但是我认为，如果人生是有现实价值的话，那么这个现实价值就是他所度过的时间。

女儿长大了。这 13 年里发生了那么多令人难以置信的事件！我刚开始当导演的时候，还不能想象，10 年后人们会切割掉列宁纪念碑的头颅，而在此之前，会有三位总书记相继去世 [1]（"五年计划都进了三位领导人的棺材"，我的父亲如是说）。而在少先队接受教育的安娜每年都会说"我希望新的共产党领导人是……"之类的陈词滥调。

而后来，这个被一成不变的模式教育和控制的小女孩，这个害怕说错话和因此挨骂（她的学校确实存在这种体制）的小女孩完全变成了另外一个人……

要知道这一切都是自然而然发生的，并且我还把这段时期发生的历史事件插到了她的镜头中。

我知道这部影片带有一些倾向性，但这是我的影片，我的观点。如果有人有不同意

---

[1] 即勃列日涅夫（1982）、安德罗波夫（1984）、契尔年科（1985）。

见，那么我建议他跟我做同样的事情，把这部片子拍上个 13 年。后来我也同娜佳[1]一起拍了一部片子，不过那就是后话了。

《西伯利亚理发师》
（《Сибирский цирюльник》）(1998 年)

我与鲁斯塔姆·伊布拉吉姆别科夫 1988 年完成了《西伯利亚理发师》的剧本，但是我们当时并没有开始这部电影的拍摄，而是在 1995 年，我和娜佳去领了全世界所有导演都梦寐以求的"小金人"之后才开始拍摄的。是这个"奥斯卡"奖给了我们希望，使得我们去筹集资金拍摄这部 20 世纪最后十年里最昂贵的欧洲电影。当你真的获奖了，你反而不是那么在乎了，这真是一种很奇怪的感觉……

获得了"奥斯卡"奖之后，经过一年半的精心准备，我们就要开始拍摄了。但是越是临近拍摄我就越是害怕。因为《西伯利亚理发师》对我来说是一部全新的影片：新的语言，新的场景，新的规模，对于 20 世纪 90 年代的俄罗斯电影来说——它场面宏大，人数众多，是一部鸿篇巨制，并且有众多外国明星的参与。

我很早就想拍一部有关西伯利亚的影片。这不仅是艺术构思，而是一种血脉传承——我的根在那里，我的家族来自西伯利亚，我指的是我的外曾祖父瓦西里·伊凡诺维奇·苏里科夫。

在伊尔库茨克我参观了很多十分精美的艺术博物馆以及一些藏品众多的大学科学图书馆。俄罗斯作家柯罗连科、阿布鲁乔夫，以及我们同时代的作家阿斯塔费耶夫给了我和伊布拉吉姆别科夫极大的灵感。正是在伊尔库茨克我找到了我们的"西伯利亚专家"——19 世纪作家伊凡·季莫菲耶维奇·卡拉什尼科夫。他的长篇小说《商人日洛勃夫的女儿》，短篇小说《堪察加女人》以及《伊尔库茨克居民手记》，这些都为我提供了很多的构思素材。当然还有丰富的伊尔库茨克编年史也给了我极大帮助。除此之外，优秀的地方志专家、作家马克·谢尔盖耶夫也为我们提供了众多宝贵的意见。

我和伊布拉吉姆别科夫夏天在小别墅中开始创作《西伯利亚理发师》的剧本。在那

---

[1] 即娜杰日塔·米哈尔科娃，俄罗斯演员，本书作者的二女儿。

里我们和孩子们一起玩耍、
嬉笑，所以我们只有在晚上
的时候才能坐下来写作，并
且每天早上 8 点起床，总觉
得像一夜未眠一样。

我们在罗马才将剧本最
终完成。当时天气特别热，
我们的住处有个游泳池，一
个半月我们都泡在泳池里。
我们每天早早起床，打开空

"士官先生们"在电影首映式上（第二排——马拉特·巴沙洛夫和阿尔乔
姆·米哈尔科夫[1]）

调，将温度调到 16 度，穿着长袍开始工作，中间不休息。每天要工作 15 个小时……

在开始创作剧本之前，我们进行了长达 8 个月的准备工作，研究材料：士官们是什
么人，他们穿什么，他们遵守的士官准则是什么，他们的教学原则又是什么，他们的寝
室长什么样，医务室又是什么样，等等。我们要注意哪怕最微不足道的细节：比如，士
官们将脱下的衣服放到床边的白蜡树小床头柜上时，帽徽要冲哪边。所有这些我都需要
仔细地研究。

《西伯利亚理发师》是一部史诗，故事跨度从 19 世纪末到 20 世纪初的 20 年（1885
年到 1905 年间）。这样的长篇电影需要我们注重哪怕最微小的细节，比如生活细节、道
路建筑，以及研究那个时代俄罗斯各个阶层的服饰风格，为此我们制作了 6000 余件服
装，用几天的时间拍摄 6500 余人的宏大场景。

在拍摄过程中我们在克拉斯诺亚尔斯克、下诺夫哥罗德、戈尔巴托夫和莫斯科创造
了约 8000 个工作岗位！很少有国产影片（或者这样大制作的影片）能够给军队、警察和
道路巡检以及其他的机构付钱，并且付全款。（至少据我所知，这样大的战争场景的经费
支出只有在电影《战争与和平》中出现过。）甚至在我们电影中充当大场景群众演员的现
役士兵，除了给他们提供热饭热菜，我们还额外支付费用。当时有人跟我讲，根本不值
得为他们掏腰包，因为在 20 世纪 90 年代，我们的军队被视作一支耻辱的队伍！

但是，关于军队我要特别讲一下。我的影片和军队有着直接的关系。**这部影片正是**

---

[1] 本书作者米哈尔科夫的小儿子。

讲述有关俄罗斯军官荣誉和尊严重振的故事，重现一个真实的俄罗斯⋯⋯

这是一个有关年轻士官和一个在俄罗斯的美国女人之间的浪漫爱情故事。事件主要发生在彼得堡和西伯利亚，部分剧情发生在美国西点军校。

影片中讲着俄语、法语、德语和英语，我们正是想把这种原汁原味的生活呈现给观众。

对于很多电影时尚杂志的读者来说，拍摄电影是某种奇妙的过程，充满着满足和享受，并且荣誉和金钱随之而来。但是事实上，拍电影是一份苦差事，是最累的活，到处充满了意外和状况。比如，从拍摄的第一天起，我就把我的剧组用紧急情况部[1]的直升机送到了人迹罕至的地方。那个地方大约距克拉斯诺亚尔斯克400公里，在茂密的原始森林里。并且所有决定必须当即做出，容不得半点犹豫。顺便说一下，若非我紧急情况部的朋友们的帮助，尤其是谢尔盖·绍伊古、尤拉·沃洛比约夫，我恐怕拍不了这部片子。**因为在我们国家拍片，更何况是在20世纪90年代，加之又是这种题材的电影——光这些就已经是一个紧急情况了。**

我曾经说过，**最难的就是找到一个合适的时机，跨进开启电影的大门，喊出那句神圣的"开机"。** 但是请相信我，从电影最后一个镜头开始拍简直难上一千倍，因为无论是演员还是剧组都没有做好准备，没有体会到角色的情感经历。演员们还没有剧情和情绪的"积累"，还没有磨合，也不知道如何在影片结尾表现出该有的角色情感变化。但恰恰是这时的创作条件比你提前制订的计划和一切"正确"的电影制作理念都更加强大，因为在你不能表露出的慌乱外，取而代之的可能是你的直觉、专注，甚至有时是天赐的灵感。

但是，无论从后往前拍有多艰巨，当你的镜头里只有一两个演员时，你还是可以暂停稍作休息，进行思考，反正第二天还可以继续拍下去。但是当拍摄有五千人的大场景，人们都穿好服装化好妆的时候，大数定律就发挥作用了，你根本没时间想那些电影词汇，没时间思考，就是抓紧一切时间拍摄、拍摄、拍摄。因为每天都要花掉大量的钱。还有个难题。比如，找到60个理发师给3000个扮演苦役的群众演员剃头不是难事，但是你得说服这些群众演员愿意剃头呀！这也是你的工作，这是营造氛围的一部分。要每个

---

[1] 俄罗斯紧急情况部与国防部、内务部、司法部和外交部共同构成五大强力部门，是俄罗斯处理突发事件的组织核心。

人都相信你，并且能从自己做的事中找到快乐。如果他们不能找到快乐，那可就真成了
"苦役"了。

在拍摄电影的过程中没有你学不会的东西，连直升机你都得会开！那一天我记得非
常清楚，我们拍摄的地方离基地很远，大约有 300 公里的距离，给我们这架小的（拍摄
用）直升机加油需要另一架直升机，但是由于出了状况，所以另一架直升机不能赶到了。
当时我们在拍影片结尾时的一个镜头：理查德·哈里斯[1] 前往西伯利亚。这个杰出的英
国演员当天就要飞回伦敦，我们没有时间了，但是航空燃油只够用 8 分钟，也就是说我
们每一条只能拍三分钟，留下两分钟以防万一。

**坦白地讲，我并没有太注意哈里斯的表演，我的注意力都被油表吸引了，指针就那
样冷冷地指着接近零的地方。**感谢上苍，我们降落了，镜头拍完了。

影片女主角由优秀的美国女演员茱莉亚·奥蒙德饰演。如果说我们自己的演员奥列
格·缅希科夫在自己的国家拍摄电影都觉得有困难，更别提茱莉亚了。她与她所饰演的
角色"珍"一样，一下子就被抛到了人生地不熟的俄罗斯西伯利亚……当然在电影中，
演员需要对影片有整体的认知，就像玩拼图游戏一样，要熟知每个片段在整部影片中的
位置。导演更要铭记于心。只有导演才能对演员负责，在各个方面帮助他，引导他。但
是在拍摄刚开始的第五六天，茱莉亚就要拍摄影片结尾处最具戏剧性的一幕。在这样的
情况下，**导演不能有所保留，他要将自己所有的能量注入演员身体里，让其相信自己的
能力。**要让演员感觉到自己是被爱的，他不是孤独一人。总之，对演员的爱是帮助他跨
越不能跨越的困难的最有效的方法，对演员的爱可以让他不必拼命赢得导演的关爱，而
是完全专注于表演。

影片的重头戏，也是最难拍的一幕——"谢肉节"[2]。当我们开始准备这个场景时（电
影早已开拍多日），我突然明白了那天晚上冥冥之中将我带到外曾祖父的故居是上天的旨
意。苏里科夫式的色彩，饱满、奔放、充满了力量，绚丽而又跳跃——这些都要在这个
传统节日的镜头中生动地表现出来。这个镜头中一切都很重要——服饰、化妆、细节的
准确与饱满、镜头移动的技巧……还有采用充满自然主义情调的俄罗斯木版画的手法刻

---

[1] 理查德·哈里斯，英国爱尔兰演员，在《西伯利亚理发师》中饰演伐木机的发明者，女主角珍的假
　　父亲。
[2] 谢肉节又称送冬节，意味着春耕劳动即将开始。谢肉节源于东正教，是人们在斋戒前一周纵情欢乐、
　　吃荤的节日。

画场景，它是民族精神的代表。用此方法不乏危险性，事实证明我的这种做法在日后经常受到媒体的批判。

只可惜，我们需要解决的不仅仅是电影拍摄上的困难。有位"好心"的市民是我的"粉丝"，他给警察局打电话说在新圣女湖冰面上的布景里埋有地雷。一切都被迫暂停了，演员和群众演员被从冰上撤离。后来紧急救援队赶到现场，还带着警犬。拍摄工作整整中断了5个小时……

在冬季，5个小时的拍摄时间——简直意味着一整天。幸运的是，什么都没有发现，并没有所谓的地雷，但是5个小时就这样白白浪费了。现在要如何追赶进度？再加上2月份零上13摄氏度这一百年不遇的现象被我们赶上了，冰面正在一点点融化！

困难真是接踵而至。**甚至摄制组很可能连同重达几吨的布景、5000个群众演员、小孩子、马匹和雪橇一起落入冰窟窿里，而且布景差一点烧成灰烬！**

这时才真正能体会到，每个人对于剧组团队来说意味着什么，因为我们分秒必争，时间紧迫。没有自然光，冰面在融化，群演在骚动……我们团队的专业程度就成了关键因素，你要清楚地意识到你想要的是什么。我们未曾有过丝毫的踌躇……

同时，紧急情况部也在昼夜对冰面实施加固工作，如果不是他们高超的专业技能，我们就会全部掉到新圣女湖里了。每隔40分钟他们就向我们汇报各处的冰面状况（当然首先是报告我们拍摄所处的冰面情况）。三个造冰工厂昼夜工作为我们提供人造冰，并把液态氮浇注到布景的基座上。

这场拍摄中最惊悚的回忆是在湖面下发出的"呜呜"闷响。最恐怖的在于你无计可施，像地震一样，你只能坐以待毙，看接下来会发生什么。

为了避免恐慌，知道实情的只有几个人（俄罗斯紧急情况部的官员、我和另外3个人），其余人都在等待开机——吃着饭，聊着天，拍拍照，有人在明媚的冬日暖阳下晒太阳，演员们串着台词……计划外的漫长休息总会让人变得涣散，人们无法聚集起来，那时哪怕很简单的事情也会变成不能解决的困难。要么是你解决了问题，要么是问题解决了你！

最糟糕的事情就在于，这些意外状况偏偏发生在规定拍摄时间内。这段时间十分珍贵，因为你只有几分钟（5分钟到15分钟）的有效拍摄时间，正是这屈指可数的几分钟要将付诸了几天甚至几个月的努力毫无差池地记录到胶片上。我们当时的情况不容许我们犯错：你拍不成第二次焰火，这简直就是不可能的，因为一部分布景要变成灰烬，只有在将全部烧毁的布景重新复原才能拍摄第二次焰火。所以我们才会神经紧张，才会用6 台摄像机，拍摄中演员才会有时出现不规范的语言。好了，抱歉，这种事情总是无法避免的……而最后总会喊出那句有着神奇魔力的指令："卡！"然而，拍得怎么样？银幕上见吧……

这时候我们就可以（也是必须！）放松、表达歉意，如果有人受了委屈，拥抱他一下并给予他安慰，要让所有人都能感受到我们大家是同舟共济的战友。

在拍摄到一半的时候，我们去布拉格的摄影棚拍摄，那里布景极其华美。很多人问我们：为什么去布拉格？回答很简单——因为那里比"莫斯科电影制片厂"便宜，并且家具、道具都好得没话说。很可惜，在这方面俄罗斯已经渐渐失去了专业性。

我们在布拉格拍摄的第一个镜头是一场跳华尔兹的戏。我和巴沙·列别舍夫绞尽脑汁思考着：怎样才能拍出和以往不同的华尔兹呢？结果真的被我们想出来了！这就是我们的专利技术了。我们发明了一个绝棒的机器，我们管它叫"移动巴沙"——它是一个在滑轮上的台面，摄像机就绑在这个台面上，便可以朝着各个方向旋转。这样，我们极大地丰富了摄像机在舞池中的运动路径，与此同时也丰富了镜头内的活动。通过这个方法拍摄出来的画面完美至极，而且我们顺便也解决了对焦的问题，因为对于我们而言最重要的是要让华尔兹舞者始终与镜头保持固定的距离。

可以说，布拉格"巴兰朵夫"摄影棚简直让我惊叹。一切设备都运行良好，井然有序。设备、布景、道具、家具一切都完好无缺。我提出的要求从来都没有被拒绝过。尽管为了公平起见，我还是要说一句，我们俄罗斯能做这些的能工巧匠也未尝没有。我们电影的主角之一《西伯利亚理发师》伐木机——是在下诺夫哥罗德[1]附近的一处军工厂制造的，这家工厂从 20 世纪 90 年代就再没有接到过订单了，但是俗话说得好"塞翁失马焉知非福"。工厂里所有人（从经理到油漆工），都忘我地工作，将我们的构思和瓦洛佳·阿罗宁的艺术奇想都体现出来，这让我们很吃惊。至于伐木机的外观设计，对于影片来说并不重要，重要的是机器可以工作，可以运行，可以砍树、锯木头。完成这么多项任务后这个伐木机居然没坏。这一切完全出自下诺夫哥罗德人之手！

我们本想把这个伐木机拆了做成一批小的儿童玩具，但是没有成功。我们当时没办法把它运回俄罗斯，所以伐木机只能运到了布拉格并留在了"巴兰朵夫"摄影棚里。

---

[1] 俄罗斯城市，位于伏尔加河流域。

奥列格・缅希科夫——不是 40 岁，而是 20 岁……

在布拉格的工作已然步入正轨，找到了节奏和力量。演员们的状态也明显不一样了……总之，在像《西伯利亚理发师》这种大场面的影片中，很难注意到所有的细节，而这正体现了前期素材准备工作的质量。不应该有任何多余的东西出现在镜头里，无论是真品茶碗，还是无关人员哪怕几秒钟在镜头中的闪过……

弗拉基米尔・伊里因——是我喜欢的演员之一，是有着独特魅力的人！他在剧中并非主角，但是他带着爱和温柔饰演着这个角色，让这个角色充满活力！正是得益于他的表演，才让莫金这个角色成为电影中最亮眼、让人印象最深刻的角色。热尼亚・斯杰布罗夫是我的护身符。到现在为止我们的友谊已经走过 40 个春秋。他是位杰出、随和、情感十分细腻的演员。他塑造的人物，好像一张蜘蛛网，让你深陷其中，迷失在他的角色里。

廖尼亚・库拉弗列夫！你们知道吗，我甚至都不敢让他来饰演骑兵长布金这一角色，因为他个子小，长相也不出众。但是康斯坦丁・谢尔盖耶维奇・斯坦尼斯拉夫斯基[1]是对的：没有小角色，只有小演员。库拉弗列夫是一个伟大的演员，无所畏惧。他的内心从未有过丝毫的空虚感。

接下来就是优秀的英国演员伊丽莎白・斯普林斯。我是在电影《理智与感性》中见到的她，当时我就知道，她要在我的电影中饰演伯爵夫人。我们甚至为了她推后了拍摄日程。她总共在我们剧组就待了几个小时，而这几个小时是多么的美好啊！

---

[1] 俄罗斯著名戏剧导演、戏剧教育家、表演理论家、舞台艺术改革家。

茱莉亚·奥蒙德饰演珍

让人惊艳的是马琳娜·涅耶洛娃！很早以前我们就想一起合作了，只可惜我们就在一起工作了几天。尽管角色非常小，但是她十分准确、到位地塑造了一个无法理解自己儿子安德烈·托尔斯泰的自私母亲的形象。

拍电影，尤其是拍这种场面宏大的电影，对我来说就像是闭关，因为你与外界完全隔绝，不能与外界沟通。所以塔尼娅和孩子们有时会来片场探班。当然，坦白地讲，他们能过来看我，我还是很开心的。娜佳、乔马和安娜甚至在戏中都出演了角色。娜佳饰演了一个小片段。乔马扮演了士官布图尔林。安娜出演了一个很重要的角色，我觉得这个人物对于电影整体，尤其是电影结局都起到至关重要的作用。

说到奥列格·缅希科夫，我能滔滔不绝讲个不停。但是我只讲一点，他是我们这个时代最优秀的演员之一，不仅仅是在俄罗斯。最让人惊讶的是，他的每次表演和反应都让人无法预料。我喜欢和他一起工作，因为我清楚地知道，我们不像其他的电影中那样照本宣科地表演。

还有一点：**要有为了一个角色等上十年的巨大的勇气和忠心，要知道在 40 岁的年龄演 20 多岁的男孩不是易事，**但是就是要竭尽全力将他演好。

关于我们 4 位主要的幕后工作者我要说几句。

瓦洛佳·阿罗宁——是一位非常优秀的艺术指导。在片场人们几乎注意不到他的存在，因为镜头里有关布景和道具的一切都已经完美地布置好了。当有需要的时候他又立刻出现在那里。这就是最专业的表现！

优秀又有天赋的剧作家鲁斯塔姆·伊布拉吉姆别科夫是我的老朋友了，我们共同创作了剧本。我和他相识于青年时，我们一起完成了毕业作品《战争结束时平静的一天》、《套马杆》和《烈日灼人》……

摄影指导——是我们天才的巴沙·列别舍夫，他在经历过一段漫长的休整期之后同意和我再度合作，对我来说是一大幸事。

最后是莱奥尼德·维列夏金——在我看来是俄罗斯最优秀的制片人。并且他是唯一一个获得过三次俄罗斯国家奖的制片人 "3T" [1] 工作室的总经理，我和他共事已经超过20年了。

* * *

士官生是我们影片中的主角之一。正因如此，这个形象才更应该完整统一。不只是形式上，而是要达到内在的统一。当过兵的或是在军事学校学习过的人就知道，士官间的友谊是模仿不来的。这种战友友谊或是战友关系要么存在，要么不存在。所以在拍摄开始之前，当时的国防部长罗迪奥诺夫特意安排了我们50名左右的青年演员们去卡斯特罗姆斯基防化学院，按照1885年的士官培养守则进行为期三个半月的培训。培训一点都不含糊，十分严苛。他们要学习当时除专业科学课程外的所有课程。其中包括神学、搏击、舞蹈、士官行为准则、射击，尤其是列队训练，他们每次都要训练几个小时。总之，演员们需要接受一个士官成长为一个军官所需的所有技能的培训。

坦白地讲，没人相信我们这个尝试能成功。所有人都觉得，演员们只会敷衍了事，结束后回到片场表演士官。但是，事实并非如此……

没人相信，缅希科夫和伊里因在这段时间内都和士官们在同一间营房生活，吃住都在一起。这才是称职的演员对待工作应有的态度。

然后又是列队训练，每天都要训练几个小时。正因如此，我们的演员们哪怕在大教堂广场 [2] 走列队也不输于克里姆林宫的学员。我相信，如果没有这3个月在卡斯特罗姆

---

[1] "3T" 工作室是由米哈尔科夫与维列夏金共同创办的艺术工作团体。团体名称取 Творчество（创作）、Товарищество（合作）、Труд（工作）三个词的首字母，即为 "3T" 工作室。

[2] 大教堂广场是莫斯科克里姆林宫的中心广场，是俄罗斯最古老的广场，得名于面向它的三座大教堂：圣母升天大教堂、天使长大教堂和圣母领报大教堂。自沙皇时代起这里就是俄罗斯东正教举行典礼、皇帝加冕、招待外国使节之地。

军校的训练，就不会有这样军人般的仪态、英勇，以及兄弟情谊。

在拍摄工作的最后阶段，我们在葡萄牙拍摄了美国军官营的镜头。能拍完这部片子实属不易，经历了 187 个日日夜夜，耗费大约 16 万米长的胶片，历经 4 国，横跨四季。总之，拍摄全过程仿佛经历了整个人生。

拍电影就像过日子一样，只不过这个日子有尽头——第 188 天。当在最后一天拍摄最后一幕时（值得一提的是，我们在葡萄牙的两周里，天气炎热，万里无云——一切进行得十分顺利），海面忽然聚起棕灰色的乌云。当地人告诉我们要快点拍，这些乌云预示着将会持续一周的厄运。然后又像上次在圣女湖一样，我们又一次分秒必争。当时包括我在内的所有人都没有意识到这是影片最后一组镜头了，我们也刻意不去想这件事。

我不让自己想这件事情，但是我知道，这是最后一次在《西伯利亚理发师》这部电影中喊出"开拍"这两个字了。从第一天的拍摄到今天，我们完成了一部鸿篇巨制，倾注了大量的精力，付出了我和我家人以及我朋友们的一年半的光阴。但是奇怪的是，后来我才意识到，原来在拍摄的这段时间里，我时时刻刻都有种不希望这段工作结束的想法，刻意拖延。 我不知道这是为什么，可能是因为所有人都累了，真的大家都太累了，太多的困难，可是幸福感正来源于此：你创造了整个世界，你在做一件极其重要的事情，有时你会遇到阻碍，但是你的朋友们会支持你，帮助你，你将你所爱的、所期待的人的生活记录到胶片上，为了让更多的人去爱他们。忽然，在我心中涌现一股强烈的愿望，我想让这一切继续下去。

但是天下没有不散的筵席。你只需喊：停！是的，我喊了。我们的马拉松结束了。可是无论我们每个人在这段长跑中感到多么孤独，多么难受，但是我们终究成功地把我们的作品送上银幕，呈现给了观众。

* * *

人们让我去参加戛纳电影节评选，我没有去。我根本不感兴趣！我不再紧张到冒汗地等待着评委们的评审结果，取而代之的是我认为它对我可有可无。评委们也好，同行们也罢，他们的评价根本无法改变我对电影的态度。所以，给不给我这个奖，对现在的我来讲又有什么意义？

因为我自己曾担任过在圣塞巴斯蒂安举办的柏林电影节的评委，我太知道其中的黑

尼基塔·米哈尔科夫饰演沙皇亚历山大三世

幕了。我的道德不允许我偷偷地为《西伯利亚理发师》作弊。电影不是我个人的事，而是我们团队的成果，而电影节的奖项又有太多的未知和政治因素。

我们能接受的最大限度就是让《西伯利亚理发师》作为戛纳电影节开幕影片。而当届电影节竟然真的如此安排了。

我重复一遍，我的成功是因为：首先，在拍摄过程中，我们的团队中充满着令人钦羡的兄弟之情。其次，观众很喜欢我的作品。还有什么好奢求的呢?《西伯利亚理发师》适时地出现在观众面前，这不是我的功劳，这像是一种冥冥之中的注定。不，这是上天的安排。

其实人们都在期待这样一部电影。所以哪怕两年之后，电影放映时还是座无虚席。我听说，在彼得堡的"阿芙乐尔"电影院已经放映了上千场次的《西伯利亚理发师》，影院管理层想让《西伯利亚理发师》下院线，但是观众不同意。

* * *

我为什么要出演沙皇? 其一，因为我的身高和身材比较符合其形象。其二，能出演这个角色对我而言是件很荣幸的事。其三，也是最重要的一点：**我不放心把一个要和沙皇一起坐在马鞍上的小男孩的性命托付给其他演员**。我们要在震耳欲聋的乐队奏曲声中，沿着光滑的青石板路骑马。我能稳稳地坐在马鞍上，所以我就出演这个角色了。

《父亲》《母亲》

（《Отец》《Мама》）（2003 年）

我拍摄这两部影片是有原因的：这一年是我母亲的百岁诞辰，同时也是我父亲的 90 大寿（他当时还在世）。所以我就非常有必要为他们拍摄影片，以此来更多地了解他们。父亲通过交谈告诉我的所有事情都给我留下了难以磨灭的印象。

我觉得，我在这个过程中了解到了许多新的东西，而且还学会了理解：为什么是这样，而不是那样。因为**在你成长的时候，很多发生在父母身上的事情你并不理解。随着时间流逝，你才能逐渐领悟它们。**父行子效是亘古的真理。

我认为，父亲不会把告诉我的所有事情全都告诉任何一位记者。而且记者也不会想到（或者也不敢）去问我提出的所有问题。比如："如果一个人对孩子丝毫不感兴趣，那他是如何写出众多优秀的儿童诗歌和儿童心理学著作的？"问题的答案很简单，因为他本身就是个孩子。让他思考这个问题并把答案告诉我十分重要。

一位记者曾对我说，一天夜里，当她在电视上看完了《父亲》这部电影，她马上就给远在基辅、已有 12 年不曾联系的父亲打了个电话。

这是对我最大的奖赏。如果你的影片能令观众回忆起他们的父母，或让他们把自己的父母同别人做比较，或把自己同父亲做比较的话，这才是一部富有精神内涵的作品。

请给自己的父母打个电话吧。

《十二怒汉》

(《12》) [1] (2007 年)

当时我在史楚金戏剧学院出演了罗斯作品的同名戏剧，并对鲁迈特 [2] 导演的电影进行了改编。滑稽的是，由于电影拍摄是在学年期间，这恰恰被认为是对纪律的严重破坏，我也因此被从史楚金戏剧学院开除，甚至连姓名都从海报上抹除了。但是首映还是正常举行了，并且据说放映效果还不错。

当时令我感兴趣的是剧中人物迫不得已要采取决定的情况下发生的根本性转变。

而这部作品和美版电影《十二怒汉》[3] 几乎毫无共同点，甚至不能被看作一部真正的翻拍作品。它们仅在剧情题材上拥有共同之处：12 位陪审团成员需要进行一场讨论，一开始他们都倾向于同样的决定，但是事情看起来没那么简单。除此之外，两部电影再无共同之处。

总的来说，在观众眼中，新作品的诞生非常耀眼动人。我很喜欢原片，但是总的来看，故事讲述的是美国法律的出色和仁慈。而我们的电影则完全不同。

这是一部紧张的侦探故事片，我甚至把它定义为恐怖电影。作为合拍项目，这部影片由我们和第一频道 [4] 共同制作。

电影里的每个人都有自己的道理，道理有很多，但真相却只有一个。所以对真相的探寻就成了我们电影的核心内容。

曾经有两位杰出的青年：萨沙和瓦罗佳，很遗憾他们如今都已经去世了。他们创作

---

[1] 《十二怒汉》是 2007 年上映的俄罗斯电影，由尼基塔·米哈尔科夫导演。取材自好莱坞名导希德尼·鲁迈特（Sidney Lumet）的同名旧作。此片曾获第 64 届（2007）威尼斯电影节金狮奖提名和第 80 届（2008）奥斯卡金像奖提名。

[2] 希德尼·鲁迈特（Sidney Lumet，1924-2011），是一位美国电影导演，曾多次被提名奥斯卡最佳导演奖，并执导过许多经典电影。代表作有《东方快车谋杀案》《大审判》《十二怒汉》等。

[3] 《十二怒汉》（美国版本）是 1957 年上映的美国电影，由希德尼·鲁迈特执导。此片曾获柏林国际电影节金熊奖（1957）、美国金像奖（1958）、奥斯卡金像奖（1958）等奖项。

[4] 俄罗斯国家电视频道。

尼基塔·米哈尔科夫和艺术指导兼本书作者多部电影的编剧，好友亚历山大·阿达巴什扬。

尼基塔·米哈尔科夫和编剧鲁斯塔姆·伊布拉吉姆别科夫，后者是电影《战争结束时平静的一天》《套马杆》《西伯利亚理发师》《烈日灼人》的联合编剧。

尼基塔·米哈尔科夫和"3T"电影公司总经理、制片人莱奥尼德·维列夏金，他们获得了第十三届国家"金鹰"奖颁发的"最佳电影"奖项。

尼基塔·米哈尔科夫和与之合作了8部影片的摄影师帕维尔·列别舍夫。

尼基塔·米哈尔科夫和他的所有电影（仅有一部除外）的作曲家爱德华·阿尔乔姆耶夫

两个俄罗斯电影大师——尼基塔·米哈尔科夫导演和格奥尔基·达涅利亚导演，后者曾给 18 岁的尼基塔打开了"通往电影"的大门。

电影导演尼基塔·米哈尔科夫凭借《烈日灼人》（1994年）获得了美国电影学院"奥斯卡"奖"最佳外语片"奖。他的女儿娜佳是电影中的一位主演，手持着"奥斯卡"小金人。

普京和尼基塔·米哈尔科夫在《烈日灼人2》的拍摄现场，列宁格勒州的舒沙尔镇。

电影《十二怒汉》的摄影师弗拉季斯拉夫·奥别利亚茨和几位演员，从左到右：谢尔盖·加尔马什，米哈伊尔·叶夫列莫夫和维克多·维尔日比茨基，制片人莱奥尼德·维列夏金，导演兼演员尼基塔·米哈尔科夫，演员谢尔盖·马科维茨基和谢尔盖·卡扎罗夫。他们凭借电影《十二怒汉》在第64届威尼斯"金狮"电影节被授予特别奖。

和好莱坞影星梅里尔·斯特里普。

马塞洛·马斯楚安尼和尼基塔·米哈尔科夫在合作拍摄电影《黑眼睛》期间。（1986 年）

无往不利的组合——导演、演员和制片人，尼基塔·米哈尔科夫，杰克·尼克尔松，莱奥尼德·维列夏金。

奥列格·缅希科夫，尼基塔·米哈尔科夫和娜杰日达·米哈尔科娃在第 63 届法国戛纳电影节上。

埃米尔·库斯图里夏导演和尼基塔·米哈尔科夫导演。

尼基塔·米哈尔科夫、弗拉基米尔·普京和安德烈·康查洛夫斯基在特列季亚科夫画廊的"彼得·康查洛夫斯基——俄罗斯先锋派的演进"展览上。

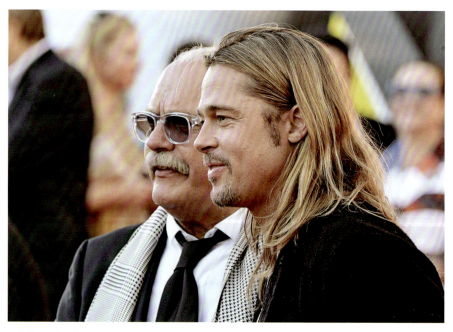

尼基塔·米哈尔科夫和布拉德·皮特在莫斯科国际电影节开幕式上（2013 年）。

塔季扬娜·米哈尔科娃在时尚杂志上的照片。70 年代。

尼科林山上，壁炉旁。娜佳，安娜和她的儿子安德烈，阿尔乔姆，尼基塔·谢尔盖耶维奇和塔季
扬娜·叶夫根尼耶夫娜·米哈尔科娃。摄于 21 世纪初。

爱好运动的一家人：塔季扬娜·米哈尔科娃、尼基塔·米哈尔科夫的孩子们——乔马，娜佳，安娜。摄于 21 世纪初。

塔季扬娜·叶夫根尼耶夫娜·米哈尔科娃，"俄罗斯缩影"慈善基金会主席，尼基塔·米哈尔科夫的妻子。

尼基塔·米哈尔科夫和他的妻子塔季扬娜·叶夫根尼耶夫娜·米哈尔科娃在莫斯科国际电影节开幕式上（2010 年）。

与最爱的女人相伴左右已经多少年了！这可不是玩笑！

娜佳当然是爸爸的乖女儿。

娜佳·米哈尔科娃尚能有一个作为少先队员的童年——哪怕是在父亲的电影里！

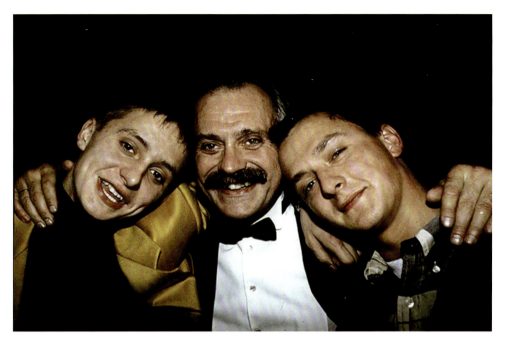

尼基塔·谢尔盖耶维奇和他的两个儿子——阿尔乔姆和斯捷潘。

两姐妹——安娜·米哈尔科娃和娜佳·米哈尔科娃。

尼基塔·谢尔盖耶维奇·米哈尔科夫和塔季扬娜·叶夫根尼耶夫娜·米哈尔科娃在尼科林山上的家里。摄于 21 世纪初。

电影《十二怒汉》中的情景。画面中演员为：瓦连京·加夫特，阿列克谢·戈尔布诺夫 [1]，谢尔盖·马科维斯基 [2]，谢尔盖·阿尔茨巴舍夫，谢尔盖·加尔马什 [3]，谢尔盖·卡扎洛夫 [4]，阿列克谢·彼得连科 [5]

了《回归》[6] 的剧本，后来由萨金塞夫 [7] 拍摄成一部电影。很久以来我都在寻找与自己的幽默感相通的人。如果两人能在工作时连续 4 个小时一通胡言乱语、开怀大笑，然后

[1] 阿列克谢·戈尔布诺夫，俄罗斯演员，代表作有《间谍》《爱的旅程》等。

[2] 谢尔盖·马科维斯基，俄罗斯演员，代表作有《俄罗斯游戏》《神父》等。

[3] 谢尔盖·加尔马什，1958 年出生，俄罗斯演员，代表作有《日瓦戈医生》《吗啡》等。

[4] 谢尔盖·卡扎洛夫，俄罗斯演员，代表作有《圣诞树 1：爸爸是总统》等。

[5] 阿列克谢·彼得连科，1938 年出生，俄罗斯演员，代表作有《基督山伯爵》《烈日灼人》《白痴》等。

[6] 《回归》是 2003 年上映的俄罗斯剧情电影，由安德烈·萨金塞夫导演。此片曾获第 60 届威尼斯电影节金狮奖。

[7] 安德烈·萨金塞夫，1964 年出生于俄罗斯新西伯利亚，是著名导演、编剧、演员。首次执导电影《回归》斩获第 60 届威尼斯电影节金狮奖。2007 年，执导爱情片《将爱放逐》，获得第 60 届戛纳电影节主竞赛单元金棕榈奖；2014 年，凭借执导的剧情片《利维坦》获得第 67 届戛纳电影节主竞赛单元最佳编剧奖。

一起沉浸在天马行空的快乐之中，那么你们注定将会结下兄弟情谊，而电影剧本就成为这种情谊的美好结晶……

我们所有人都应该明白的是：人不是一种工具，而是目的。理解这个真理对于这个世界来说非常重要。要学会的不是闲谈，而是要在谈话中牢记，在俄罗斯生命的价值要用荣誉去捍卫，而羞愧是人类感官得到净化所产生的一种道德情感。

电影所讲述的是每个人为自己所做出的决定要承担的责任，无论这个决定最终是否会奏效。

我希望所有人都能够理解的是：**为别人而牺牲是一件极其困难的事，但同时也是唯一的救赎之路。**而我们在这里所指的不是牺牲生命或是健康。大家需要做的仅仅是把自己温暖舒适的生活贡献出极小一部分，无私地分享给亲近抑或陌生的人们，而我们经常表现出来的则是自己并没有准备好去奉献。

这部作品具有极大的现实意义，特别是针对我们这个以取得最大化利益为主流价值观的浮华时代。**价值判断的重点不应该放在可以购买和触摸的物品上。**关于这点，我很久之前就想说，上帝赐予我导演《十二怒汉》的机会，我感到无比幸福。电影里面没有什么华丽恢宏的大场面拍摄，有的只是我认为可以长久发人深省的痛苦。不需要所有人赞同我的观点，而仅仅是引发大家的思考，这就足够了。

参与角色的演员们对戏剧的感悟能力于我而言只有益处：我不需要再浪费时间去和他们解释排练的内容和重要性。

演员们花了大量时间在排练上，即使没有自己的戏份，他们也会坐在一边。有时我们甚至会一直进行到凌晨4点钟。当然，大家都疲惫不堪，连站都站不住了，但是在这种气氛里却充分展示出了集体的创造力。彼此之间都能够做到互相信任，不再担心表演效果不好，也不会试图寻找更好的搭档。在如今的生活节奏下，时时刻刻笼罩在人们之间的忌妒、愤懑和怨怒全部都消失了。演员们的表演是欢愉的、充满激情的，大家可以自由地即兴发挥，也轻松地摆脱了为观众所熟知形象的限制，跳出了条条框框的约束。

有一些充满人情味，令人感动的时刻。瓦连京·加夫特在戏剧晚会结束后来到了我们的摄影棚，他把自己在戏剧表演时收到的花束留在了我的车上，并请求司机："稍后帮我把花转交给谢尔盖。"这位伟大的演员、耀眼的明星，因为我们的共同劳动成果而喜悦得像个孩子。

被告人小时候和成年的角色是由一对出色的兄弟扮演的：艾卜吉·马加马耶夫和艾

卜狄·马加马耶夫。他们的母亲令人印象非常深刻。在拍摄前不久他们的父亲去世了，我是之后才知道了这件事情。但是从母亲身上完全没有发现什么异常，她的眼中没有一滴眼泪，一如既往地亲切、和蔼又稳重。她仔细地照料和留意着拍摄场景，使得一切次序井然。剧本里的主角名叫乌马尔奇科 [1]，她说："不，这不对，我们通常都叫乌马里科。"但是在必要的情况下，她也会非常灵活。那个时候需要安排小男孩在身边带着狗的场景，但实际上在车臣的家庭里是见不到这种情景的。他们不许狗进家门，也不会随时牵着。我努力说服了她，毕竟角色只是一个孩子，关于这一点他也不会那么严谨地遵守规矩。最后她也同意了。

我亦步亦趋紧跟她，听取她的一切意见和评论。她的儿子们都穿了全套的民族服装在跳舞。当在格连吉克 [2] 拍摄的最后一场戏结束以后，我们组织了一个宴会。她那时刚好满 14 岁的大儿子朝我走来，并说道："我不知道最终的电影会拍成什么样，但是我想向您表达来自整个车臣民族的感谢。"

奥列格·缅希科夫在拍摄前几天辞演走人了，尽管我们似乎已经谈妥了一切。但还是有一些原因让他撂了挑子。

我当然非常伤心气愤，这不是轻易就能解决的，毕竟他在《十二怒汉》中扮演的角色是至关重要的。我当然是理解奥列格的，毕竟我非常了解他。我觉得他内心暂时无法适应已被被他熟悉的形象发生改变。但这种想法是危险的：自己固有的银幕形象随时都有被破除的可能，重要的是要有意识地自觉地把握好这种机遇。

上帝安排了谢廖沙·马科维斯基来顶替原本奥列格在《十二怒汉》里面的角色。我突然想起来他曾经联系过我，埋怨我没有找他出演。当时我找了个托词来搪塞他，坦白说，我几乎忘记了这次对话，自己并没有给予他充分的重视。而后就发生了缅希科夫的意外。

总之，我当即就打电话给马科维斯基，还没自我介绍就直接问他："您相信上帝吗？"他没听出我的声音，于是问我："您是？"我接着说："请先回答我的问题，您去教堂吗？"谢尔盖回答说："是的。"我说："上帝听见你祷告了。"然后我给他解释了事情的原委，并提醒他不要再接其他的剧本了，因为这个角色需要谢顶一段时间。马科维斯

---

[1] 乌马尔奇科，乌马里科的昵称。

[2] 格连吉克，是俄罗斯克拉斯诺达尔边疆区西部的一个城市，位于黑海沿岸。

谢尔盖·卡扎洛夫出演电影《十二怒汉》

瓦连京·加夫特出演电影《十二怒汉》

梅塞塔·萨琳莫娃在电影《十二怒汉》中饰演母亲的角色

基连一秒都没有犹疑："我同意。那什么时候试镜呢？"我回答他说不需要试镜，如果他同意的话，角色就定下来了。

应该说对于这部影片而言，这是一个美妙的时刻。现在我可以充满信心地说马科维斯基的加入赋予了《十二怒汉》独特的意义，他极大地提升了所饰演人物的水准。

在研究剧本的时候，我首先在几张纸上列出了俄罗斯当下"亟待解决的难题"。甚至包括一些政论方面常常被人们谈及的内容。而所有这些，大都转化成了《十二怒汉》人物角色对白和独白内容。就像是马科维斯基所扮演的角色对其他的陪审员说："被告也是人，和我们一样。让我们先来推想一下到底发生了什么事情，大家讨论讨论。不是闲聊，而是真正的讨论。"

对俄罗斯人来说只要不是胡言乱语，正儿八经的交谈都是很重要的。这样才能辨明是非，显现正确决定，生活的哲学也因此清晰可见。就连俄罗斯自身的环境和风景也与这种讨论相得益彰。就像果戈理在谈论自己的老师、朋友的诗歌时才思敏捷地写道："普希金的作品是如此的安宁静谧，如同俄罗斯的大自然一样。"描述得多么准确啊！安宁和谐的风景吸引人们深思熟虑，教会人们温驯和质朴。

当角色发现没有人回应自己的提议时，他如何去做呢？他自己承担了一切。而他刚开始对陪审员们说："各位，你们有什么好开心的？是因为你们做了漂亮的决定而没有把无辜的人关进监狱去吗？真是好啊！那接下来呢？他上了街立刻会被人杀死。""那怎么办呢？""可以把他关进监狱并隔离起来，在抓住杀死他养父的人之后就把他放出来。""那谁来做这件事呢？"这群循规蹈矩的人问道。突然一切都很明了，他们的同情心是完全可以度量的，即同情心止于没给自己带来不安之前。如果要进一步付出或是浪费时间，那就叫停吧。

总之我认为，这是部创新的影片，至少对于我是如此。

为了不让演员感到压力，我没有在独白中拍摄特写镜头去突出表现。要么他们处于全景或中景中在听别人说话——某个人边走边说的时候所有人都在倾听这一打动他们的言谈。或者都不在听，那时候任何特写镜头也无济于事。这样拍很冒险，但我还是这样拍了。

坦白来说，我最大的愿望就是影片能够在世界范围内被接受。而更加重要的是，《十二怒汉》在俄罗斯的家庭里能够尽可能长久持续地被观看。我由衷地希望把我的电影拍成令所有人都充满期待和惊喜连连的作品。至于没有去过多表现思想道德上的"高大上"，也是为了放低身段，除了吸引成年观众，还要吸引那些网上年轻人的眼球。

电影的最终效果也是非常俄罗斯化的，充满了爱国主义精神。

我始终坚信，基于排他主义的立场是拍不出真正的爱国主义电影的。沙文主义和排他主义——这是一种唯我独尊的态度，我优你劣的态度（这个问题在影片《套马杆》中就已涉及了。俄罗斯司机的眼中看到的是另外一种生活方式，对于男主角来说无法理解的生活方式）。我们应该带着尊重去理解自己所不了解的东西。因为这些人就是这样生活的，这是他们的选择，他们的权利。

许多人问过我，为什么电影里面没有女性角色呢？那是因为在某一时刻我突然领悟到，女性的存在会使得戏剧的情节极其复杂化。我曾经试图在作品中加入女性角色，或者角色全部都是女性，但那是另外一个作品了，即使遇到的问题类似，故事会完全不一样。

《十二怒汉》这部影片是按照逻辑的连贯性来拍摄，而不是按照一个个不同的故事场景来拍摄的。这样做是为了演员能够最大限度地表现出性格的循序渐进的发展。我们也达到了这个目的。许多台词在拍摄过程中被修改。总而言之，对我来说剧本就是一个动因，当演员真正入戏时，我重视的是他们身临其境的即兴创作和剧情发展的鲜活的行为。

我认为《十二怒汉》中的所有演员都有新的发挥。而这种经验在我看来是所有人都希望得到。马科维斯基甚至在人物造型上做出了一定的让步（不过我不会公布所有的秘密）。我不知道在什么情况下还像这样在同一时间、同一地点集合如此多的明星。

这部影片的空间，就是将窗外晴朗的冬日和学校体育馆里的一个封闭的区域结合起来营造的。拍摄进行了 12 个小时，还进行了排练，之后别无他图，而且也做不了什么。

结果如何呢？按照现如今的评价，《十二怒汉》成了我的信使。用心观看的人们都理解并且接受了《十二怒汉》这部电影。他们感受到自己是国家的一部分。他们在影片中看到的最主要的内容就是自己。近些年能有多少观众在互联网上看过的影片能像这部影片一样对自己的生活带来影响呢？我都不想去谈艺术水平，就说提问题的水平吧。这样的影片数量一只手就能数得过来。差的作品不光体现在良心的缺失，而且内心愚钝。有的人不去关注作品本身，只会无休止地揣测"金狮"奖是否真实，"金鹰"奖的来龙去脉以及美国电影科学院的评委们是否弱智等。

* * *

我在约旦修改我的剧本，一条信息突如其来地向我飞来。耶稣洗礼的地方就在一百公里之外。我明白我显然再次被人替换了，有人被找来传话，说这都是些胡言乱语，别无他意。我需要这条信息，就像飞鸽传书。就是为了再一次提醒自己，存在着某种洞察一切的高超力量。而它们会在必要的时候出现。

我自己也知道，这一结尾，更准确地说这些结尾在某些人眼中降低了电影的艺术水准。这一点我很清楚。关于这一点我曾和我的合作者瓦罗佳·莫易先科和萨沙·诺瓦托茨基探讨过，最终决定保留现在的结尾。

有个女孩在网上写道，她走进电影院，嘴巴里面塞满了爆米花，而之前只在大街上才边走边嚼，还需要更直白的解释吗？为了她，为了像她一样的人，我决定再降低一些水准。

在我看来，那些受过教育、学识渊博的观众对这种结局仍然大加嘲笑，认为它们是多余的。他们已经丧失了太多的东西。

《烈日灼人 2 上：逃难》
（《Утомленные солнцем. Предстояние》）（ 2010 年 ）
《烈日灼人 2 下：碉堡要塞》
（《Утомленные солнцем. Цитадель》）（ 2011 年 ）

构思剧本

为了创作这个剧本，我将一众编剧纳入自己的麾下：先是鲁吉科·秋林（已逝），之后是格列布·潘费罗夫。我们查阅了大量的资料、档案，有时候为了一个细节我们会翻来覆去看上将近 40 个小时……后来和艾吉科·沃洛达尔斯基一起合作。到最后我是和瓦罗佳·莫易先科和萨沙·诺瓦托茨基两位编剧一起工作。和这么一群优秀的剧作家共事是件幸福的事情，我还和他们成了挚友。我和鲁斯塔姆·伊布拉吉姆别科夫及亚历山大·阿达巴什扬的交情无须多言，我们都庆幸在茫茫人海中遇到彼此，相识相知。

我们用 4 年的时间去打磨一个剧本……从另一方面看，我们也需要短暂的休息去改进我们的电影语言。因为电影语言是与时俱进的，而且我并不想模仿任何人。尽管电影是一种综合艺术，需要各种潮流和思潮在其中相互渗透，但有时同样的一个问题或者同样的解决方法，不同的人做就会产生不同的结果。

如果您在人物性格和剧情方面关注过我们剧本行为的发展动态，您就会发现，我们在探索的路上走得有多辛苦。因为最难的就是——找到那条唯一的、能让观众产生共鸣的道路……

每次谈及"战争电影"，我所指的并不仅仅是战争题材，而是更深层次、更严肃的话题。

对于那些今年才 14 岁、17 岁、20 岁、25 岁的年轻人来说，"二战"与库里科沃战役 [1] 和 1812 年的俄法战争相比并无两样……

但是我十分确信：如果我们对自己的国家没有一个正确的认知，对它所经历过的事情一无所知，我们是无法在自己的国家生活下去的。如果无视历史，早晚要遭到现实的报复。

我再重复一遍，对我来讲，电影——就是要着重表现这一认知。但是我又清楚地明白，尤里·奥泽洛夫（已逝，愿他安息）的作品《解放》（《Освобождение》）或者谢尔盖·费得罗维奇·邦达尔丘克（已逝，愿他安息)《一个人的遭遇》（《Судьба человека》）都是极其出色的电影作品——可这类电影早已属于过去，已经无法吸引当今的年轻人去电影院观看了。

这并非意味着我们就要妥协，去拍年轻人嚼着爆米花观看的博人眼球的电影作品。（尽管今天很多年轻导演都在走这样的"捷径"。）

这意味着我们更清楚地意识到我们的责任：**让年轻人走进电影院，给他们讲述有关"二战"的历史**。如何让他们在观影时有身临其境的感觉……这是每个导演的梦想。

我明白，我所拍摄的《烈日灼人》会让老兵和历史学家们愤慨。但是我同样清楚，我们还有更重要的任务，而不仅仅是客观的转述历史真相。

---

[1] 库里科沃战役（Куликовская битва）是公元 1380 年罗斯各邦于金帐汗国势力逐渐衰落时，起来反抗蒙古人统治的战争中在于顿河畔的库里科沃原野上发生了一次大规模的战略决战。

有这么一代年轻人，他们无法漠视自己祖国的历史。无论我们是否愿意，我们祖国经历过的最重大的事件之一，就是那场血腥的战争。

坦白地讲，在创作剧本时，要去绕过那些从小在教科书上、在大学的思想讲座和其他苏联电影中烂熟于心的场景是十分困难的事情。他们是多年来形成的思维定式和固化的概念。你认真地设计着场景，然后有种感觉——忽然明白，这些场景是多么熟悉啊！你在苏联的电影或者外国电影中有看到过类似的场景。

有关卫国战争的电影是全世界的题材：亚历山大·斯托尔帕 [1]、丘赫拉伊 [2]、卡拉托佐夫 [3]、奥泽洛夫、贝科夫、罗斯托茨基、伊吉阿扎罗夫、邦达尔丘克以及很多其他人的作品中均有体现。这只是一方面。

另一方面则严重多了：战争题材的影片，通常是参加过战斗的人来拍摄的。当然，这很重要，因为可以增加电影的可信度。但是所有经典的战争影片都会有意无意，甚至下意识地给观众传达某种共同认可的爱国主义英雄色彩，而想改变这种传统，几乎是不可能的。只要你想做出一点点挑战常规的做法，导演瞬间就会遭到严厉的道德抨击。最鲜明的例子就是由阿列克谢·格尔曼导演、爱德华·沃洛达尔斯基编剧的电影《路上的检查》（《Проверка на дорогах》）。

每部战争题材电影的主题都充满了英雄主义色彩，竭力表现苏联士兵与军官的英勇无畏。的确，英雄主义存在过，也很伟大、不凡、近乎神祕主义。但是，哪怕上过前线、怀揣一颗最诚挚之心的导演们（我指的不是那些当兵镀金的人）还是得按照当局的意思去展示战争，观众看到的内容都是当局的意图。

结果就是——我不知道这是否是武断地下定论：在这些影片中导演的独特个性都在一定程度上被泯灭。

甚至电影《热尼亚，热尼奇卡和喀秋莎》（《Женя, Женечка и Катюша》）、《只有老兵去作战》）（《В бой идут одни старики》）和那部带着那个年代"沙西"甜酒独特风味的影

---

[1] 亚历山大·鲍里索维奇·斯托尔帕（1907—1979），苏联俄罗斯电影导演、编剧、教育家。人民艺术家、二次斯大林奖章获得者。

[2] 格里高利·纳乌莫维奇·丘赫拉伊（1921—2001），苏联电影导演、剧作家、教育家。多次斩获国际奖项。

[3] 米哈伊尔·康斯坦金诺维奇·卡拉托佐夫（1903—1973），苏联格鲁吉亚电影导演，其电影《雁南飞》荣获戛纳电影节金棕榈奖。

电影中坦克场景排演

片《俯冲轰炸机》(《Хроника пикирующего бомбардировщика》)，以及谢尔盖·费得罗维奇·邦达尔丘克的《他们为祖国而战》(《Они сражались за Родину》)（我认为这部作品在深度和力度上远高于其他同类作品）等，尽管导演的创作手法各具特色，但是它们的意识形态是相似的。我们还是受限于某种看不见摸不着的标准。

拉莉萨·舍比琴科的《上升》(《Восхождение》)可能是个例外。在这部电影没有直接表现战争。它只表现了战争心理和恐惧心理……以及除军事行动以外的一切有关战争的元素。

还有一个就是我们总是以拍摄时期的规则来评判战争题材的影片。谢尔皮林·帕潘诺夫演得真好！拉夫罗夫太棒了！或者，比如说1946年拍摄的《伟大的转折》(《Великий перелом》)是一部杰作！情节扣人心弦！直接在斯大林格勒的遗址上拍摄的！但它还是受到了巨大的意识形态的非议。太接近战争了，而且还是拍摄于斯大林时期。

很难想象当今的战争题材电影要如何从这些桎梏中走出来。而且要在历史事实面前进行虚构也是困难重重。比如，1943年8月27日，164师就驻扎在那里，而不是这里……并且你要知道，你是在为今天这些看够了《黑客帝国》《指环王》《拯救大兵瑞恩》《宝马》(《Бумер》)和《杀手的反抗》(《Антикиллер》)等电影的观众拍电影，你想吸引他们的眼球。

如果像拍摄《杀手的反抗》那样去拍摄卫国战争的电影，那简直是胡闹。但如果忽略新生代观众的意愿拍电影则更加愚蠢。因为如此一来最好结局就是熟知您导演大名的可爱观众只能出于礼貌熬到剧终了。

可是这场战争还有多少感人肺腑的故事没有被搬上银幕啊!

你可以读一读一个经历过战争的士兵手记。里面记录了很多令人震惊的故事:如何在头盔盖住眼睛的时候判断距离,如何用竖起的手指和头盔来判断高度。如何在敌人的机枪火力下进攻。你需要朝进攻方向爬去,爬个五六米的样子,起身,跑十步左右,再趴下。这样就能越来越接近敌人。这名士兵计算出"MG42"机枪的射击速度,据此来确定自己需要跑多少秒,可以跑几步,然后隐蔽。这就是战士的智慧!还有,如何用一根木杆踩着浮冰跨过河流?这就需要你找到"合适的冰块"。当然,你需要等待它的出现。我们还找到很多类似的故事,我们寻找到些许在官方的书籍和回忆录中都没有反映的战争细节、真相和知识。

在浩瀚的史料中,熠熠生辉的反而是那些出人意料的故事。德军撤退的时候将带不走的大炮拆卸,他们将枪机和瞄准镜卸掉带走,心想:这下武器没用了。但是他们不知道俄罗斯人具有"绕道走"的智慧。所以当德国人知道了他们的大炮被重新填充上炮弹的时候无比震惊。

我们的人到底对这些大炮做了什么?

经过炮管尝试计算弹道——然后就算出来了。为了让大炮能射击,就用锤子砸它。之前的摇把被炸掉了,那就再做一个长的摇把。因为力臂增大了,所以要两个人才能摇动。然后大炮就能射击了!德国人绞尽脑汁也想不明白,这是怎么做到的。

但是我们毕竟不是在拍纪录片。所以我们的口号就是借用电影《十二怒汉》的开片字幕:"不要在这里寻求生活的真理,而是要试着感受生活的真相。"

哪怕是电影特效也要遵循这一原则。

总之,当今电脑特效的水平如此之高,已经可以不再依赖剧本的质量、演员的演技和导演的水平而独立存在。一切都很自然:银幕上的人摘下面具,转头360度,融化了,消失了,幻化了,最后变成了一只老鼠……一切衔接得天衣无缝,你甚至都不明白这是怎么做到的?!所以我对自己说,至少我不会用这样的方式哗众取宠。

特效要做到的仅仅是帮助我们强化对战争环境本身的特殊焦点,有助于强调我们的观点和视角。

拍摄现场

沉思……

* * *

同一时间参与战争的人数有多少呢?

3000万吧。这就意味着有3000万种情况。如果有10000名士兵参与进攻,那么大地上每踏出的一步都是一个具体的人——有人脚上带伤,有人穿着靴子,有人散发着自己的味道,有人用满是汗水的手抓着枪;他们拥有鲜活的生命,拥有自己的回忆。对于他们的将领来说,他们只是组成单位和部署的编号,最多是挂在某一将帅的名义之下。但是对每一个冲锋陷阵的人,都拥有自己的名字,拥有自己的童年和父母双亲。

那么要怎么把这些东西联系在一起呢?这才是我想要做到的。

对于山雀来说,是俄国人还是德国人来养肥它无所谓。有个叫别佳的小男孩,他被打死了。这就有个叫汉斯的来喂山雀,因为没人与它为敌,它对于汉斯来说也毫无威胁。

世间会为此有丝毫改变吗?……可这也是战争!

我喜欢从整体上讲述战争的故事或者某个具体的师团的故事,不喜欢再现某个历史战役。我不喜欢拍那种潘菲洛夫28勇士的英雄事迹,或是拯救大兵伊凡诺夫。不是因为他们的事迹不够伟大,而是另有所愿!

我们的电影发行商们的错误往往在于:他们忽视了观众对于影片的期待。观众们带着什么期待去影院?任何一张海报都不会写明这样一个简单的事实,挑明这就是个寓言,是个童话……因此影片中才充斥着大量的隐喻,因此影片就如同陷入在俄罗斯形而上学的泥潭中。

大战的世界（尤其是你的国家成为战场）的确充满了神秘和魔力。那里乱作一团：男人女人，老人小孩，还有长凳、水流和森林以及小鸟等。在我这部影片中我想要表达的正是这些东西。一只蚊子或者蜘蛛能在一个军团或者一个师的军旅生活中扮演什么角色？尤其是它们和老鼠一起将成为一个刚刚交付不到一年的碉堡要塞在几分钟内就被烧成了一片废墟的原因？

事实与记录

我读过很多此前并未出版的纪实文学，它们不是研究历史的书籍，而是人们的回忆录。有些事让人无法理解，为什么有 8 个人在林子里面行走，其中一人走到一边小便，其余 7 个人还继续前进，忽然落下了一枚手雷，这 7 个人全被炸死了，为什么偏偏是他去小便就得以活下来呢？

或者是 56 个伤员中，有个男孩，他是个年轻的士兵，在战地医院休养了 8 个月。正当这位年轻的士兵穿上新的制服，准备重返前线时，他乘坐的汽车当着所有战地人员的面中了弹。

或者一个正在进攻的士兵，有三个弹片朝他飞来：一个将他的帽徽打掉，一个将他皮带的环扣打掉，而第三个——打中了他的鞋后跟！

还有弹片打中了士兵的肚子，割破了他的皮肤，但是并没有伤到内脏，他的肠子都流出来了……他把肠子装到箱子里面走了 40 公里才带到了战地医院。尽管他失血很多，但并没有危及生命。他坚持走到了战地医院！为什么？为什么老天要如此这般折磨他？

我们的影片就是要在某种程度上回答这些问题。这既引人关注，但也十分难以表现……

这部电影在很大程度上是想探讨战争中上帝的位置。

在研究卫国战争的材料中，我惊讶于我们拥有怎样的国家机器：如此神奇的军队。历史学家卡廖姆·拉什写到，苏联的战争历史学家其实低估了苏联人民的战斗力，因为在他们的笔下，希特勒的军队像傻子一样愚蠢。

德国军队曾经是一支强大的军队，曾经数日内在欧洲攻城略地（不仅仅是攻城略地，而且迫使对方为己卖命，为己所用）。德国军队的组织十分严密。德军制服是由著名品牌胡戈·波士（Hugo Boss）设计。专家认为，仅仅这一制服就给德军所到之处的居民增加了 30% 的心理压力。时至今日德国还在沿袭这套制服。军官的单目镜并非普通的眼镜，而是制服的特制组成部分。皮鞭也是制服的一部分，皮靴也是制服的标配，并且皮具也是制服的特制材料。

难怪在 1943 年 2 月苏军要按照白军曾经实施的制服标准制作并配发制服——金色肩章、皮子、裤边镶条、纽扣。再看看 1941 年的装束——就很不成样子了。当时成千上万被俘的军人，看看穿的是什么样子！很容易理解那些着装整齐的德国士兵对俄国士兵的态度。

战争伊始，德军势如破竹。可是他们给我们的阵地抛来带弹孔的空桶是什么意思呢？在他们进攻的时候制造这种声响是为了让战壕里的人害怕得失去理智。在那有破洞的铝勺子上写着："回家去吧，伊万！我马上就来了！"德国兵并没有杀人，但是这种精神摧残实在是个击垮人心的好方法。你会感到掉在你头上的除了炸弹，还有破洞的勺子，上书：滚回家去吧，你个蠢驴……

还有，几乎人所不知的"铁锹步兵"。就是斯大林下令给 1941 年德军发起闪电战时无意中陷入德军后方的俄国男人配备铁锹柄！15000 人带着从铁锹上卸下来的木柄向德军进攻！德军完全傻眼了！

这道命令的解释有些荒诞："怎么会想让那些从前线撤下来的士兵去杀那些仍然待在占领区的人？这不会引起新的内战吗！"什么逻辑！但是事实就是这样。电影里的每一个情节都源自真实的事件。

要想理解真正的战争是很困难的，每分钟都会有人活生生被杀死，这令人对现实的感受恍若隔世。就像在斯大林格勒的严寒中，我们的士兵用已经冻僵的尸体来砌成胸墙，用牺牲战士的尸体……因为没有材料，无法建造正常的胸墙……尸体在人们面前仿佛已经不是人类的身体，而是能挡住子弹的掩体……这不是兽性使然，而是常态，是战争的场景。当人们习惯了战争，战争成了生活的一部分，这时候生与死的概念已经模糊。

然而很多事情依然神秘莫测。

有一个叫万尼亚·杰普洛夫的人，在我们剧组他叫伊万·谢尔盖耶维奇，给我和安德烈做副手。我们叫他"万尼亚保姆"，他单纯得就像一张白纸，你在上面写什么都行，反正第二天还会恢复原样……有一次不知怎么他掉到了运行中的混凝土搅拌机中，等他醒过来的时候已经被安置在停尸房里的，脚上也被写上了编号。见他醒来，给他写编号的人被吓傻了……后来大家问万尼亚："万尼亚，你是怎么掉到搅拌机里的啊？"他回答道："是啊，从早上就掉进去了！……"

前线也有这样的人。前线士兵万尼亚·杰普洛夫就是个孩子。某日大雨倾盆，午饭就要送来了。他把枪立在一棵小树旁，拿起碗走出去打饭……雨太大了，都抬不起头了，他回到放枪的地方开始吃饭。忽然有人问他："万尼亚，你在吃什么呢？"万尼亚回答道："啊，我也不知道呀，他们给我们打的饭……就是些面条，炖肉什么的……"有人翻了个白眼："你傻了吧？！哪里还有炖肉？我们吃的是黄米粥！"原来，万尼亚是去了德军那边打的饭——他们也在吃饭！穿过阵地，穿过雷区，万尼亚就这样走过去又走回来了！冲着味道去的！听过这样的事吗？！雷区随后在夜里就被清理了。这算怎么回事啊？怎么解释？万尼亚后来差点没被以叛国罪处死！

有人说：相信巧合的人便不相信上帝。战争的情况千变万化，它让人明白，巧合有意义，上帝也有意义。

艾芬吉·卡比耶夫的记事本简直就是一部电影，他记下来的都是独一无二珍贵的故事！比如，一个士兵在离家不远的地方站岗，他的老母亲走过来保护他，坐在他的身旁。

令人惊叹！

又或者：我们的坦克部队开过来了，坦克上坐着严厉的士兵们。忽然在岔路口他们看到一个"交通警"，就是一个小男孩，穿着小号制服的德国军官。他脑子坏了吧？肯定是疯了！……他挥着手，指挥坦克该往哪儿开……这个人是从哪里冒出来的？！忽然一个老太太一路小跑跑到打头的坦克，哀求道："别杀他，他有病，有病！……我有 6 个儿子，全都死了，别杀他……"所有的坦克部队都开始调整履带方向，这很不容易，我们绕过了那个男孩。所有坐在坦克上的士兵都看着那个男孩，当然，是目不转睛地注视着他。老太太对他说："走吧，我们回家，回家……"

很震撼，对吗？

当我看到和读到的纪实材料越多（尤其是军旅作家比如巴科兰诺夫或者涅克拉索夫的《中尉散文》等代表性杰作），让我有种身临其境的强烈感觉，但随之而来的是越来越多的问题。比如，对于这些经历过战争的人来讲他们有着怎样的情感，深嵌在记忆中的是什么？

"恐惧？……不是。是饥饿和对睡眠的渴望！所有人都是如此……"维克多·阿斯塔菲耶夫写道。任务就是这样地具体：瞧见那棵灌木树吗，你赶紧跑过去。你跑到了，你就能让自己多活 20 秒甚至 5 分钟⋯⋯

这就是大战中人们的心理状态，我竭力将它清晰地展示给观众。对于元帅们和最高统帅来说，这场战争就是一张用小旗子、弧线和三角标记出来的巨大的地图，如果所有这些弧线和三角越来越狭小，最后这个带着钢盔的某个人也终将陷入泥潭。

而我在这部影片中的任务就是赋予某个士兵具有代表性的形象，这非常难。

我认为，我的这部电影无所谓"支持"或者"反对"谁。把斯大林从俄罗斯历史以及卫国战争的历史中剔除是不可能的。我在许多回忆录中都读到："我们进攻的时候都不会呼喊：'为了祖国，为了斯大林！'"我不怀疑他们讲的是真话。他们中没有人呼喊。但并不能否定在 4 公里之外的地方会有人这样做。

斯大林的事业，他的试验，他的错误，这都不是玩笑，都被清楚地记录下来。赌注就是国家和人民。斯大林是一个悲剧性的人物，令人生畏。他拥有至高无上的权利。我有一次和一位曾经属于苏联的中亚国家的总统交谈，我们在某人的生日聚会上相遇。他喝了酒，坐在那里，显得并不开心。我跟他说："我有种感觉，您是个非常孤独的人。"他回答道："那您怎么想呢？我面前摆着一张要被执行死刑的人员名单。我在这上面签了字，他们就会拉去行刑。他们有亲人、孩子、父母，这些人都会憎恨我。当我死的时候又会增加一二百人举杯欢庆⋯⋯"

在这部影片中我想表达的是，我们战胜的不是一群无能、愚蠢、心智不全的敌人，而是世界上最优秀的军队。只有这样俄罗斯士兵的胜利才具有真正而伟大的意义。

苏联士兵是如何阻挡了这支可怕的战争机器的进攻并将它打回老家去的？到底发生了什么？"一步不后退！"逃跑就枪毙？⋯⋯我无以解答，但是我实实在在在那个年代度过了 10 年。

这部电影就是要尝试探讨我们为何能赢得这场战争。

那么这支几乎整个欧洲为之效力，吸纳了包括罗马尼亚、意大利、匈牙利、芬兰以及其他许多欧洲国家军人在内的最强大的德国军队是如何被粉碎的呢？我们常常忽略了希特勒的盟友日本和土耳其，尽管他们没有公开对我们宣战，但是他们在与苏联接壤的边境上牵制了我们的部分兵力。

所以我不相信，若非上帝的旨意我们能够取得如此伟大的胜利。

与安德烈·潘宁在《烈日灼人 2 上：逃难》的拍摄现场

与莱奥尼德·维列夏金——该片制片人

与德米特里·久热夫和安德烈·米尔兹里金在片场

体现方式

为什么这不是一部普通的战争题材的电影，而是《烈日灼人》的续集？

我收到过很多观众的来信，希望我能够拍摄续集，在此我就不一一引述了。因为我认为我们有一个绝对充分的理由，那就是我们的女演员长大了。如果演员原来是 22 岁，现在 27 岁的话，在银幕上长相不会有太大差别。但是我们的女演员（娜佳·米哈尔科娃）在拍摄《烈日灼人》时才 6 岁，而在《逃难》开始拍摄时她已经 17 岁了，超龄了。就是说要与上一部影片的人物对接对观众来说会有强烈的违和感。

并且我们知道有些人并没有看过第一部影片，所以这第二部应该是一部独立的作品。

因此在影片中就出现了这么一幕，在战场的路途上两个人是如何相遇的——他们是父女，两人都在想，自己最亲爱的人早已命丧他乡了。

柯托夫在劳教营里备受折磨——他什么都招了。也许，从某种意义上说，知道自己所有的亲人都已经不在人世了，对他而言是种幸事。他用那夹在手指间的笔，歪歪扭扭地写着证词，只想这一切快点结束。清楚了之后将要发生的事，他仿佛已走到尽头。战争对他来说就像"亲娘一样"——因为这是他活下去的唯一希望。当有人问他："柯托夫，战争结束后你想做什么？"——他回答道："自杀！"柯托夫无法想象自己在出卖了包括妻子、岳母在内的所有人之后，还能穿着皮夹克若无其事地去上班……

柯托夫的生活圈子是封闭的。他甚至出现了疯癫的症状，有时会忽然发作。尤其是在想起娜佳的时候……所以，他的内心被恐惧包围，只有战争让他觉得自己还活着。

劳教营被炸开了。柯托夫和其他难友活了下来并重获自由。周围断壁残垣，一片荒芜，可以说这一景象十分可怕。我们找到了照片：骑着马的德国兵，他们带着防尘面罩，他们的马也带着防尘面罩；一片世界末日的景象……这已不能称为是一种撤退，而是大规模的溃逃，一种恐慌。

柯托夫先是跌入这个绞肉机的世界，然后进了惩戒营，最终踏上了痛苦的漂泊之路……

而娜佳跟着那些从儿童院出来的孩子一起从战场上迎接父亲，虽然他们的父辈受过良好的教育，但始终都被当作人民的敌人……

我们当然不能让柯托夫被杀死，不然电影就只讲述他女儿的故事了。电影中最重要的就是表现父女二人之间不可思议而又坚定不移的父女情。当然我们也可以杜撰另外一个相对简单的故事，比如讲某个女卫生员时不时地惦记自己的父亲，但这样的故事就索然无味了。我最感兴趣的是有些形而上学的东西，比如上帝是如何挽救那些血脉相连的亲人，让他们终有一天得以相聚。

柯托夫和米佳是怎么回事？他们是什么人？是仇人而又相沫以濡？是天敌还是暹罗双生子[1]？一个把另一个送进监狱，而在生死攸关之时却又出手相救。柯托夫用手枪指着米佳，米佳故意激怒他，但柯托夫却没有开枪。

如果有人认为：“米哈尔科夫简直是疯了！他都拍了什么？”这只能说明，他没有读过陀思妥耶夫斯基、列斯科夫和契诃夫的作品。

我说过，我只在影片《敌中有我，我中有敌》中是自愿出演角色的（当时我们骑着马，胡作非为，没把演戏当回事，过了把瘾。最后影片也算成功）。后来我出演角色大都是因为演员病了或者不能到现场——我不得不亲自披挂上阵。而在《烈日灼人》中我来出演仅仅是因为我需要娜佳。我出演的角色可以换成任何一个好演员来饰演，而且都会比我演得好，比如戈斯丘辛。但是他演的爸爸就是爸爸，而娜佳演的女儿就是女儿，他们之间完全没有那种无须表演就可以自然流露的情感融合。所以这个影片必须由我来出演柯托夫。若非这样就不会产生角色之间的真情互动！……

这部电影是我人生中一座完整的里程碑。十年匆匆而过，往事如烟。我忽然感到一阵莫名的空虚。我觉得这样复杂的题材此前从未接触过。我们研究了数不清的文献资料和一些尚未公开的档案卷宗。我们一口气将材料吃透，对所有的材料无一例外。真的特别累，累得要死，累到站不起身来。我还记得有天晚上，我筋疲力尽地被人从片场扶进车子里。渴了想喝水，拿起一瓶水，打开，然后……竟然睡着了，瓶子就搭在嘴唇边上！后来是水流到身上我才醒过来……

我们在冬天冻硬的土地上挖战壕。我一直在揣摩战壕应该是什么样的——过道式的、网状的，还是平面的。我向一位卫国战争从头至尾的经历者讨教：“如果你们在这片冻硬了的土地上构筑防御工事，你们会用到手边能用到的材料吧，比如，从老房子上拆下的东西？如果你们刚好经过一座废弃的少先队夏令营，战争开始后所有人都被疏散撤离到别处了，你们会不会把这个营地拆掉？”他回答道：“当然，一切都要拿走。”这就给我

---

[1] 暹罗双生子（19 世纪中叶在暹罗诞生的连体双胞胎），指两个形影不离的朋友。

们的美工一个提示，刚好离这个战壕不远处就有个夏令营，能够在这个夏令营里找到构筑战壕的所有材料。也就是说，我们用一个少先队夏令营改装成了一个战壕。床架子、锣鼓，有人把喇叭都拿来了，还有人拿来皮球、小柜子、床头板。结果是我们搭建的战壕绝对与众不同。

我们在克利亚济马河上搭建了一座桥梁，根据剧情这座桥最终要被炸掉。这座桥要经得起 5000 个群众演员的跨越还有坦克的碾轧，所以必须是一座货真价实的桥，而且还要看起来像 20 世纪二三十年代的风格。我们在戈罗霍韦茨拍摄，那里的居民都心满意足地来往于我们搭建的桥梁去逛集市。而当我们把它炸掉时，居民们居然"控告"我，说是我毁了他们的桥。不过这桥是我提前一年特意为了拍摄建造的，提前一年是为了让它经受风雨，以便拍摄的时候有沧桑的感觉。

教堂也是如此：我们的美术师瓦罗佳·阿洛宁建造了一座十分精美的教堂，以至于当你走进那座教堂时就会明白，这里面的装饰令人难以置信。壁画、圣像、香炉一切都跟真的一样。要用一吨的三硝基甲苯炸药才能炸毁这座真实的教堂，没人舍得。而建造这样精美的教堂就是为了炸掉它，要让它的碎片在爆炸中飞向天际，正因如此才能凸显它的凄美。

让人意想不到的是，夏天在戈尔巴托夫的小别墅里休息的人们，到处抱怨，说米哈尔科夫炸了他们的教堂。他们还说他们时常来这个教堂做礼拜！唉，这座建筑哪是用来祈祷的啊，哪里来的礼拜？整座教堂就是个道具而已！

我认为重要的是我们要规避那种一味的"类型化"追求。这种所谓"类型化"追逐的是铺天盖地的枪林弹雨的效果。我倾向于将战争场面模糊化——根据目击者的描述，大多数战况的印象都是混乱一团。所以我们在片场喷洒雾气，在雾中传达出爆炸和硝烟弥漫的效果，以此来传达战争的恐怖混乱，毫无逻辑。一切都很疯狂，惊惶失措，而之前给他们教授的技能此时毫无可用之处。观众对发生的事似乎什么也没看见，什么也没明白，只有恐怖的感觉。

烟火师任务的特殊性在于，他们制造的烟雾不能太浓，要让坦克兵能看清走在前面的群众演员，在需要的时候随时停下来。现场的拍摄是有危险的，因为弄不好坦克也会碾着人。

拍摄干草仓库的戏最难也最费事。算一下：25 到 30 台战斗装备，400 套德军制服，600 名穿着那个年代服饰的农民群众演员。6 台摄像机，每天都要花掉大笔的钞票。要把

饰演 1941 年的囚犯——谢尔盖·布鲁诺夫、尼基塔·米哈尔科夫　　安娜·米哈尔科娃饰演一名难民孕妇
和德米特里·久热夫

置放于村子中央的干草仓库烧得一干二净，这有引起火灾的危险，哪怕很小的风，也会把旁边的小房子烧着……干草烧得很猛烈，百米之内都不能站人。

　　拍完这一场戏，我们的"德国兵"也得去涂一些烧伤药膏了，尽管他们当时站在离火堆 70 米远的地方，但还是被烧伤了。我们计划只用一周的时间拍摄这场戏，然而因为下雨，实际上花费了三周。这真是个考验，我们去片场等雨停。雨淅淅沥沥地下了 4 天，把路都冲坏了，能上路的就只有"乌拉尔"卡车和拖拉机了，被它们压过的黏土路后来只能开坦克了。就这样，本来一周的经费最终涨了三倍。

　　摄制组定制了 5000 套戏服。我们的服装师谢尔盖·斯特鲁切夫不知道我要怎样布置哪些群演，谁是近景、中景或者是远景。所以我们就不能按照"这部分人要穿得好点，剩下的随便穿吧，只要别戴大花头巾和穿牛仔就行"的标准来要求了。所有人都必须身着按照那个年代的样式缝制的戏服。而平民从桥上撤退的那场戏又需要很多那个年代的箱子、背包、手提包等。马车上堆满了椅子、柜子、钢琴……所有行李都是按照角色的特征而特意挑选的。只有在这个时候我可以充分地按照我的方式来尽情拍摄：在拍进攻或逃跑的场面时，我让 4 个摄影师穿着军装带着摄像机深入人群中，拍摄那里发生的事情。可以说我们的群众演员演得像模像样：800 人在雨中奔跑着进攻，有人摔倒，有人在那破口大骂，摄影师将这一切都真实地记录了下来。

　　拍炸桥那场戏的时候发生了一段小插曲。本来我们要在最后一场戏中把桥炸掉。桥被炸毁了，但是它没有持续地往下燃烧。于是我们用麻绳来点着一些桥面，以便把戏拍完，之后再用电脑特效把火焰加进去。（为此我们从戈罗霍韦茨调来了 5 辆消防车。）

但是，显然烟火师把燃料点错了地方，于是风干了一年的桥就像火药一样燃烧了起来！我们赶紧灭火！可此刻消防车竟然出了故障。我立刻给绍伊古[1]打电话说："谢尔盖，我有麻烦了，5辆消防车没有一辆能用。我的桥都烧着了，我还得用它拍戏呢！"后来5辆消防车中终于有一辆能用了，我们把水管放到河里接水，但忽然我们这里就像彼得夏宫里一样四处都是喷泉！水管居然是漏的！我给戈罗霍韦茨消防局局长打电话喊道："如果幼儿园、养老院着火了，用什么灭火？"当时我手上拿着两个话筒，一个打给消防局的负责人，另一个打给绍伊古，我净顾着和绍伊古讲话，把消防局都忘了……

我这边挂断了和紧急情况部部长绍伊古的电话，发现还有一部电话连线。我问道："你是谁？"他答道："我是戈罗霍韦茨消防局局长，不过，已经是前局长了。"

我当时只有一条出路——在桥烧完之前抓紧拍摄。于是整个剧组灵活而高效地运转起来。我在岸的一边，他们在另一边。我们6台摄像机同时工作，我通过对讲机快速对摄影师说："我看到有女人们在那里站着。让她们朝着桥跑，就在那里拍！……把马都放了，让它们嘶鸣着跑离大火！……告诉离斯迪奇金最近的那个人，通知斯迪奇金跳到水里朝我们这边游过来！米尔兹里金，跟在他后面！……弗拉特！你用对讲机告诉他们现在只拍斯迪奇金，光开得大一点！然后拍米尔兹里金的全景……快拍燃烧的桥！尽量把镜头抬起来，散开来把景拍全了！"我前面有6台摄像机，6台监视器。这简直是一场真正的战斗！我一辈子也不会忘记。

有一次我的三位朋友来片场探班。他们都是喜欢安静的生意人，也是第一次探班。他们说，像这样"极具挑战的作业方式"他们从没见过，甚至都不敢想象还能这样行事！我猜想，他们一定认准我们电影行业就是如此行事的。

简直就是上天的考验！有一个非常难拍的段落本来需要一周拍完，**但我们采用即兴拍摄的方式，用了一个半小时就拍完了。**

当然，拍出来的效果跟我们原先按照每一个镜头、每一个场面设计的拍摄计划会有出入。但是这场戏的拍摄证明了三件事。

第一，只有我的摄制团队可以完成不可能完成的任务。

第二，即兴创作只有在充分准备的条件下才会达到意想不到的效果（这段拍摄我们准备得很充分）。

---

[1] 时任俄罗斯紧急情况部部长。

第三，每一个具体的时刻都要拥有决断能力。这是唯一可以将我们从不利局面中拯救出来的方法。

* * *

就这个影片的拍摄我反复思考了许多。演员的本性如果是真实的，那么这一本性是可以融入戏剧行为当中的，可以完全接近所拍摄的情景。血是假的，子弹也是假的，但是那种感觉却是真实的！

冬天的阿拉宾诺[1]零下 17 摄氏度。凛冽的寒风，结冰的战壕，敬业的群众演员和弥漫的烟雾。我们拍摄着，表演着，奔跑着……收工了。我幻想着已经坐在车里，去澡堂泡个澡暖和暖和……然后忽然回过神来……啊呀！回到自己的角色中来，他仍然在战场上，没有汽车，没有澡堂。他就是他，并且还将会在那里——无论白天还是黑夜，永远在那里。感受到这种恐惧，我开始让自己去接近他的那种状态，从简单的肢体动作去了解他。

有些时候一些镜头拍摄时很危险。有一次拍摄娜佳在水池中，那场戏说的是她无法从一块印着红十字的巨大的帆布下面钻出来……当时我紧紧盯着监视屏，发现她真的找不到帆布上的那个窟窿，从她紧张的动作中就能看出来……后来我们是直接把她拽出来的。

在拍摄进攻那场戏中，我跳入壕沟中，湿滑的步枪从手中滑落打到了我的脸，后来又打到了眼睛。我们继续拍摄，我觉得血顺着脸上的妆和满脸的污泥往下流。久热夫还保持着表演的状态，只是在镜头中瞪着眼睛问我："你怎么了，老兄。"但是我看得出，他问我的时候不像是在问他的"老兄"，而是在问尼基塔·米哈尔科夫。一切照常进行，所以我就只是冲他眨眨眼，背对着镜头：沉默着，我们就这样继续表演，一直坚持到这场戏结束……

在喊"停"之后，医生们跑过来给我冲洗伤口，紧接着又是烧焦的东西，灰尘，还有污泥……当时的状况一定糟糕至极。

还有一件事。我在战壕中用来割下缅希科夫的肩章的那把小刀，割到了我的手指指

---

[1] 地名，位于俄罗斯西部，属于莫斯科州。

腹——这可是个很严重的外伤了。但还是用妆和污泥将它掩盖住，使之不易被发觉，然后"继续"拍摄。

有一次在拍摄时候我在四轮车里摔了个跟头，两肋都瘀青了，痛到无法呼吸。然后第二天还要继续拍戏，我和缅希科夫需要从弹坑中跳出来冲锋陷阵。最恐怖的是——之后我们要像老兵教我们的那样打滚：要数着你跑的步数，保证自己的安全，然后趴下继续滚——就是为了你跑的时候让德国兵看到你，朝你开枪，但是在他开枪时你已经不在原地了。然后你又从另一处跳出来，他无法瞄准你，你又跑了五六步，然后趴下，翻滚……

我对缅希科夫说："我不会在弹坑底下干坐着的，否则就爬不出去了。只能坐一下，然后站起来跑。"

第一遍不成功，第二遍也没成功。第三遍：我们跳出去，我跑了起来，听到爆炸的声音，我趴下然后……腰带上别着的水壶正压着我受伤的肋骨。当时我觉得这个爆炸就是真实的，炮弹也是真实的，真是疼死我了。我还是继续滚，我们一直演到喊"停！拍完了"，我再也无法站起来了，因为浑身如断骨般的疼痛。

后来我在别人的搀扶下站了起来，把我带到了化妆车上。在那里，**为了麻醉自己，好让自己忘却疼痛，我把化妆师储备的酒都喝光了。**（之后化妆师就多准备了一些酒，以备不时之需。）总之，对于拍摄类似的场景我要做好充分的准备，努力排练，穿着靴子用力奔跑。然而跟你穿着运动鞋沿着河边跑步完全不同，你要不停地跳上跳下、奔跑、趴下、翻滚。尤其当你穿着的不是运动服，而是脚上穿着军靴，身上穿着棉袄，披着粗呢大衣，扎着皮带，用武装带系着小手锹、步枪、手枪、军用水壶和背包。

最富有责任感的一幕就是久热夫的一场戏。当时久热夫身上冒着烈火（他拒绝用替身），我就在他旁边，然后告诉他要怎么做。整个棉袄都浸了油。当时他浑身冒着火要从坦克中跳出来跑开。而我，"为了不让德国兵将他活捉"，我要将他"打死"。老式德国步枪不能连续射击，所以我在打了两枪之后要晃两下枪身，好在后期制作的时候做出开枪后冒出火焰并掉出烧红的子弹头的效果。（顺便说一句，红军用的"波波沙 PPSh-41"冲锋枪也不是那么好用。）

在漫长的 4 年拍摄期间什么没有发生过啊！我们好像经历了一场真正的战争，而胜利属于所有人！

我们分别在布拉格以及离莫斯科不远的阿拉宾诺、下诺夫哥罗德附近的戈尔巴托夫和巴甫洛夫，以及塔甘罗格完成电影的拍摄。影片拍了 4 年，但是在这个过程中，我们还创作、拍摄并上映了影片《十二怒汉》。

瓦连京·加夫特饰演囚犯皮蒙

真正用于《烈日灼人 2》的拍摄时间为 3 年，这其中包括因为经费问题所中断的时间。影片总共花费 3700 万欧元。影片的制作成本打破了苏联解体后俄罗斯电影的最高投资纪录。我想强调，这是我们自己的钱，我们俄罗斯的钱，这是一部彻彻底底的国产电影。而当时拍摄《西伯利亚理发师》时投资方既有俄罗斯，也有法国和英国。要知道我们可拍了不止 3 部长达 3 小时的电影，还套拍和完成了 13 集的电视连续剧。

* * *

关于一些影视业的现状，可能说起来有人难以置信，我也只是从同事的口中，从制片人和导演的抱怨中略有耳闻。说如今的演员是多么的任性，他们（或者他们的经纪人）是如何只盯着钱，如何想方设法把制片人的投资榨干，他们如何就拍摄的天数讨价还价等。而我丝毫不怀疑这一切的真实性。

但是也有许多演员表现出令人感动的情景，今天说起来有些人也不一定相信，但是我肯定不只我一个人有过类似的经历。而且这样的情景往往是演员们在交流、排练、表演以及在不想被打断的工作气氛中获得享受的时候才会出现。我们拍摄《十二怒汉》的时候正是这样的气氛。所以每个参与拍摄的人包括我在内的整个剧组，都特别怀念彼此，怀念我们在电影拍摄完成时共同营造的小世界。

在我拍摄《烈日灼人 2》的时候，我要找到一名演员扮演集中营里的囚犯。有个角色——老犯人皮蒙，大家都这么叫他，因为他精通刑事法，要是有谁向他询问刑事法方面的内容，他就闭着眼睛，然后在空气中比画着，仿佛是在翻动着刑事法典。他就用这样的方式找到那一章节，然后逐字逐句地复述里面的内容。这个角色在电影中的戏份不足一分钟，所以找个大腕儿来演这个角色显然不明智。

但是当我精干的助手拉丽萨·谢尔盖耶夫娜问我，要用谁来饰演这个角色以及谁适合这个角色时，我说，要说谁来演合适，我觉得最合适不过……瓦连京·加夫特来演。她立刻就说："那我们就把他请来吧?!"我说："你疯啦? 你真敢想! 这么杰出的演员在演完我的《十二怒汉》之后就在这部影片中露脸 20 秒?"她说："您别这样。试一下嘛，他又不会生气。"我拖了几天。但是临近拍摄的日子，我们还是没能找到替代加夫特的人选。于是我就给他打了电话。我说：

"瓦里亚，我是尼基塔。"

"你好，你说。"

我说："瓦里亚，我这里没有你合适的角色。"

"这样啊……"

"一场戏也没有。"

"这样啊……"

"只有 20 秒的戏给你。"

"这样啊……"

"他叫皮蒙，一个集中营里的囚犯。"

他回答说："什么时候? 在哪儿拍?"

我说："后天，在阿拉宾诺。"

"什么时候来车接我?"

"会给你电话。"

我放下话筒后久久不能从这段奇怪的谈话中回过神来。我甚至都不敢相信，事情就这样解决了。但我也不能再给加夫特打回去确认，怕真把他惹急了，就只能在这样的惶恐不安中熬到约定的时间给他派去了车。

加夫特从家里出来，坐上汽车，来到片场。我们花了一个半小时给他换衣服，一个小时化妆，然后他就出镜了。给他拍了 20 分钟。当我喊："停! 拍完了。"加夫特走出镜头说："我欠了你多少钱啊?"这句话让在场的人哈哈大笑，齐声鼓掌。我们抱在一起。

最终的影片中这段戏大约时长 30 秒。这就是名副其实的真正的兄弟。这就是真正的演员，他们只为镜头和舞台而生，而不去计较金钱和名利。

* * *

看过《碉堡要塞》再回头看《逃难》。其实在《逃难》中为《碉堡要塞》埋了很多伏笔，当然在《碉堡要塞》中也能看到《逃难》的最终结局的独特构思。如果你稍加留意你就会发现，每个影片的开头都始于一个美好而寂静的一天：没有战火，没有硝烟，但我们能感觉到一切正悄然来临，我们有预感，这个安详的世界是如何陷入一场可怕而惨无人道的战争。接踵而来的意外事件就在观众的眼前演变成灾难……或者是神奇的救赎。

有人对于《逃难》最后的镜头多有指责——因为那句"奶子"。然而这却是个真实的故事。故事的主人公，这个年轻的坦克兵后来活了下来。他当时才 19 岁，他从未接过吻，没有见过裸体女人，他想着，就要死了，于是他恳求护士给他看一下她的乳房，护士出于同情就给他看了，而他……居然因为这个活了下来。顺便提一下，他们后来成了夫妻。

而事实上我们电影中的小伙子却什么都没看到。

这是影片最重要的一个影像，是人在永恒的临界点和处于残酷的战争中的象征。并且这种影像和象征并不是通过两万人的场面呈现出来的，而是通过这个女孩。她对他说："马上，叔叔，马上……"而男孩有点生气地对她说："我怎么是你的叔叔？我才 19岁……"此时此刻，只有这个女孩和未长成的"叔叔"，然而却胜过千军万马。

这个破碎的世界中只剩他们一对……

就因为这个嘲笑他们吗？真可耻！承认你们的冷淡和空洞吧——无论是精神上的还是肉体上的。

总之，对于批评我向来都淡然处之。因为如果我与之争论的话，那我岂不背叛了我的团队，背叛了我自己和我的作品以及那些认真看待我们作品的观众。

在这里我并不想指明是哪些人在诽谤和诋毁我的电影。（顺便提一下，有一本书里面正式谈到了这个问题，虽然不是我写的，但在我看来那本书很有趣。它就像一个文件，对于那些企图捣毁人的精神世界需要怎么做，在哪里做等进行了周密的研究分析。）

拍到最后也不愿相信，这部历经多年的史诗般的作品就这样结束了。老话说得好："开弓没有回头箭！"否则你就走不到终点。所以只有坚持到终点你才知道你竟然走出一条如此漫长的路。

不等了!

与谢尔盖·绍伊古

我现在不想谈影片的质量问题,因为我对这部影片的质量负责。我们拍了 8 年,我自己对每个镜头负责。我要谈的还是"范围"的问题。"人—蚊子—老鼠"将"范围"的问题联系起来。正是这个论点让我遭受非议,对于本质嘲笑者们却视而不见。我很好奇,如果他们忽然读到列夫·托尔斯泰的作品,比如读到作品中安德烈·波尔康斯基对着橡树独白时会怎么想?"这个大傻瓜!他居然和树说话!晚上不去偷偷找姑娘,大早上的居然找树说话。"这种阅读的反应在精神病学中叫作审美痴呆。

在娜佳的最后一组镜头完成后,那句"感谢娜杰日塔·米哈尔科娃,电影《烈日灼人 2》杀青了"的话音刚落,空虚又一次笼罩了我……

片尾字幕

有一次我做了个很冒险的实验,叫作"自己的剧场"。我决定赋予观众在灯光亮起来之前离场的自由。事情是这样的:

在《烈日灼人 2》作为戛纳电影节开幕电影放映的前一天,我的团队(导演、摄影、录音及其他所有需要出席的人)被邀请晚上去看试映。在大厅的银幕上给我们放映我们要求看到的电影片段,("这能听到?""那块好像有点黑。")我们还来得及替换一些片段,捋顺一些次序,等等。当我们把一切都检查好安排妥当后,那位负责影片放映的工程师忽然问道：

"影片快放完的时候怎么办？您想什么时候亮灯？"

"你们平时是怎么做的呢？"

"一般在影片放到片尾字幕出现的时候，我们为了不拖延观众的时间，等个 10 到 20 秒，可能就是 15 秒左右，我们就会开灯，字幕继续跟着片尾曲播放，我们给观众向制作团队致敬的机会。"

"嗯，挺好的。"

他接着问道：

"你们字幕有多长？"

我回答说："我们字幕有 5 分多钟。"

"啊，5 分钟太长了。"

"嗯，好吧。那就按你们的安排来。"

"过了 10 秒钟就开灯？"

"过 10 秒就开。"

忽然我的内心像是被什么东西狠狠击了一下。8 年的辛劳，字幕上是我同事们的名字，那些我熟悉的人的名字，或者有些人我并不认识（如果是司机的话），还有一些已经辞世了。这可是有着 800 来人的团队啊。我想："上帝，这些名字什么时候才能再一次登上戛纳电影节的银幕？……什么时候？"

而影片的片尾曲名副其实是一部伟大的音乐作品，它出自天才音乐家阿列克谢·阿尔乔姆耶夫之手。于是我说：

"您看这样好不好？要不我们把整个片尾字幕都播放出来，整个 5 分钟。"

我想："这样至少我对得起我的同事们。他们的名字终于登上了戛纳的银幕。而且我还给了那些不喜欢这部电影的人一个机会，好让他们不用待下去，能够从容地离开大厅。"

工程师说：

"您确定这样？"

我说道：

"我确定。"

影片结束了，开始放映片尾字幕。大厅里人们开始鼓掌，字幕在继续，掌声也在继续……持续了 20 秒、30 秒……灯还是没有打开。片尾是用俄语写的，满满 800 个人的名单。掌声渐渐落下去。开始安静下来，只听得到阿尔乔姆耶夫的音乐，银幕上一个接着一个地出现我同事的名字……我坐在那里，听着音乐，我知道，在座的大多数人不可能看懂银幕上的文字。而且不光是名字，对他们在这部影片拍摄中担当的职务更是一无所知。我想："这样也挺好的，就这样吧。"最后我都没有兴趣去回头看看，人们走了没有。

阿尔乔姆耶夫那完美无缺的音乐放映了 5 分多钟。当音乐结束时，也是最后一段字幕结束，灯光开启之前，大厅中爆发了我这辈子都没有奢望过的观众们的热烈掌声，他们会如此被一部影片所吸引。掌声持续了 5 秒、10 秒、20 秒，如果不是我们觉得有必要退场了，掌声还会继续下去的。我第一个起身离开，我的团队紧随其后。

但是这次首映却被称为米哈尔科夫电影史上最大的失败。想知道这个"失败"有多精彩，请去 YouTube 搜索"《烈日灼人》兵败戛纳电影节"。

《中暑》[1]

（《Солнечный удар》）（ 2014 年 ）

在伟大的俄罗斯文学宝库中，没有比伊万·布宁这部短篇小说更为感性微妙的作品了。这段男人与女人偶遇的罗曼史故事本身情节简单朴实，但其蕴藏的情感却分外激荡人心。不过区区十几页文字，但就故事中情感达到的高潮来看却是一部无与伦比的作品。

在着手编写剧本之前，我手抄了这部小说 11 遍！看似是普通的单词、标点符号、俄语字母……但实际上却是字字珠玑，文章的一切都恰到好处！好像我本应该已经背下来，知道下一个词是什么，但每次重读，总会有不同以往的发现，能够完全颠覆对原来故事情感的体会！

这股魅力从何而来？这一切是如何编纂在一起的？

男女主人公在客轮上邂逅。他们彼此吸引，共度良宵。清晨女主人公离开，男主人

---

[1]　米哈尔科夫导演的作品，2014 年上映。2015 年 6 月 21 日，该片荣获第 18 届上海电影节金爵奖最佳摄影奖。

公漫无目的地在城里徘徊，等待着昨晚的那艘客轮。这一天他吃了波特文尼亚汤[1]，喝了伏特加，天气真热，苍蝇四处嗡嗡地乱飞。他回到房间（房间已经被重新收拾好了），找到了一只发簪……"他坐了一会儿，却感觉像是一下子老了 10 岁。"

这就是全部，再无其他！但足以让人激动不已……这个故事没有凶杀、没有出轨等那些激烈冲突的情节，不过是取自生活中的素材。但当我真正捕捉到布宁作品的精妙之处，我不禁为之感到战栗。

＊ ＊ ＊

关于这部作品我足足酝酿了 37 年。如果不是对这部电影的基本思想深思熟虑，到今天我也不会着手拍摄的。**那么，《中暑》在彼时的解读不是别的，而是对俄罗斯世界消亡的思考。**

我们这部电影是将《中暑》这部布宁非常感性、抒情的作品与他另一部风格狠辣、苦涩、政论题材的作品《被诅咒的日子》[2]（《Окаянные дни》）结合在一起改编而成的。

20 世纪 20 年代的古尔祖夫[3]和塞瓦斯托波尔。苏联政权曾答应白军[4]军官摘下肩章帽徽换取生命和自由，但最终却欺骗了他们。这些人中就包括我们的男主人公。他回忆起曾经的爱情，曾有那么一天，前一晚他与一个不知名的女人度过了狂野的一夜，这突如其来的爱情，激情的夜晚，疲累的早晨，以及之后那莫名的虚空。

原来那炎热的、尘土飞扬的一天，那漫天飞舞的苍蝇、蚊子、钓鱼、伏特加，一切仿佛都在坠落的边缘，却原来是最幸福的一天。

将那些 1920 年被迫离开俄罗斯的人，把他们的记忆同主人公此前度过的 12 年经历融合起来对我来说很重要。主人公给自己和周围的人提出了问题：这一切为什么会发生，什么时候发生的，是怎么发生的？在我看来，在这段历史面前没有人是无辜者。

---

[1] 用鱼、克瓦斯和蔬菜泥、罐头蟹肉等做的一种冷汤，吃的时候加小冰块。

[2] 《被诅咒的日子》，伊万·布宁作品，作者 1918 年到 1920 年在莫斯科和敖德萨生活日记，是一部反映俄罗斯十月革命时代的哲学性政论作品。

[3] 古尔祖夫是克里米亚半岛南岸市镇。

[4] 白军，苏联建国初期 1918—1920 年的内战中反对红色政权的军队，主要由支持沙皇的保皇党、军国主义者、自由民主分子和温和社会主义者组成。

拍摄现场

导演有责任去切身体验演员生活的所有重负（亚历山大·戈?
夫在装货）

布尔什维克并非从火星而来，这段历史都是当时的人们亲手创造的。这非常复杂，正如今天的生活和今天的历史也是我们亲手在创造一样。

* * *

创作《中暑》这部作品的整个过程由于增添了许多不寻常的细节以及充分的诠释而变得饱满充实。这部影片所描述的历史在当时大量的"细节"描绘下丑陋不堪。所以我还是希望读者能够从第一手材料里了解那段历史。

在这里，我要对这部影片创作背后的一段鲜为人知的故事作一个解释。很可惜，我年轻时代的好朋友，也是导演的伊万·德霍维奇内已经过世了。但是他当时一直觉得我是出于忌妒或者其他什么私心作怪剥夺了他拍摄《中暑》这部影片的机会。（后来他还指责我妨碍他拍了一些影片，而这些影片我甚至从未听说过。）但事实并非如此。

事实上，《中暑》这部影片在创作之初曾经有过这样一段经历。我和伊万关系很好，我对他进入埃利达尔·梁赞诺夫工作室高级导演进修班学习感到由衷的高兴。观看他的实习作品让我倍感兴奋。我非常喜欢他的学年短片作品———一部很有特点的黑白影片，并向人们展示了他已经具备成长为颇具才华的年轻导演的实力。于是他开始考虑拍什么素材的毕业作品。

还在那之前几年，优秀的电影艺术学家和评论家弗拉基米尔·德米特里耶夫（很遗憾他前不久过世了），当时他看过我的一部作品之后（是《爱情的奴隶》还是《一首未完

攀登电影艺术的高峰

片场工作照。导演给演员娜杰日塔·米哈尔科娃布置任务

成的机械钢琴曲》已经记不得了），把我叫到一边，跟我说拍布宁的《中暑》吧，并补充说如果我能拍出这部短篇作品 30% 的内涵，我就是个真正的导演了。他的话让我很激动，但那时我很惭愧，我还没读过布宁的这篇作品，而那时布宁的作品也不太为人所知（原因大家都知道 [1]）。但我找了老版的布宁作品集，读了这个故事，被彻底震撼了。

于是我向莫斯科电影制片厂（Мосфильм）提交了拍摄申请，我很明白，那个时代不会允许上映这样的影片。但我深知随着时间的推移，也许会有别人想到这个题材，我不想错过这个作品，所以提交申请就是为了抢占先机，为自己争取到第一个拍摄这个作品的权利。

几年后，万尼亚·德霍维奇内从高等导演进修班顺利毕业，他给我打电话，说起要拍毕业作品，他想拍布宁的这部《中暑》。我当时就给他讲："万尼亚，我求你别拍这个故事，别动它。我早就向莫斯科电影制片厂提出了申请，我特别想拍这个作品，求你了，你不要拍这个了，我们一起找个其他的作品，无论你要拍什么，我一定帮你，就是别拍《中暑》，因为我早就认定谁也不许碰它！"我还给他讲了我同德米特里耶夫的对话。

万尼亚说："得了吧你，你是谁，我是谁啊？这是我的毕业作品。谁能看到它？"我试图跟他解释："万尼亚，你知道，这就好比我跟你说，我喜欢一个姑娘，我要娶她，你却跟我说，尼基塔，我只是跟她出去玩几天，然后你还是可以跟她结婚……所以，万尼亚，求你了，看在咱俩老交情的分儿上。"

---

[1] 布宁对十月革命有抵制思想，对苏维埃政权持否认态度，在刊物上攻击革命，最终被迫逃往国外。

我知道，用布宁的作品作为结业影片素材，能够有机会突破思想意识形态和行政障碍，作为一部学生作品，是不会面世公映的。但悲惨的是，那个年代怎么可能把这篇故事改编成一部完整的影片，这个故事可能会被长期封存，即便不是永远！

伊万听了我的解释，我们当时也没正式说定什么，但我觉得他还是听从了我的请求，因为他没再说什么。至少我当时是希望他都听进去了，也理解我的想法。

我们后来尽管又在不同场合见过多次，但再没有提起那段对话……

但过了一段时间，我去参加了莫斯科电影制片厂厂长尼古拉·特洛菲莫维奇·希佐夫的招待会，无意中看见秘书桌上放着一个剧本夹子，上面写着：根据布宁小说《中暑》改编，作者——谢尔盖·索罗维耶夫、伊万·德霍维奇内。

那一瞬间我仿佛失去了开口说话的能力。翻开首页，看了几页，不会错的，就是根据《中暑》改编的剧本。

未经允许我径直走向希佐夫，他惊诧地抬起头看着我的眼睛，我说道：

"尼古拉·特洛菲莫维奇先生，如果您允许拍摄《中暑》这部电影，我就离开制片厂再也不回来了。"

"为什么？"尼古拉·特洛菲莫维奇惊诧地抬抬眉毛。

"因为这关乎男人的荣誉和做人的尊严！"

我给他讲了事情的来龙去脉。希佐夫没有再问其他问题，叫了秘书进来，并要求她拿来一摞剧本。看到第一个就是索罗维耶夫和德霍维奇内的剧本，他把剧本放在一边，这个问题就没再提了。

当晚伊万给我打电话（虽然这之前差不多一年没给我打过电话）："尼基塔，你知道吗，我的影片出了点问题……"

"噢？怎么了？"

"我的毕业影片《中暑》没被批准，你知道这是怎么回事吗？"

"知道，这是因为我。"我当即就跟他坦白了，"我请求过你不要碰《中暑》这个故事，并且希望你能听进去。我不是出于害怕，不是因为对你有什么意见，也不是因为忌妒，只是这部电影是我的梦想，是我的夙愿，我一直期待有机会能够实现它！更何况我早几年就已经提出申请了。"

当然，万尼亚的反应在我预料之内："怎么会这样，你怎么能这样！"他十分生气，对我冷嘲热讽，不停地叨念："你是谁，我是谁啊，我能跟你比吗？"

我对他说："万尼亚，问题根本不在这儿！如果你想和一个重量级的对手角斗，希望自己有匕首、粗棍子甚至是机关枪，你应该做好准备，因为对手也可能会用到这些。我跟你是老交情了，我们是好哥们儿，是发小。你当时完全可以好好听我说，试着理解我，或者可以继续试图说服我。可你却完全粗暴地忽略了我的请求。你直接和索罗维耶夫坐到一起写了剧本，根本就没有顾及我的感受！我除了这么做没有别的办法。我可以肯定地告诉你，这种情况下任何人都会像我一样维护自己艺术创作的权利。我完全无所顾忌，也会坚持到底。你很清楚，希佐夫完全有权利在这件事上不去维护我的权益。而那时我一定会履行自己的诺言离开制片厂。接下来我的命运如何，我也不知道，但我义无反顾。"

的确，了解希佐夫的人都知道，他绝不会受任何人的威胁和压迫。德霍维奇内的毕业作品已经列入计划，鉴于此，希佐夫完全可以平静地忽略我的请求，用制片厂工作惯用的那套规矩跟我解释。

遗憾的是，这段故事最终就以讹传讹地变成了："米哈尔科夫出于恶意、因为自己没有才华、忌妒等原因封杀了德霍维奇内的影片……"

此后我与伊万的电影再无任何瓜葛。但自那时起，万尼亚没有放过任何一个在媒体和电视上评论我，至少是让我没面子的机会。伊万·德霍维奇内 2009 年去世，我对此十分遗憾，毫无疑问，他是一个天才的导演……

* * *

很多人认为（我也完全同意他们的观点），**鉴于在乌克兰和新俄罗斯（Новороссия）[1]发生的事件，那些地方不久前还是俄罗斯世界不可分割的一部分。所以《中暑》这部作品有着强烈尖锐的现实性。**的确，我们有时也会问自己，这一切是什么时候发生的？怎么发生的？而当我构思和拍摄影片时，现如今的这一切悲剧还都没有任何征兆。

艺术创作，艺术思维经常自觉不自觉地走在时代前面。这次也是一样。我在构思这

---

[1] 2013 年底乌克兰发生政局突变，亲美西方势力推翻原亚努科维奇政权建立新政府。乌东部顿涅茨克州和卢甘斯克州亲俄力量不承认新政府的合法地位，进行武装抵抗，并于 2014 年 5 月 11 日就自身独立地位举行公投，声称组建名为"新俄罗斯"的国家。历史概念上泛指黑海沿岸北部地区，18 世纪后至 20 世纪初俄罗斯南部和乌克兰西部的历史地区。

维多利亚·索洛维耶娃扮演无名女郎

马尔金内什·卡利塔[1] 扮演中尉

部影片的时候，还没有涉及具体的剧情，更多的是在整体上思索俄罗斯世界的状态。

影片中中尉并没有回答孩子提出的问题，（而这个问题至关重要！）受贿的牧师没人追究他，有人关心兜里的金钱更胜于自己的诚实……从所有这些闪过的细节都为了铺垫得出一个清晰的答案，为了给男主角，也为了给我们所有人回答一个问题：这一切是什么时候发生的以及怎样发生的？

为什么没有及时出现对抗这种可怕的恐惧感的力量？是不相信它的存在吗？

人们在想，我们的国家太大了，反正这里变得不好了，我们就去寻找新的地方。我们的主角们也是这样说的。俄罗斯人的身上存在一种"奥勃洛莫夫"[2] 似的懒惰习性，不愿凭借努力去改变自己的国家，像是怕脏了自己的手。我非常希望在今天的俄罗斯（也是通过像《中暑》这样的影片）能够拥有战胜这种性格缺憾的力量。

* * *

处理宏大的历史叙事时历史的再现一定要注意细节的严谨性。

我认为，真正的艺术最可怕的敌人就是被称为"大概是"，大概是哥萨克，大概是马车夫，大概是商人……大概是码头等，诸如此类。拍摄全景的时候场地务必要精心准备，包括布景、细节、人物面部甚至是群众演员的面部都要一丝不苟，要让观众在盯着细看每个镜头时都不会发现任何仓促、不细致等导致的破绽，更别提什么"穿帮"了。

在拍摄《中暑》时，我们的群众演员都是精挑细选的。结果这些人完全不惧怕特写

---

[1] 马尔金内什·卡利塔，拉脱维亚电影和戏剧演员，在电影《中暑》中饰演中尉。

[2] 源自俄国作家冈察洛夫长篇小说《奥勃洛莫夫》，指的是主人公身上的懒散、无为、萎靡不振性格。

镜头，每张面孔都仿佛是来自"那个时代"，除此之外，每个人看上去都有着自己的命运和独特的经历。一般来讲，在一些口碑尚可的影片中也会把群众演员处理成背景板。这样一来，就算影片中主角们的演技再精湛，也会让银幕上发生的故事在观众眼中完全失去说服力。

* * *

电影《中暑》中几乎没有什么大牌明星。这是当时一个原则性的、很冒险的决定。并不是因为我们没有明星演员能够出色地演绎我所需要的形象，而是我觉得，我们电影业的明星阵容应该更新了。那些为观众所熟知的电影、电视剧演员们的才华都被过度地消耗着，就像是用得太久的发动机，即使再好的发动机也禁不住这样成年累月的磨损。

不是说这些演员丧失了专业水平，恰恰相反，他们从来不会敷衍塞责，而是非常努力地、诚实地对待工作。但正是出于那样一种高强度的工作，他们便疏于时间去寻求突破自己天分的新极限。这就导致观众对他们太过习惯和熟悉。我们需要新鲜的血液、新的面孔和新的个性。

所以，我有意识地弃用广为人知的明星，去寻找不知名但很有天分的演员。实话实说，其实 40 年前我就这样尝试过，因为比起在现有成名演员储备中选取已经成型的形象，我更有兴趣去创造角色。当然这也要冒很大的风险，但我觉得很有意思。

一

代结尾

一

我不喜欢假定式的用词，我尽量不往后看，去设想反转那些各式各样的场景："瞧瞧，如果当时换一种做法，情况就不是那样……或者如果我也另寻他途，或者来的是另一个人……"

一切皆是天意。

的确，我也反复在说："也许上帝能够掌控。"但这话指的不是过去，而是指向未来，尽量平和一些吧。很喜欢尤斯·阿列什科夫斯基[1] 说过的一句很有智慧的话："自由就是百分之百地信任上帝。"不是相信，而是信任。就是说，我不只是相信你，而是完完全全地信任你。

我因此而自由。

---

[1] 俄罗斯散文作家、诗人、弹唱诗人，1929 年出生于克拉斯诺亚尔斯克，自 1979 年后迁居至美国。

图书在版编目（CIP）数据

爱之疆域·米哈尔科夫回忆录 /
(俄罗斯) 尼基塔·米哈尔科夫著. 李璇译.—北京:
文化艺术出版社, 2017.12
ISBN 978-7-5039-6396-4

Ⅰ.①爱… Ⅱ.①尼… ②李… Ⅲ.①散文—俄罗斯
—现代 Ⅳ.①I512.65

中国版本图书馆CIP数据核字（2017）第280100号

版权登记号：01-2018-7235

爱之疆域·米哈尔科夫回忆录

著　　者　［俄］尼基塔·米哈尔科夫
译　　者　李　璇
校　　审　吴　江
责任编辑　胡　晋
装帧设计　李　鹏
出版发行　文化艺术出版社
地　　址　北京市东城区东四八条52号　　（100700）
网　　址　www.caaph.com
电子邮箱　s@caaph.com
电　　话　（010）84057666（总编室）84057667（办公室）
　　　　　（010）84057691—84057699（发行部）
传　　真　（010）84057660（总编室）84057670（办公室）
　　　　　（010）84057690（发行部）
经　　销　全国新华书店
印　　刷　鑫艺佳利（天津）印刷有限公司
版　　次　2017年12月第1版
印　　次　2017年12月第1次印刷
印　　张　18.5
字　　数　280千字
开　　本　787毫米×1092毫米　1/16
书　　号　ISBN 978-7-5039-6396-4
定　　价　58.00元